www.bbulmedia.com

www.bbulmedia.com

홍우,
어둠 속의 신부

AHYANG ROMANCE STORY 서연후 장편소설

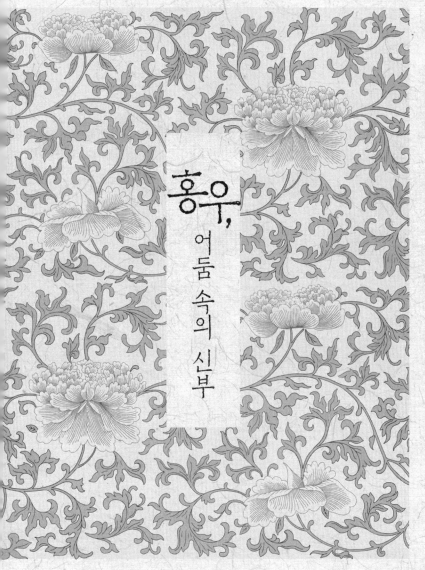

홍우, 어둠 속의 신부

목차

프롤로그
...... 7

一
...... 21

二
...... 67

三
...... 135

四
...... 183

五
...... 232

六
...... 288

외전 ― 붉은 꽃비 흩날리던 날
...... 359

작가 후기 .....
382

프롤로그

혼례는 약소하기만 했다. 혼례의 장소는 성도에서 저 멀리 떨어진 이름 없는 별궁의 별원에서 이뤄졌고 신랑, 신부를 축하하기 위한 하객은커녕 일하는 궁인들조차 한 명도 보이지 않는 초라한 혼인식이었다.

그러나 신방만은 화려했는데, 부정을 멀리하고 복을 불러들이기 위한 붉은 비단과 갖은 장식들이 온 방 안을 둘러쌌으며 향기 가득한 꽃 화병과 화분들이 여기저기 어지러이 놓여 있었다. 게다가 방 한구석에는 두 사람을 향한 축하선물이 각양각색의 비단과 수술에 장식되어 작은 산처럼 켜켜이 쌓여 있었는데 화려하기보다는 볼썽사나울 정도였다.

"저하. 이제 신방이옵니다. ……괜찮으시겠습니까?"

스르륵, 미닫이문이 열리며 낯선 목소리가 울려 퍼졌다. 방 안에 펼쳐진 금빛 보료 곁에 다소곳이 앉아 하얀 비단으로 만들어진 면사(面紗)를 둘러쓰고 있던 신부가 그 말에 움찔 어깨를 떨었다. 들려온 목소리는 신랑의 것도 아니었고, 궁인인 내관의 것은 더더욱 아닌 굵직한 남자의 목소리였기에 놀라고 당황스러워서였다.

"되었다. 너는 이제 그만 나가 보아라."

그 말에 이어 또 다른 목소리가 들려왔다. 신랑의 것으로 들리는 목소리에 신부는 어깨를 움츠렸다. 부드러운 어조였지만 차가운 냉기가 분명히 어려 있는 목소리는 혼례를 기뻐하는 신랑의 것처럼 여겨지지 않았다.

"하나……."

"되었다고 하질 않느냐. 네가 예까지 들어선 것만 해도 신부가 많이 놀랐을 것이고, 예법에 어긋나는 일이니 이제 그만 나가 보아라."

"예. 하지만 저하, 방바닥에 화병과 진상품들이 너무 많이 놓여 있습니다."

열린 문 사이로 대화가 길게 이어졌다. 신랑을 붙들고 선 사내는 예법을 어기는 것 따위는 신경도 쓰지 않는지, 그저 비스듬히 앉은 신부를 향해 힐끗 냉정한 시선을 던지다가 어지러운 방 안을 못마땅한 듯 바라볼 뿐이었다.

"그래. 조심하마."

그런 사내가 귀찮았는지 안쪽으로 한 걸음 내디딘 신랑이 손을 휘휘 내저었다. 건성으로 대꾸하며 나가 보란 표시를 하는 것에 사내의 작은 한숨 소리가 이어졌다.

"예. 소장은 이만 물러가겠사옵니다."

돌아서는 게 내키지 않는지 굳은 어투로 말한 사내가 물러나고 서야 겨우 두 사람의 대화가 끝이나 탁 하고 문 닫는 소리가 허공에 울렸다.

"……."

그리고 적막이었다.

신방을 밝히는 화촉이 분명 밝혀져 있는데 갑자기 깜깜한 어둠이 찾아온 것처럼 숨소리 하나 들리지 않는 기분이었다. 일을 하는 내관들도 멀리 물렸다고 했고 사내도 돌아갔을 것이니 지금 이 방 안에 낯선 남녀 두 사람만이 남아 당연한 일일지도 몰랐다. 게다가 신부의 곁으로 다가서야 할 신랑이 꼼짝도 않고 서 있는 탓에 어색한 침묵은 더욱 짙어져만 갔다.

"흠."

낭군이 왜 저러시나 싶어서 가만히 앉아 있는 신부의 어깨가 긴장으로 딱딱하게 굳고 고개가 한없이 수그러들 때였다. 뭔가 생각에 잠겨 있는 것처럼 우두커니 서 있던 신랑이 낮게 침음하더니 조금씩 몸을 움직이기 시작했다. 걸음을 떼는 신랑의 다리가 부자연스럽게 절뚝거렸다.

"쯧."

긴 거리도 아닌데 발에 뭔가 채인 모양이었다. 남자가 혀를 차며 비죽 동떨어져 나와 있던 진상품을 불편한 다리로 구석으로 밀어 놓는 것이 느껴졌다. 그때 얌전히 앉아 있던 신부가 불쑥 몸을 움직여 자신의 앞에 놓여 있던 술상을 들어 몸 뒤로 옮겨 놓았다.

"방금…… 뭘 하였소?"

다시 다가서려던 남자가 멈칫하며 의심쩍은 목소리로 물었다. 그녀가 부스럭대는 움직임이 못마땅해 묻는 것 같기도 했고 정말 뭘 했는지 알 수 없어 묻는 것 같기도 했다.

"주안상을……. 걷는 데 방해되실까 저어되어 옮겨 두었습니다."

면사에 감추어져 흐릿하기만 한 신부의 얼굴이 순간 발갛게 달아올랐다. 수줍고 부끄러운 듯했다. 하지만 낭군이 물으시는데 대꾸를 안 할 수도 없는 노릇이라, 그녀는 머뭇거리면서도 자분자분한 어조로 대답했다.

"그렇군."

어느새 신부의 바로 앞까지 다가선 신랑이 고개를 끄덕이며 털썩 주저앉았다. 서로의 비단옷이 스칠 정도로 가까운 거리였다.

"내 신부는 참으로 사려 깊으며 다정다감한 성격이신 모양이로군. 그러면 어디…… 신부의 얼굴을 좀 볼까?"

내내 무표정해서 무뚝뚝하게 보이던 남자의 얼굴에 언뜻 웃음기가 스친 것 같다. 불쑥 내밀어진 커다란 손이 신부를 향했다. 그리고 조금의 머뭇거림도 없이 여기저기를 만지는 것이 아닌가.

"음. 신부의 면사인가?"

처음 손이 닿은 팔꿈치부터 시작해 어깨를 툭툭 치듯 만지다가 이내 머리 쪽으로 올라와 둘러쓰고 있던 면사를 가로채듯 휙 치워 냈다.

"아."

그것으로도 모자라 신부의 콧등을 쿡 찌르듯 건드리는 등 남자의 손은 거침이 없었다. 그의 행동에 깜짝 놀라 눈을 감는 신부의 반응에도 아랑곳 않고 볼을 꼬집듯 손가락으로 집어 보기도 하고 바르르 떨리는 눈꺼풀 위를 쓸어 보기도 했다. 마지막으로 곱게 단장하여 붉게 칠한 입술을 장난치듯이 꾹꾹 누르고는 한 번 길게 쓸어 턱 밑까지 어루만지고 나서야 흡족한 것처럼 손을 뗐다.

"내, 앞이 보이지는 않지만, 신부는 예쁜 성격만큼 얼굴도 꽤나 미인이신가 보오."

그랬다. 신랑은 앞이 보이지 않는 모양이었다.

겨우 마주하게 된 신랑의 수려하고 반듯한 얼굴을 응시하던 신부의 눈빛이 잠시 흐려졌다. 가장 먼저 시야에 들어온 신랑의 양쪽 눈은 하얀 붕대로 칭칭 감겨 있어 보이지 않았다. 그리고 들어설 때 절뚝거리던 한쪽 다리 역시 그녀의 치마폭을 밀친 채 쭉 펴져 있는 것이 불편해 보이는 모습이었다. 그를 두고 돌았던 소문들이 사실이었던 모양이다.

'더 없이 영명하시며 헌앙하셨던 분이라고 들었는데……'

그를 향한 안타까움일까, 잠시 흐린 눈을 하고 있던 신부가 얼른 고개를 내저었다. 그의 모습 같은 것은 아무래도 상관없었다. 그녀는 단단한 결심이 어린 눈빛을 하고 낭군의 모습을 바라보다가 퍼뜩 정신을 차리고 뒤로 물렸던 술상을 다시 조심스레 그의 앞으로 가져왔다.

"저하. 주안상이옵니다. 한 잔…… 올릴까요?"

"그럽시다. 당신과 내가 이리 화촉을 올리며 부부의 연을 맺게 되었는데, 이리 기쁜 날 술을 한 잔 하지 않을 수 없지."

남자가 빙긋 웃으며 고개를 끄덕였다. 앞을 더듬거리다가 겨우 술잔을 찾아 그녀의 앞으로 호기롭게 내밀었다.

"예."

"내 정혼녀였던 백호가주의 여식은 갑작스레 괴질이 들어 이 혼례를 치를 수 없다고 정중히 파혼을 청해 왔다고 하던데…… 당신은 누구요? 내 이리된 후로 별궁에 틀어박혀 바깥소식에 둔한 데다, 모후께서 워낙 이 혼사를 급하게 준비하신 터라 당신에 대한 이야기는 아무것도 듣질 못했다오. 그래서 면구스러워도 묻는 것이니 섭섭하다 생각 말고 답해 주시겠소?"

아무리 그렇다 한들 알려고 하면 쉽게 알아낼 수 있는 일이었다. 남자가 표정 하나 변하는 일 없이 태연히 묻는 말에 신부가 흐린 얼굴로 시선을 내렸지만 그것도 잠시였다.

"소첩은 북방에 있는 운소현이라는 작은 현에서 현감을 지내신 심가(家) 주 자 원 자 쓰시는 분의 여식, 홍우라 하옵니다. 현무가의 먼 인척이 되기도 하옵니다만 워낙 한미한 가문의 여식인 터라 저하께오서는 알지 못하실 것 같습니다."

"운소현감이라……. 확실히 들어 본 적 없구려. 하나, 어찌 되었든 당신과 나는 이제 부부이니, 주변의 일은 아무래도 상관없는 일 아니겠소?"

"예. 저하."

정말 아무래도 상관없는 것처럼 그는 건성으로 설렁설렁 대답했다.

"그러면 부인, 이제 그만 상을 물리고 화촉을 꺼 주지 않겠소?"

"예?"

여태 쥐고 있던 술잔을 홀짝 들이켠 남자가 홍우에게 잔을 내밀며 말했다. 갑작스러운 말에 홍우가 눈을 동그랗게 뜨고 그를 바라봤다.

"본래 화촉을 끄는 것은 부인의 일이 아니지만, 워낙 내가 모자란 사람이라 부득이하게 부인의 손을 빌려야 하겠구려. 이제 초야를 치러야 하니 불을 끄고 잠자리에 듭시다."

지극히 단순하며 노골적인 말에 홍우는 어찌해야 할지 몰라 그저 얼굴을 붉힌 채 난감한 시선으로 화촉과 남자의 얼굴을 번갈아 응시했다.

"불을 끄셨으면 이리 오시오."

그는 한 손으로 곁의 금침을 만지작거리며 위치를 가늠하는 모양이었다. 그러곤 자연스레 부스럭부스럭 옷을 벗기 시작하는데, 혼례복을 벗고 속적삼을 벗는 손길이 빠르고 당당했다.

"부인?"

단단한 가슴을 그대로 드러낸 것도 모자라 옷이 거추장스러워 못 견디겠다는 것처럼 허리끈을 풀어내던 남자가 의아한 듯 그녀를 불렀다.

"하, 하나……."

"왜, 무슨 문제라도 있소?"

홍우가 울 것 같은 얼굴로 화촉과 남자를 바라봤다. 불빛에 아른아른 흔들리는 남자의 육체가 부끄러워 눈을 돌리고 싶었지만 그의 말처럼 화촉을 끄러 갈 용기는 쉽사리 들지 않았다. 홍우는 자신에게 손을 뻗은 남자의 행동과 화촉이 꺼진다는 의미가 무엇인지 모르지 않기에 더 어찌할 바를 몰라 허둥대었다.

"부인?"

영문을 알 수 없다는 얼굴로 남자, 즉, 그녀의 낭군은 자신의 손을 잡기를 재촉하고 있었다.

"예⋯⋯."

잔뜩 오그라든 손으로 어쩔 줄 몰라 하던 홍우는 낭군의 재촉에 결국 조심스레 화촉을 불어 껐다.

지창으로 아스라한 달빛이 스며들었다. 머뭇거리던 홍우가 남자의 손에 살며시 자신의 손을 얹었다.

"헉!"

몸이 불편하다고 해도 남자는 남자였다. 부드러우면서도 강인한 힘이 느껴지는 손길이 일시에 잡아당긴다고 느낀 순간, 홍우는 낯선 체취의 사내에게 안겨 솜털 같은 금침 위에 안착해 있었다.

"저, 저하."

낭군의 얼굴이 지척에 있어 숨결이 그대로 느껴졌다. 홍우가 바르르 떨며 남자의 어깨 위에 올린 자신의 손을 떼어야 할지, 더 꼭 잡아야 할지 모를 때였다.

"부인, 부인의 몸은 무척 따뜻하구려."

귓가에 다정히 속삭이는 낭군의 음성에 오스스 소름이 올랐다.

남자의 손이 우연인지 고의인지 그녀의 봉긋 솟은 가슴 둔덕을 어루만졌고, 뭔가를 찾고 있는 것처럼 빙글빙글 맴돌며 온몸을 더듬기까지 했다.

"훗."

홍우는 저도 모르게 신음을 흘리며 남자의 어깨를 꼭 움켜쥐고 말았다. 부지불식간에 그를 밀어내고 싶은 충동이 들었지만 그녀는 입술을 꼭 깨물며 고개를 흔들었다.

'이분은 나의 낭군…… 낭군이셔.'

남자의 손은 옷고름을 찾고 있었던 모양이었다. 매듭을 풀어내고, 속옷 위를 횡보하는 남자의 손길이 그녀의 얼굴을 확인할 때처럼 거침이 없었다.

"으, 저, 저하."

하지만 조금 이상했다. 성마르고 무감한 손길로 무슨 감 찔러 보듯 그녀의 몸 이곳저곳을 주무르며 어루만지는 것이 아닌가. 부끄럽고, 당혹스러우며, 의아한 기분이었다. 붉어진 얼굴로, 홍우가 몸을 배배 틀며 눈물이 그렁하여 낭군을 불렀다.

그때 종횡무진하며 그녀의 몸을 어루만지던 손길이 우뚝 멈추더니 가볍게 떨어졌다.

"저하?"

고개를 돌리고 있던 홍우가 슬며시 남자를 바라봤다. 피하고 싶어도 낭군의 손길에 차마 거부의 몸짓을 보일 수 없어 베갯잇을 움켜쥐고 견뎠는데 혹여 알아채셨나 싶어 걱정스러운 마음이 들었다.

"이제 주무십시다, 부인."

손을 멈추고 잠시 생각에 잠긴 것처럼 가만히 있던 남자가 돌연 그녀의 곁에 누우며 툭 내뱉었다.

"좋은 꿈꾸오, 부인."

그녀를 재촉하며 다급히 굴던 그는, 언제 그랬느냐는 듯 놀랄 만큼 담백하게 그녀에게서 손을 떼어 내고 곁에 누워 이불까지 다정히 덮어 주며 다독여 주었다. 도무지 종잡을 수 없는 남자의 행동에 홍우는 어안이 벙벙하여 입을 빼끔하고 그를 곁눈으로 바라봤다. 하지만 남자는 애초 그녀를 품을 생각이 눈곱만큼도 없었던 것처럼 누워 곧 안정된 숨까지 흘리는 것이 아닌가.

"……."

홍우는 멍하니 천장을 응시했다. 고적한 밤, 들려오는 것은 남자의 숨소리와 간간히 들리는 빼꾸기 울음소리뿐. 방금 전까지 눈물이 맺힐 정도로 혼란스러워 버둥거렸다는 사실도 잊을 정도로 안온하고 깊은 밤이 이어지고 있었다.

눈을 감은 홍우는 차분히 숨을 골랐다. 저녁 내내, 어찌 이 밤을 흘려보내나 걱정만 했었는데 뒤늦게 긴장이 풀리며 안심이 되는 느낌이었다.

'낭군…….'

조용한 숨결에 힘입어 속으로 낭군을 불러 본 홍우는 조금씩 잠에 빠져들었다. 갑작스러운 혼사에 걱정이 많았는데 다 쓸데없었다는 생각이 일순 들면서 그녀는 깊은 숨을 내쉬기 시작했다.

시간이 멈춘 것처럼 고요하고 적적한 밤, 먼저 잠이 든 것처럼 느껴졌던 남자는 어느새 일어나 앉아 있었다. 벗어 던졌던 속적삼을 갖춰 입고 단정한 자세로 깊이 잠든 여인의 옆에 앉아 있는 그의 모습은 어쩐지 무서울 정도였다.

게다가 보이지도 않는다던 남자의 얼굴은 정확하게 홍우를 향해 있었다. 마치 그녀를 빤히 바라보는 것 같은 느낌이었다.

"심홍우라······. 재미있군."

굳게 닫혀 있던 남자의 입매가 열리며 조용한 중얼거림이 흘러나왔다. 지금까지 그녀를 향해 말해 왔던 다정하면서도 부드러운 어조와는 달리 시릴 정도로 냉기가 어린 그 말은 비웃듯 비틀린 입매에서 시큰하게 울려 퍼지고 있었다.

❀　　❀　　❀

금오국은 예로부터 전설처럼 이어지는 신수들과 그들에게서 받은 수호력과 신성한 힘을 신봉하는 나라였다.

원래 금오가의 가주는 뛰어난 활 솜씨와, 앞일을 미리 내다보는 것 같은 혜안, 그리고 눈으로 보고도 믿기지 않을 정도의 회복력을 지녔다고 하는데, 그의 곁에는 그를 보호하고 벗처럼 존재하는 금안의 까마귀 한 마리가 항상 함께였다고 했다. 그런 그가 네 마리의 신수 백호, 청룡, 주작, 현무를 신봉하는 네 가문과 힘을 합쳐 금오국을 세워 오래도록 이어지던 전염병과 전란을 수습하여 세인들의 많은 사랑을 받았다.

비록 네 가문이 지녔던 수호력을 거의 잃어 가던 때인데다 자신들의 욕심을 앞세워 가문의 안위를 도모하려 했지만, 그를 금오가의 가주가 다독이고 이끌어 품에 안은 탓에 긴 시간 이어졌던 혼란이 끝날 수 있었다고 했다.

그래서였을까.

금오국은 개국 첫날부터 이레까지 거의 십 년간 이어지던 극심한 가뭄을 해갈할 단비가 이어졌다. 때문에 더욱 하늘로부터 축복받은 나라라는 일설과 함께 금오왕가는 근 300년에 이르는 시간 동안 국민들의 강한 믿음과 지지에 힘입어 절대적인 권력을 지녀왔다.

하지만 그 세월이 키워 준 것은 비단 금오왕가만이 아니었다. 금오왕가와 힘을 합쳐 나라를 세우고 대대로 중신이 되어 권력의 중심에 서 왔던 일가는 넷이나 더 있었는데, 세월의 부침 속에 좀 더 크거나 혹은 쇠퇴하거나를 반복하던 그중 한 가문은 당금에 이르러 왕가와 맞설 정도의 강력한 힘과 권력을 지니게 되었다.

왕비를 많이 배출하며 외척세력으로 당당히 군림해 온 백호가가 바로 그 가문이었다. 백호가는 청룡가와 함께 왕가를 압박해 오며 가문의 권위만을 드높였으나, 몇 해 전 청룡가와의 싸움에서 승리하여 이제는 금오가 다음으로 권력을 휘두르는 가문이라고 해도 지나치지 않을 정도였다.

게다가 백호가의 힘이 커지며 금오가의 권력은 쇠퇴하여 힘을 잃은 탓에 국왕전하께선 즉위 이전부터 왕비와 재상가의 눈치를 살피기 바빴다. 때문에 국민들의 실망이 적지 않았던 터, 국왕전하 슬하에 총명하며 건강한 왕자가 태어나자 자연스럽게 모든 기대와 신망이 왕자에게 향했던 것이다.

왕자는 나약하며 우유부단한 왕을 닮지 않았고, 태어날 때부터 금오왕가의 잊힌 신력을 강하게 이어받았다고 했다. 그는 특이한 모반(母斑)을 지니고 태어난 데다, 어린 시절부터 활 솜씨가 뛰어났으며 멀리 앞을 내다보는 혜안을 지닌 것처럼 행동하는 터라, 성장 그 이후가 기대된다며 주목을 받아 왔다.

단지, 백호가 출신의 현 왕비 홍아란의 친생자가 아닌 것이 유일한 흠이었다. 그 흠 또한 그에게 걸린 기대와 신망, 신하들의 지지로 인해 어느 누구도 크게 개의치 않았지만 말이다.

그만큼 가휜은 문(文)이면 문(文), 무(武)면 무(武) 모든 면에서 뛰어났고, 성품 역시 온유하고 자로 잰 듯 반듯하여 누구에게나 사랑을 받았으며, 수많은 소문과 관심을 몰고 다녔다.

그러나 그것도 반년 전까지의 이야기였다.

반년 전 가을, 나라 안 모든 이들이 슬퍼하며 안타깝게 여긴 큰 불행이 일어났다. 그것은 바로 사냥을 나갔던 가휜 왕자가 낙상을 하여 목숨이 위태로울 정도로 크게 다쳤던 일이었다. 왕실이 발칵 뒤집히고 온 국민이 그의 쾌유를 기원했지만, 그는 열흘이 넘도록 의식이 없었다. 몇 번의 고비를 넘나들고 나서야 겨우 생명을 건질 수 있었지만 목숨을 건진 대가는 컸다.

낭떠러지에서 말과 함께 구르며 부러졌던 갈비뼈와 다른 열상들을 제외하고도 두 눈과 한쪽 다리를 크게 다쳤다고 했는데, 그 상처가 낫지 않고 그대로 남아 버린 것이다. 그렇게 모든 이들이 비탄에 잠겼지만 그런다고 해서 남겨진 상처가 나을 리는 없었다.

왕자의 회복에 온 힘을 다하기를 몇 개월, 절망한 왕자는 모든 이의 반대를 무릅쓰고 돌연 출궁을 선언, 별궁에 나온 지 이제 이 개월이 넘어 가고 있었다.

신력을 타고났을 거라느니, 혜안을 지녔다느니 하던 사람들의 관심은 자연스레 사라졌다. 왕권에서 밀려난 왕자에 대한 관심이 조금씩 잦아드는 것은 당연한 이치와도 같은 것이었다. 왕비의 반 강제 명령으로 인해 가휜 왕자의 혼례에 반짝 관심이 쏠리기는 했으나, 보내진 선물도 모두 왕과 왕비의 눈치를 보아 보낸 체면 치레의 것들일 뿐, 그가 지내는 별궁은 버려진 곳처럼 쓸쓸하기만 했다.

一

타닥타닥, 길게 이어진 마룻바닥 위를 경쾌한 마찰소리가 내달렸다.

'설마?'

서가에 앉아 붓을 들고 뭔가를 쓰고 있던 중년의 남성은 그 소리를 듣자마자 멈칫하며 눈동자에 경계의 빛을 띠었다.

탕! 닫혀 있던 문이 힘껏 열리며 벽에 부딪혀 요란한 소리를 흘렸다.

「하아.」

자신의 불안을 그대로 증명하는 소리에 그는 낮은 한숨과 함께 들고 있던 세필 붓을 내려놓고 문가를 바라봤다.

「헉, 헉. 아버지, 아버지!」

작은 여자아이가 그곳에 있었다. 또 바깥을 얼마나 뛰어다닌 건지 제 어미가 아침에 단정히 묶어 주었을 머리는 산발이 되어 있었고 옷차림도 흐트러졌으며 치맛단에는 검불과 흙먼지들이 무슨 무늬라도 그린 것처럼 새겨져 있었다.

「하아. 흥…….」

「아버지, 저 까마귀의 신부가 될 거예요!」

「뭐?」

「봤어요. 저, 봤어요. 빛나는 금안과 흑청색의 윤기 나는 털을 가진 아주 예쁜 까마귀가 제 꿈에 나왔어요. 까마귀가 평생 저를 지켜 주며 사랑해 줄 것이라고 했어요. 그러니까 아버지, 저는 까마귀의 신부가……. 읍!」

우당탕탕. 어안이 벙벙하여 딸을 보고 있던 남성이 서안이 뒤집어지는 것도 아랑곳 않고 앞으로 내달렸다. 딸의 말을 막아야 한다는 데 열중하여 우선 아이의 입부터 틀어막고 혼비백산한 얼굴로 주위를 둘러보았다. 갑작스러운 아비의 행동에 놀란 어린 딸은 그의 행동에 답답하고 짜증이 났는지 팔로 그의 몸을 밀치기에 정신이 없었다.

「헛. 미, 미안하구나. 아니, 그게 아니라……. 심홍우! 네가 지금 무슨 소리를 지껄이는지 알기나 하는 게냐? 까, 까마귀라니. 게다가 금안을 지닌 까마귀라니! 아무리 물정 모르는 철부지 어린 아이라도 할 소리, 안 할 소리가 있지 네가 무엇이라고 언감생심 그런 말을 논…….」

「하지만 봤다니까요?」

겨우 입을 막았던 손을 놓은 그는 딸에게 횡설수설했다. 억울한 듯 홍우가 두 눈을 동그랗게 뜨고 그를 응시했다.

「어허, 그래도! 그런 말은 하는 것이 아니라니까.」

「하지만…….」

「홍우야. 사람은 올려다보아도 될 자리가 있고, 또 저에게 어울리는 인연이 있는 법이야. 네가 무슨 허무맹랑한 꿈을 꾸고 그런 소리를 하는지는 모르겠다만, 앞으로는 그런 생각 감히 밖으로 내뱉지도 말고 티끌만큼의 꿈도 꾸지 말거라. 알아들었느냐?」

금안의 까마귀는 왕실의 상징이나 다름없었다. 이 아이가 어디서 그런 이야기, 혹은 그림 같은 것을 보고 들어 허무맹랑한 소리를 하는지는 모르겠지만 자칫하면 큰 횡액을 불러올지도 모르는 일이었다. 적어도 성도에서 멀리 떨어진 이곳 운소현에서 살며 나름 안분지족의 삶을 살고 있다고 여기는 심주원에게는 그랬다.

「하지만……!」

「어허. 감히 꿈꿔도 될 것과 안 될 것이 있는 법!」

「…….」

「하아.」

뭔가 할 말이 있는 것처럼 쉽사리 입을 다물지 않던 딸이 엄한 아비의 표정에 결국 시무룩하게 고개를 떨어뜨렸다. 심주원은 그런 딸을 바라보다가 작은 한숨을 내쉬며 그녀의 팔을 잡아 자신의 앞에 앉혔다.

「게다가 홍우야.」

딸의 머리카락은 엉망이었다. 심주원은 딸을 앉혀 두고 댕기를 끌러 어미나 할 법한 머리손질을 시작했다. 투박한 손길은 서투른 편이었으나, 꽤나 이런 일이 자주 있었는지 차근차근 아이의 머리카락을 땋고 있었다.

「네.」

신이 나 달려왔는데, 얘기다운 얘기도 못 해 보고 기껏 야단이나 맞은 것이 내심 섭섭한 모양이었다. 토라진 음성으로 대꾸하는 딸의 머리꼭지를 피식 웃는 얼굴로 보고 있던 심주원이 입을 열었다.

「네게 그런 귀한 가문과의 혼사가 가당키나 하더냐? 제 주제를 알아야지……. 그리고 내 분명 아침나절에 못다 한 글 읽기를 마저 한 다음 네 어미에게 가서 규방수업이나 받으라고 일렀거늘. 대체 언제 또 도망을 가 숲을 쏘다니고 다녔던 게야?」

「그, 그게……. 하지만 아버지께서 이르시는 것들은 너무 재미가 없어요.」

홍우가 찔끔하였는지 웅얼웅얼 말끝을 흐렸다.

「그것 봐라. 마땅히 배우고 익혀야 할 기본소양들조차 재미가 없다고 힘들어하며 마냥 천방지축으로 쏘다니는 네가 어찌 나라 안 가장 존귀한 자리에 오를 수 있을 것이냐. 지금도 심 현감의 무남독녀가 유별나고 기이하다며 말들이 많은데, 온 세상 사람들의 비웃음을 당하고 싶은 게 아니라면 다시는 그런 말을 내뱉어서는 안 돼. 창피한 줄을 알아야지.」

「예.」

어디로 튈지 모르는 아이인지라 걱정이 되어 저도 모르게 계속 타박을 주다 보니 아이의 고개가 한없이 앞으로 수그러들고 있었다. 아비는 그런 아이의 머리를 잡아 자신 쪽으로 끌어당기며 길게 땋은 머리를 다시 둥글고 귀엽게 말아 단단히 매듭지었다. 그런 아비의 시선이 힐끔 홍우의 발끝을 향했다.

「쯧쯧. 신은 또 어디에 벗어 던진 게냐? 또 온 산을 헤매고 흙발 그대로 집 안을 뛰어다닌 것이냐?」

「앗.」

홍우가 드러난 제 발을 얼른 치마 속으로 숨겨 넣었다. 급한 대로 몸을 꼬며 그리하였으나 치마가 살짝 짧은 탓인지 숨지 못한 발가락 두어 개가 꼼질꼼질하고 있었다.

「하아. 홍우야, 홍우야.」

아비가 결국 이마를 짚으며 한탄하듯 그녀의 이름을 부르고 있었다.

"죄송해요, 아버지. 잘못했어요. 다시는 그러지 않을게요. 흐흑."

문 앞에 서 있던 가훤은 갑자기 웅얼거리는 목소리에 멈칫하며 귀를 세웠다. 나서려던 몸을 천천히 돌려 잠들어 있는 여인 쪽을 향했다.

"잠꼬대?"

깨우지 않고 조용히 나가려고 했는데 깬 것인가 했다. 하지만 작은 뒤척임 소리만 들릴 뿐, 더 이상 다른 말소리는 들리지 않았다. 고개를 한쪽으로 기울인 가훤이 혼잣말처럼 중얼거렸다.

"흠."

신부는 잠버릇이 꽤 험했다. 대체 무슨 꿈을 꾸고 있기에 이렇게 잠꼬대까지 하는 것인지 작은 호기심이 들 정도로 말이다. 뒤척임이 어찌나 심한지 덕분에 가훤은 어젯밤 한숨도 잠을 이루지 못했다.

"재미있어."

피식, 입가에 작은 호선을 그려 넣은 가훤이 소리 없이 문을 열고 있었다.

❀   ❀   ❀

"경하드립니다, 저하."

가훤이 있는 서재의 문이 불쑥 열리며 한 남자가 들어섰다. 그리고 그 사내가 가훤을 잠시 내려다보다가 빙글빙글 웃는 얼굴로 툭 내뱉는 것이었다.

"경하는 무슨……. 경사인지 흉사인지 알 수도 없는 마당에 무슨 축하란 말인가."

가훤은 바닥에 엎드려 있었다. 아니, 정확하게는 실내의 빈 공간에서 엄지손가락 하나만을 이용해 팔굽혀 펴기를 하고 있었다. 그런 그의 이마에서는 땀이 배어 나와 있어 운동을 시작한 지 꽤 된 것 같은 느낌을 주었다.

"그래도 저하께선 오랫동안 혼사를 미루고 계시지 않았습니까. 이렇게라도 부인을 맞으셨으니 경하드릴 일은 맞지요."

"그게 어디 내가 미뤘던 일인가. 모후와 백호가에서 나를 못마땅히 여겨 미루셨던 게지. 훗."

가횐은 그 말을 끝으로 몸을 일으켰다. 아무래도 보는 눈을 의식하느라 활동 부족이 되다 보니, 이렇게라도 짬짬이 풀어 주지 않으면 몸이 굳는 듯했다. 문가에 서 있던 남자는 방 한가운데에 선 그에게 곁에 놓여 있던 수건 하나를 들고 와 건넸다. 가횐의 손이 잠시 허공을 헤매다가 수건을 낚아채고 흐르는 땀을 가볍게 닦아 냈다.

"어쨌든요. 그건 그렇고 들리는 말로는 오늘 궁에서 사람이 나올 것이라고 하던데요."

"아아."

"또 전하와 중궁마마께서는 이 별궁을 장원으로 격하시키고 저하의 사택으로 하사하실 생각이라고도 하더군요."

"어차피 여기는 이름도 없는 하잘것없는 별궁 아닌가. 쓰임새도 없는 곳이었으니 그런다 한들 문제 될 것은 없겠지."

"하나 장원으로 쳐도 규모가 작은 별궁입니다. 저하께서 머무르시기에 조금 불편함이 있지 않겠습니까."

"잊었나? 두 달 전, 이곳으로 나올 적에 부러 이곳을 택하였던 것을. 지금 내게는 이곳도 과분해. 그리고 조용히 살기에는 딱 맞춤이기도 하지."

가횐이 들고 있던 수건을 남자 쪽으로 휙 던졌다. 갑작스러운 행동이었지만 남자는 익숙한 것처럼 수건을 잡아 원래 놓여 있던 탁자 쪽에 던져두고 가횐을 물끄러미 응시했다. 그의 눈길이 딱 멈춰 있는 곳은 가횐의 뒤통수였다. 다시는 풀지 않을 것처럼 단단히 감겨 있는 붕대가 뭣보다 눈에 거슬린다는 표정이었다.

"그런데 자네가 어쩐 일인가?"

"어쩐 일은요. 저 역시 경하드리는 마음으로 진상품을 준비하였으나 혼례에는 얼씬도 말라시는 명도 있고 하여 오늘 가지고 온 것이지요. 방해가 될까 잠시 저어되는 마음도 있었으나…… 궁금한 마음이 더 커서요."

"잘도 저어되는 마음이 있었겠군. 호기심만 가득하여 잠도 설쳤을 거 같은데. 제윤, 자네라면 그러고도 남을 사람이 아닌가. 쿡."

남자는 지금은 다소 쇠락한 청룡가의 일원이었다. 청룡가의 가주는 주작가와의 권력다툼에서 지고 모든 관직에서 물러난 이후 점점 쇠약해지다가 몇 해 전 결국 병사했는데, 남자는 그의 서자 중 한 명인 한제윤이었다. 제윤은 어린 시절 연회에서 왕자의 눈에 들었다. 나이도 동갑인 데다 마음까지 잘 맞는 편이라 지금은 서로의 허물까지 스스럼없이 나누는 몇 안 되는 벗이 된 사람이었다.

"하하. 궁금하긴 하였지요. 초웅에게 내기까지 걸지 않았습니까, 제가."

"흥. 차나 좀 준비해 주게."

"아, 예."

가휜이 가볍게 코웃음 치며 탁자 주변 의자에 자리했다. 그리고 탁자 어딘가에 있을 차 도구를 손가락으로 가리키며 청하기에 제윤이 얼른 다가서서 달그락거리며 차 도구들을 챙겨 왔다.

"저하. 그래서요?"

찻잎의 맑은 향내가 코 밑에 감돌았다. 손이 빠른 편인 제윤이 평소보다 더 빠르게 차를 우려낸 듯했다. 순식간에 우려낸 차를 따라 내더니 많이 뜨겁지 않은 개완을 가흰의 손에 쥐어 주며 독촉의 말을 내뱉었다.

"뭐가 그래서이지?"

제윤은 워낙 눈치가 빠른 데다 세심하고 꼼꼼한 성격인 터라, 우린 찻물에서도 그 성격이 그대로 드러났다. 혹여 데는 일이 없도록 적당히 식은 차를 한 모금 입안에 삼키며 가흰은 도통 모르겠다는 얼굴로 눈썹을 치켜 올렸다.

"알면서 그러십니다. 초웅과 내기까지 하였다니까요."

"그러니까 뭘 내기했다는 말인가. 나는 모르겠군."

가흰이 고개를 휙 돌렸다. 알면서 저러는 것이 분명했다. 대꾸하는 것을 내켜하지 않는 것을 보니 제윤은 좋지 못한 느낌이 들었다.

"품으셨습니까?"

처음은 호기심과 짓궂음이었지만 가흰의 태도에 슬쩍 걱정이 되지 않을 수 없었다. 장난기를 싹 지우고 진지한 낯빛으로 묻고 말았다.

"……."

"저하."

말 없는 가흰이 답답하였는지 제윤이 그를 불렀다. 거기서 더 침묵했다간 제 가슴을 두들길 것 같았다.

"말했지 않나. 흉사인지 경사인지 알 수 없는 노릇이라고."

침묵하고 있던 가훤이 툭 내뱉었다. 그의 말에 제윤이 안도한 표정을 지었다.

"품지 않으신 거로군요."

"확인은 해 보았지."

"확인이요?"

뜬금없는 가훤의 말에 제윤이 고개를 갸웃했다. 무표정하던 가훤의 입매가 비스듬히 비틀렸다.

"이상한 일이지. 그렇게나 혼사를 미루시던 분이, 돌연 사가에 나가는 왕자가 홀몸이라는 것은 말이 안 된다며 그리 강경하게 치르라 이르셨으니. 게다가 내가 이 지경이 되고 나서 그리 말씀하신 것이니, 그녀가 내가 좋아 혼례를 치렀을 리는 만무한 일이 아닌가. 백호가의 여식은 괴질 핑계까지 대며 파혼을 청해 왔고, 내로라하는 다른 가문의 여식들조차 눈멀고 다리 저는 낭군이 싫어 없던 혼사조차 만들어 내는 마당에……. 하급 관리의 딸이라고는 해도 하늘에서 뚝 떨어진 여인을 내 뭘 보고 쉽사리 믿겠는가. 오히려 나를 감시하려 보낸 간자가 아닐까 의심을 해도 모자랄 판에."

"하여 간자가 맞더이까?"

"아니. 알 수 없네."

"확인을 해 보셨다면서요."

가훤이 소리 없이 미소 지었다. 무릎 위에 얹어 두었던 자신의 손을 저도 모르게 폈다 오므렸다 하고 있었다.

"더 헷갈리더군. 강압이나 환경 때문에 마지못해 혼사를 치른 이라면 자연히 강한 거부의 반응을 보일 것이고, 나를 떠보기 위한 간자라면 더욱 적극적일 것이라고 여겼지만. 그 반응은……."

어젯밤 일을 되뇌듯 차분하게 중얼거리고 있던 가훤은 결국 말 끝을 흐렸다.

'수줍고 부끄러워하는 것은 확연했으나 거부하거나 거리끼는 모습은 없었고, 꿍꿍이가 있어 나를 홀리려는 모습은 더더욱 아니었지. 그 모습은 오히려…… 은애하는 이에게 순순히 몸을 내어주는 사랑스러운 여인의 모습이 아니던가.'

가훤이 가만히 고개를 내저었다.

어젯밤 그는 여인의 반응을 보기 위해 일부러 그녀를 자극했었다. 아내 될 여인을 반기기보다는 경계하는 마음이 더 컸기 때문이었다. 당장 비수를 꺼내 들고 덤벼들 리는 없겠지만, 그래도 모후께서 보내 주신 여인이었다. 억지로 치른 혼례라 거부하거나, 무슨 꿍꿍이를 지녀 적극적인 몸짓을 보일 것이라고 여겼는데 그녀의 반응은 예상과 달랐던 것이다.

"저……."

"저하, 궁에서 사람이 와 뵙기를 청하는데 들일까요?"

제윤이 깊게 생각에 잠긴 가훤을 부르려는데 문밖에서 굵직한 목소리가 먼저 들렸다. 제윤과 가훤의 고개가 동시에 문 쪽을 향한 것은 당연했다.

"궁에서 사람이……? 내관이 아닌가? 혼례에 대한 기별과 함께 곧 내가 부리던 이들 몇몇을 보내 주겠다고는 하셨었는데."

"아닙니다. 중궁마마께서 직접 보내신 사람인데, 여인입니다."

"여인? 여인이라. 흠."

"뭐, 들여 보시면 아시겠지요. 들라 하시지요, 저하."

잠깐 진지했었던 얼굴을 싹 지워 내고 다시 장난기 가득한 표정이 된 제윤이 의아해하는 가흰에게 그리 말하고 있었다.

홍우가 있는 별원은 다소 부산스러웠다. 도리어 시끄러웠어야 할 어제는 사람 하나 살지 않는 곳처럼 조용하기만 했었는데, 오늘은 몇 안 되는 별궁의 궁인들이 전부 이곳에 모여 있는 느낌이었다.

"저어, 마님. 정말 괜찮으시겠습니까?"

그리고 방 안에서는 나이 많은 궁녀 한 명이 홍우가 가리킨 것들을 바라보며 곤혹스러운 표정을 짓고 있었다.

"왜요? 안 되는 일인가요? 혹여 예법에 어긋난다거나……."

"아니요, 그것은 아닙니다만. 이곳은 임시이긴 하여도 마님의 거처이니 하고 싶으신 대로 하실 수가 있지요. 사소한 예법에 위배될 수는 있으나 그 정도 재량은 가지고 계십니다."

홍우는 궁인들에게 지시를 하는 것으로도 모자라 직접 창틀에 올라가 장식 비단을 뜯어내고 있었다. 궁녀의 걱정에 깜짝 놀란 얼굴로 돌아보던 홍우는 뒤이어진 말에 적잖이 안심한 얼굴로 배시시 웃음 지었다.

"그렇다면 다행이네요. 그 재량, 사용할 것입니다. 다 치워 주세요. 혼례를 위해 꾸며진 것들이나 옮겨진 것들은 모두 옮겨 주심이 좋겠습니다."

"군부인 마님을 위해 준비한 화병들이나 진상품들도…… 모두 말씀입니까?"

안도한 홍우와는 달리 궁녀는 여전히 당황한 채였다. 대체 왜 이러시는지 알 수가 없었기 때문이었다.

사실 어제 혼례를 치른 새 신부, 군부인 마님께서는 오늘 늦잠을 주무셨다. 새색시가 늦잠이라니 기함할 일이 아닐 수 없었다. 하나, 이른 아침 가훤 왕자께서 방을 나서시며 부러 일러두셨다. 신부가 곤한 모양이니 무리하여 깨울 것 없다고. 그래서 밖에서 홍우의 기침을 기다리던 궁녀들은 모두 그대로 대기할 수밖에 없었다. 가훤 왕자가 내린 명이셨고, 또 고된 일정에 무리를 했을 것도 분명하지만, 늦게 일어나셔 봤자 얼마나 늦게 일어나실까 하고 안일하게 생각했던 탓도 있다.

그런 홍우가 지금 아침도 거른 채 늦잠에 빠져 정오가 가까운 시각에 몸을 일으켜 그들의 내심을 경악으로 물들게 하더니 늦게 차려 주겠다는 아침도, 그리고 꾸며야 할 단장도 모두 물린 채 이러고 있는 것이다.

"네."

"풀어 보지도 않으셨지 않습니까."

다시 고개를 돌려 비단천을 잡아당기는 데 여념이 없는 홍우였다.

"나중에요. 어차피 발이 달린 물건들도 아니니 도망을 갈 것도 아니고…… 그래도 괜찮지요?"

"예……. 그 또한 마음대로 하셔도 될 겁니다. 하나, 마님. 어디로 치울까요?"

종잡을 수 없는 행동과 고집 어린 목소리에 궁녀는 결국 '에라, 모르겠다!' 하고 포기하는 얼굴이었다. 그러나 목소리에 심드렁함을 미처 못 감춘 탓에 홍우가 슬쩍 시선을 내려 그녀의 눈치를 살폈다. 자신이 뭔가를 잘못하고 있나, 이제라도 그냥 그대로 두라고 해야 하나 고민이 어린 얼굴이었다. 잠시 고민에 빠졌던 홍우는 곧 고개를 살래살래 흔들었다.

"진상품은 언제라도 다시 꺼낼 수 있게 쓰지 않는 방에 놓아 주시고, 화초들은 그냥 밖에 적당히 심어 주세요. 보아하니 대부분 월동도 가능한 것 같고, 어제 혼례를 치른 별원의 후원도 지나치게 넓은데 화초나 꽃나무 하나 없어서 쓸쓸해 보이더군요. 그리고 이 천과 장식들은……."

또박또박 막힘없는 어조로 말하다가 자신이 뜯어 바닥에 그냥 던져둔 천과 주변의 장식품들을 보며 말을 멈췄다.

"있던 곳으로 돌려놓으면 되겠네요."

"마님, 저하께서 드셨사옵니다."

그때 때마침 그들의 주의를 환기시키는 목소리가 들렸다. 게다가 내용이 내용인지라 궁녀의 얼굴은 사색이 되었으나 귀를 쫑긋하며 듣고 있던 홍우는 얼른 환한 기색이 되어 밖으로 뛰어나갔다.

"아."

열린 문을 통해 복도로 뛰어나가던 그녀가 멈칫했다.

'조신, 조신! 조신하지 않다고 아버지가 보셨으면 또 경을 치실라……! 게다가 낭군께서 조신하지 못하다고 실망이라도 하시면 안 되는데. 큰일 날 뻔했다.'

잠깐 서서 자신의 행동을 되짚어보며 가슴을 쓸어내리는 홍우였다. 그래도 다행이었다. 복도는 길었고, 가훤 왕자께서는 저 밖에 계신 모양이니 자신의 이런 모습을 보이지 않아서 말이다.

그런데 그녀가 미처 눈치채지 못하고 있는 일이 또 하나 있었다. 자신이 아침에 일어나 겨우 세수만을 마쳤을 뿐 머리를 빗거나 화장을 하는 단장을 전혀 하지 않았다는 사실이었다.

"아니, 마님……."

그 사실을 유일하게 깨닫고 있던 나이 많은 궁녀가 대경하여 홍우를 부르려 했지만 그녀는 이미 복도의 끝에 다다라 있었다. 궁녀는 아득한 표정을 감추지 못한 채 한숨을 내쉬며 얼른 그녀의 뒤를 따르는 수밖에 없었다.

"저하, 오셨습니까?"

홍우는 뛰지는 않았지만 종종걸음으로 날듯이 가훤에게 다가갔다. 얼른 댓돌 아래로 내려서며 낭군에게 수줍게 무릎 굽혀 인사를 하는데 그의 뒤로 낯선 인물들이 여럿 보였다.

"부인."

"예, 저하."

눈을 동그랗게 뜨고 그들을 잠시 훑어볼 때 불쑥 그녀의 앞으로 손 하나가 내밀어졌다. 가훤 왕자가 대나무 지팡이를 쥔 바른손이 아닌 왼손을 그녀에게 내밀고 있었다. 잠시 망설이던 홍우가 그의 손을 마주 잡았다. 아직 그와의 접촉이 낯설고 부끄러웠지만 그래도 손을 마주 잡아 자신이 여기에 있다는 것을 분명히 알리고 싶었다.

"한데, 저하. 방 안이 조금…… 어지럽습니다."

그러고 나서야 겨우 치우고 있던 방 안이 생각난 홍우였다. 그녀는 슬쩍 가휜 왕자와 뒤의 인물들을 올려다보며 눈치를 살폈다. 그도 그였지만 그의 뒤를 따른 다른 이들도 많아 선뜻 안으로 들어설 마음이 안 들었기 때문이었다.

"방 안이? 어찌하여 그렇소?"

"그게 정돈을 조금 한다는 것이…… 그리되었습니다."

그로서는 단순히 묻는 말일 텐데 어쩐지 부끄러운 기분이 들어 얼굴을 붉힌 홍우는 목소리까지 작게 내고 말았다.

"저하께서 이 시각에 오실 줄 몰랐던 탓에…… 송구스럽습니다. 저하."

"아니오. 부인이 뭔가 마음에 들지 않았던 것이 있었던 모양이지. 당신이 스스로의 방을 마음대로 꾸미겠다는데 누가 뭐라 할 것이오. 나는 개의치 않으니…… 뒤는 궁인들에게 맡기고 후원으로 갑시다. 안 그래도 그리로 향할 생각이었소."

"예."

홍우가 얌전히 대답하며 뒤를 힐끔거렸다. 그가 대동한 이들이 여실히 궁금한 눈빛이었다. 궁인 복색을 한 이들도 서넛 있긴 했지만, 그들의 앞에선 두 명에게 특히 눈길이 갔다. 한 명은 궁인의 복색이 아닌 나이 지긋한 부인이었고, 다른 한 명은 가휜 왕자와 비슷한 나이로 보이는 젊은 남자였다.

그중 부인은 그녀가 눈길을 줄 때마다 숙이고 있던 고개를 더 숙이며 시선을 마주하지 않았는데, 젊은 남자는 반대로 눈을 빤히 마주쳐 오다가 끝내 싱글싱글 웃기까지 하는 것이었다.

"풋."

남자의 웃음에 화들짝 놀란 홍우가 홱 시선을 돌렸다. 어찌나 세게 고개를 돌려 외면하는지 바람소리가 들리는 것 같았다. 그것이 우스웠는지 뒤에서 작은 웃음소리가 들렸다. 남자의 것이 분명했다.

'저 남자는 대체 누구람. 어찌 여인의 얼굴을 보고 저리 히죽대는 것이지. 그것이 실례인 것도 모르는 건가?'

홍우가 얼굴을 붉히며 입을 비죽거렸다. 불쑥 가휜 왕자께 저들에 대해 묻고 싶은 생각도 들었지만, 홍우는 끝내 입을 열지 못한 채, 조용히 그의 손을 붙들고 후원으로 향할 수밖에 없었다.

"뒤따랐던 이들은 부인께 소개해 줄 사람들이었소. 특히 앞에 있는 중년의 여인은 해월이라고 한다오."

"해월부인……이요?"

궁금해하던 이들 중 중년 부인의 이름이 해월이라는 것을 알 수 있었다. 하지만 여전히 그들을 왜 제 앞에 데려왔는지를 알 수 없었다. 그의 의중은 알 수 없어 그를 바라보다가 슬며시 부인의 눈치를 살피는데, 줄곧 고개를 숙이고 있던 여인이 천천히 고개를 드는 것이 느껴졌다.

"그냥 해월이라 불러 주시면 됩니다, 군부인 마님."

"부인은 백호가의 오래된 가신으로 내 모후의 유모였소. 모후께서 부인을 걱정하여 특별히 보내 주셨다고 하였소. 성격이 세심하여 윗전의 기분을 잘 살피고 특별히 예법에 밝아 낯선 환경에 고생하는 부인을 잘 보살필 거라고 했소. 어떻소. 나의 모후께선 참으로 배려심이 깊으신 분 아니오? 우리 두 사람을 걱정하여 특별히 사가의 사람까지 보내 주시니 말이오."

"아, 예? 예……."

홍우는 다소 멍한 기색으로 대답했는데, 다름이 아니라, 고개를 든 해월부인이 자신을 날카로운 눈빛으로 쏘아본 탓에 움찔했기 때문이었다. 그런 그녀가 마음에 들지 않았는지 홍우를 향한 해월부인의 눈빛은 더 날카로워지고 있었다.

'무, 무서워. 왜 저렇게 노려보시지?'

기세에 눌린 홍우는 고개를 숙인 채 손을 움찔거렸다.

"그리고 참, 곁에 하릴없이 빙글빙글 웃고 있는 사내가 하나 있을 텐데……."

"예, 저하. 저 여기에 있……."

"할 일이 없어서 쓸데없는 내기나 하며 여기저기 놀러 다니는 사람이니, 부인께서는 눈곱만큼도 신경 쓸 것 없고."

"헛."

기다리고 있었다는 듯 얼른 끼어들려던 제윤이 가휜이 빙긋 웃으며 하는 말에 헛웃음을 삼켰다.

"우내관."

전혀 아랑곳 않고 가횐은 다른 이를 불렀다. 제윤과 해월부인의 서너 걸음 뒤에서 허리를 접어 숙이고 있던 나이 지긋한 내관이 그의 부름에 앞으로 나섰다.

"예, 저하."

"우내관은 어렸을 때부터 궁에서 나를 보필해 주던 사람이오. 이 사람 역시 모후께서 나를 걱정하시어 다른 이들과 함께 보내 주셨다고 하더군. 부인께서 알아 두셔야 할 이들이라 데려왔소."

"예. 그렇군요."

홍우는 고개를 끄덕였다. 하지만 여전히 해월부인의 눈치를 살피지 않을 수 없었다. 아까부터 줄곧 자신을 빤히 바라보고 있어 신경이 쓰였기 때문이었다.

"그럼, 하던 일을 마저 보오. 나는 그만 가 보겠소. 해월부인만 남고 다른 이들은 나와 함께 갑시다."

용건은 그뿐이었던 모양이었다. 훌쩍 몸을 일으킨 가횐은 후원으로 올 때와 달리 제윤의 안내를 받아 돌아갔다. 돌아서는 그를 다소 아쉬운 기색으로 바라보던 홍우가 천천히 남아 있는 해월부인을 향했다.

"저어, 부인."

"그냥 해월이라 부르시면 됩니다, 군부인 마님."

망설이다 그녀를 부르자 딱딱한 음성이 돌아왔다. 홍우의 어깨가 절로 움츠러들었다.

"음, 음. 알았어요. 해월. 그러면 우리 이제 무얼 할까요?"

솔직히 겁이 났다. 이유 없이 그녀의 눈동자를 마주하고 있는 것이 긴장되고 힘겨웠다. 그래도 무슨 말을 해야 할 것 같아 멍한 머리로 되는 대로 말해 보았다. 그 말에 해월부인이 지그시 내려 감고 있던 눈을 들어 홍우를 똑바로 응시하면서 빙긋이 웃음을 지어 보였다.

"안 그래도 제가 드리고 싶은 말씀이었는데 군부인 마님께서 먼저 청해 주시니 다행입니다. 당연히 해야 할 일이 있지요."

"어, 그게 뭔가요?"

"단장."

"네?"

"군부인 마님의 단장을 하여야 할 것 같습니다. 그것도 지금 당장!"

지그시 내리깐 목소리가 더 무서웠다. 홍우가 질린 얼굴로 고개를 주억거렸다. 어쩐지 가훤 왕자와 함께하는 앞날보다 해월부인과 함께하는 앞날이 더 만만치 않을 것 같은 불길한 느낌이 들었다.

❀　　❀　　❀

가훤은 베개에 몸을 기댄 채 비스듬히 누워 있었다. 열려 있는 서재의 창문 때문에 그의 얼굴 앞까지 붉은 햇살이 길게 늘어져 있었다. 해질녘의 노을이 방 안까지 깊게 드리운 탓이었다.

"조금 있으면 석반을 들 시간이로군요."

제윤이 가훤을 향해 툭 말했다. 자세가 너무 편해 보이는 데다

40

두 눈까지 가리고 있으니 잠을 자고 있는지, 어떤지 알 수 없는 노릇이었으나, 제윤은 그가 깨어 있다고 굳게 믿는 어투였다. 제윤은 읽고 있던 서책을 탁자 위로 가볍게 던져 놓고 가횐을 빤히 바라보고 있었다.

"그래서?"

다소 퉁명한 어조로 가횐이 대꾸했다. 일찌감치 가라고 등을 떠밀었는데도 가지 않고 있는 그가 귀찮은 듯했다.

"아니, 그냥 그렇다는 말씀입니다. 석반은 함께 드실 게 아닙니까, 군부인 마님과 말입니다."

"자네가 상관할 일은 아닐 텐데."

"……묘한 분이시더군요. 저하께서 왜 '알 수 없다.'고 하셨는지 잘 알겠더군요."

"흥. 어여쁘냐고 물을 때는 대꾸도 하지 않더니. 꽤나 내 부인에게 관심이 많군, 자네."

입 끝을 비틀며 불쾌감을 드러내는 말에 제윤은 피식 웃었다. 아까 군부인을 만나고 돌아설 적에 별원을 나서자마자 가횐이 '어여쁘냐?'고 물었던 것이 떠올랐기 때문이었다. 괜스레 곤란한 마음도 들었고, 짓궂게 굴고 싶은 마음도 들어서 못 들은 척 넘겼었는데…… 이제 보니 꽤 궁금하셨던 모양이었다.

"귀여운 분이셨습니다. ……사랑스럽기도 하고요."

제윤이 잠시 침묵하며 말을 고르다가 말했다. 난감하면서도 재미있다는 미소가 그의 얼굴에 떠올랐다. 그나마 가횐이 제 얼굴을 보지 못해 표정을 감출 필요가 없어 편하다는 생각이 일순 머리를 스쳤다.

"어여쁘지는 않은 모양이로군."

하지만 가휜은 눈치가 빠른 사람이었다. 그것은 다치기 이전에도 그랬고, 다친 이후에도 별반 다르지 않았다. 앞을 보지 못해도 기민한 감각으로 주변의 분위기를 빠르게 알아채곤 하는 사람이었는데, 지금도 제윤이 애써 말을 에두르고 있다는 것을 모르지 않는 것이다.

"꽤나 집착하시는 것 같습니다, 미모에⋯⋯. 미모를 그리 중히 여기시는 분 같았으면 애초 백호가의 여식을 놓치지 않으셨을 것이고, 또 처첩이라도 두엇 두실 수 있으셨을 텐데요. 이제 와 아쉬우신 겁니까?"

"흥, 말 같지도 않은 소리. 어찌되었든 백년해로해야 할 내 부인이 아닌가. 그러니 궁금하여 물은 게지 내가 무슨 미모에 집착을 하더란 말인가."

"그냥 그렇다는 말입니다. 어찌 그리 흥분을 하십니까. 어차피 경계하시느라 품으실 마음도 없다면서요."

"아까 우내관이 그녀에 대한 내용을 건네줬을 터, 쓸데없는 소리는 그만하고 그거나 읽어 보게."

벌떡 일어나 앉았던 가휜이 고개를 휘휘 내저으며 제윤에게 손짓했다.

"언제 그 말씀을 하시나 했습니다."

빙긋 웃으며 제윤이 품을 뒤져 두어 번 접힌 한지를 꺼내들었다. 아까 한참 전에 우내관이 소리 소문 없이 건넸던 것인데 가휜은 그 희미한 바스락거리는 소리를 듣고 알아챈 것 같다.

"흠."

종이를 펼쳐 들고 침음을 흘리던 제윤이 힐끔 주위를 살폈다. 벌떡 몸을 일으킨 그는 자연스럽게 열려 있던 창들을 닫고 가흰에게 돌아갔다.

"뭐라 쓰여 있던가?"

"역시 대부분은 군부인 마님에 대해서군요."

"……."

마음에 들지 않는 내용이 있는 것처럼 제윤의 얼굴은 미묘하게 일그러져 있었다. 자신의 턱을 어루만지며 생각에 잠겨 있던 그가 가흰을 흘끔 돌아보고는 한숨과 함께 그것을 읽었다.

"뭐, 중궁마마께서 워낙에 서두르셨던 혼사셨고 저하의 상황이 상황이니만큼 간자를 들여보내지 않으면 다행인 일이고, 아니라고 해도 명문가의 규수일 것이라고 기대할 수는 없었습니다만……. 공주마마께서도 도통 중궁마마의 속을 알 수가 없다고 합니다. 사실 이번 혼사는 예상보다 더 성의 없고 예법도 무시한 채 진행되었다고 합니다. 각지에서 보내어진 단자(單子) 중에는 성도의 내로라하는 가문은 없어도 금오의 개국부터 이어진 유서 깊은 가문이 두엇 있어서 당연 그 가문의 여식이 낙점을 받을 것이라고 여겼사온데……."

자잘한 글을 읽고 있던 제윤이 잠시 말을 멈췄다. 못마땅한 것처럼 눈을 찌푸리며 한숨을 내쉬려다가 가흰 때문에 겨우 참아 넘기는 제윤이었다.

"계속 읽게."

잠시 이어진 침묵을 어찌 해석했는지 가휜이 제윤을 독촉했다. 묵묵하기만 한 그의 표정에서 불쾌한 빛이 보이지 않아 제윤은 더 제 가슴이 답답한 것 같았다.

"불쑥 어느 날 신녀 장효가 찾아와 중궁마마와 독대를 하였다고 합니다."

"장효? 현무가의 장효 말인가?"

"예. 그리 쓰여 있군요. 어쨌든 장효와 독대를 하신 다음 날, 중궁마마께서는 현무가의 심씨를 군부인으로 낙점 지으셨다고 합니다. 이상한 것은 그 이전, 궁으로 들어온 단자 중에 심씨의 단자가 없있는데, 장효가 마마를 만나고 난 후 단자가 돌연 나타났다는 것입니다. 독대를 한 후, 그녀를 낙점하겠다고 하셨으니 장효가 그 단자를 들고 왔을 것은 당연할진데 왜 마마께서 그것을 받아 주셨는지 모르겠다고요."

답답함을 못 이긴 제윤이 결국 짧은 한숨을 내쉬다가 다시 내용을 읽기 시작했다.

"중궁마마께서 하시는 일에 가타부타 말이 없으신 전하께서도 이번 일에는 좋지 않은 기색을 비추셨고 중신들의 말도 많았으나, 중궁전에서는 저하의 혼례가 중궁의 소관이니 그리하실 것이라고 꽤나 강경한 모습을 보이셨답니다."

"흐음."

"하여 공주마마도 장효의 하인을 매수하여 심씨에 대해 알아보았으나…… 도통 알 수 없는 일이라고 하십니다. 심씨는 성도에 보름 전쯤 들어와 곧장 장효의 집으로 갔는데 다른 식솔이 그녀를 데려온 것도 아니고 그녀가 직접 하인 하나만을 대동한 채 말을 타고 올라왔다고 합니다. 본래 손님을 반기지 않던 장효이고, 또 약속을 하고 찾아온 것도 아니었던 것 같은데 마치 기다리고 있던 것처럼 맞이한 채, 직접 서한까지 보내 중궁마마께 독대를 청했다고 하는군요."

제윤은 말을 잠시 멈춘 채 가흰의 눈치를 살피듯 바라봤다. 하지만 가흰의 별다르지 않은 표정에 제윤은 한숨을 눌러 참고 다시 글씨에 시선을 돌렸다.

"심씨는 중궁마마께 낙점된 후, 중궁마마께서 불러들여 궁 안에 머무르게 하실 때까지 줄곧 장효의 집에 있었고, 왔던 날 이후로 두문불출이라 하인도 별로 아는 것이 없답니다. 나이가 벌써 스물셋이라 하니 아무리 현무가의 분가 출신이라고는 해도 혼인이 너무 늦은 셈이니 뭔가 대단한 흠결이 있거나 부족한 점이 있을 것 같은데 말이지요. 그런 처자의 단자를 들이민 장효도 어이없지만 받아들여 낙점까지 하신 중궁마마도 너무하신다고…… 공주마마께서도 잔뜩 흥분을 하신 듯합니다."

서한을 보낸 이를 떠올리며 제윤이 쓴웃음을 머금었다.

"뭐, 이미 공주마마께서 운소현으로 심씨에 대해 알아보러 사람을 보내셨고 그 결과를 기다리고 있으니…… 다시 서한을 보내시겠다고 하는 군요."

"뜬금없이 장효의 이름이 튀어나온 것은 뜻밖이로군. 장효는 현무가의 가주와 사이가 좋질 못해 거의 대부분을 집 안에서 두문불출하는 이였고, 모후와의 접점도 거의 없는 사람이 아닌가."

"그렇습니다. 그 점이 저도 좀 신경이 쓰이더군요. 신녀의 모계 계승이 원칙임에도 불구하고 신력을 지니지도 못한 사내가 가주를 내세워 몇 번이나 권세를 탐하려 들다가 오히려 풍비박산이 되다시피 한 현무가 아닙니까. 이제 와서 신녀의 하나뿐인 아들입네, 정통성 있는 가주입네 하는 현무가의 심호는 몇 대째 제대로 된 신력을 보인 적도 없는 인물이고……. 게다가 힘을 지닌 여인들은 분가나 인척이라 할 집안에서 태어나곤 했지요."

"흠."

듣고 있던 가훤이 짧게 혀를 찼다. 그 반응에 제윤이 힐끔 그를 보았지만 곧 다시 말을 이었다.

"성씨조차 달라 현무가의 분가라고 하기도 어려운 이장효가 바로 그런 인물이고요. 하지만 심호의 속 좁은 질시 때문에 거의 대부분을 집 안에서 생활하며 바깥생활의 일에 관심을 끄고 사는 분이라고 들었는데……. 그녀가 나서다니, 무슨 신탁이라도 받았던 것일까요?"

"훗."

제윤의 말에 가훤이 피식 웃었다.

"아니, 어찌 그리 웃으십니까, 저하. 그렇다면 사사로이 군부인 마님을 의심할 일도 없이…… 하늘의 뜻이 있어 이어지게 된 인연일지도 모르는 일 아닙니까."

"자네, 날 웃기려고 농을 하는 건가. 하늘의 뜻이 있는 인연이라니. 쿡쿡. 그 무슨 헛꿈 꾸는 소리라는 말인가."

"헛꿈이 아니라…… 장효의 신력은 진짜지 않습니까."

"진짜이긴 하지. 하나 자네가 말했다시피 현무가가 권력욕을 앞세운 사내 때문에 산산이 흩어져 그 명맥조차 흐릿할 지경인데, 이어진 신력도 예전만큼 좋다던가? 신탁조차 오래전에 끊기고 간간히 신점이나 잘 보는 이들이 나올 뿐이지 않나."

가훤이 숨을 크게 내쉬며 어깨를 들썩였다.

"장효도 이십 년 전 큰 불상사를 꿈으로 맞추어 유명해졌을 뿐, 간간이 길일이나 잡아 주고 사주나 봐 주는 정도라고 들었네. 그런 장효가 무슨 까닭에, 지금 이때에 신탁을 받아 제 집안의 별 볼 일 없는 여아를, 그것도 허명무실한 관계의 인척을 후견인까지 자청해 가며 앞세웠을까?"

"그러니까 장효가 뭔가의 계시를 받아서……. 혹시 압니까? 군부인 마님도……!"

그렇다면 경사인 일이었다. 뭣보다, 신력을 지닌 신녀라면 가훤에게 큰 도움이 될 수도 있는 이이기 때문이었다. 제윤이 반색을 하며 혼자 흥분한 기색을 드러냈지만 가훤은 쓴웃음과 함께 고개를 내저었다.

"그랬다면 모후께서 어찌 내 짝으로 내주셨을까. 백호가의 홍사혜와 왜 마지못해 정혼을 시켜 두시고 하릴없이 시간만 질질 끄셨는지…… 그리고 내 어찌 이리 되었는지 자네 잊은 겐가?"

"아."

짜증이 어린 음색에 제윤이 침음하며 일시에 얼굴이 흐려졌다.

"그것은…… 그렇지요. 저하께서 날개를 다는 것을 중궁마마는 원치 않으실 테니까요."

"……."

직설적인 말에 가휜 역시 흐린 얼굴로 침묵했다. 제윤이 손안의 종잇조각을 바라보다 타오르는 촛불에 그것을 태워 버렸다. 이미 깜깜해졌을 바깥처럼 그의 얼굴도 어두웠다.

"하면 공주마마께 그것을 더 알아봐 달라 여쭐까요? 아니면 제가 장효의 집에 사람을 붙여 볼 수도 있습니다."

"자네가 장효의 집에 사람을 심어 보게. 있는 듯 없는 듯 살던 위인이 무슨 심사로 내 짝을 지어 주겠다며 매파노릇을 자처했는지 몹시도 궁금하긴 하니 말일세."

"그리고 혹시 모르니 군부인 마님도 더 세심히 살피셔야 않겠습니까? 만약 정말 신력을 지닌 이라면 저하께 부적이 될 수도 있겠지만, 아니라면 그저 단순한 감시역이 아닌 치명적인 독 그 자체가 될 수도 있으니까요."

"그렇군."

잘 알고 있다는 듯 고개를 끄덕이며 가휜이 스르륵 몸을 일으켰다. 신중한 얼굴로 생각에 잠겨 있던 제윤이 저를 지나치는 그를 의아한 얼굴로 응시했다.

"그런데 어디를 가십니까, 저하?"

"자네 아까 석반 때라 하지 않았는가. 그래서 석반 들러 갈 생각이네."

"예?"

"별원에 석반 들러 간다니까."

48

제윤의 표정이 묘하게 일그러졌다.

"아까는 안 가실 것처럼 그러시더니요."

"아까는 아니 갈 생각이었지만, 치명적인 독일지 아니면 부적일지는…… 부대껴 봐야 알지 않겠는가. 그러니 자넨 그만 떠들고 집에 가 보게."

귀찮은 것처럼 손을 휘휘 내저은 가흰이 문가에 놓여 있던 가는 지팡이를 집어 들었다. 제윤이 하는 수 없다는 듯 몸을 일으켰다.

"그런데……."

"예?"

문고리를 잡고 나설 것처럼 굴던 가흰이 불쑥 다시 입을 열었다.

"혹시 못났던가?"

제윤이 조용히 이마를 짚었다. 아닌 척하며 집요하게 묻고 있는 말은 군부인의 외모에 관한 것이었으니 제윤은 이제 말문이 막힐 지경이었다.

'그리 궁금하시면 직접 확인을 해 보실 일이지.'

하지만 가흰의 성격을 훤히 아는 이상 밖으로 내뱉을 수 없는 말이었다. 한 번 정한 것은 절대 꺾는 법이 없는 고집이 장난 아닌 사람이기 때문이다.

"못나셨습니다. 확실히 어여쁜 얼굴은 아니더군요. 전하께서도 저하께 '그런 처자가 가당키나 할 것 같으냐'며 못마땅한 기색을 비추셨다고 하니…… 예쁘시겠습니까? 그냥 기대도 마십시오."

잠시 망설이던 그가 퉁명한 어조로 뇌까렸다. 가훤의 얼굴이 눈에 띄게 일그러졌는데 제 부인에 대한 노골적인 험담 때문일지, 그의 말이 진실이라 믿고 그러는 것인지까지는 알 수 없었다.

"쯧."

"부인 되는 한 사람만을 위하고 아껴 주면 될 일이라며, 여인들을 돌같이 보시더니…… 이제 와 후회되십니까? 아무리 그래도 조금은 골라 볼걸, 아니면 예쁜 궁녀들을 품어 보기라도 히익……!"

비죽비죽 약을 올리던 제윤이 갑자기 깜짝 놀라 헛숨을 들이켰다. 쌩 하는 날카로운 파공성과 함께 희끗한 뭔가가 날아와 제 뺨을 스치더니 등 뒤의 나무 기둥에 박혔기 때문이었다.

"농은 거기까지……. 그만 가게. 처자식이 기다릴 것 아닌가."

날아온 것은 바늘보다 조금 굵고 긴 철침이었다. 뒤도 안 돌아보고 그것을 제게 날렸다는 사실에 제윤의 얼굴이 파리하게 질린 채였다.

"암만 그래도 그런 모습으로 아무렇지 않게 무예를 쓰시는 것은 너무한 일 아닙니까? 심장이 철렁하여 죽을 지경입니다."

"왜? 그럼 정식으로 활을 잡고 화살을 쏘아 줄까? 자네의 그 허튼 소리에 귀가 아플 지경이니, 이만 가게."

가훤은 더 들을 것도 없다는 태도로 휘적휘적 복도를 걸었다. 문 앞을 장승처럼 지키고 섰던 초웅이 제윤을 흘끔 웃는 눈으로 보고는 가훤의 뒤를 따랐다.

"하아. 그래도 정말 놀란단 말입니다. 다 죽어 가는 호랑이 꼴을 하시고선, 어쩜 그리 불쑥불쑥 섬뜩한 살기를 내보이시는지. 쯧."

한숨을 크게 내쉰 제윤은 기둥에서 철침을 뽑아 들고 제 품에 갈무리하며 차마 쏟아 내지 못한 불만을 혼잣말로 표출해야 했다.

구름처럼 둥그렇게 만들어 무거워진 머리카락이 자신의 머리를 짓눌렀다. 가채까지 얹어 땋아 올린 머리 때문에 홍우는 목이 꺾여 죽을 것 같은 기분이었다. 불안감에 눈꼬리를 파르르 떨며 저도 모르게 손을 머리에 가져갈 때였다.

"만지시지 말라고 하였지요. 군부인 마님의 머리카락이 워낙…… 억센 탓에 한 시진을 꼬박 걸려 완성한 것입니다. 흐트러지면 아니 되니 그대로 두십시오."

흡사 귀신처럼 때맞춰 뒤쪽에서 울리는 음성 때문에 홍우는 울상을 하다가 얼른 표정을 다시 바꿨다. 뭔가를 가지러 곁방에 갔던 해월이 손에 무언가를 한가득 든 채 돌아오고 있었다.

"그게 다 뭔가?"

너무 피곤해서 알고 싶지 않은 마음 반, 또 이제 뭘 해야 하나 하는 불안감이 반이었다. 홍우가 까만 눈동자에 걱정을 가득 담고 해월을 바라봤다. 무표정한 얼굴로 들어와 예를 표하고 자리에 앉은 해월이 홍우를 보며 희미한 미소를 지어 보였다. 미소라고 해도 워낙 날카롭고 매서운 시선과 딱딱하게 경직된 얼굴 근육 때문에 더 무섭게만 보였지만 말이다.

"마님, 수예는 잘 하시지요?"

"……."

"이것들은 중궁마마께서 직접 고르고 골라 하사하신 비단과 수실입니다. 중궁마마께서는 항시 저하의 옥대나 건, 옷깃장식에 손수 수를 놓아 주시곤 하셨지요. 어찌나 귀하게 여기시는지 저하께서 쓰시는 물품 중 중궁마마의 손을 거치지 않은 것이 없을 정도였습니다. 하나, 그런 아들이 일가를 이뤄 궁밖에 나가시고 나니, 이젠 그러지 못하는 것이 아섭고 또 걱정도 된다고 하시더군요. 하여 이러한 귀한 비단과 수실들을 가끔씩 보내 주실 것이라고 하셨습니다. 이제는 군부인 마님의 일이니 마님께서 맡아 하셔야 할 일이라고 하시면서요."

"설마 그게 다…… 비단과 수실인가?"

해월이 들고 들어온 비단보자기는 척 보기에도 부피가 있는데 그게 다 비단과 수실이라고 하니 아득한 기분이 들었다. 홍우가 믿고 싶지 않다는 표정으로 물었다.

"예. 제가 급하게 궁에 들렀다 오느라 얼마 되지 않는 양이나, 조만간 또 한 번 보내실 것이라고 하셨습니다. 자수도 자수이지만, 군부인 마님께서 옷도 한 벌씩 지어 주시면 저하께서 무척이나 좋아하실 것이라고요."

"그, 그렇군."

홍우는 당황하여 눈동자를 굴리면서도 애써 아무렇지 않은 척 웃어 보였다. 해월 역시 웃으며 고개를 끄덕였다.

"처음은 군부인 마님께서 편하신 대로 해 보시지요. 작은 손수건부터라도 좋습니다. 마님의 솜씨를 보고 혹여 부족한 점이 있을 것이면 제가 알려 드릴 것이니 차근차근 해 보시는 것이 좋겠습니다."

"으, 음. 알았네."

쏟아질 것 같은 한숨을 억누르고 홍우가 억지웃음만을 내보였다. 해월이 보자기를 끌러 비단과 수실들을 내보이며 '귀하고 귀한 금실, 은실' 어쩌고저쩌고 하는 말들을 죄 한 귀로 흘려보내며 홍우가 자신의 치맛자락을 부여잡았다.

'어쩌지?'

솜씨가 미천하여 보일 것도 없는 자수도 문제이긴 했지만 홍우는 정말 피곤했다. 아까, 해월과 함께 남겨졌던 이후 단장을 하자며 등을 떠밀렸던 때부터 쭉 피곤했다. 벌려 놨던 것들을 치우느라 당장 단장을 한 것은 아니었지만, 해월의 깊은 한숨과 함께 먼저 청소를 하고 그다음 단장을 마칠 때까지 시달림의 연속이었던 것이다.

한 시진이나 걸린 머리 손질도 그랬지만, 화장과 그에 마땅한 복색을 갖출 때까지 해월은 끈기 있게 홍우를 닦달했다. 홍우도 처음엔 '굳이 이렇게까지 해야 하나요?' 하고 싫은 기색을 비추며 반항했지만 해월이 '그러면 왕실의 일원으로 이 정도도 아니하실 겁니까?!' 라고 해서 더는 할 말이 없었다. 워낙 무지한 탓도 있지만 그 무지함조차 엄한 눈빛으로 야단을 치니 홍우로서는 눈치껏 입 다물고 언제쯤 그녀가 물러갈까 하는 마음으로 버티는 것이다.

"오늘 밤부터 한번 놓아 보시지요. 내일 제가 봐 드리겠습니다.

또 군부인 마님."

보자기를 풀고 이건 무슨 비단, 저건 무슨 비단 하며 길게 설명하던 해월이 다시 홍우를 불렀다.

"예? 아, 아니. 왜 그러시나?"

단장을 하며 말을 놓는 것이 법도에 맞다며 한 소리를 들었던 홍우가 움찔하며 해월을 쳐다보았다.

"요리 솜씨는 어떠십니까? 제가 지금까지 알려 드렸던 단장법이나, 말하는 법, 앉는 법, 그리고 수에 관한 것들도 그렇지만 요리 역시 정도의 차이는 조금 있을지라도 왕실, 여염집 할 것 없이 여인의 기본 소양이지 않습니까?"

"아, 그는 좀 할 줄 아네."

"……하면 다른 것들은 전혀 하실 줄 모르십니까?"

할 줄 아는 것에 대한 얘기가 나와서인지 홍우가 크게 고개를 끄덕이며 활짝 웃음을 지었다. 그녀의 말을 듣고 있던 해월이 잠시 어이없는 표정을 짓다가 결국 저도 모르게 혼잣말을 했다.

"응? 뭐라 했는가?"

"아니요."

그 말을 전혀 듣지 못한 홍우가 눈을 동그랗게 뜨고 묻자, 해월은 무표정한 얼굴로 아무렇지 않게 시침을 뚝 뗐다.

"마님, 저하께서 오셨습니다."

어리둥절한 얼굴과 기막힌 눈빛으로 서로를 마주 보던 두 사람을 때마침 다른 목소리가 시기적절하게 갈라놓고 있었다.

식사는 소리 없이 조용히 이뤄졌다. 상석에 앉은 가휜의 곁에는 아까 홍우와 말을 주고받았던 나이 많은 궁녀가 앉아 소매 끝을 잡고, 반찬을 설명해 주며 시중을 들고 있었다. 홍우가 그런 그녀를 부러운 눈빛으로 힐끔힐끔 응시하며 식사를 이어 나갈 때였다.

"부인. 양친은 모두 계시오?"

"예? 예. 두 분 모두 정정하십니다."

"형제는 어떻소?"

궁녀에게 정신이 팔려 홍우가 약간 뒤늦게 답했다. 가휜은 적당히 식사를 마쳤는지 궁녀에게 손짓을 하고 젓가락을 상 위에 내려놓으며 다시 묻고 있었다.

"저 혼자입니다."

"저런, 양친께서 많이 적적해 하시겠소. 게다가 부인의 혼례라도 지켜보고 싶어 하셨을 텐데, 그러지 못해 섭섭해하시겠구려."

"그…… 예. 아무래도 그러실 테지요."

뜻밖의 말을 듣기라도 한 것처럼 놀라 가휜을 바라보던 홍우가 입술을 지그시 깨물며 눈을 내리깔았다.

'아버지, 어머니.'

성도를 향할 때에는 꼭, 무슨 일이 있어도 가야 한다는 생각밖에 없었기 때문에 부모님의 마음을 살펴볼 정신이 조금도 없었다. 그녀의 고집에 마지못해 사주단자를 내어 주신 아버지는 아마 지금까지도 섭섭한 마음을 지우지 못한 채 화를 내고 계실 터였다.

「너 홀로 성도에 가서 사주단자를 낼 방도는 있다더냐. 오르지 못할 나무에 욕심내는 법이 아니라 했거늘. 어찌 그리 욕심을 내는지 모르겠구나. 게다가 넌 지난 가을에 갑자기 쓰러져……! 아니, 되었다. 그렇게 몸도 괜찮다 우기고, 무슨 일이 있어도 가야한다며 고집만 내세우니 원, 쯧쯧. 정 그러면 너 하고 싶은 대로 하여라. 단자를 내지도 못했다며 돌아와 험한 소문에 갖은 수모를 당해도 모두 네가 감당할 일인 것인 게다.」

단자를 던지다시피 내어 주며 아버지는 그렇게 화를 내셨다. 하지만 곱게 키운 딸이 하지 않아도 될 고생을 하겠다 하는 것에 안타까워 그리하신다는 것도 잘 알고 있었다. 그런 아버지와 속으로만 눈물지으며 '너 하고 싶은 대로 하여라.' 하고 등을 떠미셨던 어머니를 두고 나오면서도 홍우는 가환의 곁에 가야 한다는 생각밖엔 들지 않았다. 아버지의 말처럼 가당찮은 일에, 단자조차 내지 못해도 우선은 노력이라도 해야 한다는 강한 '강박'에 사로잡혀 있었다.

'아버지는 내심 돌아오기를 바라셨을 것인데……. 지금쯤 돌아와 전처럼 평온하게 셋이서 살게 될 것이라고 여기셨을 터인데.'

때문에 같이 올라오실 생각도 아니하셨고, 날벼락처럼 홍우가 낙점을 받아 가환과 혼례를 치렀다는 사실을 전해 들은 지금에는 몹시도 섭섭하고 속상해하실 것이었다.

"이런, 괜스레 고향 생각에 눈물짓게 만든 것이오? 미안하구려. 내 워낙 부인에 대해 모르는 터라…… 궁금한 마음이 들어 그리하였소."

"아니옵니다. 눈물짓지 않습니다. 속내는 어떠시든 두 분은 모두 잘 계실 것이옵니다. 또한 처음은 놀라고 섭섭하실지 몰라도 뒤에는 기뻐하실 것이옵니다. 하나뿐인 딸의 혼사가 늦어져서 거의 포기해야 할 지경……."

애써 배시시 웃음 지으며 밝은 목소리로 말을 하던 홍우가 다시 말을 멈췄다. 무심결에 떠들다 보니 안 해도 될 말까지 입 밖으로 튀어나와 홍우는 얼굴을 붉히며 어찌 주워 삼켜야 할까 고민했다.

"그러고 보니 부인의 나이도 모르는군. 올해 연치는 어찌 되오?"

"스, 스물셋이옵니다."

가훤 왕자께서는 소문처럼 다정하고 세심한 성격이시어서 자신의 말실수를 못 들은 척해 주시는 것은 좋은데, 뒤이은 질문 역시 그녀에겐 다소 곤혹스러운 것이었다.

가훤은 한 살이 더 많은 스물넷이었지만 그는 둘째 치고 홍우가 늦은 나이의 혼인이라는 것은 부정할 수가 없었다. 보통 여인은 열다섯 이전에 적당한 혼처를 구해 정혼자를 갖고 두어 해 지나지 않아 혼례를 치른 것이 관례였기 때문이었다. 조금 늦어지는 경우는 있어도 민간의 여식들조차 대부분 스무살 안에 혼인을 하는 편인데, 홍우는 스무살 넘어서까지 그 흔한 정혼자조차 갖질 못했다.

어린 시절부터 단정치 못한 모습으로 숲을 헤매고 다니며, 배워야 할 것들을 등한시한 탓에 마을 사람들은 그녀를 좋게 보지 않았다. 현감의 딸이 조신치 못하며, 머리가 나쁜 것 같다거나 제 정신이 아닌 것 같다는 말들까지 뒷말로 나돌았다. 좁고 외진 마을인 탓에 자유분방한 모습은 험한 남 말에 시달리기 딱 좋은 것이었다.

아비는 주변의 적당한 혼처를 찾아 매파를 보내다가, 홍우가 스물을 넘겼음에도 허울 좋은 거절이 돌아오자 한숨을 내쉬며 '혼인은 포기하는 것이 좋겠구나. 어차피 너는 혼인에 얽매이지 않아도 큰 흠은 되지 않을 것이니, 그리하자꾸나.' 라고 했던 것이다. 나이 찬 처녀가 혼례를 치르지 못하고 부모와 사는 것은 큰 흠이었지만, 천만다행으로 홍우는 현무가의 딸이었다.

본가이건 분가이건 현무가의 딸들은 혼사에 크게 얽매이지 않았고, 아무 이유 없이 혼자 사는 것을 택하기도 했다. 지금도 신녀로 이름난 장효를 비롯해 두엇의 여인들이 홀로 생을 보내고 있기에 아비는 그것을 짚어 홍우를 달랬다.

사실, 홍우는 계속되는 거절에 마음이 상하지도 않았고 아비의 말처럼 금안의 까마귀가 자신의 인연이 아닐 것이라면 홀로 사는 것도 좋다고 마음을 정하고 있었기에 아쉽지 않았다. 다만 속상한 부친이 자신을 달래는 것에 대해 아주 잠깐의 죄책감만 있었을 뿐이었다.

"저하, 소첩의 나이가 너무 많지요? 게다가 소첩은 아름답지도 못하고……."

하지만 지금 가훤이 이렇게 묻고 보니 그때보다 더 죄송스러운 마음이 들었다. 나이도 많고 천방지축인 데다 여인으로서 가져야 할 기본 소양도 전혀 가지질 못했다. 게다가 아비조차 고개를 절레절레 흔드는 습관이 수두룩했으니 새삼 자신이 이렇게 모자란 사람이었나 싶었고, 또 귀한 분께서 저 같은 사람을 부인으로 맞아서는 아니 되는데 하며 뒤늦은 후회가 일었다.

'아버지의 말을 새겨들을 것을…… 괜한 짓을 하였나? 하나 두 눈으로 확인하고 싶었어. 이리 살아 계신 모습을 확인하고 싶었어.'

말없이 앉아 있는 가훤을 바라보던 홍우의 눈동자가 잔뜩 흐려졌다. 쥐고 있던 수저를 내려놓고 떨리는 손을 꼼지락거리며 치맛자락만을 만져 댔다.

"부인, 식사를 마쳤으면 우리 산책이나 하지 않겠소?"

"예?"

그녀의 답을 듣고 가만히 앉아 있던 가훤이 불쑥 말했다. 입가엔 아무래도 좋다는 듯 희미한 미소를 매달고 손을 잡아 달라는 것처럼 허공에 크고 듬직한 손을 내밀고 있었다.

"예, 저하. 저도 산책을 좋아한답니다."

멍해 있던 홍우가 발그레 얼굴을 붉히며 얼른 그의 손을 마주 잡았다. 상이 거치적거리지 않도록 한쪽으로 밀어내고 그의 손을 잡아 문 쪽으로 이끌었다.

"워낙 외졌고 버려지다시피 했던 별궁이라 거처가 별로 마음에 안 들겠소. 모후께서 마음대로 고치라고 하시며 내탕금을 적잖이 내려 주셨으니 이젠 부인이 맡아 주오. 마음에 들지 않는 곳도 고치고 음식이나 비단, 장신구 등 좋을 대로 써 보아도 괜찮을 것이오."

사박사박, 지팡이를 짚고 걷는 가휜의 곁에서 여인의 옷자락 소리가 났다. 잔뜩 긴장한 상태로 자신이 조금이라도 더 편히 걸을 수 있도록 신경 쓰고 있는 것이 느껴졌다.

'따뜻한……'

따뜻한 손이었다. 그러고 보니 자신이 짓궂게 어루만졌던 그녀의 몸도 무척이나 부드럽고 따뜻했더랬다. 떨리는 목소리로 저를 부르며 허둥대고 버둥거리면서도 그가 불쾌히 여길까 저어되어 조심 또 조심하는 몸짓이 귀엽게 느껴지기도 했었다. 의심하는 마음에 긴장한 와중에도 그랬었다.

"내탕금을 주신다면 요긴히 사용할 것이나, 저는 그런 것을 바라지 않사옵니다. 그냥 저하께서 강녕하셨으면 좋겠습니다. 가끔…… 저를 이리 들여다봐 주셨으면 좋겠습니다."

문을 나서며 홍우가 중얼중얼 대꾸했다. 가휜이 자신의 말에 잠시 멈칫 하더니 피식 웃는 것이 느껴졌다.

"고마운 말이구려. 내가 마음씨 좋은 부인을 얻은 듯해 기쁘다오. 해월, 게 있는가?"

"예. 저하."

차가운 냉기로 인해 복도로 나왔다는 것을 안 가휜은 문득 생각난 것처럼 그녀를 찾았다. 그가 홍우를 찾아오고 저녁을 드는 내내 복도에 서 있었던 해월이 얌전히 허리를 숙이며 대꾸했다.

"모후를 뵙게 되면 대신 전해 주게. 어여쁜 아내를 보내 주셔서 무척 감사히 여기고 있다고 말이야."

"예. 저하. 하나 저는 이제 군부인 마님을 모시는 몸이니, 중궁마마를 뵐 일이 있겠사옵니까. 중궁마마께서 항시 저하를 걱정하시고 보고 싶어 하시니 날을 잡아 저하께서 문안인사를 하시는 편이 더 빠를 듯하옵니다."

"그게 그리 되는가? 하면 그래야겠군."

고개를 숙인 채 간곡히 고해 올리는 말에 충심이 가득했다. 단지 누구를 향한 충심일지가 문제였지만 말이다. 가휘은 자신의 감각을 자극하는 해월의 날카로운 기세를 모르는 척 기꺼운 얼굴로 웃으며 지나쳤다.

"저하. 저는 하나도 어여쁘지가 않사옵니다. 만약, 저를 보셨다면 분명 실망하셨을 것입니다."

시무룩하게 고개를 떨어트린 홍우가 기어 들어가는 목소리로 말했다. 홍우는 흘끔, 해월의 눈치를 살피다가 고개를 든 그녀와 눈이 마주치고는 시린 눈빛에 움찔하며 고개를 돌렸다.

"부인, 다른 이들의 눈과 귀는 필요가 없소. 다른 것은 아무래도 좋소. 내게만 어여쁘면 된다오."

가휘이 잡고 있던 손을 빼어 그녀의 어깨를 가볍게 토닥였다. 다정하고 은근한 목소리에 홍우가 홀린 듯이 그를 바라보며 고개를 주억거리고 있었다.

은은한 달빛은 교교했으며 후원은 넓고 또 넓기만 했다. 작은 별원을 넓게 둘러싼 얕은 담장과 너른 잔디밭과 작은 탁자 하나 외에는 그 무엇도 없는 공간이라 더 그런 느낌이었다.

말없이 걷고 있는 둘 사이로 잔디 스치는 소리만이 잔잔히 들려왔다. 가횐의 손을 잡은 채 멍하니 시린 달을 올려다보던 홍우가 슬쩍 자신의 발치를 응시했다.

'벗고 싶다. 흙을 한동안 밟아 보지 못했는데.'

아쉬운 기분에 발을 꼼지락거렸지만 버선과 비단신에 옥죄인 그것을 쉽게 풀어낼 수 있을 리 없었다.

'낭군도 계시고……'

홍우의 눈동자가 힐끔 뒤쪽을 향했다. 약간의 거리는 있었으나 내관과 궁녀, 해월부인이 버젓이 존재하고 있었다. 신을 벗으려 들었다가는 가횐도 가횐이었지만, 당장 그네들이 뭐라 말할지 알 수 없는 일인 것이다.

'마냥 신을 벗고 머리를 산발하여 산을 뛰어다닌다는 이유로 혼사도 치르지 못하고 아버지의 속만 썩였는데.'

"하아."

가벼운 한숨을 내쉬며 홍우는 다시 달을 올려다봤다.

"왜 한숨을 쉬오? 기분이 좋질 않소?"

"아, 아니옵니다."

가횐의 물음을 듣고 나서야 자신이 홀로 있는 게 아니라는 걸 여실히 깨달은 홍우는 아차 했다는 얼굴로 애써 미소를 지었다.

"그게 아니라 달이 무척 밝아서요. 은은한 바람도 무척 좋고요. 저하, 그렇지 않습니까?"

"글쎄. 바람이 시원하긴 하나 달이 밝은지는 모르겠구려. 그래도 부인이 그렇다고 하면 그렇지 않겠소. ……사위가 무척이나 조용한 것이 꽤 한가한 기분이 들기도 한다오. 요새는 말이오⋯⋯."

"⋯⋯."

"그전까지는 바쁜 날들이었지. 쫓기는 기분도 없지 않아 있었고⋯⋯. 좋아하는 것을 쫓기보다는 의무와 책무가 앞선 날들이었으니까. 뭐 이유야 어찌 되었든 이리 궁을 나와 혼례를 치르고 부인을 맞게 되니 확실히 감회가 남다르기는 하구려."

"좋고 편하십니까?"

"후훗. 좋고 편하오."

가횐을 올려다보는 홍우의 눈동자에는 염려와 걱정 그리고 강한 의문이 어려 있었다. 가횐은 그녀의 질문에 잠시 망설이다가 가벼운 웃음을 터트리며 답했다. 그제야 홍우가 얼굴에 밝은 미소를 드리웠다.

"다행입니다."

정말 그리 생각하는 것처럼 크게 고개를 끄덕이고 홍우는 시선을 다른 곳으로 돌렸다. 가횐에게 잠시 정신이 팔려 있었지만 그녀는 산책을 나오는 순간부터 줄곧 이 후원에 정신이 팔려 있었다.

"저하. 내탕금에 여유가 있고 저하께서 괘념치 않으신다면 후원에 작은 연못을 만들어도 될까요?"

"연못?"

그녀를 두고 뭔가 골몰하는 것 같던 가횐은 뜬금없는 말에 의아한 표정을 지었다.

"예. 얕고 너른 연못을 만들고 작은 방아를 하나 놓고 싶습니다. 나무도 몇 그루 심고요."

"마음대로 하시오. 이곳은 이제 부인과 내가 줄곧 살아갈 거처가 될 것이오. 그런 부인이 꾸미고 싶다면 꾸며야지요."

"감사합니다, 저하. 앗……!"

너무 기쁜 나머지 온몸으로 기뻐하며 몸을 틀던 홍우가 그만 긴 치맛자락을 밟고 균형을 잃었다. 앞으로 휙 고꾸라질 것 같은 그녀를 붙든 것은 가훤의 강한 팔이었다. 거의 본능과 감각에만 의존하여 그녀를 붙든 것이다.

"조심하시오, 부인. 넘어지면 어쩌려고 그러오?"

"저하."

겨우겨우 그녀의 허리를 부둥켜 잡았던 가훤이 품에 안기다시피 한 홍우를 향해 말했다. 놀람도 잠시 너른 남자의 품에 끌어안겨 버린 홍우가 긴장한 눈빛으로 가훤을 올려다봤다. 가훤이 한 손을 들어 그녀의 얼굴로 가져가더니 어젯밤처럼 그녀의 뺨을 쓸고 콧등을 어루만지다가 입술을 어루만지기 시작했다.

"저하."

홍우가 속눈썹을 파르르 떨며 그의 등을 끌어안았다. 가훤의 고개가 천천히 숙여지는 것 같더니 조금씩 단정한 입술이 다가서고 있었다.

"훗."

숨결이 먼저 닿았고 입술이 그 뒤를 이었다. 자신도 모르게 입술을 멍하니 벌리고 그만을 응시하던 홍우는 느껴지는 따스한 느낌에 자연스레 눈을 감을 수밖에 없었다.

그녀의 허리를 잡은 손이 더 강한 힘으로 끌어당기는 듯했다. 그리고 벌어진 입술 사이로 전혀 알지 못했던 낯선 느낌이 침범하며 깊고 또 깊게, 그녀의 혀를 옭아매는 느낌이었다.

"하아."

"음."

뜨거운 숨과 젖은 소리가 흘러나오며 그의 옷깃만을 하릴없이 꽉 움켜쥘 때였다. 정신이 혼미할 정도로 자신을 휘두르며 떨어지지 않을 것 같던 가훤의 입술이 다가설 때처럼 조용히 떨어지며 낮은 숨소리가 이어졌다.

'다행이다……'

입술은 달았다. 품 안의 온기도 따스했다. 제 것으로 맞춰진 것처럼 딱 들어맞게 쏙 들어와 안긴 몸은 전에는 전혀 알지 못했던 편안함과 안온함을 느끼게 해 주어서 저도 모르게 마음이 흐트러질 것 같은 느낌이었다.

'나를 혼란스럽게 하기 위해, 방심하게 만들기 위해 그녀를 보낸 것이라면……. 나름 최선의 방법을 택하신 것일지도 모르겠습니다, 어마마마.'

달았던 입맞춤, 딱 그만큼 입안이 쓰게 느껴져서 가훤은 그녀를 품 안에 꼭 끌어안은 채 비틀린 웃음을 지을 수밖에 없었다. 충동이었고, 떠보기 위한 것이었고, 또 보이기 위한 행동이었는데 가슴이 뛰고 있었다. 잡은 손을 놓기 싫은 기분이었다.

그녀가 자신에게 있어 독(毒)일지, 부적(符籍)일지. 두 눈으로 확연히 볼 수 있는 것이라면 거추장스러운 붕대를 풀어 직접 확인하면 그만일 텐데, 그렇게 그녀의 마음을 확인하기 쉽다면 좋을 텐데 싶은 마음이 일어서 가횐은 홍우를 끌어안은 채 한참을 쓰디쓴 미소만을 짓고 있었다.

二

따스한 햇볕이 내리쬐는 날, 금박을 두른 붉은 치마와 금실 은
실로 화려한 새가 수놓인 금의를 입은 화려한 복색의 여인이 연
못에 노니는 잉어에게 모이를 던져 주고 있었다. 건장한 내관 하
나가 그녀에게 그림자가 지도록 일산을 드리우고, 다른 한편엔 홍
안의 소년 하나가 그녀의 모습을 지켜보고 서 있는 모습이 무척
평화롭고 한가로워 보였다.

"네 형은 새로 맞이한 아내와 꽤 잘 지내고 있는 것 같더구나."

금, 은, 옥, 화려한 장신구들로 인해 모이를 주는 손이 무거워
보일 지경이었다. 여인은 익숙한 듯 가벼운 손짓으로 서너 번 더
모이를 뿌려 주고 나서야 돌아서며 소년에게 말했다.

"그렇기는 한 것 같습니다만."

못내 불만이 어린 얼굴로 소년이 불퉁하게 대꾸했다. 여인과

잉어를 번갈아 응시하고 있던 소년은 큰 불만이 있기라도 한 것처럼 입을 비죽비죽했는데 여인이 정확히 그 불만의 소재를 짚은 모양이었다.

"아직도 내가 훤아와 짝지어 준 네 형수가 그리도 달갑지 않은 게냐?"

소년의 태도는 아랑곳 않는 것처럼 여인이 피식 웃으며 소년 쪽으로 한 걸음 다가섰다. 소년도 그녀의 곁으로 다가서면서 불만 어린 표정만큼은 지우지 않았다.

"하지만 어마마마, 형님께서 아무리 몸이 불편하셔도 그렇지, 어찌 그런……. 어쨌든 형님께 부족하고 어울리지 않습니다."

"그렇다 하여 인정을 안 할 것이냐? 후일 네 형수를 보고도 그 따위 태도를 보였다는 소리가 들려오면 내 너를 가만두지 않을 것이야. 이미 내가 그 아이가 가장 알맞다고 여겼고 직접 혼례를 치러 준 지가 이미 여러 날이다. 언제까지 그 일로 왈가왈부할 것이냐."

"하나! ……예."

말대꾸를 잇던 소년이 곧 여인의 냉엄한 눈동자를 마주하고는 하는 수 없다는 태도로 고개를 숙였다. 그제야 여인이 흡족한 눈빛으로 연못의 잉어 떼를 응시했다.

여인은 금오국의 가장 존귀한 여인이자 하나뿐인 중궁, 홍아란이었다.

"혹여 불만이 있지는 않을까 저어되긴 하였지만, 그래도 잘 지낸다니 다행이지. 하기야 무척이나 따뜻하고 다정한 성품을 지닌 네 형이 아니더냐. 그러니 아마…… 함부로 굴지는 않을 테지. 궁에 있을 적에도 그리고 지금도……. 마음에 들지 않는 것이 있어도 드러내지 않고 상대방을 먼저 배려하는 아이였으니까."

홍아란은 혼잣말처럼 뇌까리며 가만히 수면을 바라보고 있었다. 그런 그녀의 얼굴은 워낙 무표정한 데다가 시릴 정도로 차분한 눈길만을 하고 있어 속을 읽기 힘들어 보였다.

'어마마마께서는 대체 어쩌자고 형님께 그런 짝을 지어 주신 건지. 아바마마까지 드물게 못마땅함을 내비치셨거늘. 게다가 형님께서 고집을 피우고 궁을 나가시는 바람에, 궁 안의 분위기가 험악한 마당에 급하지도 않은 혼사까지 서두르시고, 끝내 고집대로 행하신 건지. 에잉, 도통 어마마마의 속을 알 수가 없단 말이야.'

소년, 가정은 내뱉지 못하는 불만을 속으로만 중얼거렸다.

금오국 중궁, 홍아란은 수십 년 전 왕과 혼례를 치르며 모두 다섯의 아이를 두었는데 친자가 아닌 가훤을 제외하고 제 배로 낳은 유일한 아들이 바로 가정이었다. 하지만 가훤을 친자식이나 진배없이 길렀고, 가정과 다른 자식들을 낳고도 평등하게 대해 왔던 터라 모두에게 현모양처라고 칭송받았다.

가훤도 어쨌든 겉으로 보기에 그런 어미를 믿고 의지하며 지극한 효심으로 대해 온 사이였다. 그런 그가 불상사를 당해 출궁한 지금의 궁 분위기는 횡횡하고 어둡기만 했다.

"어마마마. 형님께 한 번 들어오라고 하시면 아니 됩니까? 형님께서 궁을 나가신 지 석 달이 다 되어 갑니다. 저도 너무 보고 싶고 궁금하지만 형님께서는 방문도 못 하시게 하고……. 어마마마도 그리워하고 계시지 않습니까? 형님께서 안부 인사를 오셨으면 하는 마음도 계시고요. 아바마마께서도 말은 아니하셔도 그늘진 얼굴이 그런 듯했습니다. 하니, 어마마마께서 넌지시 한번 오라고 해 보심이 어떻습니까?"

"되었다. 네 형이 다친 뒤 어찌나 울적하고 암담해했는지 잘 알지 않느냐. 궁을 나간 것도 바람 좀 쐬고 싶어 그리한 것이니라. 그런 아이에게 내 무슨 좋은 어미라고, 들라 말라 잔소리를 할까. 그냥…… 기다려야 하는 게다. 지금은 그리 해야 하는 때야."

무표정한 얼굴로 그리 말하는 홍아란의 얼굴은 냉랭하게만 보여서, 진심으로 가휜을 생각해 하는 말인지 의심이 될 지경이었다. 하지만 가정은 그런 어미의 표정을 잘 보지 못한 채 욱 하는 얼굴로 뭔가 말을 하려다가 곧 한숨과 함께 입을 다물었다.

'하긴 어마마마께서도 형님께서 그리 된 이후, 줄곧 울적하시고 암담해하셨다고 들었다. 겉으로는 여전하셔도 속은 말이 아닐 것이라고들 하였지. 그러니, 당장은 어마마마의 말씀을 따를 수밖에…….'

정녕 궁 안의 분위기가 말이 아니었다.

'그나마 형님이라도 어서 기운을 차리시면 좋을 텐데. 형수가 그럴 수 있도록 도움이 될 사람이면 좋았으련만…… 전혀 도움이 못 될 사람 같으니 그게 불만이라는 게지. 에잇, 흥!'

가정은 잔뜩 의기소침한 눈빛을 한 채 하늘을 멍하니 응시했다. 그만큼 운소현감의 여식은 가휜의 짝으로 미흡해 보였고, 때문에 세인들은 그녀를 두고 험한 소문을 입에 담을 정도였다. 어디서 튀어 나온 건지 모를 처자가 운 좋게 가휜 왕자의 부인이 되셨는데, 그리 좋은 일만은 아닐 것이라며 입방아를 찧는 것이다.

가휜 왕자가 불쌍한 만큼 그녀를 보는 시선이 좋지 못했고, 또 그런 그녀를 어찌 며느리로 삼으시냐며 중궁마저 그러실 줄 몰랐다는 말들이 가득해서 아무리 형수를 좋게 보려고 해도 좋게 보이지 않는 것이다.

'많은 반대를 무릅쓰고 반강제로 혼인을 시킨 만큼…… 그 아이가 제 몫을 잘 해내 주면 좋으련만.'

반면 연못을 향해 있는 홍아란의 눈빛은 서늘하게 빛나고 있었다. 모이를 흩뿌리며 잉어를 바라보는 그녀의 속내는 천 리 물속만큼 깊어 도통 알 수 없었다.

❀　　❀　　❀

따뜻한 봄날이 다가오려고 하는지, 한낮의 햇살이 꽤 좋았다.

그런 햇살 덕인지, 아니면 다른 이유가 있는 것인지 조용하기만 하던 별궁이 근래 들어 꽤 소란스러워지고 있었다.

별궁으로 온 뒤로 가휜 왕자는 방에서 나오지 않으며, 예전처럼 사람을 즐겨 만나지도 않고 홀로 두문불출하셨었다. 그래서 우울한 그 분위기가 새 안주인이 생긴다고 한들 없어지지 않을 줄 알았는데 예상이 빗나간 듯했다.

급작스럽게 들어온 새 안주인 때문에 복인지 흉인지 모르겠다며 걱정이 많았던 궁인들은 지금에 와서는 오히려 잘 되었다는 분위기였다. 무엇보다 하루 종일 서재에서 생활하시며 방 밖으로 거의 걸음도 하지 않던 가훤 왕자가 간간히 모습을 내보이고 있다는 점이 반가웠다.

그리고 그것은 지금도 그랬다.

"정말 못을 파고 수차라도 놓겠다는 건가?"

별원으로 향하는 길 한가운데에 가훤이 서 있었다. 이른 아침부터 땅땅거리며 울리는 소음 때문에 호기심을 느끼고 있다가 결국 밖으로 나선 것이다. 장장 이레를 서재에서 나오지 않던 그가 별원의 월동문 길 초입에 서서 고개를 갸웃거리는 중이었다.

"그런 모양입니다."

뒤에 묵묵히 서 있던 초웅이 하는 수 없다는 얼굴로 답했다. 우내관은 말이 많은 이가 아니었고 또 잘 나서는 사람도 아니었다. 자신 역시 말이 많은 편은 아니었지만, 답할 사람이 딱히 없으니 주위를 둘러보다 대꾸를 하는 것이다.

"벌써 닷새가 넘도록 많은 일꾼들이 숱하게 별원을 들락거렸다고 합니다. 군부인 마님께서 대단한 공사를 벌이시려는 모양입니다."

퉁명한 어조가 본래 그런 것인지 웃전의 신부가 마음에 들지 않아 그러는 것인지는 알 수 없었다.

"흐음."

초웅이 무표정하게 뱉은 말에 가훤이 침음하며 느릿하게 월동문을 넘어 별원으로 들어섰다.

"저하, 오셨습니까."

하지만 몇 걸음 걷지 않아 차분하고 낮게 깔린 음성이 그를 맞았다.

"해월인가?"

"예."

손에 작은 다과상을 든 채 후원을 향하고 있던 해월이 그를 발견한 것이다.

"마님께서는 후원에 계십니다."

"아침 내 시끄러운 소리가 이어지던데, 그런 소란스러운 후원에 있다고?"

"예. 바람도 쐬고 수도 놓으시며 연못의 공사가 어찌 되어 가나 지켜보기도 하시겠다며 후원에 자리하고 계십니다. 마침 나무를 다듬느라 시끄러운 소음을 내는 일은 끝이 났고, 일꾼들도 늦은 점심을 들고 오라 내보낸 터입니다. 저는 마님의 다과상을 준비해 가던 중이었사온데…… 제가 안내하올까요?"

말을 하며 잠시 해월의 인상이 일그러졌지만 신경 쓰는 이들은 하나도 없었다. 해월이 설명하다가 딱 한 사람의 몫만 준비되어 있는 다과상을 바라보며 잠시 잠깐 망설였는데 가횐이 고개를 가볍게 내저었다.

"아닐세. 그냥 내가 가 보도록 하지."

가볍게 손사래를 치고 가횐은 느릿느릿 다시 걸었다. 연못 터를 멀찍이 잡았는지 그의 걸음을 방해하는 이도 없었다. 하지만 가횐은 홍우가 있을 탁자를 한참이나 남겨 두고 우뚝 걸음을 멈췄다.

"저하?"

초웅이 의아한 음성으로 그를 불렀다. 가횐은 아랑곳 않고 잡은 지팡이에 지그시 힘을 실은 채 생각에 잠긴 듯 서 있을 뿐이었다.

"그녀가…… 저곳에 있나?"

가횐은 손가락을 들어 탁자를 어림했다. 앞이 보이지 않아도 그의 손은 꽤 정확하게 홍우가 앉아 있는 곳을 향하고 있었다.

"……예."

그의 손짓에 자연스레 홍우가 앉은 곳을 바라보던 초웅이 무엇을 보았는지 눈을 찌푸리며 미묘한 어투로 답했다.

"왜? 답이 좀 이상하군?"

"아니요. 조금 희한한…… 광경을 보아 그렇습니다."

가횐이 기민하게 알아채고 말했지만 초웅의 두 눈은 여전히 홍우를 향한 상태였다. 가횐이 그의 말에 더 이상하단 얼굴로 되물었다.

"희한한 광경? 왜? 어찌하고 있기에 그러는가?"

"군부인 마님의 머리 위에…… 종달새 한 마리가 장식처럼 앉아 있군요."

"종달새?"

대체 무슨 일이기에 초웅이 미적미적 그러나 하였더니…… 뜬금없는 단어에 가횐 역시 어이없는 표정을 지우지 못할 때였다.

"아, 저하!"

수틀을 쥐고 절치부심하고 있던 홍우가 퍼뜩 고개를 들며 가훤을 바로 응시했다. 거리가 멀어 초옹과 가훤의 대화가 들렸을 리도 없는데 그가 온 것을 안 것처럼 돌아보는 것이다. 그러고는 수틀을 곁의 의자에 내려놓고 벌떡 몸을 일으켜 달려오는 몸짓이 급했다. 그녀의 몸짓에 앉아 있던 종달새가 후다닥 날아가 버렸다.

"부인, 뛰지 마시오."

홍우를 향해 다시 걸음을 옮기는 가훤이었지만 그녀가 더 빨랐다. 한달음에 나는 듯이 다가오는 그녀를 가훤은 소리로 알 수 있었다.

"저하. 언제 오셨사옵니까?"

며칠 만에 그를 보는 반가움과 기쁨에 홍우가 발그레한 얼굴로 말했다. 그러느라 자신이 뛰어왔다는 사실도 까맣게 잊을 정도였다.

"뛰지 말라 하였더니……. 넘어지기라도 하면 어쩌려고 뛰어다니는 거요? 훗."

보지 않아도 그녀의 감정이 훤히 느껴졌다. 부러 그런 것이라면 참으로 무서운 사람이겠지만, 나름 꽤 솔직하고 순진한 성품이라는 것을 알 수 있었다. 가훤은 그런 그녀가 귀여웠다.

"아, 마음이 급하여서 그만……. 그래도 잘 넘어지지는 않습니다."

"항시 그리 잘 뛰어다닌다는 소리요?"

"아, 아니요. 그는 아닙니다만……."

"쿡."

홍우가 부끄러움에 고개를 푹 수그렸다. 신경을 쓴다고 쓰는데도 버릇은 쉬이 사라지지 않았다. 가휜이 손을 들어 그녀의 얼굴을 만지려했음인지 귀밑머리에 손가락이 잠시 닿았다가 떨어졌다.

"그런데 내가 온지 어찌 알았소?"

"그는 종달새가…… 아. 그냥 언뜻 발소리가 들린 것 같아서요."

뭔가를 말하려 했던 홍우는 곧 멈칫하며 말을 돌리더니 그를 가만히 이끌어 자리로 안내했다. 그리고 그 곁에 앉으려다가 방해물이 있음을 알아채고는 눈을 슬며시 찌푸렸다.

"칫."

절로 이가 갈리는 물건은 수틀이었다. 자신의 수예 솜씨를 확인한 해월은 아연한 표정을 짓다가 깊은 한숨과 함께 다시 해 보시라 '명령' 했는데 벌써 몇 번째 퇴짜를 맞았는지 보는 것도 지겨웠다. 그래서 안 하면 안 되냐는 기색을 벌써 몇 번이나 비추었건만, 해월은 눈 하나 깜빡하는 일 없이 중궁마마와 가휜을 들먹이며 홍우가 시무룩한 얼굴로 그것을 집어 들게 만드는 것이었다.

홍우가 힐끔 가휜의 눈치를 살피고는 그것을 멀찍이 밀어놓고 자리에 앉았다.

"그래, 연못은 많이 만들어졌소?"

"예. 오후에 흙을 다질 것이라 하답니다. 완성되어 자리를 잡기까지는 서너 달이 걸리겠지만 외형만 완성하는 데는 얼추 한 달이면 될 것이라고 했습니다. 그간 시끄러우셨지요? 그래도 완성이 되어 방아가 돌며 물소리가 나면 저하께서 덜 적적하실 것입니다."

차분한 음성으로 말하며 홍우의 눈동자가 가휜의 붕대를 향했다. 자신이 다친 것도 아닌데 보고 있을 때마다 자신이 아픈 느낌이었다. 저도 모르게 손을 들어 붕대를 어루만질 듯 손을 가까이 들었다가 스스로의 행동에 놀라 펄쩍 뛰며 얼른 손을 내려 감췄다.

"날 위해 만들고자 한 거였소? 후원이 너무 썰렁해 꾸미고 싶어 그리한 줄 알았더니……."

"아니오. 그냥 저는 저하께서 어둠 속에 계시면 적적하시지 않을까 저어되어……. 물소리는 사람의 기분을 편안하게 합니다. 저하께서 조금이라도 편히 계실 수 있었으면 하는 마음에 그리했습니다. ……하잘 것 없는 것이지만요."

고개를 숙인 채 홍우가 중얼중얼 말했다.

저 먼 곳에 살며 가휜에 대해 자세히 알지는 못하지만 그래도 다친 이후 거의 하루의 대부분을 서재에서 우두커니 앉아 보낸다는 이야기를 들었다. 문무에 모두 밝아 글도 즐겨 읽으셨지만 워낙 활동적인 성품이시라 이삼 일에 한두 번은 말을 타고 밖으로 나가셨고, 그도 못 하시면 산책이라도 아침저녁으로 해야 성이 풀리시는 분이라는 말도 들었다.

'어찌나 답답하실까?'

그런 그가 몸을 다쳐 어둠 속에 홀로 앉아 있는 것이 일상이라니. 그것이 홍우의 가장 큰 걱정이었다. 당장은 그 답답함이 괜찮은 듯 보여도 곧 병이 될 터인데 싶었다. 저 역시 아비의 등살에 하루, 이틀만 바깥 기운을 쐬지 못해도 우울하고 답답해 죽을 것 같았는데 가휜은 더하지 않을까 염려되었다.

때문에 불편한 것들을 모두 치우고 연못을 만들어 물소리라도 내면 그의 기분이 조금은 더 나아지지 않을까 생각했었다.

"저하, 군부인 마님. 차와 다식(茶食)입니다. 아직, 바람이 차니 따뜻한 차를 드시면서 말씀 나누시지요."

둘이 잠시 침묵하고 있을 때, 가휜을 보고 차와 다식을 더 내오기 위해 돌아섰던 해월이 찻상을 가져오며 말했다.

사박사박 걸음 소리를 내며 다가선 그녀는 탁자 위에 차와 다식을 공손하게 내려놓고 뒤쪽으로 멀찌감치 물러섰다. 그러면서 멀리 수틀을 밀어 둔 홍우를 직시했지만, 그녀는 모르는 척 고개를 돌려 외면했다.

"하아."

군부인 마님의 행동에 해월이 아주 작게 한숨을 내쉬었지만 신경 쓰는 사람은 없었다.

"그러고 보니 초웅이 아까 부인의 머리 위해 새 한 마리가 앉아 있다고 하더군. 아, 초웅은 내 뒤의 호위무관이요. 면식은 있지요?"

"아, 예. ……새, 말인가요?"

불쑥 나온 가휜의 목소리에 홍우가 아주 잠깐 당황한 얼굴로 움찔했다. 하지만 곧 그녀는 곧 아무것도 모르는 사람처럼 고개를 갸웃했다. 거짓말을 못 하는 성미인지 난감한 기색이 그대로 드러나 있었지만 가횐이 보질 못하니 그를 짚어 말할 사람은 없었다. 뭔가 의심쩍은 시선으로 그녀를 보고 있던 초웅만이 더욱 기이한 눈빛으로 그녀를 쏘아봤지만, 홍우는 그 또한 모르는 척 흘렸다.

'아버지께서 제발 좀 그러지 말라 하셨어. 미친 사람처럼 보일 게라고. ……안 돼, 절대 들키지 않을 거야.'

홍우는 고개를 크게 끄덕이며 마음을 다잡았다. 하지만 워낙 속내를 숨기지 못하고 거짓말도 해 본 적이 별로 없어 심장이 미친 듯이 뛰었다.

"아, 앉은 줄도 몰랐던 거요?"

"예에. 저는 저하께 드릴 손수건을 만드는 데에 골몰하여서……. 몰랐사옵니다. 그런 일이 있었다고 합니까?"

"흐음. 새가 부인이 어여뻐 꽃나무인 줄 알았던 모양이오. 후훗."

이상하다는 얼굴이긴 했지만 가횐은 별일 아닌 것처럼 웃고 넘겼다. 홍우가 그런 그를 난감한 듯이 바라보다 다른 이야기를 꺼내 들었다.

"저하. 줄곧 서재에만 머무르시면 답답하지 않으십니까? 적적하실 것인데, 괜찮으시면 소첩이 책이라도……."

그녀로서는 별로 잇고 싶은 소재가 아닌지라 다급하게 다른 화제를 꺼내 든 것이었으나 홍우는 다시 말끝을 흐릴 수밖에 없었다.

'어려운 책이면 못 읽어 드리는데.'

어찌 꺼내는 말마다 실수투성이인지…… 그녀의 얼굴에 당혹이 어렸다.

'아버지 말씀대로 글 공부를 열심히 할 것을 그랬어. 수예도 열심히 하고.'

그녀의 시선이 자연스럽게 밀어 놓았던 수틀을 향했다.

"그래 주겠소? 안 그래도 조금 적적하기는 하더군. 어서 익숙해져야 할 텐데 말이오. 부인께서 서재로 건너와 한두 시진이라도 함께해 주면 확실히 하루가 빨리 지날 것 같기는 하구려."

홍우가 말을 하다 말고 고민에 잠긴 줄도 모르는 가횐이 반색을 했다.

'곁에 두고 살피면 좀 더 알 수 있겠지. 아니, 더 혼란스러워지면 어찌하지?'

충동적으로 말대꾸를 한 가횐의 심사도 복잡해지는 것은 마찬가지였다. 며칠 전의 달았던 입맞춤이 떠올랐다. 그녀를 떠보기위해 그리해 놓고 못내 뇌리에서 떨쳐지지 않는 강렬한 느낌을 받았다. 때문에 며칠 서재에 틀어박혀 아무렇지 않은 척을 해 보았으나 불쑥불쑥 머릿속을 헤집고 들어오는 것은 그녀에 관한 것들뿐이었다. 닿았던 입맞춤과 살결의 느낌도 아직까지 그대로 남아 있었다. 정말 어찌 생겼을까 궁금한 한편, '그래 봤자 제 사람이 아닌데, 아닐 것인데.' 하는 혼란과 불안이 이어졌다.

"후."

"하아."

나란히 앉아 각자의 고민을 하던 둘이 거의 동시에 한숨을 내쉬었다. 그리고 멈칫하며 서로의 눈치를 살폈다.

"예. 저하. 그러면 소첩이 내일부터 한 시진씩이라도 서재에 건너가 책을 읽어 드리겠습니다."

고민하던 가횐이 '되었다.'고 하려는데 홍우가 눈을 질끈 감은 채 굳은 결심이 어린 어조로 말했다.

"부인이 그리해 주면 심심하지 않겠구려."

잠시 침묵하던 가횐은 곧 부드러운 웃음을 지어 보이며 자신의 속내를 꽁꽁 감췄다.

'당장 오늘 밤에 해월부인에게 알려 달라 해야지. 최대한 어렵지 않은 책으로……!'

그렇게 가횐이 어떤 생각을 하고 있는지 알 리 없는 홍우는 손을 뻗어 수틀을 어루만지며 속으로 그렇게 결심을 다졌다.

❀   ❀   ❀

"어떻게 지내고 있더냐? 여전히 방에만 숨어 지내던가?"

궁궐만큼이나 화려한 전각의 밀실에 중년 남자 한 명과 노부인 하나가 밀담을 나누고 있었다. 긴한 이야기인지 덧창을 다 닫아건 탓에 한낮임에도 실내는 어둡기만 했다.

"그렇지는 않사옵니다. 여전히 서재에서 시간을 많이 보내시기는 합니다만, 혼례를 치르시고 심경이 조금 나아지신 것인지, 한 번씩 나오셔서 마님과 시간을 보내시곤 합니다. 마님께서도 낮에 서재로 가서서 책도 읽어 드리고 한담도 나누시곤 하더군요."

"어디서 튀어나왔는지도 알 수 없는 별 볼 일 없는 계집이……. 그래도 나쁘지 않았던 모양이지? 그 자존심 강한 녀석이 이번 혼사에 정말 마음이 상했을 텐데. 내색도 않고 잘 대해 주는 듯 보이니."

"……."

비웃음이 가득 담긴 어조에 앞에 앉은 노부인은 잠시 침묵했다.

"자네가 보기엔 어떤가?"

"무엇을 말씀이십니까?"

노부인의 반응은 아랑곳 않고 생각에 잠겼던 중년 남자가 길게 찢어진 눈을 돌려 그녀를 향했다.

"그 계집, 군부인 말이야. 누님께서 그리 서둘러 고집대로 일을 진행해 버리시는 바람에 마땅히 손을 쓸 틈도 없었단 말일세. 신경을 써 다른 가문의 단자를 하나 넣어 두었건만, 소용도 없이 돈만 날린 꼴이 됐지. ……자네가 보기엔 어떻던가? 이쪽으로 끌어들일 수 있다면 가장 좋겠지만…… 아니라고 해도 이용할 여지가 있으면 좋을 텐데 말이야."

"군부인 마님은……."

남자의 말에 여인은 하는 수 없다는 듯 입을 열었다. 노부인, 해월은 홍우의 모습을 떠올리며 잠시 말끝을 흐리다가 흘러나올 것 같은 한숨을 애써 입안으로 삼켰다.

그녀가 지금 마주 대하고 있는 것은 자신의 주인이나 다름없는 백호가의 가주, 홍민이었다. 중궁마마께서 옛정까지 거론하시며 자신을 사사로이 군부인에게 보내었을 때 이런 상황을 예견하지 못한 것은 아니었다. 그래서 썩 내켜 하지 않았었는데…….

"순수한 성품을 지니신 분입니다. 지금 궁궐 상황이나 왕자 저하의 처지 등에 대해서는 전혀 짐작도 못 하시고 생각도 못 하시는 그냥 시골 처녀였습니다. 그 정도로 무지한 편이시니…… 글쎄요. 어찌 끌어들이고 이용하실 생각이신지는 알 수 없으나, 불가능하지는 않을 것 같습니다."

"흥! 다행이라면 다행일 노릇이군. 괜히 물정에 밝아 제 멋대로 계산속에 움직이는 계집이 아니라면 수야 이쪽에서 얼마든지 낼수 있는 일이니까. 아비가 운소현감이라고 들었던 것 같은데……?"

"운소현감이었다고 합니다. 벌써 두 해 전, 사직 상소를 청하고 고향인 운소현에서 조용조용히 살고 있다고 하더군요."

"흠."

백호가주 홍민은 자신의 턱을 쓸고 눈을 내리감은 채 고민했다.

"군부인이 말을 꺼내면 들어먹긴 하겠던가? 정녕 다른 꿍꿍이속내 같은 것은 없어 보이고? 쳇. 하늘에서 뚝 떨어진 것이라 감을 잡을 수가 있어야지. 군부인의 속내도 속내지만, 그런 이를 데려다가 그놈의 짝으로 삼아 주신 누님의 속내는 더 알 수 없는 노릇이라니까."

"속내 같은 것은 없어 보였습니다. 워낙 저하를 사모했던 처자들이 많지 않았습니까. 군부인 마님도 그런 동경을 가지고 계셨는데 저하께서 다치셨다는 소식에 마음을 끓이다가 성도에 달려왔고, 그러다 운 좋게 중궁마마의 눈에 드셨다고 들었습니다."

"누가? 누님이 그러던가, 아니면 그 계집이 그리 말했다는 건가?"

"군부인 마님도 저하께 언뜻 그런 이야기를 하였었고, 중궁마마께서 저를 불러 군부인 마님께 가라 하실 때도 그런 말씀을 하시더군요."

"그래? 하지만 그렇다고는 해도 누님이 그리 불쑥 튀어나온 이를 아무 이유 없이 낙점하실 리가 없는데……. 혹여 신녀 이장효와 무슨 이야기를 나누셨는지 그 말씀은 안 하시던가?"

홍민이 목소리를 낮추며 은근하게 물었다. 다른 것들도 궁금하긴 했지만 정말 궁금하고 중요한 것은 그것이었다. 일전에 누이에게 그 일에 관해 물었지만 아무런 대꾸도 해 주지 않았기 때문에, 꼭 알아야겠다고 생각하고 있었다.

해월은 한 달 전쯤, 자신을 불러 독대를 했던 옛 주인을 떠올리며 다시 한 번 한숨을 삼켰다. 내키지 않았지만 마지못한 얼굴로 그녀는 결국 입을 열 수밖에 없었다.

"이장효는 군부인 마님을 데려와 딱 한 마디만 하셨답니다."

"그래? 뭐라고?"

"중궁마마의 귀한 부적이 될 것이라고요."

그녀의 말에 홍민이 아리송한 얼굴로 침묵했다.

"마마, 누님의 부적이 될 것이라고 하였다고?"

"예."

홍민은 이해가 안 간다는 얼굴로 머리를 흔들었다.

"누님께 부적이 왜 필요하다는 건가? 아, 행하시는 일에 보탬이 된다는 뜻이라고 하던가?"

"모르겠습니다. 장효는 다른 이야기는 더 하지 않았고…… 중궁마마도 그 말에 대해 깊이 고심하신 듯했으나 더 이상의 말씀은 삼가셨습니다."

"하아. 부적이라니, 웬 뜬금없는 소리란 말인가. 게다가 그놈에게 도움이 되는 부적도 아니고…… 누님께 도움이 되는 부적이라. 하면 그 계집이 보탬이 되지 못한다고 해도 쉽게 없앨 수는 없는 노릇인데……. 어허. 아리송하군, 아리송해."

혼잣말을 하는 홍민을 보면서 해월은 무표정한 얼굴로 침묵만을 지켰다. 서안을 두들기며 답답해하던 홍민의 얼굴에 불쑥 짜증이 가득 어렸다.

"쯧. 역시 그놈이 죽어 버렸어야 했는데. 그랬으면, 이 일을 두고 이렇게 고민할 일도 없는 것인데. 쯧쯧."

복잡한 것을 싫어하고 다급한 성격답게 험한 말을 지껄이며 혀를 차는 홍민이었다. 그는 짜증과 잔인한 빛이 어린 눈동자로 해월을 쏘아봤다.

"정말 병신이 된 게 확실하긴 하더냐? 아무리 두 눈이 멀고 다리를 다쳐 왕권에서 밀려났다고 한들 목숨이 저리 붙어 있으니 이리 내 머리가 아픈 것이 아니더냐. 그런데 만약 다친 것도 사실이 아니라고 한다면……."

"사실입니다. 가주께서 이미 몇 번씩이나 확인을 해 보신 사항이 아닙니까. 진료했던 어의가 심한 상흔에 두 눈을 잃을 것이라고 했고, 실제로도 앞이 보이지 않는 듯한 모습을 궁궐에서 보이셨습니다. 때문에 전하와 중궁마마께서 얼마나 상심이 크셨는지 가주께서 직접 보시지 않으셨습니까."

"그래. 그랬지. 상흔이나 무엇으로 볼 때도 실명을 하여 앞을 볼 수 없을 것은 분명했어. 아니, 살아난 것만 해도 정녕 하늘이 내린 천운이라 했었으니까……."

홍민이 음험한 얼굴로 중얼거렸다. 목숨이 위태로웠던 왕자가 다행히 깨어나긴 했지만 눈의 상처가 중해 앞을 보지 못할 것이라는 말에 궁궐은 물론 나라가 들썩였다. 또 그가 조금씩 회복할 때 왕과 중궁을 비롯한 몇몇 중신들도 붕대를 풀어 그의 상처를 확인하며 더욱 침음했고, 걱정된다는 핑계로 홍민 역시 나아가 그를 지켜보았던 것이다.

"그래도 죽었으면 좋았을 것을, 쯧! 십중팔구 일의 성사를 확신했건만."

"어쨌든 저하께서 왕권에서 밀려난 것만은 확실한 일이 아닙니까. 그것이 가주께서 원하시던 성과이고요."

까만 눈동자로 홍민을 묵묵히 보고 있던 해월이 하는 말에 그는 피식 웃음 지었다.

"훗. 그래. 원하던 성과지. 살아남아 거치적거리는 게 문제이긴 하지만. 뭐, 어차피 그 몸으로는 무엇도 행할 수 없을 테니 누님과 나는 원하는 바를 이룰 수 있을 게야."

"예. 그러면 되었지 않습니까."

해월이 고개를 끄덕였다. 하지만 홍민은 고개를 작게 내저었다.

"근데 이상하게 신경이 거슬린단 말이야. 그놈이…… 살아 있다는 것 자체가 마음에 안 들어. 게다가 그 청룡가의 서자도 여태 별궁을 들락거리고 있다지?"

"저하의 친우가 아닙니까. 아직도 며칠에 한 번씩은 꼭 찾아오십니다."

"흥. 유유상종이라고 같은 서자끼리 마음이 꽤 잘 맞는 모양이지. 세는 지니지 못한 한제윤이나 그렇다고 해서 눈에 거슬리지 않는 것은 아니야."

"그래도 저하를 따르는 이들이 많이 떨어지지 않았습니까. 별궁에 가끔 방문을 하는 것은 청룡가의 서자뿐, 다른 이들은 없었습니다."

"그래야지. 그를 따르며 밉보이던 작자들도 이제는 나와 내 누님의 눈치를 살피기에 급급하니 말이야. 크큭. 이제는 사혜를 정아와 짝지어 주는 일만 남은 셈인데……."

"……."

"누님께서는 그에 대해 별말씀이 없으시던가?"

가만히 고개를 내젓는 해월이었다.

"중궁마마께서는 아무 말씀이 없으셨습니다. 하나 서두르실 일은 아니지 않을까요? 가정 왕자님께서 사혜 아가씨를 예뻐하시긴 하셨습니다만, 형님과도 친하셨으니 거부감이 있으실 것이고…… 사혜 아가씨도 괴질을 핑계로 파혼을 청한 터에 중궁마마께서 입장이 곤란하실 겁니다."

"뭐, 당장 그리하겠다는 건 아니다. 그러나 이리된 마당에 언제까지 세자 위를 비워 둘 것이냐며 조만간 말이 나올 것이다. 그때에 맞추어 사혜를 세자빈의 자리에 올려 두어야 내 마음이 편하지 않겠는가! 그러니 못해도 올해를 넘길 수는 없는 노릇이지. 그리고 사혜의 괴질이 뭐 어때서! 다른 문중들조차 그놈이 그리되자 제 집안 여식을 숨기기에 급급한데 어찌 내 귀한 딸을 내어 줄까. 말도 안 되는 소리지."

"……."

"어쨌든 알았으니 자네는 이만 돌아가 보게. 식솔들을 보고 싶으니 달에 한두 번 돌아갈 수 있게 해 달라고 하였다지?"

"예."

어두운 눈으로 그를 보고 있던 해월이 고개를 끄덕이며 수긍했다.

"그러면 앞으로도 주기적으로 보고를 하는 데에는 문제가 없을 터. 군부인을 끌어들일 수 있도록 해 보게. 그게 아니라고 해도 그놈의 일거수일투족을 감시하는 데 소홀함이 있어서는 안 돼. 만에 하나 일에 방해가 될 것 같으면 그 즉시 수를 써야 하니까. 알아들었나?"

"……예."

해월에게 당부하는 홍민의 눈동자가 차갑도록 예리하게 빛났다. 살의가 가득 어린 눈빛에 해월은 깊이 고개를 숙일 수밖에 없었다.

"나가 보게. 참, 궁에는 들렀다 갈 것인가?"

"예. 중궁마마께서 서찰을 보내셨기에 입궁하였다가 돌아갈 생각입니다."

"잘 되었군. 누님께서도 못내 거슬리는 모양이니 잘 보고 드리고 돌아가게."

그만 나가 보라는 듯 홍민이 손을 휘젓자 해월은 겨우 몸을 일으켜 밖으로 나올 수 있었다.

"이게 누구야. 해월이잖아?"

손에 쥐고 있던 쓰개치마와 작은 보따리를 정돈하는 그녀를 누군가가 부르고 있었다. 명랑한 소녀의 음성에 해월은 애써 웃는 얼굴로 돌아섰다.

"사혜 아가씨."

"고모님께서 별궁으로 보내셨다고 들었는데, 어쩐 일이야? 아버님 뵈러 왔어?"

작은 정원을 건너오던 소녀가 그녀에게 화사한 웃음을 지어 보였다. 하얀 피부와 큰 눈이 마치 피어나는 꽃처럼 어여쁜 소녀는 '괴질에 걸려 골골한다는' 소문의 주인공 홍사혜였다. 발그레한 홍조가 도는 뺨이나 사뿐사뿐한 걸음걸이 어디에도 '골골' 하는 모습은 없었지만 어느 누구도 그를 지적할 수 있는 이는 없었다.

홍민의 말처럼 다들 제 여식들을 감추기에 급급한 처지에 누구보다 권세욕이 드높은 홍민과 그 딸이 잠자코 혼사를 치를 리 없다는 것을 알기 때문이다. 때문에 눈 가리고 아웅 하는 홍민의 말에 모든 이들이 '그러면 그렇지.' 하고 넘겼을 뿐, 딱히 문제 삼지 않았다. 그래서 사혜도 집 밖으로 외출만 삼갔을 뿐 제 하고 싶은 대로 다 하고 다니는 것이다.

"예. 제 며늘아기가 손자를 낳은 지 얼마 안 되지 않았습니까. 그 아이들도 볼 겸 하여 왔다가 가주께 인사를 드리지 않을 수 없어 잠시 들렀습니다."

"그래? 근데 궁에는 안 들러?"

평범한 어투로 물은 것과 달리 사혜는 몹시 궁금해하는 얼굴이었다. 대신 눈을 반짝 빛내며 궁 이야기를 꺼내는 것에 해월이 고개를 끄덕였다.

"중궁마마를 뵈러 입궁할 것입니다. 가정 왕자님께 전해 드릴 것이 있습니까?"

"응! 엊그제 약과를 좀 만들었거든. 안 그래도 사람을 보내 전해 드리고 싶었는데, 해월이 좀 전해 줘. 오라버니는 단것을 좋아하시니까 분명 좋아하실 거야. 내가 만든 거라고도 필히 전해 드리고, 응?"

"예. 그럼 아가씨의 처소에 들렀다 갈 것이니 같이 가시지요."

"알았어. 유모한테 예쁜 보자기를 내어 달래야겠다. 어서 가자, 해월."

방긋방긋 웃는 얼굴로 사혜가 얼른 돌아섰다. 그녀도 아버지를 뵈러 온 모양이었지만 이제는 아무래도 상관없는 모양이었다. 신이 났는지 종종걸음으로 앞서 걷는 홍사혜를 보며 해월이 문득 희미한 웃음을 지었다.

'군부인 마님이었으면 벌써 저 멀리 날아가 계실 것을……. 사

혜 아가씨는 안 그러시는군.'

지금 자신이 모시고 있는 주인과 사혜를 보니 자연스럽게 비교
가 되어 웃음이 떠오르고 말았다. 그녀를 모시고 있은 지 한 달도
되지 않았는데 입이 부르틀 지경이란 사실이 씁쓸하면서도 왠지
웃음 짓게 했다.

'또 뛰어다니며 별궁을 휘젓고 다니시는 건 아닌지…….'

피곤하고 지쳤지만 그래도 밉지는 않았다. 군부인 마님께서 자
신을 기함하게 한 일은 수두룩했지만 이상하게 밉지 않은 사람이
었다.

「해월? 태어난 지 백일도 안 된 손자가 있어요? 정말 보고 싶
겠네요. 얼른 다녀오세요. 해월이 눈을 떼도 시킨 일은 제대로 하
고 있을 테니까 걱정하지 말고요. 한 며칠 푹 쉬며 즐겁게 손자
재롱을 보고 오세요.」

놀랍도록 세상 물정 모르는 얼굴로 환하게 웃으며 말했던 군부
인 마님을 떠올리며 해월은 저도 모르게 자신이 나온 전각을 돌
아봤다.

'그렇게 세상 물정을 모르니…… 그러니 다들 마다하는 분께
얼른 시집을 오셨겠지만. 대체 어찌하시려는지. 혹여 모를 피바람
에 휘둘려도, 휘둘리지 않아도 한 평생 갇힌 듯이 조용히 살아가
셔야 할 텐데.'

해월의 눈빛이 어둡게 가라앉았다. 감시해야 하는 사람이었지
만 내심으로는 홍우가 딱하고 안쓰러웠다. 애초 중궁마마의 뜻을
받들 때는 아무 생각도 동정도 없었지만, 막상 그녀의 순수한 성

품을 마주하니 그럴 수밖에 없었다.

그녀가 조용히 살겠다고 해도 그녀를 둘러싼 환경은 그렇지 않을 것임은 잘 알고 있었기 때문이었다. 그리고 해월도 그녀를 편들어 모실 수 없는 처지였기 때문에 딱한 심정이 가시질 않았다.

그 시각, 홍우는 제가 한 약속을 지키느라 바쁜 와중이었다. 이른 아침을 들고 바로 가훤의 서재로 건너왔던 그녀는 많은 시간을 그곳에서 보내는 중이었다.

지금도 고심해 골라 들었던 얇은 서책 한 권을 가훤에게 읽어 주고, 같이 점심을 들고 난 뒤에 차를 우려 그에게 조심스레 쥐여 주는 중이었다.

"그러고 보니 부인을 쫓아다니는 해월의 차분한 음성이 안 들리는데, 어딜 갔소?"

받아 든 차를 한 모금 입안에 머금고 음미하던 가훤이 불쑥 생각난 것처럼 물었다. 그에게 차를 우려 주고 자신은 찻잔 대신 수틀을 쥐고 있던 홍우가 시선을 들었다.

"해월은 손자가 보고 싶은 듯해서 사가에 보냈답니다. 손자가 태어난 지 얼마 되지 않아 그 아이를 키우며 여생을 보낼 생각이 었는데 중궁마마, 아니 어마마마께서 간곡히 저를 돌보아 달라고 청하시어 오게 된 것이라며 한 달에 한 번이라도 사가에 다녀오고 싶다고 하더군요. 하여 열흘이나 보름에 한 번씩 다녀오는 것이 좋겠다고 했더니, 엊그제 가서 오늘쯤 돌아오겠다고 했답니다. 아, 저하께도 여쭤 보고 보낼 것을 그랬나요?"

홍우는 중궁을 거론하며 잠시 얼굴을 붉히다가 다시 뒷말을 이었다. 그리고 미처 가횐에게 묻는 것을 생각하지 못해 미안하단 얼굴로 확인하듯 묻자 그는 가만히 고개를 내저었다.

"아니, 되었소. 집안일이니 부인이 알아서 하시구려. 해월에게 태어난 지 얼마 안 된 손자가 있는 줄은 몰랐는데…… 그러면 정말 아이가 많이 보고 싶었겠소."

"예. 그럴 것 같아요. 어마마마께서 특별히 저를 신경 써 그녀를 보내 주시느라 그리되었다는데…… 미안한 마음이 많이 들더라고요."

홍우가 조금 잦아든 음성으로 중얼거렸다.

'중궁마마께서는 나를 언짢게만 여기는 줄 아셨는데. 저하를 모시고 내조하려면 부족함이 없어야 한다며 부러 해월부인을 보내 주셨다니…….'

몇 번 본 적 없는 시어머니를 떠올리며 홍우의 눈동자가 아른아른 흔들렸다. 홍우가 중궁마마를 마주한 것은 딱 두 번이었는데, 그때마다 얼마나 무섭고 떨렸는지 몰랐다. 첫 대면은 그녀가 하교에 입궁했던 날 밤이었다. 불쑥 자신을 찾아와 빤히 바라보기만 하던 그녀는 아름답고 위엄이 있으며, 아득히 높으신 분이어서, 차마 눈도 마주하지 못할 정도였다.

「너 따위가…….」

중궁마마는 못마땅한 기색을 눈에 가득 드리우고 홍우를 쏘아보기만 했었다. 그리고 뭔가 하고 싶은 말이 있는 것처럼 입술을 들썩이다가 툭 그렇게 말을 내뱉어 홍우를 더욱 움츠리게 만들었었다. 하지만 중궁은 채 말을 끝맺지 않은 채 묵묵히 홍우의 얼굴을 들여다보다 깊은 한숨을 내쉬고 자신의 거처로 돌아갔다.

그리고 다시 중궁마마와 마주하게 된 것은 홍우가 별궁으로 와 혼례를 치르게 된 것이 새벽녘, 신부의 가마를 떠나보내던 때였다. '미룰 것도 없다'는 말로 '다급함'을 감춘 중궁은 친정을 대신해 혼수품과 가마까지 준비해 그녀를 보냈는데, 그날 새벽 처음처럼 불쑥 찾아와 그녀를 한참이나 찬찬히 들여다보다가 딱 한마디를 건넸었다.

「그 아이를 열심히 보필하려면 배워야 할 것이 많을 게다. ⋯⋯노력하여라.」

홍우를 향한 못마땅함이 완연히 사라진 것은 아닌 듯했지만 복잡한 심경과 염려가 담긴 눈빛으로 그리 말했었다.

"저하."

그런 시어머니를 떠올려 보고 있던 홍우가 불쑥 가횐을 불렀다.

"응?"

"소첩, 많이 노력할 것입니다!"

따로 생각에 잠겨 있던 가횐은 뜬금없이 결연한 어조로 내뱉는 홍우의 말에 어이없는 표정을 지었다.

"무엇을 노력하겠다는 말이오?"

"저하를 보필하기 위해 노력할 것이옵니다. 또 열심히 내조할 것이어요."

크게 고개를 끄덕이며 홍우는 주먹을 쥐었다.

'그래. 지금부터라도 열심히 노력해야 해. 저하를 위한 일들은 뭐라도 소홀히 여기지 않을 거야.'

그리 생각하며 수틀을 내려다본 그녀의 시선이 전혀 늘지 않은 자신의 솜씨 때문에 흔들렸지만 이내 고개를 내저으며 각오를 다졌다.

"그렇소?"

그녀의 말을 들은 가휜이 묘한 미소를 지었다. 다짜고짜 내뱉은 그녀의 말이 기쁜 듯했고, 혹은 슬픈 듯도 한 미묘한 웃음이었다.

"예. 저하. 많이, 많이 노력할 것이옵니다. 믿어 주시어요."

"그렇군. 부인께서 그리 노력한다니, 나도 믿어야겠지. 알겠소, 부인."

가휜이 천천히 고개를 끄덕였다.

'나를 위한 보필과 내조라……. 어느 정도의 진심인지 알 길은 없으나 어쨌든 장단을 맞추어 나쁠 일은 없을 테지.'

속으로 애써 중얼거리는 가휜이었다. 그녀와 함께하는 시간이 길게 이어지면 이어질수록 감시도 철저히 했지만, 딱히 확신을 가질 수 없어 더 경계심이 일었다. 우내관이나 제윤이 다른 이를 통해 감시하고 일러 준 것에 의하면, 홍우는 특별히 의심쩍은 일을 벌인 적이 없다고 했다. 해월조차 '손자' 핑계를 대며 당당히 백호가를 들락거리고, 또 다른 궁인들의 눈을 통해 자신에 대한 감시를 철저히 하고 있는 마당에 정작 홍우만이 별 움직임이 없다고 말이다.

혼례를 치른 뒤 외출한 적도 없고 다른 누군가와 서찰을 주고

받지도 않았다는 그녀였다. 하다못해 갑작스러운 혼인에 딱히 연락을 주고받지 못했을 친정과도 서한 한 통조차 주고받지 않았다는데…… 의심할 일이 없으니 괜히 더 의심스러웠다.

'정녕 그녀가 나를 사모해 혼례를 치렀다 봐야 하는 것일까? 모후께서 순순히 그를 보아 넘기셨을 리도 없는데…….'

가횐이 느끼기에도 홍우가 자신을 위하는 행동엔 진정이 어려 있었다. 속이려고 해도 어려울 일이고, 속이고자 하는 일들이라면 모후보다 무서운 사람이 홍우일 것 같다.

"진정일 것이라면……."

불쑥 중얼거리는 말에 가슴이 간질간질한 듯했다. 가횐이 저도 모르게 손을 들어 가슴을 어루만지며 고개를 갸웃했다.

"예?"

"아니, 아무것도 아니오."

의아함을 담은 홍우의 말에 가횐은 얼른 고개를 내저었다.

"부인."

그리고 대신 은근한 어조로 홍우를 불렀다.

"예?"

다시 수틀에 집중하고 있던 홍우가 눈을 떼지 못한 채 대답했다.

"오늘 밤, 건너가도 되겠소?"

"예? 예……."

툭 아무렇지 않게 건네진 말에 홍우의 얼굴이 발갛게 달아올랐다.

'일일이 소첩에게 묻지 않으셔도 될 일인 듯한데…….'

고개를 떨어뜨리고 기어 들어가는 목소리로 대답하는 홍우였다. 그들이 벌써 혼례를 치른 지 여러 날이 흘렀고, 가횐은 종종 당연하다는 것처럼 홍우의 방으로 와 잠을 잤다. 불쑥, 불쑥, 그녀를 만지거나 입맞춤을 하는 일도 있었다.

하지만 둘은 아직까지 별일이 없었다. 가횐은 방 안에서 얌전히 잠만 자고 새벽녘에 홀로 나가는 경우가 많은지라 홍우는 얼굴을 붉히면서도 별 거리낌 없이 '오늘도 그러시려나 보다.' 하며 수줍어 고개만 끄덕이고 있었다.

❀　　❀　　❀

그는 어둠의 감옥에 갇힌 채 홀로 시간을 보내야 했다.

쌓여 있는 답답함과 울분을 풀어낼 길도 없이 깜깜한 어둠 속에 갇혀 있자니 스스로가 더 비참해서 견디기가 어려웠다. 그럼에도 그는 버텼다. 아니, 버텨야 했다. 사랑하는 이들을 지키기 위해 한 선택이기 때문이었다.

처음엔 배신감과 억울함에 어찌할 바를 몰랐지만 차츰 그런 감정들은 희미해지기 시작했다. 조금이지만 이해할 수 있을 것 같았기 때문이다. 분노가 완전히 사라진 것은 아니지만, 그런 마음이 있었기 때문에 가횐은 자신이 어둠 속에 남겨지는 것이 최선이라고 믿었다. 그리고 그것은 지금도 마찬가지였다.

'하나…… 참고 견딜 수 있는 것은 여기까지입니다. 어머니.'

가횐은 입을 꾹 다문 채 속으로 그렇게 중얼거렸다.

목숨이 경각에 달려 혼미한 정신 속에서도 그를 가장 원망스럽고 분노케 했던 이는 모후였다. 믿음이 깨지고, 배반을 당했다는 충격 때문에 고통에 시달리며 이를 갈았다. 그리고 마침내 고통이 잠잠해지고 시일이 지나 자신이 앞을 볼 수 없게 되었다는 사실을 깨달았을 땐 강한 복수의 충동을 느꼈던 것도 사실이었다. 하지만 그는 결국 그 모든 감정을 접어 속으로 삼킬 수밖에 없었다.

속내야 어쨌든 그녀는 20년이 넘는 세월 동안 한결같은 사랑으로 대해 주었었다. 겉으로 표현하진 않아도 아껴 주신 부친과 자신을 잘 따르는 이복형제들도 있었다. 그는 차마 그런 이들에게 칼을 겨눌 수가 없었다. 목숨을 잃을 위기에 처하긴 했지만 구사일생으로 살아남았고, 상처가 깊게 남아 자연히 왕권에서 멀어지게 되었으니 차라리 잘 되었다는 생각도 들었다. 그래서 홀로 궁을 나와 평생 이리 조용히 살아갈 것이라고 남모르게 결심을 다졌던 것이다.

'심홍우.'

아무렇지 않을 줄 알았다.

어머니께서는 장성한 자식이 혼인도 하지 않은 채 궁 밖에서 사는 것은 말도 되지 않는 소리라며, 꼭 궁 밖에서 살고 싶으면 혼인부터 하라 이르셨다. 그때엔 무슨 억하심정으로 억지결혼까지 시키시나 싶어 짜증이 치솟았고, 어떤 여인을 데려다 짝으로 맺어 주려 하실는지 비틀린 마음뿐이었다.

아내라고 해도 믿지 못할 것은 당연했고 정이 갈리는 더 만무했다. 그렇게 어쩔 수 없이 혼인은 하지만 아무 변화도 없을 것이라고, 그래야만 한다고 확신하고 있었다.

하지만 요새 들어서는 아주 불쑥, 불쑥 그런 결심을 깨고 싶다는 충동이 들었다.

"후."

쨍.

가벼운 한숨을 내쉬며 손을 앞으로 내뻗던 가횐의 손끝에 무언가 부딪치는 느낌이 일더니 곧 덜그럭거리는 소리와 함께 바닥에 사기찻잔이 떨어져 깨지고 말았다.

"쯧."

못마땅한 기분에 짧게 혀를 차며 본능처럼 손을 아래로 내리뻗을 때였다.

"저하. 한제윤이 들었습니다."

문밖에 있을 초웅이 불쑥 음성을 흘리는 것과 거의 동시에 드르륵 문이 열리는 소리가 들려왔다.

"저하, 저 왔습니다."

언제나 그랬던 것처럼 스스럼이 없는 제윤이었다.

내리뻗던 손을 거두고 가횐이 귀찮은 것처럼 한쪽 눈썹을 치켜올렸다.

"해질 무렵에 자네는 또 웬일인가?"

"웬일은요. 시간도 가려 와야 한답니까?"

빙글 웃는 얼굴로 들어서던 제윤이 이상하다는 듯 고개를 갸웃하며 되물었다.

"다 저녁때면 집에나 갈 일이지. 자네 부인이 기다릴 터인데?"

"허. 언제부터 제 아내 걱정을 해 주셨다고 이러십니까. 술 한 잔 마시려 종종 이 시간에 자주 찾아뵈었는데요."

"흥."

기가 찬 얼굴로 너스레를 떠는 제윤을 향해 가훤은 가볍게 코 웃음만 치고 말았다. 그런 그를 반짝 빛나는 눈빛으로 바라보던 제윤이 피식 웃으며 그의 곁으로 다가와 앉았다.

"저하께서야 말로 늦장가를 가시더니 새삼 좋으신가 봅니다. 안 하던 걱정도 하시고……. 제가 이리 늦은 저녁에 찾아온 것이 반갑지 않으신 것이지요? 석반 들러 별원에 가실 생각이셨는데 말입니다. 후훗."

탁자 밑에 떨어져 있는 찻잔을 가벼운 손짓으로 집어 들어 제 자리에 놓는 모습이 더없이 자연스럽고 가훤의 속내를 훤히 들여 다보는 것 같았다.

"이 사람 참, 허튼소리는 그만하고, 왜 왔나?"

"어? 술 한 잔도 안 내어 주실 요량이십니까?"

가훤이 손을 휘저으며 야단쳤지만 제윤은 얼굴에서 웃음을 거 두지 않았다. 가훤이 쓴웃음을 지은 채 고개를 내젓고 있었다.

"집안 분위기는 어떻습니까? 여전히 좋습니까?"

제윤의 등장을 가훤보다 먼저 알았던 우내관이 차분하게 주안 상을 준비해 들여보냈기에 두 사람은 결국 술상을 마주하고 앉았다. 가훤의 잔을 먼저 채운 제윤이 자신의 잔을 채워 놓으며 놀리듯이 물었다.

"초상집이나 다름없던 곳에 새신부가 들어왔으니 그 분위기가 오죽 좋겠는가? 뭘 묻는가?"

소리 없이 흐릿한 웃음을 지어 보인 가훤이 조용조용한 어조로 대꾸했다. 제윤이 힐끔 주위를 살피다가 목소리를 아주 조금 낮췄다.

"그 해월부인이 사가에 다녀왔다면서요."

"아마 오늘 늦은 오후에 돌아왔을 걸세."

"그러면 궁에도 들렀겠군요. 얼마 후면 중궁마마의 탄신일이 있지 않습니까?"

"……그렇겠지."

잠시 머뭇하던 가훤이 알고 있다는 것처럼 고개를 끄덕였다.

'벌써 날짜가 그렇게 되었나? 붕대를 칭칭 감고 살다 보니 둔해지는 것은 비단 행동만이 아닌 모양이로군.'

사실 제윤이 말을 꺼내기 전까지 전혀 깨닫지 못하고 있었다. 매년 신경 써서 먼저 챙겨 오던 모후의 생신을 까맣게 잊고 있었다는 사실에 입안에 털어 넣는 술이 무척이나 쓰게만 느껴졌다.

"내 집 분위기는 그만 신경 쓰고 바깥 이야기나 해 보게. 어떻던가?"

가라앉은 눈빛으로 창문 너머를 보고 있던 제윤이 가훤의 말에 다시 웃는 표정을 지었다.

'하기야 별궁에 득실거리는 밀정들의 감시의 눈이야 하루 이틀

일도 아니고. 이제는 감추지도 않고 대놓고 감시하겠다는 듯이 보낸 노부인의 일거수일투족에 신경을 곤두세워서야 어디 살 수 있을까. ……안 그래도 저 모습으로는 신경이 예민해지다 못해 닳아빠질 지경이실 텐데.'

튀어나올 것 같은 한숨을 겨우 눌러 삼키며 제윤이 힐끔 바라본 상대는 당연히 가훤이었다. 손발이 꽁꽁 묶여 내던져진 기분일 텐데, 그도 모자라 사방이 믿지 못할 사람이었다. 자신이라면 견디지 못할 것 같은데…… 용케 견디고 있는 데다, 고집까지 꺾지 않고 저리 버티는 인내가 대단하게만 느껴졌다.

"장효의 집은 조용하기만 하더군요. 그녀가 뜬금없이 나섰던 일 때문에 집 주위가 상당히 소란스럽고, 갑작스레 방문을 해 만나기를 요청하는 이들도 꽤 늘은 것 같습니다만…… 전부 거절당해 돌아갔습니다. 그냥 예의주시하는 이들만 늘었을 뿐이지요."

"여전히 두문불출하면서?"

"예."

"궁에서도 안 다녀갔다던가?"

기이하다는 얼굴로 가훤이 물었지만 제윤은 고개만 흔들었다.

"전혀요. 혼사 건으로 딱 한 번 독대한 이후, 다시 만나거나 서신도 주고받지 않았답니다. 궁에서 사람이 나와 장효를 찾았던 일도 없고요."

"흐음."

"그건 그렇고, 가정 왕자님 주변이 좀 시끄러워지게 생겼더군요."

"정아가? 왜? 아니…… 당연한 일인가. 내가 이리된 마당에 슬슬 말이 나오기 좋은 때겠군."

"예, 뭐. 세자 위를 비워 둘 수 없다는 이야기가 슬슬 나오고 있긴 합니다. 그보다는……. 저하께서도 혼례를 치르셨으니 이제 가정 왕자님의 혼례도 준비해야 하지 않겠냐는 이야기로 수군수군하는 것이지요. 형님께서 늦게까지 장가를 가지 않으시는 바람에 어린 누이조차 치른 혼례를 미루고 계셨던 분이 아닙니까?"

"훗. 그리되던가? 하면 상대는 홍사혜겠군."

"뭐, 아니겠습니까? 저하께서 이리되시기만을 기다리고 있었던 것처럼 갑자기 괴질 핑계를 대며 파혼을 청한 백호가가 아닙니까."

"……."

"아쉬우십니까?"

침묵하는 가휜을 물끄러미 보던 제윤이 조용한 음성으로 물었다.

"내 어찌 그를 아쉬워한다는 말인가. 인연이 아닌 게지. 자네, 내 부인이 들으면 섭섭할 소리를 아무렇지 않게 하는군."

"아니요. 홍사혜에게 애초 관심조차 없으셨다는 건 잘 압니다. 그를 묻는 게 아니라……."

"제윤."

제윤이 울컥한 얼굴로 흥분해 말했지만 가휜이 가볍게 손을 들며 그를 만류했다.

"그 역시 인연이 아닌 걸세. 애초 내 것이 아니었던 거야. 나는 내게 주어진 것만을 감사히 여기며…… 조용히 살고 싶네. 그리할 것이라고 결심했어. 이미 끝낸 이야기가 아닌가."

"저하."

"왜?"

차분한 음성 때문에 제윤은 더 슬픈 기분이었다. 손에 쥔 술잔을 응시하던 그는 맑고 독한 액체를 한입에 털어 넣고 가휜을 똑바로 바라봤다.

"그 결심은 군부인 마님이 들어오시기 이전에 하셨던 것이지요. 한데 지금도 그렇습니까? 여전히 변함없이 그러십니까?"

"그러하네."

"그분이 저하의 사람이 아니라서, 또 한 번 배반을 당하게 되면 그때는 어찌하시렵니까? 이미 마음을 줘 되돌릴 수 없게 된 때인데도 그렇게 되어 버린다면 말입니다."

"……슬프겠지. 화도 날 것이고."

탁자에 얹어져 있던 가휜의 주먹이 어느새 꽉 쥐어져 있었다.

"하지만 제윤, 그래도 난 결심을 바꾸지 않을 생각이네."

"……."

"그리고 그녀가 내 사람이건 아니건 상관없이…… 마음에 품을 생각이야."

그를 빤히 바라보고 있던 제윤의 입가에 쓴웃음이 매달렸다.

"마음에 드셨습니까?"

"그녀가 사랑스럽다고 여겨졌네. 진솔한 성품이라고 느꼈어."

"저하의 마음에 들기 위해 꾸며낸 것일 수도 있습니다."

"그럴 수도 있겠지. 하지만 재고 따지는 것도 그만할 생각이네. 그 사람은 어찌되었든 내 아내이고, 그런 이상 나도 진심으로 안 사람으로서 대해 주어야 하지 않겠나."

오후 내내 가휜은 그것을 고민했었다. 하지만 망설여지는 만큼 더 따지고 경계하는 것도 부질없다고 여겨졌다.

'내가 먼저 속이고 숨어 지낼 생각만 하면서, 그녀가 무엇을 속이고 무슨 해코지를 할지 걱정해 봐야 부질없지.'

가휜은 술잔을 만지작거리며 낮의 홍우를 떠올려 보았다.

굳이 보지 않아도 알 수 있었다. 그녀가 자신을 대할 때 얼마나 수줍어하는지. 그리고 그럼에도 용기를 내어 자신을 위해 하나라도 더 챙기고 보살펴 주려 한다는 것을 느낄 수 있었다. 그런 그녀가 '내조' 운운하며 결심 어린 음성으로 말할 땐 마냥 기분이 좋을 수밖에 없었다. 순간 그녀의 말이 진실일지 아닐지 경계하는 마음으로 미심쩍어할 것도 없이 행복한 기분이 들었었다.

"정녕 후회하지 않으시겠습니까?"

걱정이 다분히 어린 제윤의 음성에 가휜은 순수한 미소를 짓고 있었다.

"후회? 그냥 그 기분, 그것이면 되었네. 중요한 건 그것이지. 아닌가."

"예?"

"후훗."

뜬금없는 말에 제윤이 이상한 표정을 지었지만 가휜은 신경 쓰지 않았다. 그는 정말 오랜만에 기분 좋게 웃고 있었다.

"어쨌든 그런 의미에서 내 자네에게 부탁할 것이 하나 있는데."

"예? 무슨 의미에서요? 몇 잔 드시지도 않았는데 취하셨습니까? 왜 자꾸 엉뚱한 소리이십니까?"

걱정이 되어 죽겠는데 당사자는 영문을 알 수 없는 소리만 하니 부아가 치밀었다. 제윤이 발끈한 얼굴로 대들었지만, 가횐은 손짓 몇 번으로 입 다물라는 의사표현을 한 뒤 조용히 제 말을 이어 나갔다.

"마님."

낮은 목소리가 홍우를 불렀다.

"그래. 알고 있어요. 손님이 오셨다지? 저하께선 아마 오늘 안 건너오실 거예요."

서안 한 편에 세필 붓 한 자루를 두고 붉은 먹을 찍어 주(註)를 달아 가며 뒤늦은 글공부에 열중하고 있던 홍우는 고개도 들지 않고 중얼거렸다. 홍우는 내일 가횐에게 읽어 드릴 책을 예습 중이었는데, 한두 번씩 모르는 글자가 꼭 튀어나와 그녀를 당황하게 하는 터라 이리 읽어 두지 않으면 곤란했다.

"어찌 아셨습니까? 해 질 무렵 한 공자께서 불쑥 오셨답니다. 하여 두 분이서 긴한 이야기를 나누시는 분위기라 석반을 먼저 들라며 기별이 온 것인데요."

"아, 그야 아까 종달새가……."

"예?"

무심결에 답하고 있던 홍우는 해월의 황당해하는 음성에 불쑥 고개를 쳐들었다. 워낙 서책에 열중해 있느라 멍해 있던 홍우의 눈동자에 순간 당황이 지나쳤다.

"새는 해가 졌으니 둥지에 돌아가 잠을 잘 시각이지요. 그런데도 안 오시기에 그냥 말해 봤어요. 암만요."

헤벌쭉 웃으며 최대한 자연스럽게 말했지만 어쩐지 스스로도 약간 경직된 느낌이었다.

"마…… 아니요. 어쨌든 기별이 왔으니 석반을 드셔야지요. 준비된 것을 들이라고 이르겠습니다."

해월은 무슨 뚱딴지같은 소리냐며 한 소리 하고 싶은 것을 겨우 참아 누르고는 '말을 말자' 하는 표정을 지으면서 고개를 돌려 버렸다. 눈앞의 군부인 마님은 은근히 엉뚱한 소리를 잘하고 뜬금없이 혼잣말을 하는 경우가 많아 벌써 궁인들이 쉬쉬하며 수군거리는 경우가 많았는데, 그를 지적하고 일러 주어야 할지 아직 고민 중이었다.

"마님, 그런 혼잣말이나 엉뚱한 말은 좀 참아 주시지요. 그러다가 앞일도 훤히 내다보신다고 하겠습니다."

"천만에요. 눈 뜬 소경이란 소리도 들었는걸요."

답답한 속내를 감추며 한 마디 하니 홍우가 배시시 웃으며 대꾸했다.

"누구한테 말씀이십니까?"

영문을 알 수 없는 말에 해월이 멀뚱히 바라보다가 저도 모르게 퉁명하게 되물었다.

"장효 고모님요. 아, 장효 고모님은 제게 먼 친척 되는 고모님 이세요. 아시지요?"

"예……. 신녀님이 아니십니까?"

"장효 고모님이 저를 보시고는 혀를 쯧쯧 차시더니 그러시더라 고요. 성정이 곱고 앞일을 훤히 내다보신다는 소문이 있던데…… 조금 무서우신 분 같았어요."

"그렇군요."

해월이 묘한 표정으로 대꾸했다. 홍우가 장효의 소개로 중궁마마를 뵈었다는 이야기는 알고 있었지만, 이렇게 불쑥 아무렇지 않게 먼저 장효 이야기를 꺼낼 줄은 몰랐던 터라 당황할 수밖에 없었다.

"한데 장효 님이 왜 그런……."

홍우를 물끄러미 응시하며 의아한 얼굴로 묻고 있던 해월은 무슨 생각을 하였는지 갑자기 입을 다물어 버렸다.

'굳이 캐물어서까지 알아야 하고, 보고를 해야 할 의무는 없지.'

해월은 낮에 만났던 주인을 떠올리며 고개를 흔들었다. 욕심만 많고 난폭한 위인에게 말해야 할 것들만 많아지는 것은 제 쪽에서 사양하고 싶었다.

「그냥 성심껏 보필하여라. 그 아이는 네게 더 많은 것을 바라겠지만, 내게는 그것만 해 주면 돼. 그 외엔 그대 재량껏 하면 될 일이야. 이제 손자나 보며 쉬고 싶어 하는 그대에게 내키지 않은 일을 맡겼는데, 더한 부탁을 할 생각은 없네.」

별궁으로 돌아오기 직전에 뵈었던 중궁마마는 차분한 음성으로 그렇게만 말씀하셨는데, 오누이가 어찌 그리 다른지…… 해월은 백호가주만 떠올리면 없던 두통이 일 지경이라 내키지 않는 일은 더 만들고 싶지 않았다.

"예?"

홍우가 고개를 들었지만 해월은 다시 무표정한 얼굴을 짓고 있었다.

"아닙니다. 마님 그러면 석반을 들이지요."

사람으로서 호기심이 일지 않는 것은 아니었지만 해월은 빙긋이 웃음 지으며 그를 참았다. 애초 그들 부부에게 도움이 되지 못할 것이라면 최대한 해가 되지 말자며 이곳을 향했던 해월이었다. 그런 그녀이니 알고 싶어도 모르는 게 약이라며 제 호기심을 억누른 채 돌아설 수밖에 없었다.

❀   ❀   ❀

낮은 따스했지만 밤은 차가웠다.

뺨이 차갑게 식은 지 오래였지만 홍우는 후원을 거니는 것을 멈추지 않고 있었다. 그녀의 밤늦은 산책에 해월이 안으로 들기를 한참이나 전부터 권하고 있었지만, 홍우는 좀처럼 안으로 들어설 마음이 들지 않았다.

'성도에 온 지도 벌써 두 달이나 되어 가는데. 마음 편히 산책을 해 본 게 언제인지도 모르겠네.'

작게 한숨을 내쉬는 그녀의 시선이 자연스럽게 담장 너머로 자꾸 향하고 있었다. 밖으로 나가고 싶어서 초조하고 안절부절못하는 느낌이었다.

어려서부터 산과 숲, 그리고 계곡은 그녀의 놀이터이자 안식처였다. 원래부터 홍우의 집은 마을과 외따로 떨어져 산턱에 자리 잡고 있던지라 그녀는 남의 시선에도 거리낌 없이 언제나 밖에서 살다시피 했다.

그런 그녀를 걱정하며 잔소리를 하던 부모님도 결국엔 포기하고 내버려 두었으니…… 홍우는 비가 오거나 눈이 오더라도 숲을 거닐며 산책하는 것을 즐겨 했다.

그런데 성도로 떠나오며 그 일상을 포기해야만 했다.

"끙."

홍우가 한참이나 뒤쪽에 서 있는 해월과 궁인들의 눈치를 살피며 작게 앓는 소리를 냈다. 당장이라도 저 담을 넘어가 나무가 우거진 숲길을 걷고 싶었다.

'하지만 저들이 가만히 있을 리 없지. 그래도 장효 고모님 집에서는 한두 번이라도 나갈 수 있었는데.'

궁으로 들어가 별궁에 와서 혼례를 치르기까지, 또 이곳에서도 보는 눈이 많아 아무리 그녀라고 해도 하고 싶은 대로 행동할 수는 없었다. 가횐에게만 정신이 팔려 이런 상황에 갇힐 줄은 꿈에도 몰랐던 터라 홍우는 애꿎은 치맛자락만 괴롭히며 담장 밖을 힐끔거리고 있었다.

"여기서 무얼 하고 있소?"

그때 낮게 울린 음성이 그녀를 불렀다.

"엇?"

후원 한가운데 멈춰 선 채 담장을 애타는 눈길로 바라보던 홍우가 깜짝 놀라 뒤를 돌아보았다. 언제 왔는지 알 수 없는 가훤이 나타나 있었다.

"부인?"

해월이 기다리고 있던 후원 입구 쪽에서 말을 건네 온 가훤이 다시 홍우를 불렀다. 그를 멍하니 보고 있던 홍우가 담장을 힐끔 보고는 느릿하게 걸음을 옮겨 가훤에게 다가갔다.

"저하. 언제 오셨습니까?"

밤늦은 시각인데다가 그가 올 줄은 전혀 몰랐기에 홍우는 깜짝 놀랐다. 밤에 건너오겠다고 하기는 하였지만, 그의 친우가 방문을 하였고 그런 날은 대부분 서재에서 밤을 보내는 터라 오늘 밤도 그럴 것이라고 여겼기 때문이다.

때문에 잠도 오지 않는 밤, 더욱이 바깥 공기가 아쉬워서 후원을 헤매고 있는데 가훤이 왔다.

"조금 전에 왔소. 안에 들어갔더니 부인이 산책을 하고 있다더군. 이미 늦은 시각이라 잠이 들었을 줄 알았는데…… 무얼 하고 있었던 거요?"

"그냥……. 산책을 하고 있었습니다."

"이러고 있은 지 한참이 되었다던데?"

다가온 홍우에게 손을 내밀며 가훤은 뒤쪽에 있을 해월을 턱짓으로 가리켰다. 사실, 가훤이 별원으로 온 지는 좀 되었다.

111

오자마자 안으로 들어섰다가 방의 주인이 바깥에 있다는 말에 바로 나왔지만, 바로 다가가지 않고 후원에서 해월과 한두 마디 주고받으며 잠시 기다렸던 것이다.

산책을 하고 있다는 홍우를 방해하고 싶지도 않았고 그녀가 먼저 자신을 알아채 주었으면 하는 마음도 있어서 그리했던 것인데, 침묵은 길기만 하여서 결국 입을 떼고 말았던 것이다.

"예."

"이런, 뺨이 차갑군. 몸이 너무 식었소. 들어갑시다."

손을 더듬어 가볍게 그녀의 얼굴을 어루만지며 가횐이 속삭였다.

"그런데 저하께서 이 늦은 시각 어인 일이십니까?"

홍우가 그의 손에 붙들려 마지못해 따라나섰다. 마음이 밖에 있으니 가횐이 왔음에도 집중이 되질 않았던 것이다. 시무룩한 음성으로 그를 따라 걸으며 묻는 말에 가횐의 입가가 묘하게 비틀렸다.

"왜? 내가 온 게 싫은 거요? 아까 오겠다고 하질 않았소."

"아, 그 친우분이 오셨다고 들어서요. 전혀 싫지 않습니다."

"싫지 않다고 하면서도 목소리는 무척이나 가라앉아 있구려. 기분이 좋지 않소?"

"아니요. 그냥……."

그녀와 발을 맞춰 걸으며 가횐이 나긋하게 물었지만 홍우의 표정은 좀처럼 밝아지지 않았다. 강한 부정의 의미로 고개를 휘휘 내저으면서도 그랬다.

"잠이 오질 않았던 모양이군. 들어가서 잡시다. 내가 잠이 들 때까지 도닥여 줄 터이니."

보이지는 않아도 그녀가 고개를 흔드는 것이 느껴져서 가흰은 조용히 웃으며 그녀의 어깨를 살포시 끌어안았다.

"저, 저하?"

당황한 목소리로 홍우가 가흰을 불렀다.

"불렀소, 부인?"

평온한 음성이 그녀에게 답했다.

"훗. 저하? 어, 어찌……."

홍우는 간질간질한 느낌에 몸을 뒤틀었다. 다시 한 번 가흰을 불러 보았지만 멀쩡한 대꾸와 달리 상대는 자신의 말을 듣고 있는 기색이 아니었다.

"저하."

"쉿. 가만히……."

강한 품에 끌어안겨 옴짝달싹 못 하는 상태에서도 움찔움찔 버둥거림을 멈추지 않는 홍우였다. 한 팔로 그녀를 끌어안고 다른 손을 옷 속으로 미끄러뜨려 맨살을 어루만지고 있던 가흰이 나직하게 속삭였다.

"하, 하지만……."

홍우가 발갛게 달아오른 얼굴로 속삭이듯 중얼거렸다.

여느 때처럼 불을 끄고 잠자리에 든 두 사람이었다. 그리고 홍우는 이제 겨우 그와 자리에 눕는 것에 익숙해진 참이기도 했다.

첫날 신방에 들었을 땐 낯설고 두렵기만 했던 느낌이 조금씩 '이래도 되나?' 라는 생각으로 이어지던 끝에 점차 그러려니 하게 된 것이었다. 아주 조금은 자신을 품어 주지 않는 낭군에 대해 작은 서운함이 들기도 하였지만, 그런 감정도 곧 사라졌다. 홍우에게는 그가 행복하고 편안히 지내는 것만이 중요했기 때문이었다.

'어째서……'

자신도 모르게 가휀의 어깨를 강하게 끌어안으며 홍우는 내심 중얼거렸다.

오늘도 다른 때와 같이 아무 일 없이 잠들 줄 알았는데, 전혀 아니었다. 당황과 낯선 감각들에 몸 깊은 곳이 뜨거워지는 느낌이라 당혹스럽기도 했고, 갑자기 어찌 이러시나 궁금증이 들기도 하였던 것이다.

"읏."

"부인."

앉은 채로 끌어 안겨 옷 속을 더듬는 손길에 속수무책으로 휘둘리는데 갑자기 부드럽게 떠밀려 뒤로 털썩 드러눕고 말았다. 그럼에도 옆구리를 쓸어내리며 떨어지지 않는 손길에 홍우가 멍하니 눈을 껌벅거리는데 가휀의 은근한 목소리가 들렸다.

"예?"

"부부지연을 맺은 것도 벌써 여러 날인데, 이제는 진정 부부가 되어야 하지 않겠소?"

"예? 아…… 예."

멍한 머릿속 때문에 도통 무엇을 말하는지 모르겠다. 하지만 아무 생각 없이 답은 하고 보는 홍우였다.

"그대의 모든 것을 가질 것이오. 알겠소?"

귓가에 속삭이는 숨결이 뜨거웠다. 그 느낌이 귀에서부터 온몸으로 퍼져 나가, 홍우의 안에도 불을 지피는 것 같았다.

"예. 저하."

습기를 머금은 눈을 크게 깜빡이면서 홍우는 자연스럽게 고개를 끄덕였다. 그가 무엇을 말하는지 알 것도 같았고 모를 것도 같았지만, 사실은 아무래도 상관없었다.

'낭군.'

자신의 낭군이 그녀를 원한다고 하는데 무엇이 문제일까.

홍우의 입가에 작은 미소가 피어올랐다. 저도 모르게 손을 뻗어 가횐의 얼굴을 어루만졌다. 단정한 턱 선을 슬며시 어루만지던 손가락이 잠시 머뭇하다가 붕대를 감은 그의 눈가를 향했다.

"저하께서 원하시면, 소첩은 그저 따를 뿐이옵니다."

수줍고 부끄러웠지만 용기를 내 그의 머리를 끌어당기며 속삭였다. 자신의 손길에 멈칫하던 가횐이 이내 그녀의 목덜미에 얼굴을 묻었다. 다른 손으로 그녀의 긴 머리카락을 어루만지며 숨을 고르는 것 같기도 하였고, 마지막 망설임을 끊어 내는 것 같기도 했다.

짙은 어둠 속에 엉켜 있는 둘의 그림자가 완전한 하나처럼 겹쳐졌다.

"음."

숨을 고르는 것처럼 그녀의 목덜미에 얼굴을 묻고 있던 가횐이 침음을 흘리며 옷고름을 풀어 헤쳤다. 앞이 보이지 않아도 상관없었다. 보이지 않기에 비단 옷자락이 바스락거리는 소리만으로도 충분히 자극이 되었다. 또 손가락 끝에 스치는 살결의 따스한 온기와 부드러움이 울컥 조급증을 불러일으킬 정도였다.

"흡."

조급한 마음을 달래기 위해 그녀의 턱을 가볍게 잡아 입술을 겹치는 가훤이었다. 홍우의 입안으로 따뜻하면서도 젖은 혀가 침범했다. 잠시 놀람에 눈을 크게 떴던 홍우는 이내 눈을 내리감으며 두 팔로 가훤을 끌어당겨 둘 사이가 더욱 가까워지도록 했다.

닿아 있는 이 온기가 좋았고, 그가 주는 모든 것이 그녀를 감미롭게 했다.

짙은 밤이 더 깊어질 때까지 두 사람은 서로에게 열중하느라 시간의 흐름도 까맣게 잊고 말았다.

어느덧 달이 지고 해가 붉은 빛을 땅 위에 흩뿌리면서 천천히 떠오르는 시각이었다.

잠이 든 것처럼 쌔근쌔근 안정된 숨소리를 흘리고 있던 홍우가 갑자기 눈을 반짝 떴다. 깊은 잠에 빠져 있는 줄 알았는데 언제 깨어났던 것인지 그녀의 눈동자는 꽤 맑아 보였다.

"……."

홍우가 살며시 눈을 뜨고 주위를 살폈다. 동이 아직 다 트지 않은 탓에 방 안은 아직 어둑하여 주위의 구분이 쉽지 않은 편이었다. 그런 와중에도 세심한 시선으로 주위를 살피던 홍우의 눈동자가 마지막으로 자신의 곁에 누워 있는 가훤을 향했다. 어젯밤 베개 대신 그의 팔을 베고 잠이 든 탓에 그의 얼굴이 지나칠 정도로 가까웠다.

"저하."

순간 얼굴을 발갛게 붉힌 홍우가 나직하게 그를 부르며 지그시 눈을 내리감았다. 어둠 속에서 어슴푸레한 그의 얼굴을 보는 것만으로도 어젯밤 일이 생생하게 떠올라 당장 이불 속에 숨고 싶을 지경이었다.

그러나 홍우는 숨는 것 대신 반대의 행동을 취했다. 이불 바깥에 떨어져 나뒹굴던 옷자락을 끌어당겨 조심스레 갖춰 입었던 것이다. 가훤이 깨지 않는지 중간 중간 눈길을 주며 확인까지 하느라 느릿하게 옷을 갖춰 입은 홍우가 슬그머니 몸을 일으켜 문을 향했다.

잠이 많은 편이라 대부분 늦게 일어나는 경우가 많은 그녀였는데, 오늘은 꼭 뭔가 중요한 용무가 있는 듯한 모습이었다.

"하아."

잔뜩 기척을 죽인 채 조용히 방을 빠져나온 홍우는 겨우 안도의 한숨을 내쉬며 사람 없는 복도를 살폈다. 밤늦도록 방문 밖에 있는 듯했던 궁인들도 쉬러 간 모양인지 별원에는 인기척이 전혀 없었다. 가훤마저 깊은 잠이 든 모양인지 방 안에서도 별다른 소리가 새어 나오지 않아 더했다.

다행이라는 얼굴로 가슴을 쓸어내린 홍우가 살금살금 복도를 걷기 시작했다. 가훤 몰래 도망 나온 것 같은 모양새라 버선도 신지 못해 맨발이었고, 겉옷도 다 갖추지 못하여 어깨가 식었지만 전혀 개의치 않았다.

"아아. 기분 좋아."

댓돌로 내려서서 가지런히 놓여 있던 자신의 꽃신을 신고 나서야 홍우는 하늘을 올려다보며 나직한 음성을 흘릴 수 있었다. 생각했던 것처럼 별원의 주위에도 사람은 보이지 않았다. 홍우가 빙긋 웃음 지은 채 후원을 향해 돌아섰다.

'역시 새벽녘엔 사람이 없을 것 같더라니.'

지금 자신이 하려는 일 때문에 가슴이 두근두근했지만 그만큼 설렘도 컸다. 어젯밤 답답함을 못내 억누른 채 방으로 들어가야 했던 것이 못마땅했던 홍우였다. 아니, 어젯밤 한 번 참는 것은 상관이 없었지만 앞으로도 이 답답함이 계속 이어질 것이라는 현실이 그녀를 못 견디게 했다. 때문에 가횐과 잠자리에 누우며 그녀는 모종의 결심을 하나 하고야 말았는데, 그것은 바로 해가 뜨지 않은 새벽에 밖으로 나가 숲 향 가득한 흙길을 거닐고 싶다는 것이었다.

"끄응."

후원의 담장을 쭉 따라 걸으며 홍우가 앓는 소리를 냈다. 가슴 높이의 담장이기는 했지만 아주 낮지는 않은 터라 넘어가기가 쉽지 않아 보여서였다. 담장을 살피며 걷고 있던 홍우의 시선이 공사를 마쳐 둔 연못 근처에 다다라 반짝 빛났다.

'저기가 좋겠어.'

의도한 것은 아니었지만 연못 주위를 꾸미느라 가져다 놓은 기암괴석 중 하나가 담장에 맞닿아 딱 딛고 오르기 좋아 보였다. 홍우가 슬그머니 웃음 지은 채 입고 있는 긴 치마를 부여잡았다.

돌을 딛고 올라서는 그녀의 허리 아래로 둔탁한 동통이 일었지만 홍우는 신경 쓰지 않았다. 돌 위에 올라서자 눈에 들어오는 바깥 풍경에 가슴이 들떠 다른 생각을 할 수 없었기 때문이다. 게다가 별궁은 외진 곳에 자리하고 있는지라 천만다행으로 숲이 가까웠다.

까만 어둠이 걷히고 푸르스름한 빛이 조금씩 차오르는 풍경이 그를 말해 주고 있었다. 담장을 붙들고 선 채 너머를 살피고 있던 홍우가 크게 고개를 한번 끄덕이고는 담장 위로 몸을 실었다.

바스락.

그녀의 뒤쪽에서 잔디를 밟는 소리가 아주 작게 울렸지만 홍우는 미처 눈치채지 못했다. 모퉁이에 나타나 있는 그림자는 사실 그녀가 별원을 나오기 훨씬 이전부터 홍우를 살피고 있었다.

'뭘 하는 거지?'

수상쩍은 행동을 하고 있는 군부인 마님을 몹시 못마땅한 눈빛으로 살피고 있는 그림자는 초웅이었다. 초웅은 눈에 띄지 않는 곳에서 가훤의 안전을 위해 방 쪽으로 주의를 기울인 채, 밤새도록 경계를 서고 있었던 것이다. 그런데 갑자기 방 쪽에서 사람이 움직이는 기척이 들리는 것 같더니 가훤도 아닌 홍우가 살그머니 빠져나오는 모습을 보게 된 것이다. 초웅은 눈을 날카롭게 한 채 그녀의 뒤를 따를 수밖에 없었다.

처음부터 초웅은 저 군부인 마님의 존재가 마음에 들지 않았기 때문에 그녀의 일거수일투족을 신경 쓰이는 눈길로 바라볼 수밖에 없었는데, 오늘 이렇게 빌미를 잡은 것이었다. 그는 다른 이들처럼 그녀의 배경이나 신분이 가횐에게 어울리지 않는다고 마음에 안 들어 하는 것은 아니었다.

단지 그녀의 존재 자체가 가횐의 안전에 전혀 도움이 되지 않을 것 같기 때문에 거슬렸다.

'역시 저하께서는 저 여인을 너무 쉽게 믿고 마음에 들이신 게야.'

담을 넘으려 애를 쓰는 홍우를 보던 초웅의 눈동자가 차갑게 내려앉았다. 대체 무슨 연유로 저런 행동을 하는지 알 수는 없었지만 수상한 것만은 분명한 사실이었다. 그리고 그녀가 가횐을 해코지할 목적으로 들어온 간자이든 아니든 가횐에게 하등 도움이 되지 못할 위험분자에 불과하다는 것도 현실이 되어 버린 것이다.

한 손을 검의 손잡이에 얹은 채 초웅이 망설였다. 당장 그녀를 잡아 놓고, 자신의 주인에게 고해야 할지 아니면 따라 나가 그녀를 미행하여 행적을 잡아야 할지 도무지 알 수 없었다. 자신이 자리를 뜨면 홀로 안에서 잠들어 있을 가횐이 걱정되기도 했다.

'저하께서 저리 되신 것은 내가 그분을 지켜 드리지 못했기 때문……!'

가횐이 다쳤던 일 때문에 가장 심한 압박감과 죄책감을 지니고 있는 이가 바로 초웅이었다. 그를 지키기 위해 존재하는 호위무사임에도 불구하고 가횐이 저런 모습으로 살아가도록 만든 데에는 자신의 책임이 크다고 생각하는 초웅이었다.

초웅이 그런 생각에 망설이는 얼굴로 뒤를 돌아볼 때였다. 자신처럼 기척 하나 없이 밖으로 나와 있는 인물이 또 하나 있는 것에 그의 눈이 놀람으로 크게 뜨여졌다.

"여기서 뭘 하고 있는 거냐? 초웅."

가횐이었다. 언제 나온 것인지 초웅보다 두어 걸음 떨어진 자리에 귀신처럼 선 채 낮은 목소리로 묻고 있었다.

"저하."

놀람을 겨우 추스르고 초웅이 딱딱한 목소리로 그를 불렀다. 가횐이 고개를 조금 틀어 연못 쪽을 향했다. 여전히 붕대를 감고 있었지만 정말 앞이 보이기라도 하는 것처럼 기민한 모습이었다.

"그녀는?"

어느새 홍우는 담 너머로 모습을 감춰 버렸다. 초웅이 망설이고, 가횐이 그에게 말을 건네는 사이 담을 넘어 어디론가 사라진 것이었다. 그를 알 리 없는 가횐이 나직한 목소리로 물었다. 어두운 얼굴로 그를 보고 있던 초웅이 천천히 고개를 내저었다.

"보이지 않습니다. 담을 넘어 어디론가 간 것 같습니다."

"담을 넘어?"

가횐이 놀란 표정으로 물었다.

그녀가 깨어 움직이기 시작했을 때 자신도 깨어났고, 홍우의 기척을 따라 이곳까지 온 가횐이었다. 하지만 무엇을 하려는 것인지 짐작이 되지 않았기에 잠자코 시간을 두고 나와 본 것인데 담을 넘어 어디로 가 버렸다니, 가횐은 황당하고 기가 찼다.

"예. 지금이라도 가서 붙들어 올까요, 저하?"

"뭐?"

가만히 선 채로 생각에 잠겨 있던 가횐은 초웅의 말에 그를 향했다. 초웅은 단호히 할 수 있다는 표정으로 가횐을 바라보고 있었다.

"명하시면 당장 따를 것이옵니다, 저하."

자신을 향한 충성심이 가득 느껴지는 말투였지만 그다지 내용은 그다지 마음에 들지 않았기 때문에 가횐은 자연히 쓴웃음을 지을 수밖에 없었다.

"되었다. 두어라."

"예? 하지만, 저하!"

뜻밖의 말에 초웅이 크게 놀라 반박했지만 가횐이 엄한 얼굴로 그를 향해 다시 말했다.

"됐다고 하였다. 이 일은 너도 본 적도 들은 적도 없는 게다. 제윤에게도 함구하여라. 또한…… 네 말투가 꽤나 불손하구나. 군부인 마님이시다. 어딜, 도망친 노비처럼 붙들어 오겠다는 소리를 하는 게냐. 앞으로는 그런 일 없도록 하여라."

"하, 하나."

야단치는 말에 초웅이 당황하여 뭐라 말을 하려 했지만 가횐은 더 듣고 싶지 않다는 태도로 휙 등을 돌려 걷기 시작했다.

"그녀는 내 안사람이야. 당연히 그에 걸맞게 대우해 주어야지."

"그…… 군부인 마님께서 그리 행동하시지 않아도 말씀입니까?"

황망한 얼굴로 뒤따르던 초웅이 그답지 않게 말대꾸를 했다.

불만과 걱정을 그대로 드러내는 초웅의 말에 가휜이 입을 다물고야 말았다.

"그래. 그래도 말이다."

하지만 침묵은 잠시였다. 자조적인 음성으로 고개를 끄덕이며 하는 말은 단지 초웅에게만이 아니라 스스로에게 되뇌는 말 같기도 했다.

"저하!"

절대 납득할 수 없다는 표정으로 초웅이 언성을 높이고야 말았지만 가휜의 얼굴은 평온하기만 했다.

'이제 그녀를 두고 왈가왈부하는 것은 그만둘 것이라고 결심하였으니까.'

그리 마음을 정했다. 그리고 품었다. 지극히 만족스러운 밤을 보내기도 했다.

그런 것 치고 홍우의 행동은 예상치 못했던 것이었고 내심 섭섭하기도 하였지만, 그는 작은 의심조차 접고 생각지 않을 것이라고 결심했다. 애당초 그녀를 따라 나온 것도 호기심이었을 뿐, 의심하고 감시하기 위한 것이 아니었다.

"오랜만에 느긋하게 목욕을 하고 싶군. 우내관을 불러 주지 않겠나, 초웅."

정말 아무 일도 없었던 것처럼, 기분 좋은 아침을 맞이하기라도 한 것처럼 가휜은 희미한 미소를 그려 넣은 채 느긋한 어조로 말했다.

"예. 하아."

경악한 얼굴로 그를 보고 있던 초웅은 더 하고 싶은 말이 있는 것처럼 입을 뻐끔거렸지만 결국 그것을 내뱉지 못한 채 그의 명에 따를 수밖에 없었다. 못내 억누르지 못한 한숨이 삐져나왔지만 어쨌든 그랬다.

❀ ❀ ❀

습기를 머금은 보송한 흙길이 맨발에 그대로 닿았다. 선선히 불고 있는 다소 차가운 듯한 바람도 거리낌이 있다기보다는 기분 좋게 느껴졌다.

홍우의 입가에 드러나 있던 미소가 그렇게 조금씩 짙어졌다. 홀가분하고 자유로운 기분을 그대로 드러내는 것처럼 풀어 헤친 머리채를 가볍게 살랑살랑 흔들면서 그녀는 우거진 나무 사이로 더욱 깊숙이 들어가고 있었다.

"기분 좋아."

코끝이 매울 정도로 싸늘한 공기가 정신을 더욱 맑아지게 만드는 느낌이었다. 팔을 들어 바람을 안을 것처럼 사뿐사뿐 뛰는 걸음걸이는 가볍기만 했다.

이런 것을 원했었다. 가흰이 있는 별궁에서 유일하게 아쉬웠던 것도 이것이었다.

'포기해도 상관없을 것이라고 여겼는데…… 포기할 수가 없어.'

홀린 듯이 걷고 있던 홍우가 멈칫 뒤를 돌아보다가 작게 한숨을 내쉬었다. 나온 것은 좋았지만 돌아갈 일이 걱정되기도 했던 탓이다. 하지만 홍우는 흐려졌던 얼굴을 펴고 다시 앞을 바라봤다.

때마침 저 멀리서 새소리가 들려오기 시작했고, 기왕지사 이곳까지 나온 거, 즐길 만큼 즐기다가 돌아가자는 생각이 들었다.

"아버지가 아셨으면 또 경을 치셨겠지만. 홋."

가볍게 웃음 지은 그녀는 무슨 걱정이 있었냐는 얼굴로 겁도 없이 아직 어둑한 산길로 접어들고 있었다.

그만큼 홍우에게 산과 들, 숲은 중요했다. 그녀가 그녀 자신으로 있을 수 있는, 그녀와는 결코 떼려야 뗄 수 없는 편안한 장소였다.

홍우의 어머니는 가끔 한숨을 깊이 내쉬며 '내가 하필 저 아이를 계곡에서 낳는 바람에…….' 라고 했는데, 정말 숲에서 태어났기에 그리도 친근하게 느껴지는 건지도 모르겠다. 홍우는 숨을 폐 속 깊이 들이쉬며 우거진 나무를 올려다보았다.

"산신이 살려 주신 아이라고 했으니까."

어머니는 만삭의 몸으로 꽃놀이를 갔다가 자신을 낳았다고 했다. 그녀의 고향, 붉은 매화꽃이 가득 피는 계곡에 아버지와 다정히 산책을 나가셨던 날 하필이면 진통이 와 도로 내려올 생각도 하지 못한 채 그곳에서 낳았단다. 게다가 하필이면 소나기가 크게 쏟아진 데다 지독한 난산이었다 들었다. 아비가 동굴을 찾아 겨우 비를 피했고, 불을 피우고 물을 끓여 직접 아이를 받기까지 했으니 부모에게도 꽤나 특별한 경험이었을 터였다.

그리고 탄생이 그랬던 탓인지 홍우는 자라면서도 꽤 별난 아이였다. 숲에서 살다시피 한 것은 물론이고 가끔은 특별한 것을 보거나 짐승들과 태연히 말을 주고받기도 해서 부모를 기함하게 하는 것은 물론, 걱정하게 만드는 일이 비일비재했다.

그녀 때문에 한숨짓고 걱정하던 부모는 딱히 어찌해야 할지를 몰라 그녀의 행동을 막기만 했다. 우선 타인의 시선이 두려웠고, 그들조차 옛 이야기에나 나올 법한 홍우의 힘 자체를 믿지 않았기에 아예 없는 것으로 치부했다.

귀하고 예쁜 자신들의 딸이 평범하고 어여쁘게 자라 행복하게 살기만을 바랐기 때문이었다.

부모는 홍우가 산으로 들로 쏘다니는 것을 막지는 못하였어도 그녀가 엉뚱한 말을 하거나 이상한 행동을 하는 것은 지극히 싫어했었다. 때문에 홍우는 스스로가 조금 이상하다고 생각은 하였어도 특별하다는 생각을 해 본 일이 없었다.

그런데 장효는 달랐다.

「쯧쯧. 눈 뜬 봉사가 따로 없군. ……힘을 잃었구나.」

홍우가 성도에 올라와 장효를 찾았던 날이었다. 뭔가를 기다리고 있던 것처럼 이미 마당에 나와 서 있었던 장효는 홍우를 보자마자 그리 말했었다.

확신이 있어 그리 고집을 부려 올라온 것은 아니었다. 그때 홍우는 '가야만 할 것 같은 강박'에 사로잡혀 있었고 ,그래서 고민하던 중 소문처럼 떠돌던 장효의 이야기를 떠올렸던 것이다. 어쩐지 그녀를 찾아가면 도와줄 것만 같았다. 그리고 실제로도 장효는 자신을 도왔다.

단지 자신의 눈으로 가횐이 무사한지 확인하고 싶다고 말하는 홍우에게 장효는 차분히 고개를 끄덕여 주었었다.

"금안의 까마귀……. 저하."

가횐은 모르겠지만 홍우는 그를 만나기 이전부터 알고 있었다. 아니, 알고 있다고 생각했다. 한 번씩 꿈에 나타나는 금안의 까마귀가 가횐이라는 것을 그녀 혼자만은 확신하고 있었기 때문이었다.

언감생심 꿈도 꾸지 말라는 아비의 말에 직접 그를 보는 것은 포기하고 생각도 하지 않았었다. 그러던 작년 가을, 크게 앓았던 날 이후, 금안의 까마귀가 꿈에서 종적을 감추었다. 결국엔 직접 눈으로 확인해야겠다고 생각했고, 그래서 그녀는 지금 이곳에 있게 된 것이다.

"그런데 괜찮은 걸까? 이래도…… 괜찮을까?"

무사하신 모습을 확인하는 것만으로 끝나지 않고 그가 자신의 것이 되어 버렸다. 행복하고 가슴이 두근거리는데도 왠지 불안한 기분이 가시질 않았다. 너무 행복한 꿈을 꾸고 있는데 억지로 깨어 버릴 것 같은 알 수 없는 느낌이 어젯밤부터 은연중에 이어지고 있었다.

돌아선 홍우가 입술을 지그시 깨문 채 자신이 걸어온 길을 바라보고 있었다.

좌악—

물을 끼얹는 소리와 함께 자신의 몸을 만지는 타인의 손길이 무척이나 번거롭게 느껴졌다. 가훤이 작게 한숨을 내쉬며 입을 열었다.

"물러가라."

"예? 하지만……."

시중을 들던 내관이 당황한 목소리로 뭔가 말하려 했지만 가훤은 가볍게 고개를 흔들었다. 그는 탕 안의 뜨거운 물에 몸을 깊이 담그며 깊은 숨을 내쉬었다. 자신이 원한 것은 느긋하고 조용한 혼자만의 시간을 뿐이었다.

"시중은 그만 되었다. 혼자 있고 싶으니 물러가라."

"예. 저하. 나오실 때는 꼭 소인을 불러 주십시오."

내관이 걱정스러운 눈빛으로 그의 주변을 돌아봤다. 주위에 흥건한 물 때문에 걱정이 되지 않을 수 없었다. 궁녀들은 번거롭다며 그녀들의 시중을 거부한 지 꽤 오래된 왕자 저하였지만, 눈이 불편해지신 이후 목욕을 하다가 넘어지는 일이 빈번한 터라 저하의 명령임에도 쉽사리 발길을 뗄 수가 없었다.

"그리하마."

하지만 그런 그가 귀찮기만 한 모양인지 가훤이 손을 휘저으며 얼른 나가라는 뜻을 내비쳤다. 언제까지나 그의 곁에 있을 수만도 없어서 내관은 결국 마지못한 얼굴로 나서고 말았다.

"하아."

그러고 나서야 겨우 조용한 침묵이 찾아들었다. 문이 닫히는 소리를 들으며 등을 느긋이 기댄 가훤이 깊은 숨을 내쉬었다.

항시 곤두서 있던 신경이 누그러지면서 나른하고 노곤한 기분이 들었다. 게다가 그 나른함과 노곤함이 기분 나쁘기는커녕 만족스러운 느낌이었기 때문에 가훤은 눈을 지그시 내리감은 채 간만에 혼자만의 생각에 잠겼다.

똑. 똑.

홀로 자리한 고요한 침묵 속에 물 떨어지는 소리가 귓전을 어지럽혔다. 가만히 어젯밤 일을 되짚으며 흐릿한 웃음을 머금고 있던 가훤의 사색의 방향이 조금씩 다른 쪽으로 흐르기 시작했다.

홍우와는 전혀 다른 의미로 자신에게 중요하며 유일했던 여인에게 문득 생각이 가 닿았던 탓이다.

「이리 오너라.」

그를 향해 내밀어진 하얀 손은 항상 따뜻하기만 했었다. 그래서인지 그 손을 볼 때마다 항상 기분 좋고 소중한 느낌이 들었었다.

「어마마마.」

가훤의 어린 시절, 홍아란은 머뭇거리는 그를 항상 먼저 끌어당겨 품에 안고 다정하게 다독여 주고는 했다.

이상한 일이었다. 어려서는 마냥 당연하기만 했지 이상하다는 생각을 못 했는데 크고 나서야 문득문득 그런 생각이 들었다.

모후 홍아란은 사실 그리 정이 많은 성격이 아니었다. 나고 자란 환경 탓에 서늘한 성품을 지닌 그녀는 심지어 낭군인 왕에게도 지닌 성격 그대로 대하는 편이었다. 궁인들은 그런 그녀를 한결같이 은애하고 총애하는 왕을 이해하지 못하겠다며 수군거릴 정도였다.

때문에 홍아란은 배 아파 낳은 자식들조차 귀애하고 어여뻐 어쩔 줄 몰라 하는 모습을 보인 적이 없었는데, 가횐에게만은 항시 먼저 손을 내밀어 주었던 것이다. 가횐이 앓기라도 할 것 같으면 가장 먼저 찾아와 살피고 약을 지어 올리라 닦달하며 이마와 배를 쓸어 주는 것도 그녀였다. 가횐이 기억조차 못할 핏덩이 아기일 때부터 그랬다고 했다.

처음엔 그런 그녀의 모습이 제 배로 낳은 자식이 아닌 탓에 남에게 보이기 위한 가식이라고 말하는 이들도 있었지만, 세월이 흐르며 그런 말은 사라졌다. 아니, 사라질 수밖에 없었다. 바로 밑의 동생이 태어나고 또 그 밑의 동생들이 태어났어도 홍아란은 여전히 가횐을 첫째로 쳤고, 가장 먼저 생각해 주었기 때문이었다.

철모르던 시절에야 그런 그녀의 사랑을 마냥 당연하게만 여겼지만, 철이 들기 시작하며 그런 그녀의 마음이 고맙고 미안했다. 자신의 존재가 기분 좋지 못할 것이 당연한데 가슴으로 품어 친자식보다 더 위해 주는 홍아란의 진정에 감사했고, 그 역시 지극정성의 효심으로 대했다.

차별 없이 엄히 교육하면서도 부족함 없이 대해 주는 홍아란이 있었기에 가족 사이에서도 외로움 한 번 느껴 보는 일 없이 바르고 총명하게 자랄 수 있었다고 생각했다. 그 감사함만은 지금에 와서도 변하지 않는 감정이었다.

그녀 때문에 그 무지막지한 소나기가 쏟아지던 날, 자신을 향해 겨눠졌던 화살과 도검에 목숨을 잃을 위기에 처했어도 말이다. 이십여 년간 자신을 대해 줬던 그녀의 마음은 진정이었다고 가횐은 믿고 있었다.

"어머니……."

깊은 상념에 잠겨 있던 가횐이 깊은 한숨과 함께 스르륵 몸을 일으켰다. 깊은 상처가 남긴 흉터가 곳곳에 남아 있기는 하지만 그래도 탄탄한 근육과 건강함을 자랑하는 건장한 신체가 모습을 드러냈다.

바닥을 어지럽히는 물기를 신경 쓰지 않는지 다소 거침없는 동작으로 욕탕 밖으로 빠져나온 그는 거추장스럽다는 것처럼 눈을 가리고 있던 붕대에 손을 가져갔다. 물에 젖은 붕대를 한꺼번에 위로 벗겨 내고 눈꺼풀을 느릿하게 깜박거렸다.

그가 있는 욕실은 가리개로 빛을 대부분 가려 놓았기에 어두운 편이었지만, 워낙 오래 어둠 속에 있던 눈은 그런 아주 작은 양의 빛에도 잘 적응하지 못했다. 그렇게 한참이나 눈을 깜빡이고 나서야 시야가 트이는 느낌이었다.

"……."

천천히 고개를 돌려 주위를 돌아보던 가횐의 시선이 어느 한곳에서 멈추었다. 그것은 그와 가까운 벽면에 걸려 있던 동경이었다. 정확하게는 동경에 비치는 다소 어색하고 낯설게 느껴지는 남자의 얼굴이었다.

저도 모르게 동경에 다가간 가횐이 자신의 얼굴을 빤히 바라봤다. 얼마 만에 마주하는 자신의 얼굴인지 모르겠다.

"반년은 족히 넘은 것 같군."

잠시 떠올려 보던 가휜이 중얼거렸다. 생각해 보니 그랬다. 크게 다쳐 사경을 헤맸던 것이 작년 가을, 그 이후 그는 자신의 얼굴을 본 적이 없었던 것이다. 처음엔 정말 의원의 말처럼 이젠 앞을 보지 못할 것이라고 여겼었다. 모르는 사람들은 바위에서 구르다가 다친 것이라고 여겼지만, 실제로는 검날이 눈을 스치며 다친 상처였다. 그가 생각하기에도 완전한 회복은 어려울 것이라고 단념했었다.

'하지만 아니었지.'

눈가를 지나고 있는 긴 흉터를 어루만지며 가휜은 슬며시 눈을 찌푸렸다. 다시 앞을 볼 수 없을 것이라는 가망 없던 눈이 어느 순간 회복되었다는 것을 알게 된 것은 궁을 나오기 직전이었다. 여느 때처럼 붕대를 갈던 순간에 희미한 빛을 느꼈고, 곧 흐릿한 시야 속에 사람이 움직이고 있다는 것을 알았다. 그 순간 가휜은 내심 경악했지만 순간의 기지로 그런 심정을 숨긴 채 그 사실을 감추었다. 본능적으로 그래야만 한다고 느꼈다.

그리고 자신을 숨겨야 한다는 생각에 부왕과 모후를 설득해 별궁으로 나온 뒤에야 제윤 앞에서만 다시 확인할 수 있었다.

"대체 어째서……?"

믿을 수 없는 회복력이었다. 그때 제윤의 얼굴을 확인하면서도 그랬었고, 지금 동경을 통해 제 얼굴을 똑똑히 바라보면서도 이해가 되질 않았다.

'하기야 살아남은 것 자체가 기적이긴 했지만…….'

암울한 눈빛으로 시선을 내려 자신의 몸을 바라보던 가휜이 심장 언저리의 짙은 자주색 반점을 보고는 묘한 표정을 지었다.

그것은 그가 날 때부터 지닌 모반이었다. 손가락 두 마디 정도의 작은 크기였지만 꽤 선명한 색을 지닌 그것은 언뜻 보기에 검은 날개처럼 보이기도 했다.

"정말…… 금오의 후예인가?"

가휜은 고개를 비스듬히 내린 채 긴 손가락으로 모반을 만졌다. 날 때부터 있던 이 모반은 금오의 핏줄에게 자주 나타나는 문양이라고 했다. 아니, 대대로 이어졌다는 신력만큼이나 금오의 핏줄이라면 지니는 것이라고들 했다.

금오왕가 대대로 왕들은 몸 어딘가에 이런 문양을 지녔다고 했다. 하지만, 당장 부친의 몸에도 이런 문양은 없었고 할아버지도 없었다고 했다. 옅어진 핏줄만큼이나 전설처럼 여겨지는 신력 또한 희미해진 옛일이 되어 보이지 않게 되었던 것이다.

그런데 가휜이 불쑥 태어났고 그가 잊힌 문양을 지닌 것을 알게 되었을 때 사람들은 모두 떠들었다. 희미해진 금오의 신력이 다시 나타난 것이라고 말이다. 왕위와는 거리가 먼 서자임에도 불구하고 모두의 기대를 받고, 특별한 사랑을 받으며 자랄 수 있던 것도 모두 그가 지녔던 문양 때문이었다.

하지만 가휜은 자신이 특별하다고 생각해 본 일이 없었다. 어려서부터 총명하다는 말을 들었고 문무에 뛰어나 주목을 받기는 했지만, 그것은 자신의 노력으로 이룬 것이었고 모후인 홍아란이 그리 노력해야 한다고 했기에 그리한 것이다.

"살아난 것도 이 덕분이라면, 지금 노림을 받고 있는 것도 이 덕분이라 할 것인가?"

문득 가흰의 입가에 비틀린 웃음이 매달렸다. 그리고 일순간에 무심한 얼굴로 돌아간 그는 휙 몸을 틀어 문가에 놓여 있던 옷 옆에 가지런히 놓여 있는 붕대를 집어 들고 있었다.

三

햇살이 환한 아침이었다.

해월의 날카로운 시선 속에서 겨우 단장을 마친 홍우는 별원 앞을 서성거리고 있었다.

"앞으로는 절대 그리하시면 아니 됩니다. 아시겠습니까?"

뭔가를 참고 있는 얼굴로 서 있던 해월이 그녀의 곁으로 다가서며 다시 말했다. 시선을 월동문 밖에 두고 누군가를 기다리고 있던 홍우가 질렸다는 표정으로 그녀를 돌아봤다.

"알았어요, 해월. ……그러지 않겠다고 했잖아요."

벌써 몇 번째 다짐인지 모르겠다. 질리기도 했고 기가 죽어 낮은 목소리로 홍우가 말했다.

"손도요."

하지만 시선을 내려 홍우의 손 쪽을 바라본 해월은 쉽사리 잔

135

소리를 그칠 기미가 아니었다. 홍우는 우물쭈물 치마를 주무르고 있던 손을 얼른 뗀 뒤, 구겨진 곳을 문지르듯 폈다.

"대체 무슨 생각으로 그러신 거랍니까. 아무리 이해하려고 해도 이해가 안 됩니다."

그 모습을 보고 나서야 나직이 한숨을 내쉬며 해월이 중얼거렸다. 그녀를 향해 홍우가 어색한 웃음을 드리웠다.

"그게…… 그냥 답답해서 산책을 다녀온 것일 뿐이라니까요."

"답답해서! 게다가 그런 차림으로 산책이라니요."

"하아."

이어지는 야단에 홍우가 풀 죽은 얼굴로 결국 한숨을 내쉬고 말았다.

딱 두 번, 답답함을 못 참아 나섰던 새벽 산책이 다른 누구도 아닌 해월에게 들켜 버린 탓에 이 사달이 났다.

'역시 오늘은 참는 것이 좋았을까?'

아침, 돌아오는 길에 부지런을 떨며 자신의 거처를 향하던 해월과 딱 마주쳤던 것을 떠올리며 뒤늦은 후회를 해 보는 홍우였다.

"군부인 마님께서 사가에서 어찌 생활하셨는지는 알 수 없는 일이나, 혼인을 하신 이상 그 모든 습관과 버릇을 버리셔야 한다고 하지 않았습니까? 특히 이곳은 별궁이라고 해도 궁에 소속된 곳입니다. 왕가의 일원이 되셨으니 이젠 모든 습관을 왕가의 가풍에 맞춰 생활하셔야 한다고 벌써 여러 번 말씀드리지 않았습니까."

"알았어요. 해월. 나도 노력은 하고 있어요. 정말이에요."

"알겠습니다. 군부인 마님께서는 모르셔도 지켜보고 있는 눈이 많답니다. 모쪼록 각별히 조심하셔야 합니다."

다른 이들의 시선을 의식했음인지 해월의 마지막 말은 홍우에게만 들릴 정도로 작아져 있었다.

"네. 알았어요."

대답은 잘 하는 홍우를 보며 해월은 쓴웃음과 함께 걱정 어린 시선을 거두지 못했다. 아침, 의관도 제대로 갖추지 아니한 채 담을 넘어 후원으로 들어오고 있던 그녀를 보았을 때 얼마나 놀랐던가. 그 자리에서 기절하지 않은 것은 그녀가 살아온 세월의 지혜와 담대함 덕분이었다. 도둑인 줄 알고 비명을 지르지 않은 것은 정말이지 천만다행이었다.

그 덕에 제일 먼저 보는 이들이 없음을 알아채고 홍우를 낚아채 '무슨 짓'이냐며 채근과 야단, 닦달을 해 댈 수 있었지만 말이다.

"아!"

해월에게 잔뜩 혼이 나면서도 월동문 쪽을 연신 흘끔거리고 있던 홍우가 외마디 소리를 흘렸다. 기다리고 있던 이가 언뜻 저 너머에 스치더니 이내 그곳을 건너 그녀 쪽으로 다가서고 있었던 것이다.

"저하. 오셨습니까?"

여느 때의 아침보다 유난히 해월의 시달림이 길었고 집요했기 때문에 홍우는 날듯이 걸어 그의 곁으로 다가섰다.

"부인? 나와 있었소?"

그녀의 목소리와 기척에 잠시 멈칫하던 가횐이 이내 웃는 얼굴로 말을 건넸다.

"예. 이쯤이면 오실 것 같아서요."

홍우가 방긋 웃으며 고개를 끄덕였다.

두 사람이 함께 밤을 보내고 난 이후로, 둘의 사이는 한층 가까워져 있었다. 가횐은 매일 밤 홍우의 거처로 넘어왔고, 가끔 새벽녘 홀로 방을 나섰다가도 이렇게 아침식사를 하러 다시 그녀를 찾는 것이었다.

그녀도 그런 가횐의 스스럼없는 방문을 거리낌 없이 받아들이다 오늘은 아예 그가 오기를 기다리고 있었던 것이다.

"아직 아침 공기가 찬데……. 들어갑시다."

"예. 저하."

다가선 홍우의 어깨를 잡은 가횐이 천천히 안으로 걸음을 옮겼다.

힐끔 해월의 눈치를 살피고 있던 홍우는 얼른 그의 말에 고개를 끄덕였다. 해월이 아침의 일을 그에게 말할까 봐 순간 조마조마한 기분이었는데, 해월은 언제 그녀를 붙들고 난리법석을 피웠냐는 듯 무표정하기만 한 얼굴이었다.

"그런데 해월과는 무슨 이야기를 하고 있었소? 아까 언뜻 말소리가 들린 것 같은데 말이오."

방으로 들어와 자리에 앉을 때 가횐이 불쑥 그렇게 말했다. 그를 향한 홍우의 얼굴에 당혹이 어리며 흐려졌다.

"아, 아니요. 별다른 이야기는 아니랍니다. 소첩이 부족하여 더 많이 배우고 정진해야 한다는 이야기를 하고 있었답니다. 저하."

허공을 떠도는 시선을 주체 못 하며 홍우가 겨우 거짓말을 했다.

'다행으로 여겨서는 안 되는 일인데……'

이럴 때는 그의 눈을 가리고 있는 붕대가 천만다행으로 느껴지는 것이다. 순간 머릿속을 스친 나쁜 생각에 죄책감을 느끼면서도, 워낙 거짓말을 못 하고 잘 둘러대지 못하는 성미인 터라 가슴을 쓸어내릴 수밖에 없었다.

어쩔 줄을 몰라 눈을 들지 못하며 홍우가 입을 꾹 다물었다.

"흐음."

하지만 가휜은 아무 생각 없이 물은 모양이었다. 짧게 침음했을 뿐 별다른 반응 없이 그는 상을 들여오는 소리에 귀를 기울이다가 다시 고개를 돌렸다.

"그건 그렇고…… 부인."

"예. 저하."

"닷새 후, 모후의 탄신연이 있음을 알고 있소?"

"아……. 안 그래도 저하께 그 일을 여쭈어 보려고 생각하였습니다. 하나 해월이……."

퍼뜩 고개를 든 홍우가 조심스러운 눈으로 가휜을 살폈다. 가휜의 모후. 즉, 자신에게는 시어머니가 되는 왕비 홍아란이었다. 자연 탄신일을 모를 수 없었고 해월에게 몇 번이나 어찌해야 할지 물어보았었다. 그러나 정작 가휜에게 의논하는 것은 쉽지 않았던 것이다.

가횐과 왕비는 사이가 무척이나 좋았지만, 그가 다치고 왕궁을 나오게 되면서 사이가 별로 좋지 않게 되었다고 들었기 때문이다. 해월에게 물어보니 왕비도 가횐의 일 때문에 아직까지 심기가 편치 못하고, 가횐도 정신이 없으니 먼저 말을 꺼내지 않는 이상 조용히 있는 것이 좋을 것이라고 했다. 왕비님도 그리 하기를 원하실 것이라고 덧붙여 주기까지 했다. 그래서 말을 하지 못하고 있었는데 이렇게 불쑥 가횐이 먼저 말을 꺼내 든 것이었다.

정신적 여유가 없기 때문인지 겨우 닷새 전에 이르러서야 이야기하게 됐지만 말이다.

어찌 되었든 그의 침묵 탓에 선물을 고를 생각도 하지 못하고 입궁은 더더욱 꿈도 꾸지 못하고 있던 홍우에게는 잘된 일이었다.

"그랬군. 좀 더 일찍 부인에게 말을 했어야 했는데. 내 눈치를 보고 있었던 모양이구려."

"아니요. 눈치를 보긴요. 단지, 마마께서 저하의 심기를 헤아리시어 원하지 않으면 입궁도 하지 말라고 하셨답니다."

"어마마마께서? 해월이 그리 전해 줬소?"

"예."

뜻밖의 말을 들은 것처럼 가횐이 조금 예민한 어조로 말했다. 그의 반응이 조금 이상하다는 생각도 들었지만 홍우는 가만히 고개를 끄덕였다.

"그렇군. 그러나, 자식 된 도리로 어찌 그냥 가만히 있겠소. 마땅히 선물을 준비하여 찾아뵈야 하지 않겠소."

먹는 둥 마는 둥 수저질을 하던 손을 내려놓은 가횐이 상을 더듬어 명주 수건을 찾았다. 단정한 동작으로 입가를 훔치며 그는 그렇게 용건을 꺼내 놓고 있었다.

"하면 선물은 소첩이 준비할까요? 그런데 소첩은 마마께서 어떤 것들을 좋아하시는지 잘 모른답니다. 그러니 마마께서 어떤 것을 좋아하시는지 말씀해 주시면, 성심껏 준비해 보겠습니다. 시각이 촉박하여 세심한 세공을 요하는 것은 아니 될 것 같지만요."

눈을 빛내며 말하던 홍우의 얼굴에 잠시 실의의 빛이 스쳤다. 사실 손수 뭔가를 만들어 드리면 좋아하실 것 같아서 열심히 수를 놓거나 바느질을 해 보았지만 거기까지였다. 도통 스스로의 눈에도 차지 못하는 물건들에 그녀는 결국 포기하고 말았다. 열심히 가르치고 돕던 해월도 어느 순간부터 말이 없는 것으로 보아 그녀도 포기한 듯싶다.

"그럴 게 아니라 함께 시장에 나가 보는 건 어떻겠소? 부인도 내내 이곳에만 틀어박혀 있으니 적잖이 답답할 것 같고……. 바람도 쐴 겸 해서 말이오."

"예? 정말입니까?"

생각지도 못한 뜻밖의 말에 홍우의 눈이 반짝 빛났다. 그녀의 얼굴 가득 기쁨이 일렁거렸다.

가횐이 품목을 정해 주면 사람을 불러 사 오라 시켜야 하나 했는데…… 무엇보다 자신을 생각해 주는 낭군의 마음 씀씀이가 그녀를 행복하게 했다.

"정말이오. 내 어찌 부인에게 허튼 소리를 할까."

141

그녀의 기쁨이 소리만으로도 고스란히 전해졌는지 가훤이 말에 웃음기를 담아 가며 약조했다. 그녀의 반응이 귀엽기도 했지만 정말 저리 좋은 걸까 하는 생각도 머리를 스쳤다.

"저를 생각해 주시는 낭군의 마음이 기쁩니다. 사람이 번잡한 곳은 좋아하지 않지만, 낭군께서 함께 가 주신다면 꼭 한 번 가 보고 싶기도 합니다."

한순간에 마음이 들떠 버렸다. 좋은 기분을 한껏 드러내며 재잘재잘 떠드는 말에 가훤은 저도 모르게 묘한 표정을 짓고 있었다.

"전에도 생각했지만, 부인은 무척이나 솔직한 성정을 지닌 것 같소."

"아."

그리고 툭 내뱉는 말에 홍우는 멈칫하며 그를 살폈다.

"그래서…… 싫으신가요?"

머뭇거리긴 했지만 곧 바른 시선을 들어 가훤을 응시하는 홍우의 눈동자에는 당당함이 어려 있었다. 홍우는 그에게 미움받고 싶지 않았고 그가 싫어하는 행동도 웬만해서는 하고 싶지 않았다. 하지만 그럼에도 그녀 자신을 완전히 바꿀 수는 없는 일이었다.

해월의 말처럼 예전같이 살 수는 없겠지만 그가 싫어하지 않는 범위 안에서는 그녀의 행복도 찾고 싶었다. 그것이 참지 못하고 새벽 산책을 나선 이유이기도 했다. 홍우는 무엇보다 가훤의 인정을 받으며 앞으로도 가능했으면 하고 바랐다.

"싫지 않소."

가훤이 생각할 것도 없다는 어조로 간결하게 대답했다. 내심 긴장하여 그를 보고 있던 홍우의 얼굴에 비로소 안도가 퍼졌다.

"사실은요, 저하. 오늘 아침 해도 뜨지 않은 시각에 산책을 다녀오다가 해월에게 들키고 말았답니다. 그래서 아까 한창 야단을 맞았지요."

"산책을…… 다녀왔소? 그것도 해도 뜨지 않은 시각에?"

"예. 보는 눈도 많은데 체통을 지키지 못한다고 자꾸 혼이 나네요."

잠깐 고민을 하긴 했지만 결국 말하고 말았다. 생각해 보니 가훤에게도 혼이 날 수는 있겠지만 딱히 숨길 일은 아니었고, 또 부부지간에 못할 말이 뭐가 있을까 싶었다.

"……."

홍우의 말을 듣고 가훤은 잠시 침묵했다.

"저하께서도 마땅치 않으신가요? 그렇다고 하시면 이제는 조심할 것입니다."

'조금 더 일찍, 아주 가끔은 정말 안 될까요?'

속으로 생각하는 것과 내뱉는 말이 전혀 달랐지만 어쩔 수 없이 간절해지는 기분이라 절로 쓴웃음을 머금고 마는 홍우였다.

"정말……. 말하는 것으로 보아 간자는 절대 못 할 사람이로군. 큭."

툭 가훤이 혼잣말을 내뱉으며 비틀린 웃음을 머금었다.

사실 그는 홍우가 아까 해월과 무슨 이야기를 나누었는지 대충 알고 있었다. 원래도 예민한 편이었지만 벌써 몇 달째 눈을 가리고 생활한 탓에 더욱 밝아진 귀 덕에 모르려고 해도 모를 수가 없었다.

홍우가 오늘 새벽녘에 수상쩍은 움직임을 보였던 것도 잘 알고 있었다. 그들 부부는 어젯밤도 함께 잠이 들었었고, 그녀가 몰래 나가려 움직인 탓에 잠이 깬 탓이었다. 그렇게 가훤은 홍우를 뒤따라 나갔다가 초웅과 몇 마디 말을 주고받은 뒤 자신의 거처로 향했던 것이다.

"예?"

무슨 말을 하는지 제대로 듣지 못한 홍우가 눈을 동그랗게 뜨고 되물었지만 가훤은 천천히 고개를 내저을 뿐이었다.

"아니오. 산책이라……. 그도 좋겠구려. 다음엔 나도 함께 가는 게 어떻겠소?"

"아, 그게……. 예. 저하께서 원하시면 같이 가는 것도 좋겠군요."

예상치 못한 말에 홍우가 아주 잠깐 망설였다. 워낙 방해받고 싶지 않은 혼자만의 시간이었기 때문에 망설였지만 그녀는 곧 그 마음을 접었다. 모든 것을 다 자신이 원하는 대로 하고 살 수는 없다. 혼인을 치르며 그녀는 그 점을 명심하자고 항시 되뇌었고, 그만큼 가훤의 존재가 자신에게 특별했기 때문에 감수해야 한다고 생각했다.

"흐음."

'정녕 아무 의도가 없는 것인가? 솔직하고 순수하기만 하니, 설사 간자라 하여도 받아들일 것이라고 결심은 하였으나……. 정

말 알 수 없는 사람이로군. 훗.'

그녀를 대하고 있으면 불쑥불쑥 거추장스러운 붕대와 지팡이를 저 멀리 내던지고 싶은 충동이 들었다. 그만큼 알 수 없고, 호기심을 자극하는 상대라 그녀를 직시하고 싶은 생각이 드는 것이었다. 이렇게 알면 알수록 더 알고 싶어지기만 하는 이는 가흰의 인생에 있어 처음이었다.

"어쨌든 우선은 시장에 먼저 같이 나가 봅시다. 게다가 어마마마의 탄신일이 얼마 남지 않았으니 쇠뿔도 단김에 빼라고 오늘 나가도록 합시다. 식사를 마쳤으면 해월을 불러 채비를 하오. 나도 거처로 돌아가 옷을 갈아입고 나갈 준비를 하겠소."

"서둘러 채비하겠습니다, 저하."

가흰이 스르륵 몸을 일으키며 확정을 짓자 홍우가 그를 올려다보며 고개를 끄덕였다.

❀   ❀   ❀

"흰아가 기별을 보내왔다고?"

우아한 자세로 차를 마시고 있던 홍아란은 뜻밖의 말을 들었다. 조심스럽게 안으로 들어와 말을 전하고 있던 상궁이 더욱 허리를 숙여 보였다.

"예. 마마. 저하께서 사람을 보내 마마께 몇 가지 말을 전해 올리라 했답니다."

"말해 보게."

홍아란이 간결하게 말했다. 그리고 스윽 시선을 돌려 상석에 앉아 있던 왕과 바로 옆의 혼인하지 않은 자식들을 나란히 돌아봤다. 같이 듣겠냐고 눈치를 준 것으로도 보였지만, 아무 의미 없이 한 행동처럼도 보였다.

"가훤이? 그 녀석, 짐이나 다른 아이들이 사람을 보내 소식을 물을 땐 대면도 않고 돌려보내기 일쑤라고 하더니……. 그래도 각별한 제 어미에게는 안부라도 전해 오는 모양이오?"

"아닙니다. 그 아이, 별궁으로 내려간 뒤에 도통 저에게도 말이 없더이다. 한데 요사이 늦은 장가를 들고 보니 가족 생각이 좀 드는 모양인지도 모르겠군요."

냉한 얼굴로 차분한 말을 잇는 홍아란이었다.

"심경의 변화가 있기는 하신 것 같습니다. 오늘 보내오신 소식도…… 깊이 마음을 써 주시는 중궁마마 덕분에 잘 지내고 계시다 하시며 전하와 마마, 그리고 다른 왕자님들의 안부를 물으셨습니다."

홍아란이 힐끔 시선으로 독촉하자 상궁이 허리를 접은 그대로 들은 말을 전했다. 상궁의 말을 조급하게 기다리고 있던 왕의 얼굴이 눈에 띄게 환해졌다.

"허허. 잘 지낸다니 다행이군."

"예, 전하. 이제야 정신을 차려 주변을 돌아볼 여유를 갖게 된 것 같군요. 절망에 빠져 안으로만 골몰하느라 다른 이들을 생각하지 못하던 아이가요."

단지 안부를 물어 왔을 뿐인데도 무척이나 기쁜 듯했다. 크게 웃는 왕에게 홍아란도 가만히 고개를 끄덕이며 덧붙였다.

기실 기대가 많았던 아들의 장애에 절망한 것은 본인만이 아니었지만 부부는 각자의 사정 때문에 깊은 상심조차 그대로 드러낼 수 없었다.

"형님이 다른 말은 전하지 않으셨던가?"

"아바마마와 어마마마께서 기다리시지 않는가. 어서 마저 고해 보게."

아란의 곁에 앉아 있던 왕자 가정과 공주 혜운이 번갈아 말해왔다. 부모의 핑계를 들고 있기는 하지만 다급함이 어려 있는 표정으로 보아 궁금하기는 그들이 더한 듯했다.

"예. 저하께서 중궁마마께서 괜찮으시다면 이번 탄신일에 입궁을 해 직접 문안인사를 여쭙고 싶다고 하셨습니다."

"정말인가?! 형님이 정말 입궁을 하겠다고 하셨다고?"

방 안에 있던 인물들이 모두 놀라 상궁의 머리꼭지를 날카롭게 노려봤다. 탄신연이 코앞으로 다가와 있지만 가휜은 여전히 묵묵부답이기만 했던 터라 놀람이 상당할 수밖에 없었다.

"그 아이가?"

감정을 잘 드러내지 않는 아란조차 놀람을 그대로 드러내며 물었고, 가정은 저도 모르게 살짝 언성을 높이기까지 했다.

"분명히 그리 말씀하셨다고 합니다."

상궁이 거듭 확인의 말을 내뱉고 나서야 몰려 있던 시선이 흩어졌다.

"허어. 들었소, 중궁?"

"예, 전하. 들었습니다."

하지만 왕은 여전히 못 믿겠다는 얼굴이었다. 아란을 돌아보고 묻자 그새 냉정을 되찾은 아란이 답했다.

"그대 말대로 그 아이가 정신을 차려 예전의 여유를 찾기는 한 모양이오. 짐은 사실 그 아이가 오지 않겠다고 하여도 너무 섭섭해하지 말라는 말을 하기 위해 찾아온 것인데 말이오."

"신첩도 그리 여기고 있었습니다. 하여 며느리에게 보낸 해월에게도 휜아가 모르고 지나칠 것 같으면 그대로 두라고 일러 두었으니까요."

"그랬소? 뭐, 그리 각별하던 사이였으니 모르고 지나칠 것 같지는 않지만……. 그래도 다른 이들의 시선도 있고…… 몸의 상처도 상처이지만 마음을 깊이 다치지 않았소. 하여 마음이 동하지 않다 하면 강권하여 들어오게 한들 좋지 못한 영향을 끼칠 것 같기는 하였지."

진중한 얼굴로 턱을 쓸며 왕이 중얼거렸다.

"몸에 남은 상흔만큼이나 마음의 회복이 쉬운 일은 아닐 것입니다."

"하아. 어쩌자고 날도 좋지 않은 날, 사냥을 나가 가지고……."

반년 전 일을 떠올리자 시름까지 함께 떠오른 모양인지 왕이 미간을 모으며 깊은 한숨을 내쉬었다.

그리된 것이 아깝고 아까운 아들이었다.

어려서부터 워낙 총명하던 아들은 자라며 같이 커진 부모의 기대에도 잘 부응해 줬다. 덕분에 서자임에도 가정보다 더 기대가

컸고, 그런 일이 생기지 않았다면 신분상의 문제가 있음에도 큰 걸림돌 없이 모든 이들의 지지를 받아 왕위를 이을 것이라고 여겼다.

물론 처음부터 그랬던 것은 아니었다. 왕은 처음 궁녀의 몸에 가흔이 생긴 것을 알았을 때 적잖이 당황했고 또 언짢아했었다. 딱 하룻밤, 음모가 있는 유혹이었지만 그에 넘어간, 부족한 자신의 실수에 대한 반증이었기 때문에 자연 못마땅할 수밖에 없었다.

게다가 혼약자로 있던 홍아란과 혼례 날을 받아 놓은 뒤에 생긴 일이라 참으로 면목이 없다고 여겼다. 그녀에게 한눈에 반해 있던 왕은 정략결혼이라고 해도 상관없을 정도로 그녀가 궁에 들어오는 것을 고대하고 있었기에 '오점'이나 다름없는 가흔의 존재에 수치스럽고 화가 날 수밖에 없었다.

하지만 그런 자신을 바꾼 것이 홍아란이었다. 자신에게 화를 내거나 원망을 할 법도 한데 홍아란은 단 한 번의 내색도 없이 그와 혼례를 치렀다. 달리 뭔가를 요구하거나 섭섭해하지도 않았다.

「어찌 되었든 전하의 핏줄이 아닙니까. 응당 그녀를 후궁으로 봉하고 아이도 인정을 하여야지요.」

그저 가흔과 그의 생모를 두고 어찌할 바 모르던 그에게 차분한 충고만을 건네 왔을 뿐이었다. 여인으로서, 게다가 자신이 정실부인이 되기도 전에 다른 씨를 보았으니 못마땅해하는 게 당연할 텐데 그녀는 이해하려는 모습을 보였다. 속내야 어찌 되었든 겉모습만은 그랬다. 왕은 그 점이 무척 고마웠고, 그런 점 때문에 그녀를 대함에 있어 소홀함이 없도록 노력할 수밖에 없었다.

하지만 그럼에도 거리감만은 쉽사리 사라지지 않았다. 부부지간에도 그랬고, 왕이 가훤의 생모를 대할 때도 어찌할 수 없는 데면데면함이 있었다. 서로 예의를 갖추긴 했지만 속내를 털어 놓지 못하고 눈치만을 살피고 있었는지도 모르겠다.

그러던 때에 불행 하나가 일어났다. 가훤을 낳으며 산고에 시달리던 후궁이 그대로 절명하고 말았다. 가훤이 생명을 건진 것이 기적일 정도의 지독한 난산이었던 탓이다.

구중궁궐에서도, 태중에서도 반김받지 못하던 생명이 어미조차 잃은 채 홀로 남겨지고 만 것이다. 중궁의 눈치를 살피기 바쁜 왕이 관심 있어 할 리 없었고, 왕의 관심을 받지 못하는데, 다른 이들이 핏덩이 아이에게 신경을 쓸 리 없었다.

결국 외진 후궁에 궁인 둘과 젖 주는 유모 하나와 남겨지게 되었는데, 난산에 나약하게 태어난 아이가 얼마나 버티겠느냐 하는 것이 세인들의 시선이었다. 아니, 버티고 잘 자라난다고 한들 외면받는 외톨이로 살아야 하지 않겠냐는 것이 가훤을 향한 유일한 관심이었다.

한데 어느 날 홍아란이 그 후궁으로 불쑥 걸음 했다. 아이가 태어난 지 석 달이 넘었을 때였다. 어미가 죽고 있는 듯 없는 듯 살아가고 있던 아이에게 무슨 호기심이 들었던 것인지 한 마디 말도 없이 급작스레 후궁을 찾아오더니 방치되어 있던 아이를 한참이나 빤히 들여다봤다고 한다.

그리고 그날 저녁, 거처로 돌아온 아란은 직속 상궁에게 아이를 자신의 처소로 데려오라고 명령했다. 갑자기 뜬금없이 뱉어진 말에 궁이 발칵 뒤집혔다. 당장 그 소식을 들은 왕조차 달려와 '신경 쓸 것 없으니 그대로 두라.'고 했지만 아란은 자신의 고집을 꺾지 않았다.

「신첩의 태를 빌어 태어난 아이는 아니라고 해도, 전하의 핏줄인 이상 저의 아이이기도 합니다. 어미인 제가 키우는 것이 당연한 일이 아니겠습니까.」

도리어 당당하고 엄한 기세로 야단치듯 하는 말에 왕이 움찔하여 돌아설 수밖에 없었다고 한다. 겉돌던 아이가 그렇게 두 사람의 사이로 들어오게 된 뒤에 둘의 사이는 조금씩 더 좋아졌다. 성심껏 대해 주기는 했지만 마음의 문을 굳게 닫고 있는 듯했던 아란도 그 빗장을 푼 것 같았고 그녀에게 미안함과 고마움을 느끼던 왕 역시 더욱 다가섰기에 둘 사이가 단단해지기 시작한 것이었다.

그 후, 가훤은 두 사람에게 귀한 아들이 되었다. 가끔 아란에게 미안해서 냉랭하게 대할 때도 아이는 예쁜 행동만을 했다. 눈치를 보아서인지 안쓰럽기까지 할 정도로 예쁘기만 해서 정을 줄 수밖에 없었다.

지금은 옛일은 아무래도 상관없이 귀하고 장한 아들일 뿐이기에 마음이 쓰이고 걱정이 되는 것일 테지만 말이다.

"그래도 세인의 눈앞에 나서는 것이 거리껴질 터인데. 괜히 그날 입궁하여 이러쿵저러쿵하는 말들을 듣고 마음만 더 상하지 않겠나? 훤아에게 나를 위해 그리하려는 것이면 크게 개의치 않으니 더 생각해 보라고 이르게."

내내 들고 있던 찻잔을 내려놓으며 아란이 고심하던 말을 입 밖에 내었다. 그의 방문이 기대가 되기도 하였지만 그날은 궁에 유독 손님이 많은 날이었다. 왕이 왕후의 탄신일을 축하하기 위해 매년 크게 베푸는 연회가 있는 날이라 정오부터 많은 이들이 입궁하여 소란스러울 터였다. 게다가 사가의 인물들도 당연히 방문할 것이라서 아란은 그리 말할 수밖에 없었다.

"아니오. 중궁. 그 아이도 어렵게 용기를 낸 것일 터이고, 평생 숨어 살 것도 아닌데 어찌 마냥 피하기만 할 일이겠소? 또 일가를 이루었고 본인이 나서서 말한 마당에 너무 감싸기만 해도 좋지 못하오. 그러니 그냥 지켜봅시다."

"하나……."

드물게 왕이 그녀의 의견에 반대하고 나섰다. 뭔가 할 말이 있는 것처럼 왕을 바라보던 아란은 곧 생각을 달리했는지 숨을 내쉬며 다시 상궁을 돌아봤다.

"그렇다면 입궁 시각을 빨리 잡으라고 이르게. 바쁜 날이지만 아들 부부가 모처럼 입궁하는 것이니, 여유 있게 대하고 싶네. 다른 이의 눈을 신경 쓰지 않고 손이라도 보듬어 주고 싶으니 말이야."

"예. 마마. 그리 전하겠나이다."

아란의 말에 겨우 상궁이 물러가고 방 안에는 다시 왕가 사람들만이 남았다.

"어마마마께선 애틋하기 짝이 없는 큰아들이 온다 하니 기쁘고 설레신 모양입니다. 저희들의 문안인사엔 마냥 시큰하시던 분이 다정한 말씀까지 하시는 걸 보면요."

부모의 침잠된 분위기를 살피며 가정 왕자가 불쑥 농을 했다.

"어찌 안 그러시겠느냐. 오라버님은 눈에 넣어도 아프지 않을 특별한 장자인데 말이다. 어려서도 우리는 거들떠보지 않으면서도 오라버님은 항시 귀애하셨지. 야단도 두 배, 총애도 두 배였지 않느냐. 후훗."

그의 말을 얌전히 앉아 있던 공주 혜운이 받았다. 가정이 피식 웃으며 곁의 누이를 돌아봤다.

"누님은 잘난 것도 없는데 사랑만 두 배로 받는다며 형님을 질시하여 괴롭히다가 총애 없이 혼만 두 배로 맞으시곤 하지 않으셨습니까?"

"그랬던가? 후훗."

"너희들이 꽤나 한가한 모양이로구나. 문안인사를 하러 와, 가지도 않고 앉아서는 허튼 소리만 늘어놓는 것을 보니 말이다. 쯧쯧. 정아, 너는 경연에 들 시각이 지난 것 같은데 그리 정신을 못 차려서 어디에 쓰겠느냐. 네 형의 발뒤꿈치도 못 쫓아가면서 놀 생각에만 바쁜 게지? 그리고 혜운!"

"앗."

그들의 농을 듣고 있던 아란이 대번 냉엄한 눈빛으로 자식들을 돌아봤다. 갑작스럽게 불똥을 맞은 가정이 아차 한 표정을 지었고 혜운이 찔끔하여 눈을 돌렸지만 이미 늦었다.

"네 여동생들도 혼례를 치러 잘 살고 있는데, 너는 대체 언제쯤 철이 들려는 게냐? 늦은 혼사에 분발하여 수양을 할 생각은 않고……. 며칠 전에는 불쑥 바깥출입까지 하였다지? 절에 간다고 하며 나갔다더니 정말 절에 가기는 하였던 게냐? 또 여자아이가 칠칠치 못하게 시장구경이나 하며 허투루 돌아다닌 것은 아니고?"

"어, 어마마마께서는 어찌 소녀를 말괄량이로만 보십니까. 아니옵니다. 정말 절에 가 공양도 드리고 겸사겸사 꽃구경도 하다 왔을 뿐이옵니다."

혜운이 잔뜩 억울하다는 얼굴로 항변했지만 말을 더듬는 것을 보아하니 그다지 신빙성은 없어 보였다.

"흥."

"아니라니깐요."

'남몰래 미행을 붙이신 것도 아닐 텐데. 내가 딴짓을 하고 다니는 건 어찌 저리 잘 아시는지. 눈치는 정말 귀신 같으셔.'

의심 가득한 시선으로 그녀를 살피던 아란이 시큰둥하게 고개를 돌리고 나서야 혜운은 남몰래 가슴을 쓸어내렸다.

'그건 그렇고 오라버니께 밀지를 보내야 할 텐데 어쩌지? 며칠 전 절에 다녀온 걸 저리 꾀고 계신 것을 보면 한동안 어마마마 몰래 움직이기 쉽지 않을 것인데…….'

더 말이 없는 아란 덕분에 안도의 표정을 짓는 혜운이었지만, 고민이 없는 것은 아니었다. 그녀는 복잡한 심경이 그대로 드러나는 눈빛으로 아비와 어미를 한참이나 돌아보다가 조용히 한숨을 내쉬었다.

＊　　＊　　＊

길고 낮은 탁자 위에 고운 화폭이 쭉 나열되었다. 찬찬히 주위를 둘러보고 있던 홍우는 상인이 그림을 진열하는 모습을 보며 순간 미심쩍은 표정을 떠올렸다.

"저하. 그림이 준비되었는데요. 혹시……."

"그렇소? 그러면 골라 보시오."

혹시나 했는데 역시나의 말이 돌아왔다. 아예 탁자 쪽에서 멀리 떨어진 의자에 앉은 채 느긋이 차를 마시고 있던 가훤이 빙긋 웃으며 손을 들어 권하는 것이었다. 홀로 탁자 앞에 앉아 구경을 하고 있던 홍우가 아연한 표정을 짓고 말았다.

"제가 고르는 것입니까?"

"당연하지요. 내가 선택할 것이라고 생각한 것이오?"

가훤이 장난스럽게 말했지만, 홍우는 그의 얼굴을 자세히 볼 여유도 없었다. 자신도 돕기는 하겠지만 마지막 결정은 가훤이 지을 것이라고 내심 믿고 있었기 때문이다. 그런데 물정 모르는 저에게 가타부타 설명도 없이 화폭을 나열하고는 고르라니…… 당황하지 않을 수가 없었다.

"하나, 저하. 저는 아무것도 모릅니다. 게다가 마마의 취향도 잘 알지 못하니…… 저하께서 주인의 추천을 듣고 정하시는 것이 좋지 않을까요?"

동물을 그린 그림, 풍경을 그린 그림, 꽃과 새를 그린 그림, 그냥 인물만 그린 그림 등 화폭은 모두 다양했지만, 홍우의 눈에는

다 비슷해 보이고 다 좋아 보인다는 데 문제가 있었다. 홍우가 넌지시 핑계를 대며 애절한 표정을 지었다.

"그래도 상관은 없겠지만…… 어마마마께서는 직접 고른 그림을 더 좋아하실 것이오. 게다가 새 며느리가 고른 그림이라면 세 살 아이가 그린 낙서라고 해도 기꺼워하며 받아 주실 것이니 부인이 한 번 골라 보오. 부담을 가질 필요는 없소."

"……"

저렇게까지 말하는데 달리 할 말이 있을 리 없다. 실망한 홍우가 시선을 내려 그림을 살폈다. 여전히 뭐가 뭔지 모르겠다. 그림을 펼치며 주인이 '어느 연대의, 어느 누가 그린 그림'이라며 이러저러한 설명을 하는 하는네 듣자마자 다 까먹었다.

"충고를 하자면 어마마마께서는 따스한 그림을 좋아하신다오. 보는 이의 마음까지 편안해진다며 항시 그런 그림을 선호하셨지. ……시각이 촉박하니 흔하지 않고 어마마마의 품격에 어울릴 장신구를 구할 시간은 없고, 의복과 먹을 것도 궁에 더 진귀한 것들이 차고 넘치니. 방에 걸어 두고 보실 그림이 가장 좋겠다고 생각하였소. 가끔 솜씨 좋은 이들이 수놓은 물건도 표구하여 걸어 두시기도 하는데……"

가훤의 자상한 충고에 홍우의 어깨가 괜스레 움찔 떨렸다.

「듣자 하니 규방수업은 엉망이고 도통 실력도 늘지 않아 그 해월이 여간 고생을 하는 게 아니라지.」

문득 가훤은 궁인들의 말을 떠올렸다. 자신은 눈이 보이지 않는 것이지, 귀까지 들리지 않는 것은 아니었다. 별원의 군부인 마님에 대해 궁인들이 쑤군거리는 말도 아주 잘 듣고 있었다. 오히려 오늘은 무슨 이야기가 있을까 하여 기척을 숨기고 걷는 것이 요새 그의 버릇이었다.

가끔 그를 불쾌하게 하는 말도 아주 없지는 않았지만 그녀에 대한 일거수일투족을 눈으로 좇을 수 없으니 그렇게라도 해야 직성이 풀리는 기분이 들었던 것이다.

'나도 분발은 하고 있는데……. 그래도 조족지혈(鳥足之血)이라는 게 문제지만. 눈 높으신 중궁마마께는 가당찮은 일이겠지.'

저를 콕 짚어 이야기한 것도 아닌데 아주 많이 찔리는 기분의 홍우였다. 하지만 그녀는 움츠렸던 어깨를 펴고 차근하게 그림들을 살피기 시작했다.

"따스한 그림……. 저하, 골랐습니다. 이것으로 하렵니다."

고민을 한 것치고는 결정을 짓는 데 걸린 시각은 짧았다. 딱 반각(약, 7분 남짓)이 걸렸을 뿐이었다.

"벌써?"

오래 걸릴 것이라고 생각해 등받이에 몸을 깊이 기대고 차를 마시던 가훤이 의아한 음성을 냈다. 구석에 시립하고 있던 우내관이 홍우가 들어 보인 그림을 확인하더니 살그머니 다가와 가훤의 귓가에 속삭였다.

"사승엽의 호랑이 그림입니다. 어미 호랑이가 새끼를 절벽으로 물고 가는 그림……. 아시지요? 어찌하여 저것을 고르셨는지 모르겠군요."

"흐음. 고른 그림이 그것이오?"

우내관의 설명을 듣고 가훤이 묘한 표정을 지었다. 순수한 표정의 홍우는 자신의 선택에 흡족한 기분이 들었는지 기운차게 고개를 끄덕였다.

"예. 이 그림이 가장 따스한 것 같습니다. 이 세상에 모정(母情)만큼 따스한 것은 없지요."

확신에 찬 그녀의 말을 들은 가훤의 입가에 희미한 쓴웃음이 매달렸다.

"하긴 그렇군. 이 세상에 모정만큼 따스한 감정이 또 어디에 있겠소."

'운 좋게 가졌다고 생각한 감정. 하나 지금은 불신에 가까운 감정이기도 하지. 그런 그림을 골라내다니 재미있군. 어마마마께서도…… 반겨하시겠어.'

자신을 습격한 세력의 주축은 분명 백호가였다. 증거는 없지만 가훤은 그것을 확신했다. 그러나 그가 확신하지 못하는 것은 모후에 대한 것이었다. 백호가에서 손을 써 왔다지만, 음모의 주축이 과연 홍아란이었을지…… 그는 그것을 확신하지 못했다. 아니, 처음엔 배신감에 치를 떨었지만, 차마 그렇다고 믿고 싶지 않았을 뿐인지도 모르겠다.

소중한 어머니였고, 지금도 그래 주기를 원하기 때문에 믿을 수 없고 믿고 싶지 않은 것이다.

"그럼 갑시다. 군부인이 고른 것은 잘 포장하여 오늘 저녁까지 보내 주게나."

가횐이 볼일을 끝냈다는 얼굴로 일어나자 홍우도 주춤 몸을 일으켰다.

"이제 별궁으로 돌아가나요, 저하?"

"아니오. 근처에 음식을 잘 하는 요릿집이 있으니 그곳에 들렀다가 갑시다. 기껏 나왔는데 쾌쾌한 냄새나는 화방에나 앉아 있다가 들어가는 것이 무슨 기분전환이 되겠소?"

시장이 번잡한 탓에 두 사람은 가마를 타고 뒷길로 돌아왔다. 가횐이 눈에 띄는 것을 원치 않았고, 북새통 사이로 걷는 것이 쉽지 않아 보였기에 어쩔 수 없었다. 그래서 홍우에게 구경다운 구경을 시켜 주지 못한 것이 미안하고 신경 쓰인 모양이었다.

가횐이 말한 곳이 가까운 곳일 것이라고 여겼는데 한참 가마를 타야 했고, 도착한 곳의 풍광이 시가지와 전혀 달라 홍우는 살짝 놀랐다.

한적한 강변에 자리 잡은 화려한 저택은 언뜻 보면 귀족가의 것처럼 여겨질 정도로 상당한 규모를 자랑하고 있었다. 낮은 담을 넘어 안으로 들어서고 또 한쪽으로 들어서니 높이 지어진 누각들이 있었는데, 그것들은 강의 풍광을 한눈에 내려 볼 수 있도록 만들어져 있었다.

낯설고 처음 보는 화려함에 홍우가 눈을 휘둥그레 뜬 채 조심스럽게 가마 아래로 내려서며 먼저 내려 있던 가횐을 향해 물었다.

"와 보신 곳입니까?"

"예전에 몇 번 와 봤소. 어마마마께서 큰 야단을 치실 정도로 미복잠행을 즐겼을 때 말이오. 친구들과 어울려 성도 구석구석을 헤매고 다녔지. 승마도 하고 술도 마시고, ……사냥도 즐겨 했을 때의 얘기라오."

따지고 보면 얼마 되지 않은 일인데 꽤 멀게 느껴졌다. 홍우에게 설명하던 가훤이 잠시 머뭇하다가 피식 웃으며 말을 마무리지었다. 그리고 손을 내밀자 잠시 후, 따뜻한 온기가 느껴지는 여인의 손이 그 위에 살포시 얹어졌다. 가훤은 그것이 좋았다. 자신이 손을 내밀면 거절하는 법 없이 살그머니 마주 잡는 수줍으면서도 당차고 맹랑한 구석이 느껴지는 손이 홍우 그 자체를 대변하는 듯해 기분이 좋아지는 것이다.

잡은 손을 가볍게 흔들며 두 사람은 누각 안으로 들어섰다. 먼저 사람을 보내어 기별을 해 둔 것인지 상 위에는 간단한 음식들이 차려져 있었다. 또한 상 옆에 작은 화로가 놓여 있는 것으로 보아 끓일 만한 요리가 뒤이어 나올 요량인 것 같았다.

"보이는 풍경이 무척이나 좋습니다. 아, 전에 와 보셨다니 저하께서 더 잘 아시겠지요?"

홍우가 맞은편에 앉아 누각 아래로 내려다보이는 풍경을 감상하다가 툭 하니 말을 내뱉었다. 따라 들어온 우내관에게 상 위의 음식에 대한 설명을 들으며 젓가락을 들고 있던 가훤이 고개를 끄덕였다.

"물론 잘 알고 있소. 마음에 드오?"

"예. 무척이나 마음에 듭니다."

"아까 시장 거리를 보고 싶어 하였을 것 같은데……. 보지 못한 아쉬움을 상쇄하고도 남소?"

거리 구경을 시켜 주지 못해 아쉬워하는 쪽은 오히려 가휜이었던 것 같다. 못내 그 점이 걸렸는지 재차 확인하듯 묻는 말에 홍우가 물끄러미 그를 바라보았다.

홍우는 어린 시절부터 그에 관한 이야기들을 들으며 어떤 사람일까 쭉 상상해 왔다. 그것은 그녀에게 하나의 놀이에 가까운 일이었다. 늘 자연이 좋아 밖으로 맴돌고 숲 속 친구들과 이야기를 나누며 뛰놀면서도 문득문득 그에 대한 것을 떠올렸다.

꿈속에 나왔던 금안의 까마귀. 왕자님은 지금 무엇을 하고 계실까, 어떤 성품을 지니셨으며 어떤 이들과 어울려 지내실까 등등 상상의 나래를 무한히 펼쳐 나갔다. 부모님에게 호되게 혼이나 눈물이라도 지을 땐 그도 부모님에게 혼이 나 시무룩해 있지는 않을까, 아니면 궁궐 생활은 고되고 힘들다는데 외롭고 힘겨워하고 있지는 않을까 생각했다.

그에 대한 생각이 습관처럼 자리 잡혀 있어서 그런지, 직접 만나게 되었을 때도 그리 낯설지 않은 기분이었다.

착각일수도 있지만 그에 대해 잘 알고 있는 것처럼 여겨졌고 뭣보다 그가 홍우의 상상과 그다지 다르지 않았기에 그럴 수 있었던 것 같다.

"듣던 대로 저하께서는 참 다정하세요. 저에게 어찌 이리 잘 대해 주십니까? 혹여 나중에 후회하게 되면 어찌하시려고요."

한참이나 그를 바라보다가 불쑥 마음 깊은 곳에 있던 우려 어린 진심이 튀어나왔다. 그녀의 답을 기다리며 음식을 먹고 있던 가흰이 잠시 행동을 멈추었다.

"부부지간에 왜 그런 소리를 하오? 내가 뭘 그리 다정하고 부인에게 잘 대해 주었다고. 그간의 일을 생각해 보면 잘 챙기고 배려해 주지 못해 미안한 기분인데 말이오."

"아니오. 무척이나 잘 대해 주고 계십니다. 정해져 있던 혼인도 아니고, 고귀한 가문의 여식도 아닌데 어느 날 불쑥 신부라고 온 여인을 어찌 이리 귀히 여겨 주시나 생각될 정도로 잘해 주십니다. 화를 내고 언짢게 여기셔도 할 말이 없을 것 같은 데 말이지요."

세상 물정 모르고 순진하기만 하던 홍우치고는 꽤 날카로운 말이었다. 하지만 그것은 드러내지 않았을 뿐, 혼례를 치르던 첫날밤부터 계속 생각해 오고 있던 것이기도 했다.

사실 그가 걱정되어 성도로 왔고 우여곡절 끝에 혼례를 치르기는 했지만 그가 자신을 반길 거라고는 생각하지 않았었다. 아버지도 항상 그리 말했었고, 그녀를 기다리고 있었다던 장효도 막상 단자를 받아 들고는 '그에 대해 뭘 안다고 인생의 가장 큰 일인 혼사를 무작정 치르겠다고 하는 게냐. 담대한 건지, 그냥 아무 생각이 없는 건지 알 수 없구나.' 라고 마뜩잖아 했었다. 그러니 혼례를 치르고 좋지 못한 대우를 받게 되어도 어쩔 수 없겠구나 하고 자신을 다독여 왔다.

한데 가흰은 자신을 서럽게 하거나 불손한 태도로 대한 적이 한 번도 없었다. 첫날밤부터, 자신이 정해진 약혼녀가 아님에도 불구하고 항상 예의를 갖추고 대해 주었던 것이다. 그저 '부부'라는 이유만으로 다정하게 대해 주었다. 덕분에 좋고 기쁜 감정만큼 가슴 깊이 자리 잡고 있던 불안이 차츰 걱정으로 나타났다. 그가 잘 대해 주면 대해 줄수록 생각이 많아지고 걱정이 많아지는 기분이었다.

"내 어찌 화를 내고 언짢게 여기겠소. 내 부인이 되기 위해 온 여인을……."

"정해진 혼약자가 아니었지 않습니까. 어울리지 않는……여인이 하늘에서 뚝 떨어졌다고는 생각지 않으셨습니까?"

그 말을 하며 홍우의 눈망울이 잠시 흔들렸지만, 가훤을 향한 시선을 거두지는 않았다.

"아아, 그랬지. 하나 그 이유로 당신을 막 대할 수는 없어. 원래부터 나는 백호가의 홍사혜가 내 짝이 아닐 것이라고 여기고 있었으니까."

"예? 왜요?"

뜻밖의 말을 들은 홍우는 당돌하게 되묻고 말았다. 가훤이 흐릿한 웃음을 머금었다.

"그 말에 답하기 전에…… 부인과 이야기하다 보니 나도 하나 묻고 싶은 것이 생겼소."

"그게 뭔가요? 하문하시어요, 저하."

홍우가 고개를 갸웃하며 의아한 표정을 지었다.

"당신은 어찌하여 나와 혼인하였소? 아니, 어찌하여 혼인할 생각으로 성도까지 올라오게 된 것이오?"

"그것은 전하와 중궁마마께서 전국의 처자들에게 단자를 내라고 명하시지 않으셨습니까. 하여 저도……."

"장인어른께서는 단자를 내는 것을 반대하여 내지 않을 요량이셨다고 들었소. 반대를 무릅쓰고 단자를 직접 들고 온 처자라 하여 부왕과 어마마마께서도 상당히 놀라셨다고 들었는데?"

진지한 표정의 가휜이 물었다. 왜 홍우가 모르는 척 외면하고 있던 이야기를 꺼내 들었는지 모르겠지만, 이렇게 된 이상 그도 확실히 그녀의 입을 통해 듣고 싶었다.

"아아. 저는…… 저하를 뵙고 싶었습니다. 어려서부터의 동경이기도 하였지만, 항시 뵙고 싶었습니다."

"……."

"그러다가 지난해 가을 크게 다치셨다는 이야기를 듣고, 직접 보지 않고는 견딜 수가 없어졌습니다. 확인을 해야만 했어요. 저하께서 무사하신지……. 그러던 중에 혼사 이야기가 나왔다는 것을 알고 아버지를 졸라 올라오게 된 것입니다."

"그러면 나를 눈으로 보기 위해서 올라왔다는 거요? 꼭 혼사를 치르지 않아도 되었고, 그 일을 핑계로 만나기만 했으면 되었다는 게요?"

"그게……. 올라올 때는 그랬는데, 막상 올라와서 보니 저하께서 별궁에 침거하고 계셔서…… 혼례를 치르지 않고는 뵐 도리가 없겠구나 하는 생각을 하였지요. 그런데 생각 외로 일이 순리대로 풀렸답니다. 장효 고모님의 추천으로 단자도 낼 수 있었고, 워낙 모인 단자가 없어 마마께서도 저를 낙점하시었다는 이야기를 들었으니까요."

"그렇지. 누가 눈 병신, 다리병신이 된 이에게 시집을 오려 할까. 그런데 부인은 그런 내가 보고 싶다는 이유만으로 무작정 단자를 냈다니……. 이해되지 않는군. 부인은 싫지 않았소?"

"……뭐가요?"

비틀린 웃음을 머금고 있던 가훤이 홍우의 되물음에 멍한 표정을 떠올렸다.

모두가 마다한 혼사를 어찌 좋다고 쪼르르 달려온 것이냐고 묻고 있는 건데도, 전혀 이해하질 못하고 있는 모양이다.

"하. 하하."

기가 차 일순 할 말을 잃고 있던 가훤이 헛웃음을 짓고 말았다.

"그러니까 홍사혜마저 몸 성치 못한 신랑은 싫다며 거부한 혼사가 아니오. 한데 부인은 싫지 않았냐는 말이오."

"싫고 좋고, 그런 건 전혀 생각해 보지 않았습니다. 저하께서 무사하시니까요. 무사하시니 되었지 않습니까."

또랑또랑한 음성으로 답하는 말에는 가식이라고는 털끝 하나만큼도 담겨 있지 않았다.

"……."

무서울 정도의 진심이 담긴 말에 가훤이 침묵했다.

'너는……. 그야말로 생면부지의 사람인데, 왜 그런 진정 어린 걱정을 하였다는 것이냐?'

가훤이 잠깐의 충동으로 붕대에 손을 가져갔다. 당장이라도 그것을 벗겨 내고 눈앞의 여인을 눈으로 똑똑히 확인해야 할 것만 같았다.

"저하?"

그때 홍우가 자신을 불러 퍼뜩 정신을 차렸다. 가횐이 아차 한 얼굴로 얼른 자신의 손을 무릎 위로 내렸다. 자신이 순간적으로 벌이려 했던 행동이 믿기지 않아 다른 손으로 제 팔을 꼭 잡아 누르고 나서야 정신이 좀 드는 느낌이었다.

'뭐지? 뭐였을까. 이 느낌은……'

감동은 아니었다. 그녀가 한 말이 진정이라는 것은 확실히 알았지만, 분명 감동은 아니었다. 그런데도 생전 처음 느껴 보는 낯선 감정은 가슴을 진탕시켜 삽시간에 들끓게 하였다. 이성을 잃을 정도로 말이다.

"보고 싶었고, 확인했습니다. 그리고 생각했던 그대로의 분이라 행복합니다. 그 행복이 언제까지 지속될까 무섭고 불안할 정도로 말입니다."

그녀의 말을 듣고 있는 가횐의 손안에 식은땀이 어렸다.

홍우의 가장 큰 장점은 물정 모르는 순진함과 명랑함인 줄 알았는데, 아닌 모양이었다. 빙 돌려 말하거나 가식을 곁들이지 않는 두려울 정도의 솔직함, 그것이 그녀의 장점이자 무기였던 것이다.

어찌나 투명하고 맑은 시선으로 자신을 직시하는지, 두 눈을 가리고 있음에도 선명하게 느껴질 정도였다. 그 시선이 뇌리에 박혀 떨어질 것 같지 않으면서 자신의 심장을 미칠 듯이 두근거리게 했다.

가휜이 처음 겪어 보는 유형의 사람인 것은 맞았다. 구중궁궐, 마음속에 구렁이를 수십 마리 품은 자들이 판을 쳤고, 세 치 혀에 독을 물고 있는 이들은 그보다 더 많았다. 그곳은 마음을 십분 감추지 않고는 살아갈 수 없는 그런 곳이었다. 그래서 홍우의 맑음이 흔하지 않다는 생각은 가지고 있었다. 그리고 그것은 지금 이 순간, 더욱 특별하게 다가오는 것이었다.

늘 조심스러운 언동이면서도 꺼내 드는 말에는 항상 진심이 담겨 있었다. 그녀에게는 마치 숲 속의 깊은 계곡물처럼 맑고 투명한, 마주한 사람의 진심까지 뒤흔드는 청량함이 있었다.

❀　　❀　　❀

긴장을 심하게 한 탓인지 입안이 자꾸 말랐다. 물이 있으면 입이라도 축이고 싶은데 서 있는 곳이 그럴 환경이 못 되는 터라 홍우는 뒤에서 걷고 있는 해월만을 하릴없이 힐끔거렸다.

"부인, 거기에 있소?"

그때 한 걸음 앞서 걷고 있던 가휜이 그녀를 불렀다. 정신이 팔려 있던 홍우가 깜짝 놀라 그를 바라봤다.

"예, 저하. 여기 있습니다."

얼결에 답은 했는데 그가 내민 손은 미처 보지 못하고 다시 주변을 돌아보는 홍우였다.

"부인?"

"예? 아."

의아한 가횐의 음성이 있고 나서야 홍우는 그가 손을 내밀었다는 사실을 깨달을 수 있었다.

"저런, 긴장을 한 모양이로군."

닳은 손을 꼭 그러쥐면서 가횐이 중얼거렸다. 평소와 달리 차갑고 살짝 떨리고 있었기에 그녀가 겁을 먹고 긴장했다는 사실을 알았다.

"긴장할 것 없소. 어마마마께서 우리 부부를 배려하시어 하례 인사는 연회가 아니라 따로 받겠다고 하셨으니 말이오. 그래서 조금 일찍 출발한 것 아니겠소."

달래기 위해 가횐이 조곤조곤 설명해 주었지만 홍우는 굳은 몸을 쉽사리 풀 수가 없었다. 처음도 아닌데 대체 왜 이러는지 그녀로서도 알 수 없었다.

처음 궁에 들어왔을 때는 거의 해가 질 무렵에 들어와 외진 별궁에 숨겨진 손님처럼 덩그러니 있다가 나왔는데, 오늘은 전혀 다른 분위기라는 게 문제인 것 같다. 궁 안 곳곳 환한 햇살과 꽃이 피기 시작한 풍경도 꽤나 생경한 느낌을 주었다. 게다가 큰 잔치를 목전에 둔 탓인지 말 그대로 궁궐 그 자체가 들썩이는 느낌이었다.

궁은 온통 하례객들과 연회를 준비하는 궁인들로 매우 분주하고 시끄러웠다. 거기다 일찍 찾아온 하례객 몇몇과 마주치는 궁인들이 모두 자신들을 힐끔거리는 것이 느껴져서 홍우의 긴장은 더 커질 수밖에 없었다.

'사람이 이렇게 많을 줄이야. 마마의 선물과 저하께만 신경 쓰

느라 이럴 줄은 미처 생각도 못 했네.'

고개를 비스듬히 내리고 마른침을 연신 삼키며 홍우가 내심 중얼거렸다. 원래 홀로 조용히 시간을 보내는 편이고, 마을에서도 사람의 눈에 띄는 것이 싫어 피해 다니기 일쑤였던지라 오늘 궁에 있는 것이 꽤 곤욕스러울 것 같았다.

"홍우."

"예? 예? 어, 지금 제 이름……."

머리 위에서 나직하게 자신을 부르는 소리가 들렸다. 여느 때와 다름없는 차분하고 다정다감한 가훤의 목소리라서 처음엔 '부인'이라고 부르는 줄 알았는데 아니었다.

"고개를 드시오. 어깨도 펴고. 당당하고 떳떳하게 등을 꼿꼿하게 세우시오."

"……."

"지금 우리가 지나치고 있는 이들은 하찮은 돌덩이나 마찬가지라오. 그 시선과 수군거림을 신경 쓰고 있는 모양이나 눈곱만큼도 그럴 필요 없소. 당신과 걷고 있는 내게만 집중하면 되오. ……내가 거리낄 게 없는데 한낱 미물이나 다름없는 이들이 떠들어 봐야 무슨 소용일까. 당당하고 자연스럽게, 앞만 보고 걸으시오. 괜히 주눅 들어 할 말 못 하고, 고개 숙인 채 숨어 다닐 생각하지 말고. 그런다고 안쓰럽게 여겨 챙겨 줄 사람들이 아니니까. 그들이 좋아하고 더 수군거릴 빌미를 주지 않는 게 중요하다오. 알겠소?"

속삭이듯 울리는 가훤의 목소리가 홍우에게 조금씩 용기를 주었다. 그 말을 하는 가휜은 어딘가 냉정하고 낯선 남자의 모습을 하고 있었지만, 자신을 깊이 생각하고 위해 주는 충고라는 것을 알기 때문이었다.

"예. 전하."

평소 홍우의 성격이라면 계속해서 신경을 썼을 테지만 그래도 단호히 대답했다. 그를 위해서, 그의 마음에 보답해야 한다는 마음이 없던 용기를 자아내게 했다.

"그래. 그렇게……. 공손하되 자신을 낮추지 말고, 오연하되 무례하지 않으면 되오. 모르는 말이 있으면 꼭 답할 필요 없이 담담히 웃어넘기고, 설혹 귀에 거슬리는 말이 있더라도 얼굴 붉히지 말고 차분하게 응대하시오. 벌벌 떨며 겁을 먹은 모습을 보이면 오히려 더 잡아먹으려 드는 곳이 이곳 궁궐이니…… 그 점만 명심하면 괜찮을 거요."

"예."

"이곳이 내가 자란 곳이라오. 그리고 평생 살아갈 줄 알았지만…… 아니게 된 곳이기도 하지. 후훗."

"그래서 섭섭하십니까?"

감상에 젖은 목소리가 어쩐지 안타까워서 홍우는 고개를 들고 가휜을 올려다봤다. 가휜이 고개를 천천히 내젓고 있었다.

"아니오. 섭섭했지만, 지금은 아니오. 지금 내게 중요한 것은 따로 있으니까."

"중요한 것요?"

"음. 우선은 덜덜 떨고 있는 부인을 지켜 주어야겠다는 것이 지금 가장 중요하게 생각하는 것이랄까? 훗."

'그래. 지켜야 할 것이 생겼다는 건 이런 느낌이었군.'

그녀를 지켜 주고 싶었다. 지키고 싶은 것이 처음으로 생겼다.

음모와 함정이 도사리는 이 궁궐에서, 그리고 앞으로 살아갈 생에 있어서도 홍우를 지켜야만 한다고 생각했다.

혼례를 치르던 날, 그저 돌 하나가 굴러 들어온 줄 알았다. 한데 어느 순간 돌을 쥔 손을 펴고 보니 찬란한 빛이 빛나는 보석이 되어 있었다. 가지고 싶다고 생각한 순간 소유하는 것이 당연했다. 가졌다고 생각하자 두 번 다시 놓고 싶지 않은, 지켜야 하는 존재가 되었다.

"저는 그렇게 약하지 않습니다. 지켜 주시지 않아도 되어요. 저는 저하께서 저를 지켜 주시는 것보다 스스로를 지키시기를 원합니다."

그의 말을 듣고 무슨 엉뚱한 생각을 하였는지 홍우가 또박또박 말해 왔다.

"뭐?"

모후를 마주할 생각에 침잠된 기분으로 걷고 있던 가훤이 황당한 표정을 지었다.

"예. 저하께서 두 번 다시 다치는 것을 보는 건 싫으니까요."

아무것도 모르면서, 대체 뭘 알고나 말하는 것인지…… 홍우의 말은 두 번, 세 번 곱씹게 되는 말이었다. 잠시 침묵하던 가훤이 그녀의 말을 가볍게 흘리며 피식 웃었다.

"이것 참. 조금 전까지 겁을 먹고 벌벌 떨던 사람이 금세 당당해졌구려. 괜히 걱정해 주어 손해를 본 느낌인데?"

"그, 그것은……. 그냥 그렇다는 말이지요."

정곡을 콕 찔린 느낌에 홍우의 얼굴이 일시에 발그레 달아올랐다. 부끄러움에 고개를 숙이고 싶었지만 도리어 좀 더 턱을 치켜세우고 자연스럽게 앞을 바라봤다. 어쩐지 순간 좋지 못한 느낌이 들어 그리 말했지만 달리 생각하니 그가 곁에 있었다. 다치지만 않는다면 그가 곁에 있다는 것만으로도 홍우는 강해질 수 있을 것 같은 기분이 들었다.

"아이들이 왔다고?"

아란이 기별을 받은 것은 단장을 거의 마쳤을 때였다. 이른 아침 일어나 씻고, 간단히 식사를 먼저 한 뒤에야 시작한 긴긴 단장의 끝이 겨우 보이고 있었다.

적의에는 미치지 못하지만, 그에 못지않게 화려한 금사를 섞어 수를 놓은 옷을 겹겹이 갖춰 입고, 궁인이 들고 있는 동경을 통해 화장과 장신구의 위치가 흐트러지지 않았는지 확인할 때였던 것이다.

"예. 먼저 전하께 찾아가 인사를 올리고 지금 이곳으로 향하고 계시다고 합니다."

아란은 상궁의 말을 한 귀로 흘려들으며 동경 속을 빤히 뚫어져라 응시했다. 그곳에는 세월의 흐름을 잊은 것 같은 아름다운 여인의 얼굴이 있었다. 어려서부터 갖은 영약과 귀한 화장품으로 가꾸어 온 그녀는 아이를 넷이나 낳은 불혹을 훌쩍 넘긴 나이임에도 불구하고 아직 한창때의 여인처럼 보였다.

'그간의 세월이 어찌 끝나게 될지 모르겠지만……'

"앞으로 나아갈 수밖에 없겠지. 그렇게 살아왔고, 그리 사는 법밖에 모르니까."

혼잣말 끝에 본심이 불쑥 입 밖으로 튀어나오고 말았다.

"예?"

동경을 보며 중얼거리는 아란의 말에 상궁이 어안이 벙벙하여 되묻고 있었다.

"아니. 아무것도 아니다."

가볍게 고개를 흔든 아란은 무거운 옷차림을 툭툭 두드려 펴며 자리에서 일어섰다. 상궁이 그녀의 눈치를 살피고 있었다.

"마마. 어찌 하올까요? 이곳에서 하례를 받으시겠습니까?"

"아니. 아직 시간의 여유가 있는 편이니 오랜만에 함홍원으로 나가 보자꾸나. 어제 내 수라간에 만들라 일러둔 약식이 있지? 아껴 둔 찻잎과 함께 내오려무나. 휜아가 좋아하는 것들이니 간만에 한담을 즐기기에 나쁘진 않을 게다."

평소처럼 서늘한 얼굴로 하는 말이었지만 어조엔 어딘가 들뜨고 긴장한 기색이 여실히 드러나 있었다. 상궁이 그런 그녀를 이상하다는 얼굴로 보기는 했지만, 아란은 아랑곳없이 말을 맺은 뒤, 망설일 것도 없다는 태도로 스르륵 몸을 움직여 방을 나섰다.

함홍원은 중궁 가까이에 있는 작은 별당이었다. 중궁이 주로 산책을 즐기는 후원의 성격을 지녔음에도, 높은 담에 둘러싸인 함홍원은 후원과도 같은 느낌의 별당이었다. 왕과 왕후가 함께 산책하고, 가끔 내키면 오수를 즐기는 탓에 아기자기하고 오붓하면서도 타인의 시선이 쉽사리 근접하기 어려운 성격을 지닌 곳이기도 했다.

아란은 그 함홍원의 상석에 앉아 아들 부부의 절을 받았다.

"되었다는데도 그러는 구나."

가휜에게 불편해 뵈는 절을 받고 두 사람이 나란히 자리에 앉는 것을 보며 아란이 하는 말이었다. 가휜이 다리를 절뚝이는 모습을 보니, 자신이 불편함을 느낄 정도라 가휜이 들어서자마자 예를 생략해도 좋다고 했는데…… 그럼에도 부득불 절을 하는 가휜이 꽤나 마뜩잖게 느껴졌다.

"따지고 보면 저희 부부. 부부가 된 이후 올리는 첫 문안 인사이옵니다. 어찌 몸이 좀 불편하다 하여 마음대로 생략할 수 있겠습니까."

아들의 모습을 세심히 살펴보고 있던 아란이 가휜의 스스럼없는 말에 가볍게 수긍했다. 그리고 눈에 아주 거슬리지 않는 것은 아니었지만 궁을 나갈 때보다는 훨씬 나아 보이는 아들의 모습에 내심 안도했다.

"그런가? ……생각해 보니 그렇긴 하구나."

아란이 말을 건넬 때 대청 아래로 상궁이 움직이는 모습이 보이더니 곧 세 사람 사이로 작은 찻상 하나가 들어왔다.

"그것을 두고 모두 함홍원 밖으로 물러나 있게. 방해 없이 아들 내외와 정담을 나누고 싶으니 말일세."

"예. 마마."

물러나는 이들에게 경고하듯 말하자 수더분한 대꾸가 돌아왔다. 그를 보며 가만히 앉아 있던 홍우가 찻주전자를 들어 차를 따르려 하자 아란이 손짓으로 만류하고는 손수 차를 따라 건넸다.

홍우는 송구한 얼굴로 그것을 받아 가횐의 앞에 놓고 손을 잡아 위치를 가늠해 주고 나서야 자신의 것을 받아 들 수 있었다.

"예."

"잘 살아야지. 혼례를 치르고 나면 살아가는 데 대한 마음가짐이 달라지는 법이다. 그래서 내 너의 혼례를 그리 서둘렀던 것이고. ⋯⋯새아기가 이 아이를 잘 보필해 다오."

가횐의 곁에 앉아 있는 홍우를 바라보는 아란의 눈에 날카로운 이채가 나타났다가 사라졌다. 여전히 마음에 들어 하지 않는 것 같으면서도 또 뭔가 신기한 것을 보는 듯한 눈빛이었다.

"예, 마마."

그녀는 딱히 답을 기대하지 않았는지 홍우의 다소곳한 대꾸를 듣는 둥 마는 둥 하며 다시 시선을 가횐에게 고정시켰다.

"저어, 마마. 그리고 이것은 저하와 제가 준비한 탄신연 선물이온데⋯⋯."

아란의 눈길이 줄곧 가횐에게 향해 있음을 알면서도 홍우는 용기를 내어 가져온 상자를 꺼내 들었다. 가횐과 함께 나가서 골랐던 그 그림이었다. 내관의 손에 들려 있던 것을, 함홍원의 대청 위로 올라서며 홍우가 챙겨 지니고 있었다.

"선물?"

보고 또 봐도 시선이 자꾸 가는지 아들을 홀린 듯이 보고 있던 아란이 시큰하게 고개를 돌렸다.

"예. 그림이옵니다. 마음에 드실지는…… 자신이 없습니다만."

"그림이라, 이리 가져와 보거라."

상궁이 없어 직접 건네는 물건을 아란이 소탈하게 받아 들었다.

"흠."

무심한 얼굴로 손수 그림을 펼치던 아란이 한쪽 눈썹을 치켜 올리며 한참이나 그림을 들여다보았다.

"네가 고른 게냐?"

그리고 불쑥 가훤을 흘겨보며 묻는 것이었다. 조용히 차를 마시고 약식을 들고 있던 가훤이 묘한 웃음을 지었다.

"아니오. 제가 어찌 고르겠습니까? 어마마마의 며느리가 고심하여 고른 그림입니다."

"새아기가?"

놀라는 아란의 얼굴은 언뜻 불쾌해 보일 정도라 홍우는 긴장에 마른침을 꼴깍 삼키며 어깨를 움츠렸다.

"예. 저하께서 말씀하시길 어마마마께서 따스한 그림을 좋아하신다고 하여 골라 보았습니다."

"어미가 새끼를 절벽에 내던지는 그림이 따스해 보여 골랐다고?"

"예. 다소 엄하고 잔혹해 보이긴 하여도 근원은 깊은 모정이지 않습니까."

어이가 없었는지 아란이 헛웃음을 쳤다. 진심으로 하는 말이냐는 의미로 지그시 홍우를 바라봤지만 자신을 향한 맑은 눈동자에는 한 치의 다른 의도도 없는 듯하여 더욱 기가 차는 기분이었다.

'이 아이가 뭘 알고 이럴 리도 없을 텐데.'

그림의 설명을 들었던 가휜처럼 미심쩍은 기분이 먼저 들었지만 이내 고개를 설설 저어 생각을 떨쳐 내는 아란이었다.

'설마…… 나를 향한 무의식적인 경고인 겐가?'

그림을 내려다보던 아란이 홍우를 흘끔 봤다.

장효의 추천을 받고 그녀와 나눈 이야기 때문에 홍우를 며느리로 낙점하기는 했어도 신분배경을 알아볼 만큼 다 알아보고 며느리로 삼은 아란이었다. 아니, 어떤 면에 있어서는 가휜이나 다른 아이보다 더 자세히 자라난 환경을 세심하고 꼼꼼하게 알아보고 낙점했던 것이다.

그러니 가휜이나 다른 이들이 홍우가 흑막에 관계되어 있을지, 혹은 그녀에게 다른 의도가 있진 않을지 의심할 수는 있어도 아란만은 그러지 않았다.

'그냥 순수하기만 한…… 때문에 가장 큰 신력을 타고 났을 것이라는 아이. 금오국의 신화처럼, 첫 왕후였던 현무가의 신녀처럼……. 강한 왕권을 세울 수 있도록 왕을 보필할 수 있는 예지력을 지닌 아이라고 했는데.'

장효가 그리 설명한 것은 아니었다.

단지 장효는 자신을 보고 '이 아이는 죽을 자리에 놓인…… 당신의 부적이 될 아이요.' 라고 했을 뿐이었으니까.

그때 아란은 분노를 드러내지 않았을 뿐이지 굉장히 불쾌했었다. 친하지도 않은 장효가 불쑥 친한 것처럼 찾아와 내뱉은 말이 무례하고 불손했기 때문이었다. 아무리 그녀가 이름난 신녀라고 해도 당장 옥에 가두고 불경죄를 씌울 법한 일이라고 생각했다.

하지만 곧 떠오른 소문 하나에 흥분은 가라앉고 섬뜩함이 그녀를 덮쳤다.

가휜의 일로 심란했던 아란은 하나의 소문을 듣고 심사가 매우 복잡했었는데 그것은 자신의 동생 홍민에 대한 것이었다. 왕자가 위중하여 나라 안이 온통 수심에 잠겨 있을 적, 홍민만이 유독 '좋은 일'이 있다며 돈을 흥청망청 쓰며 기꺼이 지냈다는 것이 그 일이었다.

그 말을 들었을 땐 워낙 난폭하고 이기적인 성품에 가휜을 좋지 못하게 여기던 이라서 별생각 없이 그리했을 것이라고 넘어갔었지만, 그것은 내내 아란의 안에 가시처럼 남아 있었다.

그런 와중에 장효의 말이 그 가시를 들쑤셨던 것이다.

결국 아란은 신중하게 믿을 만한 사람을 골라 홍우의 고향으로 사람을 보낼 수밖에 없었다. 우선은 사가의 눈을 피해야 했고, 왕의 눈은 더욱이 피해야 했다. 그나마 오랜 세월 왕후로서 권력의 중심에서 살아왔기에 자신의 손발만이 되어 줄 인물이 두엇 있다는 게 다행인 일이었다.

그리고 그가 고해 온 말의 내용은 아란이 전혀 예상하지 못한 것이었다.

'모두 사라졌다고 믿는 힘이었건만…….'

모두 잊었지만 사실 아란은 믿고 있었다. 겉으로 드러내 말한 적은 없었지만 그 힘이 있기에 금오국이 존재할 수 있었고, 지금의 자신도 존재할 수 있었다고 믿는 사람 중 하나였다.

"마음에 들지 않으십니까? 어마마마."

아란의 사색이 지나치게 길었던 것 같다. 결국 가훤이 먼저 입을 열었다. 자신은 모후의 침묵이 더 길어져도 상관없었지만 옆자리에 앉은 이가 안절부절못하는 것이 느껴져서 어쩔 수 없었다.

홍우는 아란의 침묵이 마음에 들지 않아 그러는 것으로 이미 받아들인 모양이었다.

"아니다. 마음에 드는구나. 새아가가 정성스럽게 고른 그림인데 어찌 마음에 안 들겠느냐."

"당연히 방에 걸어 두시겠지요."

한없이 부드러운 어조였지만 어딘가 뼈가 있는 어투였다. 희미한 미소와 함께 두루마리를 접어 상자에 넣고 있던 아란이 멈칫하며 가훤을 바라봤다.

"항시 마음에 드는 그림은 걸어 두고 즐겨 보시지 않았습니까?"

"그랬지."

아직 떼지 못한 손끝이 바르르 떨린 것 같았다. 그것을 감추기 위해 아란은 더욱 태연한 목소리를 내려 애썼다.

"그건 그렇고 너는 마음이 좀 편안해졌느냐?"

말을 돌리며 그림을 한쪽으로 밀어 둔 아란이 가훤의 얼굴을 빤히 응시했다. 죽을 위기를 넘기느라 쭉 빠졌던 살은 다시 돌아온 것 같기도 한데, 그의 마음이 어떤지까진 잘 모르겠다. 본래도 자신의 기분을 잘 숨기는 편인 아들이었으나 다치고 나서 정도가 더 심해진 터라 더 알 수 없었다.

"……."

"어찌 답이 없누?"

여상한 얼굴로 물었는데 가횐은 딴 생각에 잠겼는지 말이 없었다. 아란이 눈을 지그시 내리깔며 흔들리는 마음을 숨기기 위해 차를 한 모금 머금었다. 어쩐지 각오를 단단히 해야겠다는 기분이 들었다. 꽁꽁 숨겼던 속내 한구석을 내비쳐야 할지도 모르겠다고, 그런 생각이 문득 들었기 때문이었다.

"어마마마."

"말하여라."

결심을 굳힌 얼굴로 가횐이 그녀를 부르는데도 타고난 차분함은 쉽사리 흐트러지지 않았다. 가횐은 여전한 그녀가 반가우면서도 또 마음에 들지 않아 울컥하는 기분이었다.

"정녕 제 혼례는 제가 편해지기를 원하는 마음에 그리 서두르신 겁니까? 그뿐이었습니까?"

"뜬금없구나. 그렇다고 벌써 몇 번이나 이야기했거늘……. 왜 그런 질문을 하는 게냐?"

"소자, 오늘 입궁한 것은 어마마마의 탄신연을 축하드리기 위해서이기도 하지만 한 가지 확인해 보고 싶은 것도 있어서입니다."

"하아. 그랬더냐?"

느낌은 있었지만 설마하니……. 피하고 싶은 마음에 말을 돌려 보는데도 거리낌 없이 말해 오는 가흰의 모습에 한숨을 내쉴 수밖에 없는 아란이었다.

"저, 저하. 소첩은 잠시 바깥을 둘러보고 싶은데 그리해도 될까요?"

쥐 죽은 듯이 조용히 있던 홍우가 불쑥 입을 열어 끼어들었다. 어쩐지 함부로 나설 수 없는 분위기 때문에 눈치만 살피며 가만히 있었던 것인데 더 이상 자리에 있어선 안 될 것 같은 기분이 들었다.

"그냥 계시오, 부인."

"그래, 아가. 너는 잠시 물러가 있지 않겠느냐?"

아란과 가흰이 동시에 상반된 답을 해 왔다. 홍우가 어쩔 줄을 몰라 눈을 동그랗게 뜨고 둘을 번갈아 바라볼 때였다.

"저는 부인에게 숨기고 싶은 것이 아무것도 없습니다."

가흰이 먼저 당당히 말했지만 아란은 엄하고 냉정한 눈빛으로 홍우를 보며 고개를 흔들고 있었다.

"나 역시 너에게 확인하고픈 것이 있어 그런다. 그리고 만일 분위기가 험해지기라도 하면 저 아이가 놀라지 않겠느냐? 그러니, 새아기는 잠시 나가 보려무나. 함홍원 안에만 있다면 아무 문제 없을 게다. 그리 넓지는 않지만 아기자기한 풍경이 그럴싸할 테니 멀리 가지는 말고 주변 구경을 하고 있으렴."

"예, 마마."

자신을 내보내고자 하는 아란의 의지는 단호하기만 했다. 홍우는 가횐을 잠시 걱정스러운 눈빛으로 보다가 금세 몸을 일으켜 대청 아래로 내려섰다. 일찌감치 궁인들을 함홍원 밖으로 물린 탓에 잘 꾸며진 정원에는 기척 하나 없었지만 홍우는 그게 더 편했다.

홍우의 뒷모습이 멀어져 저 끝에 있는 연못을 향하는 것을 두 눈으로 확인하고 나서야 아란은 자신의 아들에게 서늘한 눈길을 고정시켰다.

"자, 그럼 먼저 그 붕대부터 벗어 보렴."

어색하게 내려앉은 침묵 속에서 아란이 툭 내뱉은 한마디가 천둥처럼 울렸다.

"어떻게……."

가횐이 경악한 얼굴로 주먹을 움켜쥐다가 겨우 중얼거린 말이 그것이었다.

"어떻게 아신 겁니까. 아니, 처음부터 알고 계셨던 겁니까?"

아란은 놀라는 그를 보며 조금 눈을 크게 뜨기는 했지만, 뭔가 설명을 하는 대신 차분하게 찻잔을 다시 집어 들 뿐이었다.

四

입궐하자마자 국왕은 아랑곳 않고 제 누이의 거처로 향했던 홍
민은 바로 그 거처 앞에서 달갑지 않은 인물과 마주치고 말았다.

"벌써 입궁했던 겐가, 자네."

바로 일부러 무시하고 들여다보지 않은 국왕이었다.

"예. 전하. 먼저 찾아뵈었어야 하는데 송구하옵니다. 누님께 긴
히 드릴 말씀이 있어 마음이 급해 그리되었습니다."

왕이 먼저 말을 건네고 나서야 홍민은 불퉁한 얼굴로 중언부언
하는 것이었다. 왕과 함께 어미를 찾아왔던 가정이 발끈한 얼굴로
외숙을 노려봤지만 그는 기실 누구도 아랑곳할 인물이 아니었다.

"아닐세. 괜찮네. 내 자네가 누이와 각별한 것을 모르지 않거늘
어찌 탓하겠는가."

사람 좋게 허허 웃으며 흘려 넘기는 왕이었다. 가정이 그런 아

183

비를 불만 어린 표정으로 바라보다가 곧 그에게 들리지 않게 작은 한숨만을 내쉬고 말았다.

왕권이 나약해져서 왕의 권위가 유명무실해진 지 오래였다. 정치는 이미 오래전부터 백호가가 쥐고 흔들기 일쑤였고, 그도 아니면 청룡가가 그 자리를 대신하여 열심히 권세를 휘둘렀다.

기실 왕은 아예 그게 당연한 줄 알고 지금까지 지내 왔고 거기에 더해 백호가의 여식에게 한눈에 반해 알아도 모르는 척, 몰라도 모르는 척이 능사였던 것이다.

"한데 왜 안 들어가고 여기 서 있는 겐가?"

"예. 사람을 보내 제가 온 것을 전하였으니 곧……. 아, 저기 오는군요."

안쪽을 흘끔 바라보던 홍민이 손으로 뭔가를 가리켰다. 중궁 안에서 제가 들여보낸 하인과 궁녀 하나가 뛰는 걸음으로 빠르게 다가오고 있었다.

'왕과 마주쳐 버렸으니, 누님이 싫은 내색 먼저 하시겠군.'

사실 홍민은 누이의 눈치를 살피느라 들어가지 않고 사람을 먼저 보내 분위기를 살피라고 했었다. 온 세상 안하무인인 홍민이 유일하게 두려워하고 눈치를 살피는 사람이 홍아란이었는데, 그런 그녀가 자신의 방문을 반기지 않은 지가 꽤 오래되었기 때문이었다.

"저…… 아, 전하께서 납시었습니까?"

"그래. 네 주인은 안에 계시느냐? 훤아가 왔을 텐데 같이 있지 않느냐?"

다가와 홍민에게 뭔가를 말하려던 궁녀는 왕을 보고 얼른 허리를 숙였다. 그리고 조심스럽게 고하는 말에 왕이 눈을 빛내며 물었다.

왕은 이미 가횐이 다녀간 터라 그들이 함께 있을 것을 알고 부러 가정과 함께 이곳으로 향했던 것이다. 저녁의 연회 때문에 내방객이 많고 궁궐이 시끄러워 번잡스러웠지만 그래서 더 짬을 내어 가족만의 단란한 시간을 즐기고 싶었다.

"아. 마마께서는 안에 아니 계십니다."

"뭐?"

"누님이 아니 계신다고?"

영문을 알 수 없는 말에 왕이 먼저 반응했고, 가횐의 이름이 거론된 것이 불쾌한지 대번 눈살을 찌푸리고 있던 홍민이 그 뒤를 이었다.

"예. 가횐 왕자님과 함홍원으로 향하셨습니다. 그곳에서 오붓하게 정담을 나누고 식사도 하실 것이니 오후의 연회 이전까지는 어느 누구도 방해하지 말라며 엄명을 내리셨습니다."

"허? 누구도 방해하지 말라 하였다고?"

섭섭한 얼굴로 왕이 말했다.

"예. 절대 방해받고 싶지 않다고…… 그리 말씀하셨습니다."

허리를 숙이고 있던 궁녀가 힐끔 눈을 들어 왕을 올려다봤다. 그 말을 덧붙일 때 누구를 가리키는 것일까 했더니 이제 보니 왕에게 하는 말이었던 게 틀림없었다. 홍민이야 물러나 있는 위사들과 궁인들이 함홍원 안으로 들이지 않으면 그만일 터였지만, 왕에게도 그럴 수는 없으니 에둘러 '양해'를 구한 것이다.

"어쩌지요, 아바마마? 저도 형님을 뵙고 싶어 서둘러 온 것인데……. 어마마마께서 독차지하고 놓아주시지 않으려나 봅니다."

형을 보겠다며 왕의 거처로 갔다가 헛걸음을 하고 그와 함께 어미의 거처로 왔는데 또 허탕이었다. 가정이 적잖이 서운했는지 울상을 하고 제 아비를 간절히 응시했다.

"허. 허어. 하나 어쩌겠느냐. 너도 네 어미의 성정을 잘 알지 않느냐. 저리 똑똑히 방해하지 말라고 일렀다는데……. 나도 수가 없겠구나, 가정아."

하지만 잠시 생각에 잠겼던 왕은 어색한 웃음으로 그렇게 말했다.

"하는 수 없군요. 어마마마와 형님이 나오실 때까지 기다려야지요. 후."

말은 그리하였어도 별로 기대하진 않았는지 가정도 쉽게 포기했다. 어미에게 미움받을 행동은 눈곱만큼도 하지 않는 아비였기 때문에 애초 기대를 하는 게 무리였다.

'가만…… 그러면 그놈과 누님이 독대를 하는 거나 마찬가지 아닌가? 안 그래도 누님의 분위기가 심상치 않은 듯해 그를 떠보러 온 것인데 그놈과 독대라니, 절대 아니될 일이지. 그리 정 주지 말고 가까이하지 마시라고 간언을 드렸거늘……. 정에 약한 분이니 그놈이 만에 하나 허튼소리라도 지껄인다면…….'

홀로 생각에 잠겨 있던 홍민이 다급한 표정을 지었다.

"전하, 그럼 저는 이만 물러가겠사옵니다."

그리고 얼렁뚱땅 인사를 하는데 왕이 나른한 얼굴로 그를 보며 고개를 갸웃했다.

"응? 자네 어딜 가는가?"

"예? 그야 저는 함홍원에…… 아니. 저…….'"

엉겁결에 본심이 튀어나와 홍민이 당황했다. 그런 그를 보며 왕이 피식 웃더니 멀리 서 있던 궁인들에게 손을 흔들며 다시 입을 열었다.

"함홍원엔 왜 가나? 들었지 않는가. 자네 누이가 짐조차 방해하지 말라 하였다는데, 거기 가서 무얼 하겠다고. 그러지 말고 나와 함께 술이나 한잔하세. 나도 거처에 돌아가면 인사만 받느라 지겨울 것 같았는데 잘 되었군. 가정이 너는 물러가 경연에 참석하든지 알아서 하여라."

싱글싱글 웃는 얼굴로 제 맘대로 결정짓고 아들도 물리는 왕이었다.

"그…….'"

얼른 함홍원으로 달려가 무슨 수를 내서라도 깽판을 놓으려던 홍민의 얼굴이 거무죽죽 죽어 갔다. 제 일이 방해받은 것도 불쾌한데 저 왕과 함께 술이라니, 절대 사양하고 싶은 일이었다. 하지만 벌써 그의 손짓에 궁인들이 술상을 준비하러 뛰어가는 것을 보니 이미 사양도 할 수 없는 분위기였다.

"그럼, 저는 이만 물러가 보겠습니다."

그의 하는 양을 지켜보던 가정이 순순히 물러가고 결국 홍민과 왕, 두 사람만이 남았다. 왕이 아들의 뒷모습을 흐뭇하게 지켜보는 걸 보며 홍민은 짜증 어린 시선을 던졌다.

홍민과 왕은 누이를 사이에 둔 매형과 처남 사이였지만, 그는 왕이 정말 싫었다. 아니, 자신만이 아니라 부친도 싫어하는 유일한 금오가의 핏줄이었다. 백호가 여인 소생이 아닌, 후궁 소생의 왕은 태어나면서부터 백호가의 일을 어그러뜨렸고, 또 홍아란을 시집보낼 적에 가휜을 가진 일로 밉보일 행동만을 거듭했기 때문이었다.

'선대왕의 유일한 혈손만 아니었다면 왕으로 떠받들며 계속 지켜봐야 할 일도 없었을 텐데.'

그게 왕에 대한 홍민의 소회였다.

정작 백호가에 미움을 받고 있는 그 본인은 그런 줄도 모른 채 백호가의 여식을 일편단심 사랑하고 있었지만 말이다.

❀   ❀   ❀

붕대를 풀어내는 손이 덜덜 떨렸다.

그만큼 놀랐기 때문이었다. 하지만 붕대를 풀어내 곁에 가지런히 내려두고 감았던 눈을 천천히 떠 바로 앞을 직시하는 눈동자는 예상외로 차분해 보였다.

"어떻게 알고 계셨던 겁니까?"

아란이 들고 있던 찻잔을 조용한 손짓으로 상 위에 돌려놓았다. 그리고 흔들리지 않는 눈빛으로 가휜의 시선과 마주하며 천천히 입을 열었다.

"몰랐다."

"예? 몰랐다고요?"

툭 뱉어진 말은 붕대를 벗어 보라 했던 말만큼이나 의표를 찔러서 가흰은 저도 모르게 멍한 표정을 떠올렸다.

"그래. 몰랐어. 그런데 이제 보니 다 나았구나."

"……"

가흰을 뚫어져라 응시하는 아란의 눈동자는 깊은 물처럼 고요함만을 담고 있을 뿐이었다.

"다 나았어. 다행이다, 정말 다행이야. 흉은 남았지만 그는 어쩔 수 없지. 그만큼 회복불가능의 큰 상처였던 것을……"

혼잣말처럼 낮게 내뱉는 말이 꼭 스스로를 다독이는 말처럼 들렸다. 가흰은 그런 그녀를 경계하는 얼굴로 여전히 입을 열지 못한 채 묵묵히 앉아 있을 뿐이었다.

"몰랐지만 한 가닥 기대는 걸고 있었다. 네가 크게 다쳐 사경을 헤매는 상태로 돌아왔을 때부터…… 그리고 의원이 네가 앞을 볼 수 없을 것이라고 절망할 수밖에 없는 말을 했을 때부터…… 그냥 나 혼자만의 희망이었다. 나았으면 좋겠다고, 그리되었으면 좋겠다고 한 가닥 기대만 걸고 있었지."

"어째서입니까?"

그녀의 모습이 진정처럼 보여서 가흰은 되레 차갑게 되묻고 말았다. 아란이 그의 말에 잠시 멈칫하였으나 한숨을 나직이 내쉬며 다시 입을 열었다.

"너는 모를 것이다. 아니, 다른 이들도 모를 일이지. 내가 갓

백일 된 너를 내 처소로 데려왔을 때. 너는 그때도 사경을 헤매고 있었다."

"예?"

엉뚱한 말에 황당하여 가휜이 멍하니 입을 벌렸다. 그녀와 마주하여 옛일을 짚어 봐야겠다고 생각하긴 했지만, 기억도 나지 않는 백일 때라니. 아무리 옛일이라지만 너무 멀리 간 것이 아닌가 싶었다.

"아느냐? 대대로 금오가에는 후궁이 존재하지만 또한 존재하지 않는다는 것을……."

"그것은……."

가휜이 묘한 표정으로 말끝을 흐렸다.

아란의 말처럼 금오가에는 후궁이 존재하지만 존재하지 않는다는 이야기가 전해졌다. 그것은 금오가의 남자들이 한 번 평생의 반려를 정하면 다른 이는 돌아보지 않는다는 데서 기인한 것이었다.

그래서 왕을 위한 후궁이 즐비한데도 마음에 품은 이 외에는 단 한 번도 품거나 실수를 하는 법이 없었다. 오죽했으면 선택받지 못한 후궁이나 비가 재가를 하거나 절로 가 비구니가 되는 것을 당연시할 정도였는데, 딱 한 명의 예외가 있었다.

"아바마마입니까? 아바마마께서 저를 낳으신 것을 말씀하시는 거로군요."

"그래. 딱 한 명의 예외가 바로 네 아비로, 금오가에서는 처음으로 두 명의 여인을 품은 분이지. 그 자신도 선친께서 백호가의 여인이 아닌 다른 후궁을 반려로 택하는 바람에 태어난 경우이면서 말이다."

"그래서 원망하신 겁니까?"

"하잘 것 없는 내 감정에 대해서 말하려는 게 아니란다. 훤아, 모르겠느냐? 나는 백호가의 핏줄로 그에 걸맞게 자라온 사람이란다. 왕비로서 길러진 사람이야. 때문에 네 아비가 후궁을 임신시켜 너를 가진 것을 알았을 때 나는 원망하지 않았다. 그녀가 있든 없든, 또 네가 있든 없든 나는 이미 왕비나 다름없는데 왜 그래야 하는지 알 수 없었기 때문이지. 그러나 백호가는 다르다."

"설마……."

퍼뜩 떠오르는 것이 있어 가훤은 눈을 크게 뜨고 모후를 응시했다. 희미한 미소를 짓고 있던 그녀의 웃음이 조금 더 짙어졌다.

"왕비가 된 딸을 몇 번이나 절로 출가시키면서도 백호가는 탐욕을 버리지 않았지. 나의 고모도 그 탐욕 때문에 금오가의 비가 되었고, 나 역시 그러한 운명을 타고났지. 그렇게 난 네 아버지의 반려가 되었다. 유일한 짝이지. 한데…… 네가 태어났단 말이다."

"그래서 백호가에서 손을 쓴 겁니까? 제가 없으면 아무 문제가 없는데, 있기 때문에 그게 거슬려서……. 결국엔 죽이려고 하신 게 아닙니까?!"

"하아. 그래. 죽었으면 하는 생각도 했었지. 너를 그때 거처에 데려왔을 때. 네 유모가 뇌물을 받고 너에게 비소를 먹여 죽이려 했을 때……. 뒤늦게 아버지에게 그 일에 대해 듣고 네 거처에 갔

을 때는 그런 마음이 없지 않아 있었다. 아니, 죽는 것을 확인해
둬야겠다는 마음이 더 컸을지도 모르겠다."

"……."

믿을 수 없는 말을 들은 것처럼 가휜의 눈동자가 크게 뜨여졌
다. 그의 반응을 보며 아란은 조소했다. 자신을 향한 것인지, 아
니면 한 치의 불신도 없이 저를 믿고 있었을 저 아들을 향한 것인
지 그녀 스스로도 알 수 없을 지경이었다.

"실망했느냐? 하나 나도 인간이다. 내 품에 보듬어 안을 자신
이 없으면 두고두고 우환거리가 될 것이 분명하니 차라리 없어졌
으면 좋겠다고 생각하는 그런 하잘 것 없는 인간일 뿐이야. 그랬
는데…… 네가 살아남았다."

"제가요?"

"그래. 기적 같았지. 사흘 내내 앓으며 피터지게 울기만 하던
아이가 스스로를 치유하고 독을 이겨 내더구나. 그제야 생각났
다."

"신력……. 명궁. 혜안, 그리고 회복력."

"금오가에 전해 오는 세 가지 신력이지. 이미 흐려져, 있으나
마나 한 유명무실한 것이지만, 그래도 그게 네게 전해진 게 아닐
까 하는 생각이 들었다. 너에게 나타난 그 문양처럼!"

길고 가지런한 손가락으로 가휜의 가슴께를 정확하게 가리키는
아란이었다. 이미 널리 퍼져 있는 얘기이기도 했지만, 자신이 키
운 자식이니 모를 리 없는 모반을 말하는 것이었다.

"저는 그 이야기가 모두 전설이고 뜬소문이려니 여겼습니다."

"나는 믿고 있단다. 네가 살아난 것을 본 후로 쭉 믿고 있었지."

"……."

잠시 둘 사이에 무거운 침묵이 감돌았다. 가휜은 믿기 어려운 이야기를 들어 그랬고, 아란은 곧 그가 내뱉을 질문을 생각하느라 그랬다.

"그래서 다시 죽여야겠다고 생각하신 겁니까?"

줄곧 외면해 오던, 마주하고 싶지 않은 질문을 겨우 마주하고 아란은 땅이 꺼질 듯 깊은 한숨을 내쉬었다. 그만큼 어려웠다. 그 질문을 마주하는 것이, 생각하고 싶지 않은 현실을 직시하고 받아들여야 한다는 게 싫었다.

"그래. 나도 확인해야겠다고 했지. 바로 그것을 묻고 싶었단다."

무겁게만 느껴지는 입을 열며 아란은 똑바로 가휜을 바라봤다.

"그날 사냥을 나갔을 때 너를 습격한 불온한 무리가 백호가의 무리였느냐? 그리고 너는 그것을 내가 명령한 것으로 알고 있는 게냐?"

"……아닙니까?"

잠시 뜸을 들이기는 했지만 그보다 더 간결하고 강한 긍정은 없었다. 아란이 아득한 얼굴로 이마를 짚었다.

"그랬더냐."

입을 달싹거리며 나오는 말이 금방이라도 사라질 듯이 흐릿했다. 하지만 가휜은 흔들리지 않는 눈빛으로 모후를 바라보았다.

"저는 분명 들었습니다. 흐려지는 의식 속에서 '이 모든 일이 가정을 위한' 것이라고 떠드는 것을 분명히 들었습니다. 그리고 제가 그날 그 장소로 사냥을 나간 것을 알고 계시는 분은 왕궁 일원 중 어마마마뿐이었습니다. 아시지 않습니까, 그날 충동적으로 그곳에 갔다는 것을요."

"그랬지. 그때 너는 한창 바깥으로 나가는 재미에 빠져 있었고. 이 어미가 항시 행선지만은 밝혀 달라고 했기에 그날 네가 그곳으로 사냥을 나간 걸 아는 이는 나 하나밖에 없었지. 네가 낙상 때문에 다쳤을 거라고, 그렇게만 믿고 싶어서 그 일은 생각지도 못하고 있었구나."

"외……, 홍민이 아무리 성급하고 앞뒤 분간을 못 하는 성격이라도 어마마마의 의사에 반해 움직이는 성격은 아니라고 생각했습니다. 선대 백호가주가 죽은 이후, 유일하게 그가 조심하며 눈치를 살피는 이가 어마마마가 아닙니까. 그러니, 자연 어마마마께서 제가 죽기를 원한 것이라고…… 그리 여겼습니다."

"그래서 홀로 절망하여 별궁으로 나간 게냐? 정말, 내가 원한다면 죽어 주기라도 할 모양이로구나."

아란이 지친 얼굴로 피식 웃으며 말했다. 그럴 것이라 내심 짐작은 했지만 아들이 결국 자신을 불신하고 있었음을 나타내는 말에 저도 모르게 어깃장을 놓고 말았다.

"아니요. 살고 싶습니다. ……어머니, 저는 무슨 수를 써서라도 살아남으렵니다."

가훤이 확고하게 말했다. 그리고 강하고 자신이 어린 눈빛으로 그녀를 쏘아보았다. 그런 아들의 모습에 놀라 눈을 크게 뜨고 멍해 있던 아란이 느릿하게 고개를 끄덕였다.

"그래야지. 그래야 키운 보람이 있는 내 아들이 아니겠느냐."

"어마마마."

"훤아. 나는 그때 네가 살아남은 이후, 네가 죽기를 바라본 일이 없다. 네가 살아남는 것을 보며 겨우 너를 보듬어 안고 자식으로 키울 용기가 생겼으니까. 낳은 다른 아이들과 똑같다는 말은할 수 없다. 똑같지 않기 때문에 다른 아이들보다 너를 더 보듬으려 애를 썼고, 똑같지 않기에 이번에 네가 다쳤을 때 진실을 마주할 용기를 내지 못한 것이니까. 하지만…… 똑같지가 않아서 더아픈 손가락도 있는 법이더구나."

슬퍼 보이는 그녀의 얼굴에 가훤의 가슴도 아렸다. 의심이 결국 의심에 불과했음을 알았는데, 기쁘지 않고 죄송스럽고 송구했다. 가훤이 어쩔 줄 몰라 하는 얼굴로 그녀를 볼 때 아란은 시선을 돌려 다른 곳을 바라봤다.

"마음에 드느냐?"

"예? 아……!"

뜬금없는 말에 무의식적으로 아란의 시선이 향한 곳을 바라보던 가훤이 침음했다. 아란은 강권하여 밖으로 내보낸 홍우를 가리켜 그리 말했던 것이다.

따사로운 햇살이 가득한 그곳에 처음 보는 자신의 신부가 있었다. 온화한 햇살에 너무 잘 어울리는 신부였다. 아름답고, 가슴아린 가훤의 신부 홍우가 그곳에 있었다.

"내가 고심하여 고르고 정한 네 짝이다. 마음에 들더냐?"

아란이 묻는데도 가횐은 홍우에게서 시선을 떼지 못했다. 그렇게 보고 싶어도 참을 수밖에 없었던 여인이 환한 빛 속에 자신의 모습을 그대로 드러내고 있으니 당연했다. 아예 눈에 새겨 넣기라도 할 것처럼 가횐은 무서운 기세로 그녀를 보고 있었다.

"예. 마음에 듭니다."

그래도 대답을 아니 할 수 없어 어찌어찌 입만 우물거렸는데 아란은 야단치지 않았다.

"다행이구나. 음약을 먹고 유혹에 빠지긴 했으나 다른 여인을 품은 것이 미안하다며 일생 내 말에 토 달아 본 일이 없는 네 아버지가 단 한 번 저 아이의 일로 언짢아하셨다. 제 자식이 아니고 내보이기 부끄러운 자식이 되었다고 하여도 세상천지 여인이 없어 저 아이를 들였느냐고. 평생 얌전하게만 말하던 사람이 막말을 하였지."

"정말 대놓고 막말을 하셨네요. 제 예쁜 신부에게 그런 말도 안 되는 험한 말이라니…… 아바마마께 단단히 따져야겠습니다."

넋을 놓고 홍우를 보던 가횐이 발끈하여 그리 말했다. 아란이 그런 그를 어이없다는 눈으로 보고 있었다.

"벌써 콩깍지가 단단히 씐 게냐? 아바마마께 따지겠다니, 너야말로 못하는 소리가 없구나. 어쨌든……. 처음 보았을 때는 내 눈에도 그다지 차는 편은 아니었는데, 오늘 보니 괜찮은 듯도 싶고. 해월이 잘 가르치고 꾸며 주는 모양이로구나."

"가르치지 않아도 이대로 족합니다. 좋아하지 않는데 억지로 꾸밀 필요는 더욱 없고요."

"흥! 너도 금오의 핏줄은 핏줄이라는 것이냐. 아주 제대로 넋을 빼 놓았구나. 하나 너에게만 그리 보인다고 해서 좋은 일은 아니야. 알지 않느냐. 이곳이 얼마나 말 많고 탈 많은 곳인지……. 앞일을 생각해서라도 저 아이는 제대로 배우고 익혀야 해."

"어마마마께서는 어찌하실 생각이십니까."

홍우를 향해 있던 시선을 겨우 떼어 내고 가훤이 진중한 얼굴로 그녀를 바라보았다. 아란이 희미하게 웃었다.

"그러는 너는 어찌할 생각이냐?"

"……."

"훤아. 내가 민이의 욕심에 휘둘려 흔들림이 아주 없었다고는 못 한다. 내게는 정아도 귀하고 어여쁜 자식이니까. 그래도 그 아이는…… 마음이 여려 풍파에 휘둘리며 사는 위험한 자리에 어울리지 않지. 전에도 그리 여겼고, 다시 생각해 보아도 그래. 그러니 정아를 위한다며 허투루 너를 희생할 생각은 말아라."

"어딘가 정아를 더 어여뻐 하시는 말씀 같습니다만."

쓴웃음을 지우지 못하고 가훤이 중얼거렸다. 아란이 가정만을 소중히 생각해 그리 말하지는 않았겠지만 언뜻 그렇게 들려서 마음이 복잡 미묘했다.

"……네가 정말 다 나았다면, 그리고 마음을 정하여 피를 보겠다고 한다면 어쩔 수 없겠다고 생각했다. 감수해야만 할 것이라고……. 그게 내 진심이다. 그것만 알아다오."

아란이 부탁하듯 말했다. 그리고 그것은 그녀의 진심이기도 했다.

사경을 헤매는 아들을 보며 가슴이 미어졌던 만큼, 미처 알아차리지 못한 홍계가 미안했고 그에 크게 분노했다. 하지만 그녀가 할 수 있는 것은 없었다. 홍민이 꾸민 일은 역모로도 비쳐질 수 있는 위험천만한 행동이었고, 그의 죄가 낱낱이 밝혀지는 날엔 그녀도 백호가의 일인인 이상 연좌제를 면치 못할 것이었다.

가문의 몰락은 인과응보려니 여길 수 있을지 모른다. 하지만 아란의 다른 자식들도 피해를 볼 것이 당연했고, 왕 또한 마음의 상처를 깊이 입어야 할 터였다. 그러니 마땅히 감수해야 할 벌이라도 피할 수 있다면 피하고 싶은 게 그녀의 심정이었던 것이다.

"저는 이대로 살 생각이었습니다."

"응?"

"살아도 상관없습니다. 어마마마께서 원하시는 게 그것이라면 저도 좋다고 여겼으니까요."

눈가에 큰 흉이 졌음에도 불구하고 수려한 외모가 돋보이는 남자는 아란을 향해 다 알고 있다는 것처럼 웃어 보였다. 가만히 발치의 붕대를 집어 들며 하는 말에 아란이 저도 모르게 눈을 찌푸리고 말았다.

"그러니 지금은 이대로도 나쁜 일이 아니지 않겠습니까? 어마마마. 저는 살아남겠다고 했지, 누군가를 해하겠다고 하지 않았습니다."

"하지만 훤아."

"그러니 모르는 척 지금처럼 계십시오. 저도 그리할 생각입니다. 저는 요새 한적하게 부인과 생활할 수 있어서 기분이 좋답니다."

"그래도…… 언제까지 그리 살 수는 없지 않느냐?"

"평생 이리 살아도 괜찮습니다. 그것이 제게 중요한 두 여인을 지킬 수 있다면요."

"……."

"그리고 또 압니까. 어머님께서는 가정이 그 자리에 어울리지 않는다고 말씀하셨어도, 가정이 그 자리를 원하고 있고 의외로 성군의 자질을 지녔을지도 모르는 일 아닙니까."

"휜아."

"걱정하지 마세요. 당장 조급해하고 걱정한다고 해서 잘 해결될 일도 아니고요. 그리고 말씀드리지 않았습니까. 저는 지금의 생활이 한적하고 여유로워 좋다고요."

자식이 자신을 걱정하고 위하느라 저리 말하니 도저히 고맙다고도 말할 수가 없었다. 그렇게 낯을 들지 못하고 있는 아란의 손을 가휜이 들어 가볍게 어루만졌다.

"저는 연회에 참석하지 않고 돌아가 볼 것입니다. 그것에 대해 어마마마께서 너무 섭섭해하지 않으셨으면 좋겠습니다."

조용히 제 할 말만을 남겨 두고 가휜이 댓돌 아래로 내려섰다.

"저 아이, 너의 안사람은 아주 특별한 직관력을 지닌 아이란다."

"예?"

등을 돌린 가휜을 아란이 묘한 말로 붙들었다.

"잘 대해 주어라."

가휜이 기이한 표정을 짓긴 했지만 곧 아무래도 상관없다는 얼굴로 부드럽게 웃었다.

"어머님이 말씀하지 않으셔도 그리할 것입니다. 제 안사람이니까요."

말을 마치자마자 바삐 걸음을 옮기는 가휜이었다. 여유 있고 관용 넘치는 그의 평소 성격답지 않게 뭔가 조급해하는 기미까지 보였다.

의아한 눈빛으로 그의 뒤를 한두 걸음 따르던 아란은 곧 그가 일직선으로 걷고 있는 방향으로 시선을 옮기고는 알겠다는 듯 고개를 끄덕였다. 그녀의 입가에 의미를 알 수 없는 웃음이 떠올라 있었다.

홍우는 처음엔 정원의 잘 가꿔진 기화요초를 둘러보며 시간을 보내기 시작했다. 중간중간 흘끔흘끔 대청 쪽으로 시선을 던지고는 했지만 두 사람은 무슨 긴한 이야기를 나누는 것인지 그녀에게는 눈길 한 번 주는 것 같지 않았고, 뭣보다 가휜의 모습은 기둥에 가려 잘 보이지도 않았다.

무슨 이야기를 나누는지 궁금하긴 했지만 자신이 끼어들 일이 아닌 것은 분명해 보였고, 둘의 날카로운 기세에 차마 다가설 용기도 나지 않아 홍우는 아예 신경을 끄는 것을 택했다.

하지만…… 재미가 없었다.

꽃들은 어여쁘긴 했지만 정원은 너무 작았고 연못에도 귀한 돌봄을 받는 희귀한 잉어들이 두어 마리 있을 뿐 그녀의 취향과는 거리가 멀었다. 게다가 정원을 둘러싼 담이 너무 높아서 갑갑한 느낌이라 탁 트이고 생기발랄한 자연을 좋아하는 홍우에게는 답답함만을 안겨 주는 장소였다.

"흐응."

심심한 기분에 이곳저곳을 돌아다니며 돌을 툭툭 걷어차던 홍우는 결국 연못가에 자리를 잡고 앉을 수밖에 없었다. 작고 얕은 연못보다 시릴 정도로 차고 맑은 계곡물을 좋아하는 홍우의 성에 찰 리 없었지만 그래도 이곳이 그나마 나은 장소였다.

홍우는 물에 손을 넣어 노니는 잉어들을 이리 쫓고 저리 쫓으며 괴롭혔다. 계곡에서 물고기들과 놀 때처럼 무심결에 하는 일이라 괴롭힌다는 자각도 없었지만, 곱게만 자란 잉어들은 그녀의 행동에 놀랐는지 곧 저 멀리 구석에 틀어박혀 나오지 않았다.

"아."

도망간 잉어들을 멍하니 바라보던 홍우가 문득 시선을 돌려 대청을 바라보았다. 여전히 두 사람은 심각한 것 같았고 물러간 궁인들은 굳게 닫힌 문 밖에 있는 것인지 사람의 기척이 느껴지지 않았다.

눈을 또르르 굴리며 잠시 고민하던 홍우가 이내 빙긋 짓궂은 웃음을 머금었다. 뭔가 꿍꿍이가 있는 것 같은 미소였다.

'해월은 마마의 거처에 남겨졌고, 마마의 궁인들은 밖에 있으니 쉽사리 들어오지는 않을 테지. 그리고 마마와 저하께서도 여전히 언제 끝날지 모르는 이야기 중이신 것 같고.'

신을 벗고 버선 속에 숨겨져 있는 발을 꼼지락꼼지락 움직였다. 해월이 오늘을 위해 지어 준 다홍빛 치맛자락을 살그머니 걷어 올리고 한쪽 팔을 내려 결국 버선을 벗어 드는 홍우였다. 기어이 본래의 성격이 튀어나와 연못 안으로 들어가 놀고 싶었던 것이다.

"아주, 잠깐만. 발만 적셔 볼 거야. 정말로, 아주 잠깐만!"

홀로 있으면서 누구에게 하는 말인지 알 수 없다. 고개까지 주억거리며 결심을 다진 홍우가 슬그머니 발을 들어 연못에 넣으려 할 때였다.

"앗!"

어디선가 뻗어 나온 커다란 손이 그녀의 팔을 홱 잡아 끌어당겼다.

"용기는 가상하나 아주 잠깐이라도, 참는 것이 좋겠소. 아직 날도 차고, 치마가 젖어 해월이 알게 되면 또 단단히 경을 칠 터이니 말이오."

그녀를 붙든 손은 당연히 가훤의 것이었다. 대청을 나설 때에 그녀의 기미가 이상하여 조금 빨리 걸음 했음인데 음전해야 할 군부인 마님이 여기가 어디인지도 잊고 단단히 사고를 치려 하는 것이다.

그런 그녀의 모습이 기가 차면서도 귀엽고 우스워서 가훤은 자연스럽게 웃음을 지을 수밖에 없었다.

"저하? 언제 여기에……. 어?!"

목소리로 가훤이 왔음을 알아챈 홍우가 놀라고 민망했는지 어색한 웃음으로 그를 돌아보다가 외마디 소리를 흘리고 말았다. 자신이 대청을 빠져나올 때만 해도 익숙하기만 했던 가훤이 변해 있음을 알아챘기 때문이었다.

"……그대가 내 부인 심홍우였구려."

낮고 부드러운, 그리고 익숙한 남자의 음성이 따뜻하고 상냥한 바람과 함께 그녀의 귓전을 어지럽혔다.

하지만 그녀는 그것을 알아차리지 못했다.

해를 등져 다소 어둡긴 했지만 낯설게 느껴지는 남자의 얼굴에 머릿속이 하얗게 되어 혼이 빠진 듯했기 때문이었다.

"홍우?"

그런 그녀가 걱정되었던지 가훤이 잡았던 팔을 놓고 대신 자그마한 그녀의 등을 조심스럽게 끌어당기며 다시 이름을 부르고 있었다.

"아, 예. 저하. 그런데…… 아아!!"

너무 넋이 빠진 나머지 처음엔 뭐가 이상한지도 몰랐다. 눈 한 번 깜빡이지 못하고 그를 바라보기를 한참, 겨우 무엇이 변했는지 깨달은 홍우가 불경하게도 손가락을 들어 가훤에게 삿대질을 하며 놀람을 표현했다.

"쯧쯧. 나는 괜찮지만, 뒤에 보고 있는 눈이 있으니. 이런 행동은 크게 혼이 난다오."

가훤이 피식 웃으며 불손한 홍우의 손가락을 잡아 얌전히 아래로 내려 주었다. 돌아보진 않았지만, 굳이 보지 않아도 아란이 지켜보고 있을 거라는 걸 익히 알고 있기 때문이었다.

"예, 저하. 어? 그런데 어찌된 일입니까? 눈이……."

"나았소."

그제야 겨우 자신의 행동을 알아차린 홍우가 진정하려 애를 쓰며 말다운 말을 해 왔다. 가횐은 아무 일도 아닌 것처럼 답을 툭 내뱉고는 갑자기 그 자리에 무릎을 굽히고 앉았다.

"예?"

바로 홍우가 벗어 두었던 버선과 신을 끌어당겨 손수 신겨 주기 위해서였다. 아직도 정신을 못 차린 홍우가 멍청하게 되묻는 말에 고개 숙인 채 웃고 있던 가횐의 눈동자에 일순 짓궂은 빛이 스쳤다.

"어마마마께서 흉터를 보고 싶다 하여 풀어 보았을 뿐인데, 눈이 돌연 나아 있더구려. 이게 대체 어찌된 일인지…… 무척 신기하지 않소?"

"무척 신기합니다. 저하께서 너무 좋으신 분이라 기적이 일어난 게 아닐까요? 왜, 건국신화의 태왕께도 그런 일화가 있지 않습니까! 태왕과 태비 두 분이 산길을 지나다가 큰 기습을 받으셨는데, 태왕께서 크게 다치셨음에도 불구하고 하루 만에 상처가 나아 위기를 넘기셨다는 일화 말입니다. 금오가의 신통력이 저하께 미친 게 틀림없어요."

가지런히 버선을 신겨 주고 꽃신까지 신기자마자 털썩 자신의 앞에 주저앉아 잔뜩 신이 난 어조로 떠드는 홍우였다. 홍우의 초롱초롱한 눈을 마주한 가횐이 묘한 표정을 지었다.

그녀의 말처럼 자신의 상처가 나은 것은 신통력이 작용해서거나, 기적이 일어나서일 수 있겠지만…… 그것은 이미 한참 전의 일이었다. 자신이 부러 상처를 감추고 있었다는 데엔 전혀 생각이

닿지 않고, 제가 한 말을 고스란히 믿어 버리는 홍우의 순수함이 가훤으로 하여금 어찌 반응해야 할지 모르게 만들었다.

"하아. 부인의 말이 맞을지도 모르겠소. 그러나 지금 중요한 것은 그게 아니라오."

그녀를 보게 된다는 것이 이런 기분일 줄은 몰랐다. 마주하고 있는 것이 부담스러울 정도로 맑은 눈빛에 당황한 가훤이 손을 들어 그녀의 얼굴을 가렸다. 피하고 싶다는 기분에만 급급해서 자신의 행동에 문제가 있다는 생각도 못 했다.

"어? 그러면 뭐가 중요합니까?"

하지만 정작 홍우는 그의 행동을 전혀 신경 쓰지 않고, 기분도 나쁘지 않은지 손에 얌전히 얼굴을 기댄 채 묻고 있었다. 사랑스러워 견딜 수 없는 느낌에 가훤의 입가에 슬그머니 미소가 피어올랐다.

"중요한 것은 내 눈이 나은 것은 어마마마와 당신만 아는 일로, 비밀에 붙여야 한다는 것이오. 그 누구에게도 발설해서는 안 되는 아주 중대한 비밀이란 말이오."

모후와 대화를 나누고 의혹을 풀어낸 가훤이었기에 더는 홍우가 간자일 염려는 하지 않아도 되었다. 설령 정말 간자였다고 해도 괘념치 않을 가훤이었지만……. 이제 홍우가 믿을 수 있는 온전한 제 사람이라는 사실이 무엇보다 그를 기쁘고 행복하게 했다.

"어째서 비밀입니까? 저하께서 나은 것을 알면 모든 이들이 기뻐할 것이고, 큰 경사임이 분명한데요."

"……내가 크게 다쳤던 것은 사실 나를 위해하려는 무리 때문이었소. 한데 내가 나았다는 것을 알면 그들이 다시 위험을 해 올 것이 분명하니 그 때문에 비밀로 하려는 거요. 알겠소, 부인?"

"그렇군요. 알겠습니다. 소첩은 앞으로 절대 이 일을 입 밖에 내지 않을 것입니다. 저하께서 저 때문에 위험해지시면 안 되니까요."

홍우가 크게 고개를 끄덕이며 온몸으로 결의를 다졌다.

"내, 부인만 믿겠소."

연못가에 다 큰 성인 둘이서 옹송그리고 앉아 굳은 결의를 하고 있는 모습은 다소 우습기까지 했지만, 두 사람은 마냥 진지하기만 했다.

"그건 그렇고 앞이 잘 보이시는 게 맞습니까? 소첩도…… 잘 보이나요?"

한참이나 코가 닿을 정도로 가까이 마주하고 앉아 있었는데, 돌연 뒤늦게 가휘의 얼굴이 지나치게 가깝다고 느낀 모양이다. 홍우가 고개를 뒤로 빼며 조심스레 물었다.

"잘 보인다오. 그건 왜 묻소?"

"소첩의 얼굴이 못나서…… 실망하시지는 않으셨습니까?"

"그 무슨 말이오. 어찌하여 부인의 얼굴이 못났다고 말을 하는 게요? 전혀 못나지 않았는데. 아주 예쁘다오."

"거짓말. 소첩의 얼굴은 어딜 봐도 예쁘다고는 할 수 없는 편인데요."

홍우가 입을 비죽 내밀며 중얼거렸다.

홍우는 어렸을 적부터 항시 숲을 쏘다니며 거친 풀과 나뭇가지 사이를 헤치고 다닌 탓에 피부는 검게 탔고 나뭇가지에 긁혀 자잘한 흉도 꽤 남아 있는 편이었다. 신경 써서 피부를 가꾸거나, 억센 머리카락을 곱고 부드러워지라며 노력을 기울여 빗질을 해 본 일도 없으니…… 기실 예쁘고 안 예쁘고를 따질 계제도 못돼 성도의 고이 자란 규수들과 비교도 할 수 없는 것이었다.

편한 대로 하고 살아온 홍우는 그런 자신의 모습을 부끄럽게 여기지도 않았고 특별히 남 말을 듣는다 해도 떳떳하기만 했다. 하지만 막상 혼례를 치르고 나니 상황이 변할 수밖에 없었다.

제 모습이 낭군을 부끄럽게 할까 봐 신경 쓰였고, 민망한 기분이었다.

그나마 요새는 해월이 밤마다 욕탕에 자신을 넣고 갖은 향유와 진주 가루로 가꿔 줬기에 조금씩 나아지고는 있지만 가훤이 그녀의 모습을 부끄럽게 여기고 저어할까 염려되지 않을 수 없었다.

"거짓말이 아니오. 아주 예쁘오. 어디 하나 틀어진 데도 없고 이가 삐드렁니인 것도 아닌데 왜 그런 말을 하오? 오밀조밀한 생김생김이 귀엽고 어여쁘게 생겼소."

가훤이 고개를 흔들며 크게 부정했다. 사실 조금 놀라기는 했지만 제윤의 반응이나 궁인들의 수군거림을 들어왔기에 거리낌은 전혀 없었다. 오히려 이야기 듣던 것치고는 평범하기만 한 얼굴이 예쁘게 느껴져서 이러쿵저러쿵 떠든 작자들에 대한 괘씸함이 슬금슬금 피어날 뿐이었다.

'이리 예쁜 내 부인을 두고 입방아를 찧어? 이것들을…… 우

선은 제윤 그 녀석부터 단단히 교육시켜야겠군.'

가횐은 날을 잡아 제 부인에 대한 험담을 하지 못하도록 단단히 교육을 시켜야겠다 결심하면서 홍우의 손을 잡아 함께 몸을 일으켰다.

괜히 모후가 '콩깍지가 쓰였냐?' 며 빈정거린 게 아닌 것 같지만, 가횐은 그 점에 대해서는 눈곱만큼도 신경 쓰고 싶지 않았다. 자신이 끼고 살 자신의 안사람이었다. 자신이 예쁘다고 하는데 왜 토를 다는지 이해되지 않았고, 이해하고 싶지도 않았다.

❀　　❀　　❀

함홍원 주변에 사람들이 하나둘씩 모여들었다.

안 그래도 별궁으로 나간 뒤 거의 두문불출하던 가횐이었다. 며칠 전 시장 거리에 불쑥 모습을 드러냈다는 이야기가 있기는 했지만, 사람들이 알아차린 뒤에는 이미 모습을 감춘 다음이었기에 사실인지조차 알 수 없었다. 그런 그가 소문만 무성한 새 신부, 군부인 마님과 함께 입궁을 하였으니 세인의 관심이 자연 그곳으로 쏠릴 수밖에 없었다.

중궁 홍아란이 가횐과 새 신부를 데리고 함홍원으로 갔다는 이야기를 알음알음 전해들은 이들이 몰려와 호기심 어린 시선으로 아닌 척하며 귀를 기울였던 탓이었다.

그런 호기심에 기웃거리는 궁인들 외에도 세 명의 남녀가 '나 기다리고 있소.' 하는 태도로 문을 지키듯이 마주하고 바라보고 있었는데, 그중 한 명은 헛걸음을 두 번이나 했던 가정이었다.

"형님을 뵈러 오셨습니까?"

가정은 부왕과 헤어지고 일단 자신의 거처로 돌아갔었는데 대체 무슨 말들을 나누시는지 함흥원의 문이 도통 열릴 기미가 없다는 내관의 언질에 결국 못 참고 이곳에 와서 서 있게 된 것이었다. 무료함을 견지지 못한 그는 슬그머니 언제 다가와 서 있는지 모를 남자를 돌아보며 툭 말을 건넸다.

"예. 저하."

제윤이 고개를 숙이며 답했다. 아까 다가설 때 예를 표했음에도 모르는 척 고개를 돌려 외면하더니…… 이제 와 불쑥 말을 건네는 것에 쓴웃음을 떠올리는 제윤이었다. 가정은 하고 많은 이들 다 놔두고 청룡가의 냉대받는 서자에 불과한 자신과 가훤이 어울리는 것을 마음에 들어 하지 않았다. 그래서 예전부터 얼굴을 마주하게 되어도 데면데면하기 그지없는 사이라 그러려니 여겼지만 내심 그를 대하는 것이 조금 불편했다.

"며칠 성도에 보이지 않았다고 하던데요?"

"그냥 바람 좀 쐴 겸 가까운 곳으로 사냥을 다녀왔습니다."

"허……. 사냥?"

"예."

"형님께서 다치시고 난 이후로는 전혀 안 다니시지 않았습니까?"

"……."

가정이 그를 쏘아보며 하는 말에 제윤이 침묵했다. 일순 뭐라 말해야 할지 알 수 없었기 때문이었다.

"뜻밖이군요. 형님께서 저리되신 탓에 평생 사냥 같은 것은 다니지 않으실 줄 알았습니다. 아니, 뭐……. 항시 형님의 그림자 초웅처럼 함께 어울리던 사람이, 그날 형님을 뒤따르지 않았고 지켜 드리지 못했던 것도 뜻밖이기는 했지만요."

가시가 있는 말에 제윤의 얼굴이 흐려졌다.

"송구하여 드릴 말씀이 없사옵니다. 저하."

하는 수 없이 고개만 숙이는 제윤이었다. 가정은 그런 제윤에게서 못마땅하다는 눈길을 거두지 못했다.

싫은 사람은 뭘 해도 싫은 법이라고, 원래도 가훤의 친우입네 하며 어울려 다니는 게 마음에 들지 않았다. 그런데 하필이면 제윤은 그날 가훤과 함께 있지도 않았던 것이다. 그날 가훤과 동행했던 서넛의 수행인들은 시신조차 찾질 못했다. 함께 사라진 가훤의 생사도 불투명했다. 그런데 초웅과 함께 일행에서 따로 떨어졌던 제윤이 일이 벌어지고 난 연후에 초죽음이 된 가훤을 찾아 데리고 돌아왔던 것이다.

"그 일 때문에 죄책감도 많을 터고, 무엇보다 다쳤던 당사자가 괜찮다며 용서해 준 일인데. 옛일은 왜 공연히 끄집어내느냐?"

제윤에게 신경을 곤두세우고 있는 가정을 나무라듯 불쑥 끼어든 목소리가 있었다.

"누님."

그것은 바로 그들과 약간의 거리를 두고 떨어진 채 시큰둥한 얼굴로 서 있던 공주 혜운이었다.

"시끄러우니 그만하여라. 그때의 일은 부왕께서도 납득하셨던 일이고, 오라버님께서도 그가 따로 떨어졌던 탓에 그나마 빨리 오라버니의 생명을 구할 수 있었다고 말씀하셨던 일이다. 이미 끝난 일이니 너도 잊고 두 번 다시 입에 담지 마라."

"……예."

불만 어린 표정을 지우진 못했지만 가정은 결국 순순히 답할 수밖에 없었다. 다른 누이동생들은 이미 출가하여 늦은 시각, 연회 때만 잠깐 얼굴을 보고 말 사이였다. 그러니 함께 궁 안에 살고 있는 손위 누이에게 감히 함부로 굴 수 없어 참는 기색이 역력한 얼굴이었다.

"나는 한 공자보다 아닌 척하며 은근히 몰려 있는 이들이 더 괘씸하고 거슬리는구나. 필시 호기심만이 가득하여 이러쿵저러쿵하고 싶어 저리 몰려 있는 게지."

부러 문에 고정시킨 시선을 움직이지 않으면서 혜운이 중얼거렸다. 그의 말에 가정이 주위를 스윽 돌아봤다.

딱히 눈에 걸리는 이들은 없지만, 누이의 말처럼 함홍원으로 오는 샛길 곳곳에서 기척이 적지 않게 느껴졌다. 슬쩍 숨어서 왕궁 일가가 어찌 행동하는지, 입궁한 가휜이 왜 중궁과 저곳에 들어가 문을 꽁꽁 닫고 이야기를 나누는 것인지 궁금해하고 살피기 위한 시선들임에 분명했다.

"어쩌겠습니까. 본래 생겨 먹기를 그렇게 생겨 먹은 것을요. 왕권에서 밀려난 것이 분명한 형님이 입궁하여 어마마마와 문까지 닫아걸고 이야기를 나누시니, 그 내용에 대해 갑론을박하고 있을 것이 분명합니다. 지금 그들의 유일한 관심사는 세자 위에 대한 것일 테니까요."

"흥."

입에 오르내리는 대상이 된 것이 심기에 거슬렸는지 가정이 기분 좋지 못한 얼굴로 중얼거렸다. 그리고 그것은 혜운도 별다르지 않았는지 그녀 역시 차갑게 코웃음을 치고 있었다. 그러던 그녀의 시선이 힐끔 스치듯이 제윤을 향했다.

'내가 사람을 보내 알아보겠다고 했는데도, 따로 오라버님이 부탁하여 운소헌에 다녀왔다고 하던데. 어제까지만 해도 돌아왔다는 말을 못 들은 것 같은데…… 오늘 새벽에 도착한 건가? 대체 오라버님은 무슨 일로 운소헌까지 저 사람을 보내신 거지? 내가 보냈던 사람도 이미 알아볼 것을 다 알아보고 돌아와 이제 밀지를 전해 주기만 하면 될 것인데.'

그를 향한 혜운의 눈동자에 깊은 의문이 스칠 때였다. 약간의 거리를 두고 마주하고 있던 문이 소란스러워지기 시작했다.

끼이익.

닫혀 있던 문이 잔뜩 비틀린 소리를 내며 열렸다. 안에서 들린 중궁의 목소리에 바깥의 내관들이 문을 열고 있었는데, 작지 않은 그 소리에 많은 이들이 주의를 기울였다.

"아이들이 너를 기다리고 있었던 모양이로구나."

문을 열라 명령하고 잠시 옷자락을 정돈하고 있었던 아란이었다. 시선을 들자마자 궁인들 너머로 보이고 있는 익숙한 얼굴들에 아란이 힐끗 가휜을 돌아보며 말했다.

"그렇습니까?"

아란은 다시 붕대를 감고 익숙하게 지팡이를 잡고 있는 아들의 모습의 무척이나 마음에 들지 않았지만 평정을 유지하려고 애썼다. 그러다가 그의 곁에 다소곳이 서 있는 며느리가 눈에 들어왔다.

"다른 이들에게는 내 적당히 말해 둘 터이니 낭군을 따라 돌아가려무나. 무엇보다 휜아가 쉬고 싶어 할 것이니 말이다."

혹여 아들 부부가 저 이리 떼 같은 이들에게 시달려 상처라도 입을까 봐 그리 말할 수밖에 없는 아란이었다. 그리고 그런 말을 내뱉는 아란 역시 앞으로 있을 연회에서 그들을 상대할 일이 피곤하고 지치는 느낌이었지만 그렇다고 피할 수는 없는 노릇이었다.

"저는 저하께서 하시는 대로 따르겠습니다."

홍우가 눈을 들어 아란과 가휜을 살펴보더니 조용한 목소리로 그리 말했다. 연회에 참석해야 한다는 생각으로 궁에 들어오기는 했지만, 혹여 가휜에게 그 자리가 불편할 수도 있었기 때문에 그의 뜻을 따르겠다고 한 것이다. 아란이 신경 써서 말해 줬지만, 무엇보다 가휜의 의사가 홍우에게는 중요했다.

아란이 그럴 줄 알았다는 얼굴로 고개를 끄덕이고 문턱을 넘었다.

"어마마마."

그녀의 움직임만을 기다리고 있던 아이들이 얼른 다가와 허리를 숙여 보이고 있었다.

"아예, 지키고 섰던 게로구나."

"아닙니다. 온 지 얼마 되지 않았습니다. 이미 늦은 오후입니다. 이제 곧 어마마마의 탄신연회가 열릴 시각이 아닙니까."

희미한 웃음을 지은 채 가정에게 말을 건네자 작은아들은 입에 침도 바르지 않고 거짓말을 했다. 아란은 그것을 모르지 않았지만, 모르는 척 그들을 이끌고 자신의 거처를 향해 발을 돌렸다. 늦지는 않았지만 손님이 많은 날이었으니 가훤에게만 시간을 쓸 수 없는 노릇이었다.

"이런, 중궁마마가 아니십니까."

벌써 길을 걷다가 마주친 몇몇 이들이 고개 숙여 인사를 건네오고 있었기에 더 그랬다. 그들은 바로 함흥원의 기색을 살피고 있던 이들이었다. 간담이 작고 신분이 낮은 이들은 그녀가 나오는 기색에 혼비백산하여 흩어진 지 오래였지만, 높은 신분의 이들은 오히려 능청을 떨며 인사를 해 오는 것이었다.

"마마. 어디를 다녀오는 길이십니까?"

눈인사로 그들의 말에 화답해 주며 걷고 있는데 불쑥 그렇게 아란을 붙드는 이가 있었다. 지극히 익숙한 음성에 느릿하게 움직이고 있던 아란의 걸음이 멈칫 멈추었다. 그리고 소리가 난 방향을 돌아보자 익숙한 모습이 자신의 가까이로 다가서고 있는 모습이 보였다.

"누군가 했더니, 아우로군. 늦게 입궁할 줄 알았는데 일찍 들어온 모양이로구나."

그는 바로 홍민이었다.

"예. 다른 이도 아닌 누님의 탄신연인데 어찌 늦게 입궁을 하겠습니까. 이르게 입궁하여 한동안 뵙지 못한 누님과 돈독한 우애라도 나누고 싶었음인데, 거처에 계시지 않다는 말에 연회장으로 일찍 가 있어야 하나 하고 돌아오던 길입니다."

마지못해 한 마디를 해 주었더니 씩 웃음 지으며 그리 말하는 홍민이었다. 자신의 거처에서 연회장으로 향하는 길은 이 길이 아님에도 불구하고 그는 떳떳하기만 한 얼굴이었다. 그 말에 아란의 눈썹이 잠시 치켜 올라갔다가 내려왔음에도 홍민은 전혀 보지 못한 모양이었다.

"한데 누님……."

"후."

뿐만 아니라 이곳은 보는 시선이 많음에도 전혀 신경을 쓰지 않는 것 같았다. 은근한 눈빛으로 자신을 부르는 음성에 아란이 나직한 한숨을 내쉬었다.

"자네 처는 어디에 있는가?"

"아, 예. 다른 부인들과 어울려 후원을 거닐고 있을 겁니다."

"그렇군. 그러면 내 거처로 가세나."

"예."

그 말을 기다렸던 것인지 홍민이 환한 얼굴로 고개를 끄덕였다.

"너희들은 이제 물러가려무나. 가정과 혜운이 너를 기다린 모양이니 잠깐 이야기를 나누어도 나쁠 것은 없겠지만, 아직 성치 못한 몸으로 들어와 많이 곤하고 힘들었을 것이니 그대로 돌아가 쉬는 것이 더 나을 것 같구나. 무리하여 연회에 참석할 것은 없다고 이미 말하였으니 말이다. 알았느냐, 훤아?"

아란이 다들 들으란 듯이 말했다. 원래는 거처까지 함께 갈 생각이었지만, 다른 눈들도 있고 뭣보다 자신의 동생 때문에 여기서 돌려보내는 것이 좋겠다는 판단이 들었기 때문이었다.

"예. 어마마마. 그리하겠습니다."

순순히 가훤이 고개를 끄덕였다. 그러나 동생들이 오래 기다리고 있었다니 짧은 한담을 나누는 것 정도는 괜찮겠다고 여겨졌다.

"형님, 어마마마와 무슨 이야기를 그리 오래 나누신 겁니까. 저희도 형님과 이야기를 나누고 싶어 많이 기다렸는데 말입니다."

곁에 가만히 서 있던 가정이 목소리를 조금 낮춰 가훤에게 불만을 토로하는 것이 느껴졌다.

"무슨 이야기는……. 본디 내 걱정이 많으신 어마마마가 아니시더냐. 내 오랜만에 입궁하였으니 그냥 어찌 지냈는지 궁금하셔서 이것저것 물으신 게지."

"그것이 그리 문을 꽁꽁 닫고 나누실 이야기랍니까."

불퉁한 얼굴로 눈치 없이 툭 내뱉는 말에 아란의 서늘한 눈동자가 가정을 향했다. 가정이 제 어미의 시선에 움찔하기는 했지만 어리둥절한 낯빛으로 보아 저가 무슨 말을 잘못하였나 하는 얼굴이었다.

'그러게. 무슨 말을 긴히 나누셨기에 문을 꽁꽁 닫고……. 설마 누님이 그 일에 뭔가 눈치를 채신 것이 아닌가? 수상쩍기는

수상쩍은데, 이 일을 어찌해야 할까?'

가정은 순간 홍민의 눈동자가 음침하게 빛난 것을 전혀 눈치채지 못했다. 아니, 시선을 슬쩍 내린 채 홀로 속으로 중얼거린 말이기에 어느 누구도 모를 일이었다.

"네가 방해를 할까 봐 그리하셨다는구나."

"예? 제가요? 무슨 섭섭한 말씀을 그렇게 아무렇지 않은 얼굴로 하십니까."

가횐이 빙긋 웃으며 낮지 않은 목소리로 뱉은 말에 가정은 섭섭하여 시무룩하니 중얼거렸다.

"어미가 네 형과 간만에 시간을 좀 함께했기로서니, 무슨 말이 그리 많은 것이냐. 시끄러우니 그만 물러가 보아라. 자네는 게서 뭘 하는 겐가? 움직이게."

보다 못한 아란이 매듭을 짓듯 말했다. 그리고 한두 걸음 발을 움직이며 멍하니 생각에 잠겨 있는 홍민을 일깨웠다.

"아! 예. 누님. 따르겠사옵니다."

"……."

처음에 '마마'라고 부른 것과 달리 부러 '누님, 누님.' 하는 모양새가 마음에 들지 않아 아란의 시선이 가늘어졌지만 이내 별말 없이 길을 걷기 시작했다.

'저놈.'

대구를 하면서도 미적미적 몸을 움직이며 홍민이 뒤를 흘끔 바라봤다. 눈엣가시나 다름없는 가횐이 가정과 이야기를 나누며 멈춰 서 있었다.

'의뭉스럽기 짝이 없는 놈. 어찌 다친 것인지 이유를 말하지 않는 것도 수상쩍기 그지없고……. 역시, 저놈을 죽여 후환을 없애 두는 편이 편히 다리를 뻗고 잘 수 있는 길일 텐데.'

찝찝하고 거슬리는 느낌이 좀처럼 사라지지 않는다.

무엇보다 홍민은 가훤 자체가 마음에 들지 않았다. 가훤과 가훤의 생모만 아니었다면 아무 문제없이 제 가문이 왕비 자리를, 권세를 차지했을 것이었다. 자신들을 시기한 다른 가문의 정치적 모략으로 들어왔던 후궁이 술과 묘약으로 왕을 유혹하여 천운처럼 가훤을 회임하지 않았다면 분명 그랬을 일이었다.

몇 대에 이르도록 여식들을 후궁이나 비로 보내었지만, 한 번도 왕의 눈에 들지 못해 출가나 재가를 택했던 것과 달리 아란은 분명히 왕의 사랑을 받고 있었기 때문이었다.

그런데 결국 가훤이 태어났고 점점 커 가는 아이는 백호가에 있어 눈엣가시였다. 아이를 죽이려던 최초의 시도는 어찌된 일인지 영문도 알 수 없는 채 수포로 돌아갔다. 그후, 아란에게 그리하지 말라 압박을 넣었음에도 다른 이들의 시선을 의식해서인지 그녀는 그 아이를 친자식처럼 키우기 시작했다. 마음에 들지 않았지만 다른 이들이 그런 그녀를 칭송해 가문의 이름까지 드높였기에 지켜보고 있었는데…… 어쩐지 조금씩 일이 어그러져 가는 느낌이 들기 시작했다.

모두 아이가 지나치게 영특했던 탓이다. 게다가 나타나지 않은 모반까지 타고났다는 이야기까지 돌았다. 그렇게 아이는 거의 모든 것에 있어서 두각을 나타내며 스스로를 부각시키기 시작했다.

백호가에서는 이를 갈았다. 하지만 아이가 왕과 왕비의 비호를 받고 모든 이들의 기대를 받고 있었기에, 함부로 손을 쓸 수가 없어 그저 지켜볼 수밖에 없었다. 적어도 홍민의 부친은 감수해야 할 위험이 너무 크다 판단했기에 비수를 품은 마음으로 지켜볼 수밖에 없었던 것이다.

하지만 홍민은 달랐다. 그런 부친이 너무 신중한 것 같았고, 이렇게 계속 절호의 기회만을 찾다가는 정말 가횐이 보위를 잇기라도 할 것 같아 도저히 참을 수가 없었다.

'그래서 일을 치고 본 것이건만…….'

흠이 생겨 보위를 잇는 것은 무리라고 하지만 그래도 저리 살아 있는 것을 보니 새삼 일을 그르친 것이 아쉽기만 한 홍민이었다.

사고 당시, 그는 가횐이 죽었을 것이라고 여겼다. 분명 수하가 그리 보고했기 때문이었다. 격전의 와중에 가횐이 발을 헛디뎌 절벽으로 떨어졌다고. 그것이 아니라도 눈을 크게 다치고 허벅지의 검상도 깊을 것이니 도저히 살아날 수 없을 거라며 장담했다.

게다가 운 좋게도 그날 가횐이 충동적으로 잘 가지 않던 산에 사냥을 나서 준 덕에 홍민이 그의 곁에 심어 두어 그의 행선지를 알려 주었던 밀정도 함께 몰살할 수 있었다.

그러니 출혈이 심한 가횐이 절벽에서 낙상하여 살아날 가능성은 전혀 없을 거라고 여겼던 것이다.

'저놈이 핑계를 대며 늦게 합류하고 다른 장소를 돌아 그 산으로 들어가지만 않았다면 완벽했을 일인데…….'

가횐의 뒤쪽으로 병풍처럼 서 있는 제윤을 노려보는 홍민의 눈동자가 사나웠다.

'하나 뭐, 괜찮아. 이렇게 두고두고 신경에 거슬린다면 그냥 제거해 버리면 될 일이니. 문제는 그 방도인데……. 저놈을 싸고도는 왕 탓에 별궁의 경계는 삼엄하고. 만일 두 번째 피습을 시도하여 일이 성공한다고 쳐도 반응이 심상치 않을 것인데…….'

머리를 굴리고 굴려 봤지만 딱히 떠오르는 흡족한 방도가 없었다. 독살(毒殺)도 생각지 아니한 것은 아니었지만 실패한 전적이 있는 탓에 별궁에 궁의가 상주하며 그와 관련된 거의 모든 것들을 검사하고 있기 때문에 쉽지 않을 거라는 얘기를 들었다.

'역시 저 계집을 통하는 것이 가장 좋을까.'

가만히 서 있는 평범하기 그지없는 이십 대 초반의 어인을 보며 홍민이 내심 중얼거렸다.

다시 생각해 보아도 가장 적당하고 좋은 자리였다. 살을 섞고 서로를 믿으며 살아야 하는 부부이기에 가휘을 감시하고 변하게 할 수도 있으며 암습도 가장 쉬운 것이 신부라는 자리였다. 하지만 누이의 뜬금없는 결정에 제 사람을 넣을 기회는 잃은 지가 오래이니 이제라도 저 계집을 회유해 자신의 사람으로 만드는 것이 차선으로 적합해 보였다.

'회유가 안 된다면…… 어떻게든 저 계집을 이용해 다른 방도를 계책해야겠지. 저놈을 돌아오지 못할 사지로 밀어 넣을 확실한 계책을……!'

사고 이후 별궁에 처박힌 채 살아가는 놈, 그저 감시만 하면 된다고 여겼는데 이리 궁에서 마주하게 되니 마음속에 다시 진득한 살기가 솟아났다.

섬뜩할 정도의 뱀 같은 시선으로 홍우와 가훤을 노려보던 홍민은 아란이 점점 멀어지자, 마지못한 얼굴로 어깨를 틀어 그녀의 뒤를 따랐다.

가훤은 동생들을 비롯한 다른 이들을 이끌고 자신이 들어선 궁문에서 가까운 한 정자를 찾았다.

"여기는 너무 외진 곳이 아닙니까."

다소 낡고 허름하여 볼품사나운 정자에 다다르자, 가정이 눈을 찌푸리며 말했지만 가훤은 아랑곳하지 않았다.

"이곳은 문에서 가깝기도 하지만 인적이 드물기도 하단다. 오래간만에 사람들에게 시달리다 보니 쓸데없이 감각만 예민해져 피곤해서 그러니 네가 이해하여라."

"예."

"예서 그냥 간단히 차와 요깃거리를 먹으며 이야기를 나누고 헤어지자꾸나. 긴 시간 이야기를 나누고 싶지만, 조금 더 있으면 연회가 있을 텐데 너와 운아가 늦어서는 안 될 게 아니냐."

"칫. 퍽이나 위해 주는 듯 말씀하십니다. 오라버니. 그리 위해 주실 것 같으면 저희들도 어마마마와의 자리에 끼어 주셨으면 되었을 게 아닙니까."

그의 말을 들으며 궁녀에게 요깃거리를 내오라고 명하던 혜운이 입을 비죽이며 두 사람 사이에 끼어들었다.

"하하. 너희들이 적잖이 서운했나 보구나. 부인, 이 아이들은

221

가정과 혜운으로 내 밑의 동생들이오. 들어서 알고 있지요?"

"예. 가정 왕자님과 혜운 공주마마이시지요. 저도 익히 들어 알고 있습니다."

혜운의 핀잔을 웃는 말로 넘기며 홍우에게 그들을 소개하는 가훤이었다. 그의 말에 뒤늦게 가정과 혜운이 그녀에게 고개를 숙여 보였다. 하지만 관심은 여전히 가훤에게 쏠려 있는 모양이었다. 혜운은 인사가 끝나자마자 고개를 들고 가훤에게 한 소리를 더 쏘아붙였다.

"그야 별궁으로 나가신 뒤 한 번도 뵙지를 못했으니까요. 혼례 때도…… 조용히 치르고 싶다며 어느 누구도 참석지 말라고 하지 않으셨으니까."

그러면서 혜운의 시선이 힐끔 소리 없이 앉아 있는 홍우를 향했다가 떨어졌다.

미리 사람을 보내 조사해 보았기에, 그녀를 조금 알고 있는 혜운의 시선은 묘할 수밖에 없었다.

'조금 독특하기는 해도 평범한 배경을 지닌 사람이라 뭔가 다른 꿍꿍이나 욕심으로 시집을 온 것 같지는 않아 보였으니까.'

그것만 해도 다행이라는 생각이 들었다. 그래서 싫은 느낌을 완전히 털어내지는 못했지만 그나마 달갑지 않은 감정은 버릴 수 있었다. 오라버니가 오늘 입궁까지 하게 된 것이 못내 반가워 그녀까지 예뻐 보이는지도 모를 일이지만 말이다.

"성치 못한 몸으로 치르는 혼례가 뭐 그리 기쁜 일이라고 이 사람 저 사람 다 불러 놓고 치른다는 말이냐. 어마마마께서도 그

점에 있어서는 동의하셨던 일이다."

"그래도…… 형수님은 서운하셨을 겁니다. 평생 한 번뿐인 혼례인데 아무도 없이 예법을 최대한 생략하여 간략하게 치르셨으니 말입니다."

가정도 힐끔 홍우를 보며 말했다. 딱히 누굴 위해 하는 말이라기보다는 자신을 못 오게 한 것이 섭섭해 하는 말이었다.

"아. 그럴 수도 있긴 하겠군. 부인, 그랬소? 그랬다면 미안하구려."

"아니요. 저는 전혀 마음 쓰지 않으니 저하께서도 미안해하실 필요 없습니다."

"그렇다면 다행이군."

홍우는 이미 지나간 혼례보다는 지금 마주 앉은 두 사람과 자꾸 시선이 마주치는 것이 더 신경 쓰였다. 처음 마주하는 시가 식구들이니 긴장이 되지 않을 수 없었다. 가원과 친히 지내는 동기간(同氣間)들이니 잘 보이고 싶은 마음이 앞섰기 때문이었다.

"예."

가원과 이야기를 나누면서도 두 사람이 저에게 집중하고 주목하는 느낌이라 자연 몸 둘 바를 몰라 하는 홍우였다.

"새언니께서 저희가 낯설고 불편하신 모양입니다. 오라버니께서 너무 별궁에 칩거하시며 사람을 멀리하니 그러시는 게 아닙니까. 그러니 앞으로 친해질 수 있도록 한 번씩 가 뵈어도 되겠지요, 오라버니?"

그녀를 물끄러미 보고 있던 혜운이 빙긋 웃으며 그리 말했다.

"그것 참 명안이십니다, 누님. 형수님을 보러 온다는데, 형님이 못 오게 하시지는 않겠지요. 게다가 듣기로 형님과 형수님의 사이가 무척 좋다고 하니, 형수님께서 좋다고 하시면 싫으신 내색도 못 할 게 아닙니까? 형수님은 어떠십니까? 이 시동생들이 놀러 가서 말벗을 해 드리려는데, 괜찮으시겠습니까?"

"저는 당연히 괜찮지요. 그렇지만 저하께서 괜찮다고 하셔야 저도 마음이 편할 것 같습니다."

아주 잠깐 가휜을 돌아본 홍우가 답했다. 이렇게까지 우기는 데…… 단번에 승낙하리라 생각한 것과 달리 꽤 당차게 대답하는 그녀의 말에 가정과 혜운이 놀란 눈빛으로 홍우를 보았다.

"그게…… 저에게는 무엇보다 저하께서 편히 지내시는 것이 중요하니까요. 물론 저하께서 각별히 여기시는 친동기간을 불편하게 여기셔서 못 오게 하시지는 않았을 테지만요."

둘의 놀란 눈을 본 홍우가 핑계처럼 덧붙인 말에 혜운이 피식 웃음 지으며 가휜에게 고개를 돌렸다.

"두 분이 오순도순 지내신다고 하여 꽤 뜻밖이라고 여겼습니다만, 그럴 만한 이유가 없지는 않았군요. 새 언니가 오라버님을 생각하시는 마음이 특별하신 것 같습니다."

"그렇지. 내 걱정을 많이 해 주고 생각해 주는 사람이더구나. 어마마마께서도 그런 점을 높이 사신 게지."

"예. 저도 어마마마의 저의에 대해 아주 걱정이 없지 않았는데 말입니다."

"어마마마께서 무슨 저의가 있으셨다고 그러느냐. 그리 말하지 마라."

혜운의 자조적인 음성에 가훤이 고개를 내저었다. 그런 그를 유심히 바라보던 혜운의 시선이 문득 홍우에게 닿았을 때였다.

"저하."

빤히 정자 밖 입구 쪽을 바라보고 있던 홍우가 무엇인가 알아차렸는지 문득 입을 열었다.

"응?"

가훤은 홍우가 갑자기 자신을 부르는 소리에 외마디 소리를 냈다.

"아니요. 그냥 누군가가 다가오는 것 같은데……. 아마 왕자님과 공주님을 모시러 오는 사람들인가 봅니다."

"예? 저희들을요?"

그녀의 뜬금없는 말에 좌중의 눈길이 자연 입구를 향했지만 누구도 보이지 않았다. 사실 그럴 기미조차 느껴지지 않았다.

정자 아래에도 제윤을 비롯한 궁인들이 시립해 있을 뿐이었다.

"아, 그냥 그런 느낌이 들었는데 아닌가 보네요."

아무도 없어 홍우를 희한하다는 듯 쳐다보자 민망해질 수밖에 없었다. 그녀가 어색한 웃음으로 말을 얼버무렸다.

"착각이었나 보구려. 그럴 수도 있지. 그런데 정말 시각이 다 되어 가는 것이 아니냐?"

"아니요. 아직 괜찮습니다."

걱정 어린 말에 가정이 얼른 부정했다. 시각이 다 되어 가는 것은 맞았지만 제대로 이야기다운 이야기도 나누지 못했는데 헤어지는 것이 아쉬워 그랬다.

"그래도 이만 헤어지는 것이 좋겠다. 내가 곤하여 그러니 이해 하여라. 대신 다음에 날을 정해 너희들이 별궁으로 한번 나오려무나. 그리하면 되지 않겠느냐."

"이제야 겨우 와도 된다는 말을 해 주시네요."

마지못한 얼굴로 가훤이 결국 허락의 말을 뱉었다. 혜운이 빙긋 웃으며 반가운 표정을 지을 때 밑에서 석상처럼 서 있던 초웅이 작은 움직임을 보였다. 가훤 역시 저 밖에서 미세한 기척이 느껴지는 것에 귀를 쫑긋했다.

"응? 누가 온 겐가?"

"어?"

그가 담 너머를 향해 고개를 돌리니 가정과 혜운도 어리둥절한 낯으로 고개를 돌리다가 기이한 표정을 떠올릴 수밖에 없었다. 서넛의 궁인이 주위를 두리번거리며 빠른 걸음으로 다가오다가 그들을 보고 얼른 고개를 숙이며 들어왔기 때문이었다.

"……무슨 일이냐?"

낯익은 얼굴들은 가정과 혜운의 궁에 있는 궁인들이었다. 가정이 신기하다는 눈빛으로 홍우를 힐끗 보고는 뒤늦게 물었다.

"연회시각이 다 되어 가는 탓에 대전내관들이 찾으시옵니다. 또한 공주마마의 거처에 작은공주마마님들과 부마님들이 당도하여 기다리고 계신 터라……."

"아아, 그래. 알았다. 이만 일어나야 할 것 같네요. 형님."

"그래. 그러자꾸나."

"다른 아이들도 오라버님을 뵙고 싶어 할 텐데…… 이리 가시면 무척이나 서운해하겠어요."

어쩔 수 없단 얼굴로 스르륵 몸을 일으키며 혜운이 아쉬운 기색을 드러냈다. 또 다른 여동생들도 가휜을 보고 싶어 해 연신 연통을 보내 왔던 것을 떠올리자 미안한 기분이 들기도 했다.

"확실히 그 애들은 혼인을 해서 나가 산 지 한참이라 볼 기회가 쉽사리 만들어지지 않는구나. 다음에 너희들이 올 때 그 아이들의 집에도 기별을 보낼 터이니 섭섭해하지 말라고 해라. 어디 오늘만 날이겠느냐."

"그렇게까지 말씀하시니…… 기대하고 기다려야겠네요."

동생들을 다독이며 정자 아래로 내려선 가휜이 성문을 향했다. 몸은 딱히 피곤하지도 지치지도 않았지만 심경만은 지친 기분이었다.

입궁 때문에 신경을 곤두세웠었고, 어마마마와의 대화로 인해 심력을 많이 소비했으니 그럴 만도 했다.

'게다가 그 살기……'

중간에 홍민을 마주쳤던 것도 그를 피곤하게 했다. 목소리를 듣는 것만으로도 분노에 감각이 예민해지는 느낌이었는데, 모후와 몇 마디 말을 나누고 돌아서던 그가 자신이 무예를 익혔던 몸이라는 것도 잊었는지 선연한 살기를 그대로 내비쳤기 때문이다.

못내 못마땅한 기분이었지만 울분을 표출할 수 없어 참아야 했던 것이 그대로 울화로 남아 버린 모양이었다.

"잠시 걷고 싶구나."

가정과 혜운을 돌려보내고 가마에 올랐던 가훤이 궁을 벗어나 조금 외진 길로 나오게 되자 불쑥 그리 말했다.

잠시 후, 자신의 몸이 조심스럽게 내려지고 우내관이 옷깃을 잡아 그를 인도하는 것이 느껴졌다.

"제윤, 거기 있는 게지?"

아까부터 용무가 있는 것처럼 자신의 뒤를 졸졸 따라다녔으나 끼어들 자리가 아닌 터라 물러난 채 초웅과 함께 수행인처럼 조용히 시립하고 있던 제윤이었다. 익숙한 기척으로 그가 있음을 알았으나 모르는 척하고 있던 가훤은 그와 얘기를 나눌 생각에 부러 걷는 것을 택했다.

"저하."

뒤따르고 있을 홍우의 가마를 앞세우고 가훤이 느긋이 뒤처져 그와 함께 걷기 시작했다.

"다녀왔는가?"

"예. 한데……."

그에게 말을 건네는 제윤의 표정이 왠지 밝지 못했다.

"왜? 내가 말을 잘 전하고, 모셔오라고 하질 않았는가."

그의 태도에 고개를 갸웃하며 가훤이 말했다.

사실 그는 제윤에게 운소현으로 가서 홍우의 부모님을 모셔 오라고 했다. 마음이 가기 시작하니 정작 잘 해 주지 못했다는 생각에 미안한 것이 많아졌고, 그중 하나가 부모님에 대한 것이었다. 하나뿐인 딸의 혼례를 보지도 못하고 불쑥 전령이 전해 준 소식만을 들었을 게 분명하니 그게 섭섭하고 마음이 좋지 못할 것 같아 모시고 와 한동안 함께 지낼 생각을 했던 것이다.

"하아. 모셔 오지 못했습니다."

"모셔 오지 못해? 왜?"

의아한 표정을 짓다 다시 걱정이 떠올랐다. 혹시 좋지 못한 일이라도 있는가 싶었다. 가횐의 표정을 읽은 제윤이 짙은 쓴웃음과 함께 고개를 내저었다.

"저하의 장인어른 되시는 분이 대단한 고집을 지니셨더이다."

"응? 별 이유 없이 오지 않겠다고 하시더란 말인가?"

"예. 딸이 잘 출가하였다는 소식은 중궁마마의 배려로 전해 들었고, 선물이라시며 하해와 같은 하사품도 많이 전해 주시어 그냥 그렇게 알고 계셨답니다. 그러니 출가해 잘 살고 있다는 딸자식을 부러 멀리까지 찾아가 보아야 할 이유가 있겠느냐고요. 저하께서 공연히 사람과 돈을 써서 모셔 오라고 이르신 것은 고마우나, 괜히 말 많은 궁궐 사람들의 입에 오르내리기 쉬우니 마음만 받겠다고 하시더군요."

"허허."

묵묵히 듣고 있던 가횐이 헛웃음을 짓고 말았다. 딱히 그른 말은 아니었지만, 그래도 마음을 써 보낸 것인데 조목조목 따져 거절하는 장인의 태도가 서운하면서도 일면 감탄스러울 수밖에 없었다.

"성품이 대쪽 같으시던가?"

"예. 무뚝뚝하시면서도 공평무사한 성품을 지니신 모양입니다.

평범하고 말 나는 일 없이 한평생 현감으로 지내시다가 물러나신 게 몇 해 되지 않는다고 들었는데. 물론 주변 평판도 좋은 편이었습니다."

'군부인 마님에 대한 평은 조금 달랐지만요.'

무심히 말을 잇던 제윤이 약간의 거리를 두고 가고 있는 가마의 뒤꽁무니를 힐끔 응시했지만 가휘은 알 수 없는 일이었다.

"그렇군. 하기야 부인의 성품이 모나 보이지 않으니 어느 정도 짐작은 되었네만."

"좋으시겠습니다."

흐뭇한 웃음을 지으며 짓는 말에 툭 핀잔이 돌아왔지만 가휘은 전혀 신경 쓰지 않았다.

"그렇다면 그 일은 어찌할 수 없지. 그녀가 먼 길 떠나와 앞으로 부모의 얼굴을 보기 쉽지 않을 터이니 모셔 오면 크게 기뻐할 것이 분명하고, 장인어른도 뵙고 싶어 그리하였건만……. 흠, 아쉽군."

가휘이 빈손으로 턱을 쓸며 중얼거릴 때, 제윤이 품 안으로 손을 넣어 바스락거리는 뭔가를 만지며 주위를 살폈다.

"그리고 아까 그분이 몰래 편지 하나를 전해 주셨는데 그것은 어찌하올까요?"

정자를 향하는 동안 혜운의 궁녀가 슬쩍 제윤에게 밀지를 한 장 건넸었던 것이다. 타인의 시선을 피해 은밀히 그것을 전해 받느라 제윤도 펼쳐 볼 시간이 없었는데 가휘에게 묻지 않을 수 없어 하는 말이었다.

"그야 평소처럼 하게나. 그리고 자네는 중간에 헤어져 집으로 돌아갈 터이지? 사냥을 다녀왔다고 하니 피곤할 게 아닌가. 얼른 돌아가 봐야지."

"예. 궁에 들러 진상품도 올렸으니 당연히 그래야지요."

여상한 어투로 가횐이 그리 말하자 눈을 빛낸 제윤이 고개를 끄덕였다. 내용을 듣는 게 급하지 않으신 모양이니 그의 말대로 갈림길이 나오면 헤어져 집에 돌아가야겠다 마음먹었다. 예상보다 더 운소현으로 오고 가는 길이 험했던 터라 가횐의 말처럼 꽤 지쳐 있었다. 당장 해야 할 일은 모두 마쳤으니 집으로 돌아가 쉬고 싶은 제윤이었다.

五

쪼르륵. 쪼르륵. 덜커덕.

은은한 달빛이 교교(皎皎)하고, 바람 한 점 없어 따스한 밤이 흐르고 있었다. 듣는 것만으로도 마음이 차분한 물소리와 방아 소리도 함께 맴돌았다.

산책을 나왔던 두 사람은 연못 근처에 아담하게 자리 잡은 정자 위에 나란히 올라서고 있었다.

"오늘 많이 피곤하였겠소."

잡은 손을 놓지 않고 그녀와 마주 앉던 가훤은 내심 홍우가 걱정이 되었던 모양이었다. 기분도 좋고 바람도 좋아 같이 저녁을 들고 자연스럽게 산책을 나왔음인데 그녀가 지쳐 돌아가 눕고 싶은 건 아닌가 하는 생각이 문득 들었다.

"전혀요. 아까 긴장을 너무 많이 하여 가마 안에서 살짝 졸기도 하였습니다만 돌아오니 괜찮아졌습니다. 저하께서야말로 피곤하지 않으셔요?"

하지만 홍우는 머리를 내저었다. 거의 하루 종일 몸이 굳어 신경을 많이 소모한 터라 내뱉은 말처럼 오는 길에 굳게 닫히건 가마 안에서 졸기까지 하였지만, 이제는 아무렇지 않았다. 저녁 전, 해월이 그녀를 생각하여 자리를 펴고 쉴 시간을 주었기 때문이기도 했고, 산뜻한 바람을 맞아 기분이 상쾌해져 그런 것도 같았다.

"음. 아무렇지 않지만 지금은 피곤하다고 말해야겠군."

"예? 왜 그렇습니까? ……앗."

가횐에게 묻고 있던 홍우가 그의 갑작스러운 행동에 놀라 소리를 높였다. 그도 그럴 것이 가만히 앉아 있던 가횐이 갑자기 몸을 빙글 돌리더니 그녀 쪽으로 넘어지듯 누워 버렸기 때문이었다. 풍성한 치맛자락이 사각거리는 소리와 함께 곧 묵직한 무게감이 무릎 위로 느껴졌다.

"이렇게 눕고 싶으니, 그리해야겠소."

남자의 단정한 입매가 휘말려 올라가며 아무렇지 않게 능청스러운 목소리가 울렸다. 졸지에 무릎을 내어 준 채 그를 내려다보고 있게 된 홍우가 눈을 깜빡이다가 이내 부드러운 웃음을 지어 보였다.

"그러셨군요. 낭군께서 무척 곤하셨던 듯합니다."

"그 말…… 듣기 좋군."

"예?"

다정한 남자 때문에 자신의 마음까지 따스해지는 느낌이라, 기분이 좋아서 무심결에 속으로만 부르는 호칭이 튀어나왔다. 속삭이듯 말하던 홍우가 가훤의 말에 눈을 동그랗게 떴다.

"낭군 말이오. 확실히 그게 옳은 호칭 아니오? 아니면, 서방님이라든가. 마냥 '저하, 저하.' 해 대니 남 같지 않소. 앞으로는 그리 부르시오."

"그게……. 부끄럽사옵니다."

자신의 실수를 깨달은 홍우의 얼굴이 발그레하게 달아올랐다.

"어허. 낭군을 낭군이라 부르는데 뭐가 부끄럽다는 말이오."

"그래도요. 조금 더 익숙해지고 편해지면 그리 부를 것입니다."

눈을 내린 홍우가 가훤의 얼굴을 조심스럽게 내려다보며 중얼거렸다. 그리고 머뭇하는 손길로 감긴 붕대를 어림해 보다가 살며시 건드려 보았다.

"하면 아직 불편하고 낯선 게요? 내가? 아니면 이 상황이……?"

그런 그녀의 움직임을 알고 있었던 것인지 가훤이 자신의 손으로 그녀의 손을 붙들어 얼굴을 어루만지게 했다.

"딱히 불편하고 낯설다기보다는 그냥 문득문득 꿈결인가 싶을 정도로 믿기지 않을 때가 있습니다. 어릴 적부터 항시 꿈꾸어 왔는데, 막상 이렇게 저하를 마주하고 있노라면 아직 꿈속인 건가 싶을 때가 있어서요."

"그 말은 어려서도 나와의 혼인을 꿈꾸었다는 말 같은데?"

가훤이 소리 없이 웃으며 그녀를 떠보듯이 말했다. 가훤이 만져 보라며 손을 대주었음에도 살금살금 깨어질 것 같은 도자기처럼 조심스럽게 그의 상처 부근을 어루만지던 홍우의 얼굴에 언뜻 갈등이 스쳤다.

"저하."

"왜 부르오?"

부인의 무릎을 베고 기분 좋은 밤바람을 맞으며 누워 있으니 어쩐지 솔솔 잠이 올 것 같은 기분이었다. 그만큼 여유롭고 마음이 충만되는 기분이었다.

'좋군.'

게다가 오늘은 지니고 있던 마음의 짐을 조금이나마 덜어 낸 날이 아니던가.

'다행이야. 어마마마에 대한 의심이 부질없는 행동이라는 것을 알게 되어서. 그리고 예쁜 부인을 얻은 것을 알게 되어서.'

가훤이 편안하고 안도한 얼굴로 내심 중얼거렸다. 그 두 가지를 알았다는 것만으로도 무척이나 기쁘고 행복한 기분이었다.

처음엔, 자신을 해하려는 불온한 무리에게 쫓기고 절벽으로 떨어져 생사의 기로의 놓였던 그땐, 세상천지 자신만큼 불행한 인물이 없을 것 같았는데 말이다. 통증에 눈이 흐려졌던 만큼, 키워 준 어머니가 자신을 죽이려고 벌인 일이라고 여기며 절망했었다. 깊은 절망 속에서도 그녀가 다치게 될까 봐 폭우 속에 낙상하여 그리되었다고, 산사태가 있었던 것 같다고 말할 수밖에 없는 현실에 가슴이 미어졌다.

세상이 싫었고 믿을 사람은 더더욱 없이 홀로 버려진 느낌이었다.

그런 스스로를 다독이고 또 다독이며 '그래, 그게 어마마마께서 원하시는 일이라면…….' 하고 자포자기의 심정으로 결심을 다진 채 평생 어둠 속에 갇혀 지낼 생각이었다.

그런데 아니란다. 어마마마께서 보여 주신 진심에, 그 깊었던 절망이 눈 녹듯이 사라지는 느낌이었다. 그것만으로도 마음이 평안해지고 기뻤는데 환한 빛 속에 자신의 신부가 있는 것을 보았다.

그때의 감격은 지금까지 일어났던 일 모두, 그리고 앞으로 일어날 일들까지 모두 아무래도 좋을 정도로 아득한 기쁨이었다.

지금까지 남아 있는 여운에 홍우를 꼭 끌어안고 그대로 잠들고 싶을 정도였다.

"저하."

"왜요, 부인."

고즈넉이 내려앉은 침묵 속에서 홍우가 말을 망설이는 것처럼 문득문득 그를 부르기만 했다. 낮의 일을 되새기고 있던 가휜이 웃는 얼굴 그대로 아무렇지 않게 답했다.

"이상한 여자라고 생각지 말아 주시겠습니까?"

"뭐가 말이오?"

딱히 답을 듣고 싶어 내뱉은 말은 아니었던 모양이었다. 어려서도 자신과의 혼인을 꿈꿨느냐는 말에 생각나는 대로 흘러나온 말인 모양이다. 하지만 홍우는 입 끝을 달싹거리며 마치 긴히 할 말이 있는 것처럼 가휜을 물끄러미 보고 있었다.

"저는 사실 어릴 적부터 종종 꿈을 꾸었답니다."

"흐음, 무슨 꿈이오?"

아비는 자신이 이런 이야기를 꺼내는 것을 싫어했다. 어머니는 아주 가끔 귀 기울여 들어 주기는 했지만 말없이 웃어넘기는 것으로 보아 자신의 말을 전혀 믿지 않는 듯했다. 그래서 어느 순간부터 홍우는 이런 이야기를 꺼내는 것을 꺼리게 되었다. 아비가 싫어했고 어미가 믿지 않으니 딱히 털어놓을 곳도 없었고, 스스로가 특이하다고 여기긴 했지만 비교할 만한 대상이나 벗이 가까이 있지도 않아서 그러려니 하게 된 것이었다.

하지만 가훤에게는 얘기하고 싶었다. 한순간의 충동에 가까운 일이긴 했지만 어쩐지 이 사람이라면 잘 들어 줄 같다는 느낌도 들었다.

홍우가 용기를 내기 위해 크게 숨을 들이쉰 뒤 천천히 입을 열었다.

"현실처럼 생생한 꿈도 있었고, 극락에서 노닐다 온 것처럼 몽롱하고 행복한 여운이 감도는 그런 꿈도 있었지요. 가까운 미래의 일을 본 것 같은 착각도 들었고, 불길한 두려움에 사로잡혀 한없이 울기만 하는 꿈도 있었답니다."

"……."

"그리고 한결같이 반복되는 꿈도 있었지요."

처음엔 무슨 말을 하는 걸까 하고 듣고 있던 가훤의 얼굴이 조금씩 진지해졌다. 그를 보고 있지는 않았지만 어쩐지 그런 느낌이 들어 이야기를 계속 이어 나갔다.

"그것은 바로 금안의 까마귀였습니다. 어릴 적, 꿈에 금안의 까마귀가 나와 여느 때처럼 숲에서 놀고 있는 저에게 말을 걸었어요. 처음에는 그냥 같이 놀자는 말이었지요. 멀리서 날아왔다며, 그래서 지쳐 있는데 숲에서 놀고 있는 제가 눈에 들어왔다며 함께 어울려 놀았답니다. 이상한 일은 아니었어요. 지극히 친근한 느낌이 들었고, 언제나 숲의 짐승들은 저에게 좋은 친구가 되어주고 있었기에 그 까마귀도 그러려니 했지요."

"……계속하시오."

홍우가 잠시 말을 멈추고 가훤을 내려다봤다. 뭔가 신기한 이야기를 듣는 얼굴은 아니라 골똘히 생각에 잠긴 얼굴이었다. 하지만 아무렇지 않은 음성으로 재촉하기에 홍우가 마른 입술을 혀로 축이고 다시 말을 시작했다.

"그러다가 그다음에 또 꿈에 까마귀가 놀러 오고 나서야 '아, 신기하구나.' 하는 생각이 들었답니다. 그 자체만으로도 무척이나 특별한 친구처럼 여겨졌거든요. 게다가 까마귀가……. 아니, 어쨌든 그렇게 특별한 친구가 된 것이라 생각했지요. 종종 그렇게 친구와 함께 울며 혹은 웃으며 꿈속에서 어울려 놀면서 그렇게 자라났답니다. 가끔은 생시에서도 궁금하더랬지요. 혹여 울고 있지는 않을까, 어디 아프지는 않을까. 그리고 다른 친구를 만나 어울려 노느라 나를 아주 잊은 것은 아닐까 하고요."

"그게 나일 거라고 생각되었소? 까마귀가 왕가의 상징이기는 하나 내가 아닌 다른 이였을 수도 있지 않소. 당장 오늘 본 가정일 수도 있었을 텐데?"

묘한 기분에 휩싸인 가훤이 스르륵 몸을 일으켜 앉으며 홍우에게 말했다. 홍우가 천천히 고개를 주억거렸다.

"그렇지요. 저도 무턱대고 그리 여겨졌을 뿐 확신 같은 것은 아무것도 없었지요. 하나 뒤늦게 확신이 들기 시작하였습니다. 하여 성도에 꼭 올라와 저하의 무사하심을 두 눈으로 확인하고 싶다고 생각했지요."

"어째서?"

"……"

이번에는 홍우가 잠시 침묵했다. 이 이야기까지 해야 할까, 말아야 할까 망설이는 얼굴이었다. 하지만 곧 그녀는 부드러우면서도 강단 있는 웃음을 그려 보인 채 손을 들어 가훤의 붕대를 어루만졌다.

"이곳에 큰 상처가 생긴 까마귀는 저하, 한 분뿐이셨으니까요. 그전에는 못미더운 스스로의 믿음뿐이었지만, 그 소식을 접한 이후에는 확신할 수밖에 없었답니다."

"뭐라?!"

전혀 예상치 못한 말이 돌아왔다. 한 대 얻어맞은 것 같은 충격에 가훤이 입을 벌리고 멍한 표정을 지었다.

"잘 기억은 나지 않는데…… 사실은 그때 어찌된 영문인지 크게 아팠습니다. 거의 의식 없이 오랫동안 앓았다고 하더군요. 일어나고 나서야 제가 수일을 아팠다는 사실을 알았습니다. 제가 아팠다는 사실도, 저하께서 크게 다쳐 쓰러지셨다는 이야기도……. 아버지는 저하가 위험을 넘기셨을 때이기는 했으나, 차마 충격을 받을까 봐 일찍 말씀해 주시지 않았다고 하였어요."

"그러면 그것도 보였소? 꿈에서 내가 다치는 게 보였던 거요?"

"……."

기이한 느낌에 가횐이 떨리는 음성으로 물었다. 홍우가 시선을 내리며 입을 다물었다. 그녀의 침묵을 어찌 해석했는지 가횐이 손을 들어 홍우의 뺨을 가만히 어루만졌다.

"보였던 게로군."

"지금은 보이지 않습니다. 장효 고모님의 말씀으로는 그때 제가 앓았던 것이 원인일 것이라고 하시더군요."

그녀를 끌어당겨 자신의 품에 안으며 거의 확신하듯 말했다. 순순히 끌려와 품에 끌어안긴 홍우가 조금씩 머리를 기울여 자신의 가슴에 기대면서 희미한 목소리로 속삭이는 것이 들렸다.

"만약 그러지 않았다면 저하께 도움이 될 수 있어 기쁘지 않았을까요? 저는 요새 그 점이 조금 아쉽습니다."

"상관없소, 그런 것은……. 전혀 눈곱만큼도 상관없소. 나는 홍우 그 자체를 필요로 하고 좋아하고 있으니까."

품에 쏙 들어온 홍우를 더욱 꼭 끌어안아 주며 중얼거리는 가횐이었다.

'특별한 직관력을 지닌 아이라고 하시더니…… 이걸 말씀하시는 거였나? 현무가의 후손이라는 것은 억지로 구색을 맞춘 것이려니 하고 여겼었는데, 어마마마께서는 그것을 알아보고 나의 반려로 정하셨다는 말인가.'

낮에 들었던 모후의 말을 떠올리며 가횐이 속으로 중얼거렸다. 뜻밖의 이야기를 들어 머리가 복잡한 느낌이었다.

"저하?"

"쉿. 조용히."

품에 안겨 있던 그녀의 어깨를 떼어 내고 대신 고개를 비스듬히 내렸다. 홍우가 자신을 부르는 것이 소리보다 먼저 피부로 느껴졌다. 가훤이 흐릿한 웃음을 머금고 그녀와 입술을 겹쳤다. 뜨거운 숨결이 먼저 느껴졌고, 이후 부드러운 입술이 자신의 것과 마주쳤다.

"아."

가훤은 나직한 한숨처럼 작은 탄성이 흘러나오는 것을 느끼며 그대로 겹친 입술 사이로 침범했다.

"읏."

홍우가 짧게 신음하며 그를 밀어내려는 것 같았지만 가훤은 강한 손길로 더욱 끌어당길 뿐 놓아줄 생각이 없어 보였다.

"저, 저하."

혀를 섞고 들어오는 짙은 입맞춤에 홍우가 촉촉한 목소리로 그를 불렀다. 그와의 입맞춤은 다디단 밀과처럼 달콤했지만, 저고리 옷깃 사이로 한두 마디의 손가락이 파고든 것을 깨닫자 당황스러울 수밖에 없었다.

멀지 않은 거리에 궁인들이 버젓이 있는데 낯부끄럽고 창피한 기분이 들었던 것이다.

"방으로 갈까요?"

촉 소리를 내며 아쉬운 입맞춤을 잠시 떼어 내고 가훤이 속삭였다. 그녀의 기분을 민감하게 눈치채고 있었던 것 같았다.

"예."

수줍어 붉어진 목덜미로 고개를 떨어트리며 홍우가 답했다.

"갑시다, 당신의 거처로……."

부부가 된 지 한참임에도 불구하고 온몸으로 부끄러워하는 홍우가 귀엽게 느껴진 가휜이 한쪽 입꼬리를 말아 올리며 그녀의 손을 깍지끼듯 잡아 올렸다.

겉으로는 느긋하고 한가해 보이는 걸음인데 그 내심은 오늘따라 홍우의 거처가 무척이나 멀게만 느껴져서 애써 치미는 한숨을 억눌러야만 했던 가휜이었다.

❀   ❀   ❀

톡. 토옥.

서안을 두들기는 손길은 느릿했지만 어딘지 조급한 심경을 대변하는 것도 같았다. 조용하고 규칙적인 소리였지만 투박스러우면서도 짜증이 어려 있는 손의 모양새가 폭풍 전의 고요처럼 어쩐지 아슬아슬하게 느껴질 때였다.

탕.

아니나 다를까. 그 손이 난폭한 성정을 그대로 드러내며 서안을 때리기까진 그리 오래 걸리지 않았다.

"그놈!"

홍민이 빠득 이를 갈 듯 잇새로 신경질적인 음성을 내뱉었다. 그 행동에 서안 너머, 그와 마주 앉아 그의 하교를 기다리고 있던 복면의 수하가 움찔 어깨를 떨었다.

"대체 어찌해야 할까……."

"명만 내리시면 당장 가서 시행할 것이옵니다. ……이번에는 절대 실패하는 일 없이 끝장을 보고 돌아오겠습니다."

깊은 고민이 담긴 홍민의 중얼거림에 수하가 그의 심기를 살피며 조심스럽게 말했다. 그전에 그의 명을 따라 행했다가 실패하여 가훤이 살아 돌아온 것에 홍민이 크게 분노했던 것을 떠올리며, 두려움 어린 눈빛으로 주인을 바라보고 있었다.

지금 주인의 심기를 어지럽히는 존재는 가훤밖에 없었으니…… 필시 자신을 부른 것은 그와 연관된 일일 것이 틀림없었다. 이번에도 그가 어떤 명을 내리건 제대로 소행하지 못한다면, 이번에야말로 제 목숨도 무사하기 어려울 것 같은 느낌이 들어서였다.

"일이 그리 쉽지 않을 분위기다."

"……예?"

심통 가득한 음성으로 홍민이 툭 내뱉었다. 수하가 어리둥절한 표정을 짓자 홍민이 그런 그를 한심하다는 표정으로 노려봤다.

"쯧. 전처럼 쫓아가 목을 비틀어 버리고, 다 죽여 버린 후 시체조차 찾지 못하게 하여 증거를 못 찾게 할 만한 분위기도 아니라는 말이다. 쯧쯧. 아무리 생각하여도 그놈의 질긴 명줄이 두고두고 우환거리가 될 게 분명한데……."

홍민이 낮의 일을 떠올리며 심각한 얼굴로 중얼거렸다.

'누님이 역시 그놈과 이야기를 나누며 뭔가 눈치를 채신 것 같아. 무슨 꿍꿍이인지 알 수 없는 속내로 폭우로 인해 사고가 났다며 의뭉을 떨던 놈이 누님께 언질을 건넨 것인가? 그동안이야, 상처가 위중하고 충격에 깊이 빠져 정신을 못 차리고 별궁에 숨어 지내느라 그런 것 같지만……. 혼인을 치르고 안정을 찾아 심경의 변화가 있었을지도 모르는 일이 아닌가.'

엄하고 냉정한 눈길로 자신을 묵묵히 바라보고만 있던 누이를 생각하자 별로 기분이 좋지 않은 홍민이었다. 원체 냉정한 성정인지라 나고 자라면서도 줄곧 살가워 본 적이 없는 남매지간이었지만, 가횐이 성인으로 성장하면서부터는 더한 느낌이었다.

부친이 살아 계셨을 적, 그와 함께 그놈에게 정을 주지 말라 하며 그토록 백호가의 부와 이득을 위해 힘써 달라고 간언했건만…… 누이는 피 하나 안 섞인 의붓아들에게 한결같은 정을 비췄다. 게다가 그뿐일까. 백호가의 이득을 위해 그와 아비가 힘을 써 정치를 유리한 쪽으로 이끌어 오면, 왕은 아무것도 모르는 얼굴로 청룡가에 힘을 실어 주곤 하여 불쾌하게 만들었다. 이를 누이가 베갯머리송사로 일을 유리하게 할 수 있었음에도 그녀는 그런 적이 별로 없었다.

그저 닦달을 하고 또 해도 애매모호한 태도로 일관하며 '글쎄, 내명부의 일이 아니니 내가 힘쓴다고 해서 도움이 될 것 같지는 않지만 말씀은 한 번 드려 보마.' 라고 하는 게 전부였다. 그리고 그 말처럼 말을 하기는 한 모양이었지만 남 일 대하듯 시큰둥하게 딱 '말만' 꺼내는 것이어서, 정치에 관심 없고 재미없어 하는 왕이 흘려듣기 일쑤라 소용이 없었다.

오늘 함께 거처로 갔을 때 아란은 한참이나 홍민을 뚫어져라 응시하다가 그렇게 툭 내뱉었었다.

「요새 제일 관심을 갖고 시끄럽게 굴고 있는 문제가 세자 책봉에 관한 것이라지?」

「아. 예. 그게 가정이 가뤈 왕자처럼 크게 다치기라도 하게 되면 어찌한답니까. 세자 책봉을 어서 하여 막중한 책임을 알려 주고 또 그에 걸맞은 교육을 하여 만약에 있을 위험을 미연에 방지하여야 하지 않겠습니까. 세자 책봉이 너무 늦게까지 이뤄지지 않고 있는 것 또한 사실이니까요. 가정이 저리 장성하여 강건한데 미룰 이유가 없지 않습니까. 어서 세자 책봉을 하고 세자비도 들여 왕가의 기틀을 잡는 게 중요하다고, 저희 신하들은 그리 여기고 있습니다. 누님.」

「……」

그녀가 무슨 이야기를 꺼내 들지, 또 어떻게 그녀를 떠보아야 할지 고민하고 있는데 불쑥 생각도 못하던 말이 튀어나온 탓에 홍민은 당황했다. 그나마 전부터 누이가 '세자 책봉'에 대해 물어오면 이리 말해야겠다고 생각하고 있었던지라 다행이었다.

「말은 잘 하는구나. 그 말이 불거져 시끌시끌한 지 이미 몇 달이나 지난 것을 잘 알고 있다. 하나 전하께서도 아무 말씀이 없으시고, 나도 좋지 못한 일이 있는 시기에 그런 이야기를 꺼내고 싶지 않아 모르는 척 넘겼던 것이다. 하지만 자네에게는 이 이야기를 꺼내기에 적당한 시기가 되지 않았는가?」

「예? 그게 무슨 말씀이십니까?」

속이 뜨끔한 느낌이었지만 홍민은 시침을 떼고 천연덕스러운 얼굴로 말했다. 아란도 딱히 그를 의심하고 있지는 않는지 평소처럼 무심하기만 한 얼굴로 찻잔을 들어 입가로 가져가며 다시 말하고 있었다.

「가훤이, 그 아이가 서자라고는 해도 세인들은 물론이오, 신하들의 지지도 상당히 받아 만일 정아와 함께 세자 자리를 두고 다툼을 벌였다면 비등비등하여 쉬운 일이 아니었을 것이 아닌가. 그런데 공교롭게도 작년 가을 큰 사고로 눈이 멀어 왕위에 오를 기회 자체를 잃고 말았으니. 사혜를 가훤이보다는 정아와 짝지어 주고 그 아이가 보위에 올랐으면 하고 있던 자네로서는 아주 잘 된 일이 아닌가.」

「그…….」

내용이 노골적이기도 했지만 아란이 자신에게 이렇게 직설적으로 꼬집어 말해 오는 것도 처음이라 뭐라 말을 내뱉으려던 홍민은 가만히 말을 고를 수밖에 없었다. 그녀의 검고 어두운 시선은 차분하기만 해서 이럴 때일수록 더욱 조심해야 한다는 것을 알고 있었기 때문이다.

「무슨 말씀을 그리 하십니까, 누님. 남들이 들으면 제가 가훤 왕자님을 해코지라도 한 줄로 오해하겠습니다, 허허. 물론 가훤 왕자님이 그리 다치신 것은 안된 일이나 저와는 상관이 없는 일입니다. 제가 가훤 왕자님을 싫어하고 신분상의 이유를 들어 세자로 책봉되는 것을 반대하는 것은 분명한 일이나, 가정 왕자가 저와 피가 섞인 조카인 만큼 당연한 일이지 않겠습니까.」

홍민은 차분하게 머리를 굴리며 조심조심 말을 이었다.

「누님이야말로 이상하십니다. 어찌되었든 제 핏줄, 제 가문이 제일 우선인 겁니다. 그러니 가정을 더 귀애하시고 세자 책봉 문제에 있어서도 당연히 친자식인 가정 왕자의 손을 들어 주어야 함이 마땅하지 않겠습니까.」

「그것에 대해서는 몇 번이나 말했듯 나는 전하의 뜻을 따를 뿐이다. 가횐과 가정 어느 누구의 편도 들지 않고 그 그릇의 크기가 누가 더 적합한지 따져야 옳은 일이 아니겠느냐. 전하께서도 그리 여기시며 신중히 가늠하고 계실 것이라고 믿고 있기에 내 그리 말하는 것이다.」

「…….」

「어쨌든 내가 하고 싶은 이야기는…….」

홍민이 기분이 상한 얼굴로 침묵할 때 아란이 깊은 한숨을 내쉬며 잠시 말끝을 흐렸다. 뭔가 신중히 생각하다가 찬찬히 몸을 세우며 동생을 빤히 바라봤다.

「자네는 사사로이 내 동생이나, 동시에 백호가의 가주이며 이 나라의 중한 신하일세. 그러니까 몸가짐을 신중히 하고 괜히 공연한 구설수에 오르는 일이 없도록 조심하는 편이 좋지 않겠나. 누이인 나를 위해서도 그러하고, 자네의 조카인 가정 왕자를 위해서도 그럴 게야.」

「그게 무슨 의미이신지, 우둔한 동생은 잘…….」

퉁명한 표정을 지으면서도 아란의 말을 새겨듣고 있던 홍민이 알 수 없다는 표정을 지었다. 아란이 그런 그를 향해 희미하게 웃어 보였다.

「그러니까 시끄러운 시기가 아닌가. 괜히 이런 때에 가휜의 신변에 문제가 생긴다면, 이번의 세자 책봉과도 연관 지어 나라 안에 피바람이 불 일이 생길지 알 수 없는 일이고. 그리되면 세인의 시선들이 대번 향할 곳은 나와 백호가 아니겠는가. 그러니 만에 하나 있을지 모르는 일을 조심하여 더욱 겸손하고 신중하게 이 시끄러운 시기를 잘 보내는 것이 좋겠다는 생각이 들었네.」

아란의 말에 홍민의 얼굴이 딱딱하게 굳었다. 에둘러 말하는 말 속에 숨은 의미를 순간 파악하지 못했지만, 어쩐지 경고 같다는 느낌이 강하게 들었다.

「예. 그래야지요. 한데, 누님……. 어찌하여 저에게 그런 이야기를 하십니까. 게다가 별궁에서 조용히 살고 싶다며 별궁으로 간 가휜 왕자에게 무슨 일이 생길지도 모른다니요. 혹시 가휜 왕자가 누님께 어떤 이야기라도 한 것이 있어 그러시는 겁니까?」

긴장이 되는 눈으로 아란을 살폈다. 하지만 아란의 눈동자는 흔들림 하나 없이 진중하기만 했다.

「아닐세. 세자 건으로 말이 불거질 때부터 언제부터 자네에게 이 말을 해 두어야겠다고 여겼을 뿐일세. 그 아이는 사고라고 했지만, 전하께서는 내심 그 일의 원인에 대해 의심을 하고 계실지도 모르고…….」

희미한 미소를 짓고 홍민을 보던 아란의 시선이 일순 차가워졌다. 자신이 긴장한 탓일 수도 있겠지만 홍민에게는 분명 그렇게 느껴졌다.

「또 누가 겁도 없이 대역무도하게 이 나라의 왕자를 해하겠다고 그런 일을 꾸몄다거나 꾸미고 있다면 조용하고 평화로운 나라에 한차례 피바람이 불 것이 자명한 일이 아닌가. 모난 정이 돌을 맞는다고, 눈에 띄고 주목을 받을 수밖에 없는 입장에 있는 백호가이니, 험한 풍파에 휩쓸려 가문에 위기가 오기라도 한다면 큰일이니 말일세.」

흔하지 않게 눈웃음을 지으며 아란이 홍민을 다독였다.

「아버님께서는 신중하신 분이라서 무슨 일을 계획하시더라도 만전을 기해 임하시는 분이었으니 걱정이 없었지만. 자네는 성품이 다소 성급한 구석이 있어 공연히 걱정이 되어 일러두는 말일 뿐이야.」

하지만 홍민은 피가 차갑게 식어 내리는 느낌에 쉽사리 정신을 차리기 어려웠다. 여상하고 다정한 누이의 충고 같았지만 어째서인지 날카로운 비수를 품은 '경고' 처럼 여겨져서 선득한 느낌이 사라지지 않고 있었다.

"아무래도 경고가 맞겠지."

곰곰이 생각해 보아도 그랬다. 홍민이 고개를 끄덕이며 눈을 들었다.

"너는 기회를 보아 그 계집을 끌어낼 방도를 내 보아라. 내 직접 그 계집을 봐야겠다. 그 계집과 우선 대면하여 담판을 짓고, 그 계집이 멍청하고 아둔하여 내 말을 들을 기미가 없다면……."

"하지만 방금 함부로 일을 진행하기가 어렵다고 말씀하신 게 아닙니까?"

결심을 내린 얼굴로 홍민이 말하자 수하가 어리둥절한 표정을 지었다. 내내 어두운 표정으로 뭔가 거슬리는 게 있는 얼굴을 했던 것치고는 꺼내 든 말이 정반대였기 때문이었다.

하지만 홍민은 누구 말에 토를 다느냐는 표정으로 수하를 쏘아봤다.

"그래서 그 계집을 끌어내야겠다는 것 아니냐. 누님의 말씀대로 내키는 대로 거침없이 일을 시행하기에는 우리의 위험부담이 너무 커. 그놈이 칼을 맞아 죽으면 의심은 내게 쏠릴 수밖에 없을 테니 말이다. 그러니 그 계집을 이용하여 독을 사용하거나 암습을 하는 것이 좋은데……. 확실한 약점이 잡힌 꼭두각시였으면 좋으련만."

"그리 위험하다면 잠시 시기를 늦추는 것이 좋지 않겠습니까? 어차피 세자 책봉의 문제가 현실시 되고 있고……. 이제 세자의 위에 오르실 수 있는 분은 가정 왕자님밖에 없으니까요."

"아니. 그전에 후환거리는 완전히 없애 두어야겠다. 그놈이 눈멀고 다리를 저니 다시 가정의 자리를 위협할 리는 만무한데……. 어째서인지, 자꾸 미심쩍은 기분이 든다는 말이다."

홍민의 눈빛에 의심과 살기가 가득 들어찼다.

'분명 나도 두 눈으로 확인했던 일이건만, 어째서일까. 그놈의 가까이에 심어 둔 밀정도 딱히 그놈이 나아서 봉사 시늉을 하고 있는 것 같은 기미는 없다고 하였는데. 왜?!'

하지만 곧 그는 고개를 크게 흔들며 고민을 털어 냈다. 이리 고민할 일이 아니라, 죽여 없애면 그만이었다. 그리되면 가정이 왕위에 오를 것이고 제 딸 사혜는 다음 대의 왕비가 될 일이었다. 아무 걱정 없이 다리 뻗고 잘 수 있게 되는데 망설일 이유가 없었다.

'누님이 그런 경고를 하였다지만, 어찌되었든 내게 올 의심만 피하면 될 일이 아닌가.'

가볍게 긍정적으로 생각하며 홍민이 수하를 응시했다.

"듣자 하니 한제윤이 그놈의 부탁으로 계집의 부모를 데리러 갔다가 빈손으로 왔다고 하더라지?"

"예. 그런 보고가 들어왔습니다."

사냥이라는 말로 핑계를 대며 은밀하게 움직이기는 했지만, 제윤의 동선은 애초에 파악하고 있었다. 그가 홀로 사냥 따위를 갈 성격이 아니었기에 오히려 더 의심스러웠고, 제윤의 집에 심어 둔 밀정이 먼 길을 오고 간다며 차근히 준비를 한다기에 마침 사람을 따라 붙여 두었던 탓이다.

"아쉽구나."

"무엇이 아쉽습니까?"

"그 부모가 성도로 왔을 것이면 중도에 가로채서 인질로 삼아 계집을 협박할 수도 있었을 텐데 말이다. ……해월의 말로 보아 순진무구하기만 하다니 말로 획책하여 끌어들이기는 쉽지 않을 듯하고. 가장 좋은 방법은 제 부모의 목숨을 위협하여 손을 쓰는 것이지 않은가. 자, 그럼 이제 어쩔까? 이제 와 운소현으로 사람을 보내 그 부모를 사로잡아야 할까?"

"명하신다면 그리하겠습니다. 어차피 가휜 왕자도 몸을 다쳐 무예가 뛰어나지 못하니 만약의 경우에도 소수의 인원이면 될 것이고. 사람을 나누어 보내도 될 듯합니다. 오고 가는 시일이 오래 걸려 일의 성패를 알게 되는 게 늦어진다는 점이 조금 걸리기는 합니다만."

"그러면 그리하여라. 흠…… 그래도 무엇보다 중요한 것은 그 계집과 자연스럽게 접촉하는 것인데……. 맹랑하고 겁도 없이 새벽녘 홀로 산책을 하는 경우가 있다고?"

"예. 해월부인이 분명 그리 말씀하셨습니다."

"우선은 그 시각을 맞추어 봐야겠군. 알았으니 그만 물러가 보아라."

이야기를 일단락 지은 홍민이 쉬고 싶은지 손을 휘저어 수하를 물렸다. 수하가 뒷걸음질 쳐 조심스럽게 물러가는 모습이 눈에 들어왔다.

'가휜도 가휜이지만 아직까지 그놈을 지지하는 세력이 있다는 게 문제야. 물자와 협박으로 적지 않은 수를 이쪽으로 끌어들이기는 하였으나……. 왕에게 압력을 넣으려면 좀 더 큰 세력이 필요하단 말이지.'

밤이 늦도록 앞일을 도모하기 위해 계략을 꾸미는 홍민의 시간은 더디게 흐르고 있었다.

쿵.

방 안에 들어서서 문이 닫히는 소리를 듣자마자 강한 힘에 뒤로 밀쳐지다시피 했다. 등이 문에 부딪혀 아릿한 아픔이 들었던 것도 같고, 문살이 파르르 흔들리는 소리가 들린 것도 같다. 하지만 느낌일 뿐, 다른 데 정신이 팔린 홍우에게 있어 그런 것들은 하나도 중요하지 않았다.

"음."

"훗. 저하."

두 개의 그림자가 하나로 뒤엉킨 채, 가슴을 두근거리게 하는 신음과 함께 달콤한 목소리가 가훤을 불렀다. 아까 잠깐 탐했던 것으로는 한없이 부족했던 입술을 다시 탐하기 위해 밀어붙이는 가훤을 감당할 수 없었기 때문이었다. 달콤한 열매를 베어 물듯 부드럽게 머금어 겹치고 이내 젖은 혀가 침범하여 원래 한 몸이었던 것처럼 뒤섞였다.

"홍우."

가훤이 그녀의 이름을 나직이 부르며 손을 들어 거추장스러운 붕대를 일시에 벗어 냈다. 미리 방 안에 켜져 있던 아스라한 불빛 속에서 남자의 검고 진득한 시선이 홍우를 빤히 응시했다.

"저하."

가슴이 떨려 견딜 수 없는 느낌에 홍우가 속눈썹을 바르르 떨며 그를 올려다보았다. 가훤이 그녀와 시선을 마주한 채 손을 잡고 펼쳐져 있던 금침을 향했다.

"잠시만."

그러다가 멈춰 서서 긴 촛대 위에서 빛을 밝히던 화촉을 끄는 것도 잊지 않는 남자였다.

그녀를 두툼한 금침 위로 이끌어 눕히고 그 위로 비스듬히 몸을 겹쳤다. 입구에서 나누었던 입맞춤이 끓기 시작한 갈증을 해소시키기는커녕 더욱 부가시키는 느낌인지라, 가횐은 이미 흐트러져 있던 그녀의 옷고름을 잡아 끌러 내며 시선으로 그녀를 잡아먹기라도 할 것처럼 온몸을 쓸어내렸다.

"저, 저하. 그리 보시면 소첩이 무척……."

"무척?"

도망갈 곳도 없이 그의 시선에 옥죄이는 느낌을 받은 홍우가 얼굴을 붉히며 겨우 젖은 입술을 열어 그리 말했다. 무표정한 얼굴로 그녀를 쓸어 보고 있던 가횐의 눈동자에 문득 호기심이 스쳤다.

"부끄럽사옵니다."

정말 부끄러워 차마 눈을 뜨고는 그의 시선을 마주하지 못할 것 같았다.

불이 꺼져 어둠이 대신 자리 잡았어도 아직 은은한 달빛 속에 그의 눈동자가 별빛처럼 반짝이고 있는 것이 선연하게 느껴졌다.

"어쩌지? 그것은 내가 어찌할 수 없을 것 같은데 말이오."

잡은 끈을 풀어 그녀의 속적삼을 벗겨 내며 가횐이 그녀의 귓가에 속삭였다. 그의 몸짓 한 번 한 번에 매끄럽고 둥그런 여인의 어깨가 드러났고, 점점 아래로 내려갈수록 치워지는 옷자락 때문에 선득한 공기가 그대로 느껴졌다. 그럼에도 홍우는 그의 손길을 막지 못했다.

아니, 그의 눈동자에 가득 붙들린 느낌이라 그럴 수 없었고, 마음 한구석에 그러고 싶지 않은 본심도 있는 듯하였다.

"그대를 보지 못하는 것이 못내 아쉬웠지. 그 깊은 아쉬움만큼 오늘은 온몸 곳곳, 하나도 빠트림 없이 내 눈에 담을 테요. 그래도 괜찮겠소?"

그렇게 말한 가훤은 홍우의 목덜미에 얼굴을 가까이 가져와 흩날리는 꽃잎처럼 아주 가벼운 순흔을 남겼다. 그녀의 체향을 폐부 깊숙이 들이마시면서 거칠게 느껴질 정도로 짙게 내리깔린 목소리로 속삭이는 그 말이 무척이나 뜨겁고 설레어서 홍우의 눈썹이 다시 파르르 떨렸다.

"……예."

아주 희미하게 고개를 끄덕이며 숨죽인 목소리로 홍우가 대답했다. 목선에서 쇄골로 내려와 그녀의 피부를 음미하고 있던 가훤이 소리 없이 웃고 있다고 느껴졌다.

"고맙소."

그가 불쑥 몸을 세워 앉았나 하였더니 이번에는 스스럼없는 손길로 자신의 옷을 벗고 있었다.

"……."

파르스름한 달빛에 탄탄하게 느껴지는 남자의 나신이 당당히 모습을 드러냈다. 죽다 살아난 사람치고는, 그래서 회복불능의 상처를 지녔다는 사람치고는 너무도 강건하고 아름다운 육체였다. 상처 대부분이 회복된 데다 사람들의 눈을 피해 운동을 게을리하지 않았기에 예전보다 더욱 튼튼한 근육이 들어차 그랬을 터였다.

홀린 듯이 가횐을 보고 있던 홍우가 손을 들어 그의 가슴께을 어루만졌다. 이미 본 적이 있는 모반부터 시작해, 손끝을 그대로 튕겨 낼 듯 매끄럽고 탄탄한 근육을 타고 아래로 내려와 옆구리로 향했다.

"아아."

그녀의 손길이 기분 좋아서 가횐이 나른한 신음을 흘리며 그녀의 몸 위로 천천히 다시 몸을 뉘였다.

겹쳐도, 겹쳐도 부족한 것만 같은 입술을 다시 한 번 맛보고 머리카락에 손을 가져가 거추장스럽기만 한 비녀를 잡아채어 우아한 모양새로 틀어 올려져 있던 머리채를 흩뜨렸다.

"예쁘오. 아주."

손을 천천히 내리며 긴 머리카락을 쓸어내린 가횐이 그녀의 목덜미 받쳐 조금 더 편히 누울 수 있도록 도와 주었다.

"음. 아, 저하."

저 밑에서부터 몸이 뜨거워지는 것 같은 느낌에 홍우가 몽롱한 시선으로 그를 보고 있었다. 자꾸 메마르는 느낌에 입술을 혀로 축이면서 가횐의 등을 부드럽게 끌어당겨 자신 쪽으로 더욱 가깝게 닿도록 했다.

"으음."

그만큼 깊이 온몸으로 닿고 싶었다. 그가 주는 모든 느낌이 기분 좋고 감미로워서, 그도 자신을 통해 동일한 느낌을 받았으면 하는 느낌이 그녀 안에 자리 잡았다. 가횐이 묵직한 신음을 흘리며 조금 더 빨라진 손길로 그녀를 어루만지고 있는 것이 느껴졌다.

'저하. 은애합니다.'

차마 내뱉지 못하는 깊은 진정을 속으로 중얼거리던 홍우의 눈동자가 살며시 내리감기며 긴 눈꼬리가 파르르 떨렸다.

그렇게 시간도 잊은 듯이 한데 겹쳐진 그림자들은 떨어질 줄을 몰랐다. 어둠 속에서 닿은 살결을 탐미하느라 두 사람은 세상천지 두 사람만이 존재하는 것 같은 느낌에 사로잡혀 서로에게 집중하고 있었다.

행복하기만 한 시간이 그대로 멈춰 움직이지 않았으면 하는 바람이 문득 들 정도였다.

휘이잉.

바람소리를 들은 것 같았다. 반짝 눈을 떴던 홍우가 묘한 느낌에 스르륵 몸을 일으켜 앉았다. 어젯밤 충만한 느낌으로 밤을 보냈던 여운이 아직 남아 있으니 기분이 좋아야 할 텐데, 어째서인지 불안한 눈길로 주위를 돌아보고 있었다.

"깼소?"

그녀가 불쑥 일어나 앉는 기척이 기분 좋게 깊은 잠을 자고 있던 가훤을 깨웠던 모양이었다. 눈을 깜박이면서 주위를 두리번거리는 그녀를 가훤이 가만히 누워 잠긴 목소리로 불렀다.

"저하?"

가훤의 목소리에 멍하니 초점 없는 시선으로 방 안을 둘러보고 있던 홍우의 눈동자에 희미한 빛이 돌아왔다.

"왜 그러오? 좋지 못한 꿈을 꾼 게요?"

홍우와 달리 다디단 잠을 자던 가휜은 뒤늦게 홍우의 기색이 이상하다는 것을 알아차리고 몸을 일으켜 그녀의 어깨를 짚으며 말했다.

"이런, 어깨가 차갑군. 일어난 지 좀 되었소?"

잠결이라 잠깐이라고 생각했는데 아니었던 것 같다. 드러난 맨살이 차갑게 식은 것을 느끼며 가휜이 눈살을 찌푸렸다.

"아뇨. 깬 것은 얼마 되지 않았습니다."

뭣 때문에 그러는지, 묵직한 표정으로 멍해 있던 홍우가 천천히 가휜을 직시했다.

"한데 왜 이리 일찍 깬 거요? 혹여 또 산책을 나가려고 그랬소? 그러면 오늘은 나와 함께 나가 보는 게 어떻겠소?"

고개를 숙여 홍우의 얼굴을 지그시 들여다보던 가휜이 다독이는 음성으로 말했다. 해월에게 새벽 산책을 들켰음에도 불구하고 가끔 한번씩 담을 넘고 있다는 것을 가휜은 잘 알고 있었다. 후원에서 해도 충분할 산책을 담까지 넘어 가며 나가고야 마는 그녀의 고집이 어이없고 기가 찼지만, 곰곰이 생각해 보니 알 것도 같은 기분이라 모르는 척 넘기고 있던 가휜이었다.

'자연이 주는 기쁨 속에서 홀로 뛰놀며 자라 왔다고 하니, 작고 낮다고는 해도 담장에 둘러싸여 있는 이 별궁이 답답하긴 하였을 테지.'

홍우에게 들은 바로도 그랬고, 다른 이에게 들은 바로도 그랬다. 워낙 자란 배경이 남다른 사람이니 그러려니 하는 마음이 안 들 수가 없었다.

'궁에서만 살았던 나도 답답하여 한참 밖으로만 나돌던 시기가 있었으니. 이 사람은 아예 밖에서 자라다시피 한 사람이 아닌가.'

그리 납득하며 고개를 끄덕인 가횐이 다시 홍우를 보았으나 그녀는 다시금 굳게 닫힌 창밖에 신경이 쏠려 있는 것 같았다.

"홍우?"

"아."

가볍게 부르는 음성에 홍우가 가횐을 향했다.

"아아. 산책을 말씀하셨지요. 하지만 밖에 바람이 부는 듯합니다, 저하."

"바람이?"

그녀의 말을 듣고 나서야 바깥의 동정에 귀를 곤두세웠다. 한참 귀 기울여 듣고 보니 정말 평소보다 좀 거센 바람이 맴돌고 있는 것 같았다. 바람소리가 '휘잉. 휘이잉' 연신 끊이지 않고 이어지고 있었던 것이다.

"아아. 날씨가 좋지 않은 듯싶군."

"예. 그러니 산책은 그만두는 것이 좋겠습니다."

"그래도 걷고 싶은 것 아니오? 밖으로 나가기 뭐하면 후원이라도 잠시 거님이 어떻겠소?"

평소와 달리 웃음기 없는 얼굴로 홍우가 고개를 내저었다. 그러면서 스르륵 내려가 있는 금침 자락을 끌어올리며 가횐을 붙들고 자리에 눕는 것을 택하는 홍우였다.

"홍우?"

"어쩐지 오늘은 나가고 싶지가 않네요. 저하. 그냥 따뜻한 이불 속에 누워 더 잠을 자는 편이 좋겠습니다. 아직 일어나기엔 이른 시각이니까요."

가훤의 품으로 파고들 듯 금침 속으로 들어오며 홍우가 중얼거렸다. 어리둥절해하던 가훤은 이내 빙긋 웃으며 다정한 손길로 그녀의 머리카락을 단정히 귀 뒤로 넘겨 주었다.

"귀여운 내 부인이…… 오늘은 산책이 아니라 늦잠이 자고 싶은 모양이로군."

처음 보는 어리광에 의아한 기분이 없지 않은 것은 아니었지만, 딱히 나쁘다는 생각은 들지 아니하였다. 아니, 오히려 더 사랑스러웠고 품에 가득 안긴 온기가 따스해서 가슴이 간질간질할 뿐이었다.

'가슴이 두근거려. 왜 이러지?'

한편 홍우는 가훤의 가슴에 얼굴을 묻은 채 속으로만 중얼거렸다.

이른 아침 문득 눈이 떠졌을 때는 '산책'을 나가라는 계시인가 하는 생각이 들었었다. 하지만 귓가를 스치는 바람소리를 듣고 난 이후 돌연 심경이 바뀌었다. 뭔가 불편하고 좋지 못한 느낌에 따뜻한 이불 속에서 한 발자국도 벗어나고 싶지 않았던 것이다.

그리고 밖에서 일고 있는 바람소리가 듣기 싫었다. 불길한 울음소리처럼 귓가를 어지럽히다 못해 마음을 온통 불안하게 만드는 싫은 소리였다.

'한동안 이런 일이 없었는데……?'

의아함을 떨쳐 내지 못한 채, 홍우가 떨리는 가슴을 한 손으로 가만히 만졌다. 예전에는 한 번씩 이런 느낌에 사로잡혀 방에 홀로 처박혀 있을 때가 있었지만, 심하게 앓고 난 이후에는 이마저도 뚝 끊겨 전혀 생각도 못 하고 지내 왔을 정도였다.

그런데 갑자기 불현듯 인 감각이 좋지 못하게만 여겨져서 홍우는 가횐에게 몸을 바싹 붙인 채 나직한 한숨을 내쉬었다. 그러자 그나마 평온한 느낌이 들었다. 따스했고, 피부에 닿는 타인의 살결이 비단처럼 매끄러워 아늑한 기분이 들게 만들었다.

'다행이야.'

곁에 가횐이 있어서 다행이었다. 꿈속이나, 소문에서 접하는 것이 아니라 지금 제 옆에 있어 이렇게 만질 수 있는 사람이라는 것이 뭣보다 기적 같았다.

딱딱하게 긴장해 있던 얼굴에 희미한 미소를 드리운 채, 홍우는 두 눈을 감았다. 누울 때는 다시 잠이 올 것 같지 않았는데, 이내 눈꺼풀이 무겁게 느껴지며 그대로 스르르 잠에 빠져들었다.

❀　　❀　　❀

하루하루가 지나는 것이 아쉽기만 한 평온한 나날이었다.

따스한 봄볕 아래 서서 이제 겨우 자리를 잡아 가던 후원을 둘러보던 홍우는 그런 생각에 잠겨 있었다.

"부인이 말했던 것처럼 정녕 물소리가 듣기 좋군. 이참에 새를 한 쌍 키워 보는 것은 어떻겠소? 새가 지저귀는 소리도 상당히 듣기 좋을 것 같고, 부인도 좋아할 것 같은데 말이오. 원한다면 궁에 기별하여 어여쁘고 귀한 새를 한 쌍 구해 달라고 하겠소."

지팡이를 정자 아래에 기대어 두고 비스듬히 걸터앉아 차 한 잔을 즐기고 있던 가횐이 문뜩 떠오른 생각을 말했다. 연못가에 서서 돌 틈에 심어 둔 화초와 나무들을 살피고 있던 홍우가 그의 말에 고개를 돌렸다.

"새들이 지저귀는 소리도 참으로 듣기 좋지요. 그러나 저하, 저는 새가 갇혀 있는 것을 좋아하지 않습니다."

"응?"

기둥에 머리를 기대고 있던 가횐이 그녀의 말에 등을 세워 소리가 난 방향을 향했다.

나른한 오후, 기분 좋은 바람을 맞고 있자니 마음을 가라앉히는 물소리에 기분이 좋았고, 그저 문뜩 초옹이 말했던 '희한한 광경'이라는 것이 뇌리에 떠올라 해 본 말이었다. 그런데 홍우가 이상한 대답을 하자 의아할 수밖에 없었다.

"자유로운 아이들은 듣는 것만으로도 기분 좋은 느낌을 주고 아주 가끔은 제게 요긴한 이야기를 해 주기도 하는데, 갇힌 아이들은 너무 구슬프게 울기만 하니까요. 자유롭게 날고 싶다고, 가끔은 비명을 내지르기도 해서 갇힌 아이들은 보고 있기가 너무 어렵습니다."

"그렇소?"

엉뚱한 대답이었지만 묘하게 홍우다워서 내용이 이상한 것은 둘째 치고 어쩐지 납득이 되었다. 고개를 한쪽으로 수그리며 수긍하던 가횐의 머릿속에 불쑥 물어야만 할 것 같단 충동이 일었다.

"설마 새와 말이 통하오, 부인?"

"아……. 설마요. 그냥 그런 느낌이라는 것이지요, 저하."

다시 흐르는 연못에 시선을 준 홍우가 멍한 표정을 짓다가 이내 방긋 웃었다.

"흐음."

믿어야 하겠지만 어쩐지 미심쩍은 기분에 미덥지 않은 기분이 생긴 가휜이 침음했다. 짐짓 진지한 얼굴로 따져 들기라도 할 것 같은 모양새에 홍우가 얼른 입을 열어 덧붙였다.

"그래도 소중한 친구들이라는 말은 진심이고, 진실이랍니다. 저하."

"꿈속에서가 아니라 현실에서도 말이오?"

"물론 현실 쪽에 더 가까운 친구들이 많지요. 대부분은 제가 살았던 운소현의 계곡에서 살아가고 있을 테지만 말입니다."

"하하. 나는 정말…… 특별한 부인을 얻었군. 다른 것은 다 모르겠으나 그 점만은 인정해야겠소."

"그래서 싫으십니까, 저하?"

눈을 내리깔며 홍우가 물었다. 가휜이 찬찬히 머리를 흔들었다.

"내 싫지 않다고 말하지 않았소. 그 또한 진심이라오. 그러니 믿고 의심치 마시오, 부인. 알았소?"

"예."

"그건 그렇고 아까 말한다는 것을 깜빡 잊었구려."

"무엇을 말씀이십니까?"

주의를 환기시키며 다른 말을 꺼내 들자 홍우가 그의 곁으로 다가왔다.

"왜 저번에 궁에서 운아와 정아가 이야기를 하지 않았었소. 내 도록 이곳에 오지 못하게 한 것이 섭섭하다며 방문하고 싶다고 말했던 것 말이오."

"아."

그녀의 부축을 받아 몸을 일으킨 가휜이 내키지 않는 표정으로 그리 말했다. 홍우가 며칠 전 입궁 때 그들이 나누었던 이야기를 떠올리고 알았다는 표정을 지었다.

"내일 오면 안 되겠느냐고 기별이 왔더구려. 입궁해서 만난 지도 얼마 되지 않았는데, 그날 짧게 보았던 것이 적잖이 아쉬웠던 모양이오."

"저야 뭐, 저하께서 개의치 않으시다면 저도 괜찮습니다."

"정말 괜찮겠소? 보아하니 낯을 가리는 성격인 것 같던데. 부인이 불편할 것 같으면 오지 못하게 할 것이오."

말은 그렇게 했으나, 어딘가 아쉬운 듯한 말투로 보아 가휜도 보고 싶어 하는 것 같았다.

'하기야 형제간 우애가 각별하다고 들었는데, 한동안 보지 못하셨고 얼마 전 입궁 때도 아주 잠깐 이야기를 나눈 것이 다이니…….'

그를 올려다보며 살피던 홍우가 내심 그리 생각했다.

"말씀하시는 것을 보니 저하께서도 형제분들이 오는 것이 즐거우신 것 같습니다."

"아, 그야……. 벌써 몇 달 동안 아이들과 제대로 된 대화를 나누지 못한 것 같기는 하더군. 그날 입궁해서 이야기를 나누다 보니 그런 생각이 들어 미안한 감정이 없지 않아 있는 것 같소."

"그러면 기분 좋게 오라고 하시는 것이 어떻겠습니까. 그날 보니 많이 기대하시는 것 같던데, 저하께서 즐겁게 청하시면 좋아들 하실 것 같습니다. 한데 시집 간 공주마마들도 오시는 건가요?"

"아니오. 한 아이는 멀리 사는 터라 그날 궁에서 하루 머무른 뒤 바로 부마의 고향으로 갔다고 하고. 또 한 아이는 성도 가까이에 살기는 하나 만삭인 터라 움직이기 힘들 것 같더군. 하여 오는 것은 가정과 혜운, 두 아이뿐이오."

"그렇군요. 아쉬우시겠습니다."

"음. 안 그렇다고 하면 거짓말이겠지. 하나 출가하여 자신의 가정을 꾸렸으니……. 혼사를 치른 뒤, 따로 시간을 내는 것이 쉽지는 않을 거라는 말이 이제는 이해가 되오. 혼례를 치르고 부인과 함께 살고 보니 방해받고 싶지 않은 시간이라는 게 생기니 말이오."

"저하."

은근히 그녀를 끌어당겨 안으며 짓궂게 하는 말에 홍우가 어색한 웃음을 지었다.

"어쨌든 그러면 두 분이 오시는 것으로 알고 음식을 준비하겠습니다. 이 별원에 처음으로 오시는 손님이시니 저의 책임이 막중하겠네요."

"호오. 부인이 직접 음식 장만을 하려는 게요?"

가휜이 기대 어린 얼굴로 물었다. 생각해 보니 아직 홍우가 직접 만들었다는 음식을 먹어 본 적이 없어 호기심도 들고 마음이 들뜨는 기분이었다.

"아……. 그건 아니지만. 몇 가지는 노력해 볼 것이옵니다."

해월과 궁인들에게 부탁해 본다는 의미였는데…… 가횐의 말에 홍우가 아차 싶은 표정을 짓다가 말을 얼버무렸다.

"그렇소? 그렇다면 부인이 힘들지 않는 선에서 몇 가지만 해 보오. 부인이 손수 어떤 음식을 해 주려는지 심히 기대되는구려."

"예에."

당황을 감추지 못하고 저도 모르게 말꼬리를 늘이는 홍우였지만, 가횐은 들뜬 마음에 그것을 눈치채지 못한 것 같았다.

'이 일을 어쩌지? 그나마 할 줄 아는 것은 나물밖에 없는데.'

홍우가 어색한 표정으로 그를 힐끗힐끗 보며 고민했다. 해월이 규방수업을 하자며 열성을 보일 때 사실 음식에도 도전을 해 보았으나 곧 포기했다. 손끝이 야무지지 않은 홍우는 아무리 해도 나아지는 기미가 없으니 그런 수업들이 반갑지 않았고, 해월도 결국에는 포기했는지 안 해도 되는 일이라며 한 수 접는 분위기였기 때문이었다.

'내일은 일찍 일어나 열심히 준비해야겠는걸.'

잠시 암담한 눈빛으로 하늘을 응시하던 홍우는 그래도 시도는 해 보자는 얼굴로 내심 중얼거리며 결의를 다졌다.

그리고 그다음 날, 동이 트지 않은 새벽녘이었다.

탁. 문이 닫히는 소리와 함께 홍우가 방을 빠져나오고 있었다.

음식을 장만하기에도 한참이나 이른 시각이었건만 그녀는 옷을 단정히 갖춰 입고 잠이 완전히 깬 얼굴로 살그머니 방에서 나오고 있었다.

그렇게 잠시 복도에 서서 두리번거리며 주위를 살피고는 고양이 걸음으로 후원을 향하는 모습이 여느 때처럼 산책을 나갈 낌새인 것도 같았다.

이미 그녀의 새벽 산책은 알 만한 사람은 다 아는 일이 되어 있었다. 그래도 주변의 시선을 의식하지 않을 수 없었는지 홍우의 걸음걸이는 조심스럽고 느릿했다. 그러느라 두 쌍의 눈동자가 자신의 뒤를 조용히 뒤따르고 있다는 것도 몰랐지만 말이다.

"음."

하지만 홍우는 막상 자신이 넘어가곤 하던 담 자락 앞까지 와서 깊이 침음하며 걸음을 멈춘 채였다. 담 너머를 응시하는 홍우의 눈동자에는 불안과 고민의 기색이 가득했다.

"하아."

'여전히 내키지 않는 기분이네. 요새 대체 왜 이러는 거지?'

담 밑을 왔다 갔다 하며 하늘을 올려다보는 그녀의 전신에서 안절부절못하는 기분이 그대로 드러났다.

가흰의 앞에서는 아무렇지 않은 척하고 있었지만 그녀는 항상 불안한 느낌에 휩싸여 있었다. 가흰과 함께 있을 때는 평온한 일상의 행복에 모든 불안을 잠시 잠깐 떨치고 잊은 듯이 움직였지만, 문득문득 가슴에 돌을 얹은 듯 답답한 느낌과 함께 기분이 좋지 않아지곤 했던 것이다.

"산책을 못 해서 그런가 하는 착각도 있었지만……."

벌써 며칠째 이러는지 모를 일이었다. 그냥 산책이 나가고 싶어 그런가 하고 밖으로 나오긴 했지만 막상 저 담을 바라보고 있노라면 전혀 밖으로 나가고 싶은 생각이 없어지는 것이다.

"아아!"

이러지도 못하고 저러지도 못하는 기분에 울컥 짜증이 일고야 말았다. 그대로 자리에 털썩 주저앉은 홍우가 두 손으로 뺨을 감싸며 고민의 구렁텅이에 빠져 있을 때였다.

'왜 저러지? 며칠째 담을 넘는 일도 없이 저러고만 계시니.'

가만가만 눈치채지 못하게 그녀의 뒤를 따라와 안광을 빛내며 지켜보고 있던 초웅이 얼굴 가득 이상하다는 표정을 지었다. 자신이 모시는 주인의 아내, 군부인 마님은 처음엔 마음에 들지 않아 했지만, 지금은 '참 평범하지 못한 이상한 사람' 이라는 인식으로 초웅의 뇌리에 자리 잡고 있는 사람이었다. 그러나 근래만큼은 그 이상함의 정도가 지나친 것 같았다.

"왜? 오늘도 담 주변을 서성이며 앉았다 섰다를 반복하나?"

눈빛 가득 신기함을 담아 군부인 마님을 바라보고 있는데 불쑥 다른 음성이 끼어들었다. 기척을 전혀 느끼지 못했던 초웅이 흠칫하여 돌아보다가 안도한 표정을 지었다.

"저하."

"하아……. 오늘은 깊게 자느라 나가는 줄도 몰랐군. 게다가 하루 이틀도 아니고, 요새는 매일 저러는 것 같은데."

이제는 홍우가 몰래 방을 나가는 정도로는 신경을 예민하게 곤두세우지 않는지 한참이나 뒤늦게 따라 나온 가훤이었다. 그는 졸음이 아직 가시지 않았는지 입을 가득 벌려 하품을 하면서 초웅에게 여상한 어조로 묻고 있었다.

"예. 오늘도 나갈 생각은 없어 보이십니다. 다만 초조함이 더해지셨는지 불안해 보이는 움직임이 좀 더 심하지만요."

"흐음. 갑자기 왜 저럴까. 그러면 어디 오늘은 다가가 말을 걸어 보아야겠군."

"아니, 잠시만……."

궁금하다는 표정을 짓고 있던 가훤이 슬쩍 걸음을 떼려는데 초웅이 손을 들어 그의 앞을 얼른 막았다.

"왜 그러나?"

"잠시 계셔 보십시오, 저하. 며칠째 저처럼 지켜만 보고 있던 해월이 오늘은 웬일인지 군부인 마님께 다가서고 있습니다."

"해월이?"

처음부터 그들에게 들리지 않을 정도로 낮은 음성이었지만, 더욱 낮아진 목소리로 하는 말에 가훤이 멈칫 행동을 멈추었다. 그러고는 한 손으로 턱을 쓸며 생각에 잠겼다.

'해월은 어마마마께서 보내신 사람이긴 하나, 출신 자체가 백호가이기 때문에 그 홍민과도 끈이 이어져 있을 터. 그런 그녀가 날카로운 기세를 그대로 드러내며 홍우의 뒤를 따르기에 감시가 심해진 것인가 하였는데……. 뭔가 다른 꿍꿍이가 있던 겐가?'

가훤의 얼굴이 심각해졌다. 해월의 존재는 아직 그에게 있어 달갑지 않은 쪽에 가까웠다. 무엇보다 자신에게 살기를 있는 그대로 드러냈던 홍민을 떠올리게 하는 인물이었기 때문에 적당한 때를 보아 홍우의 곁에서 떼어 내는 편이 좋겠다고 여기고 있었다.

"어쩌고 있는가?"

그들을 지켜보는 것이 분명한 초옹이 아무 말도 없자 조바심을 느낀 가훤이 재촉하며 물었다. 초옹이 가볍게 고개를 내저었다.

"그냥 평소와 같은 얼굴로 말을 건네고 있는 듯합니다. 거리가 멀어 정확한 이야기는 들리지 않는군요."

워낙 둘이 멈춰 선 곳이 멀리 떨어진 터라 들리지 않는다는 뜻이었다. 대화를 엿듣기 위해서는 가까이 다가서야 할 텐데, 후원에는 은폐물이 별로 없어 몰래 지켜보는 것은 여기까지가 한계였던 것이다.

그의 말을 들은 가훤이 귀를 기울였다. 무력이야 초옹보다 조금 더 뛰어날 뿐이었지만, 몇 달째 장님 아닌 장님 생활을 한 덕에 청력은 놀라울 정도로 높아져 그보다 뛰어나다는 것을 익히 알고 있었다.

"여기……. 무얼 하……."

생각대로 드문드문 해월의 목소리가 귓전을 울리는 것을 느낄 수 있었다.

"마님. 여기서 무얼 하고 계십니까."

두 뺨을 감싸 쥐고 고개를 푹 수그린 채 옹송그리고 앉아 있던 홍우가 머리 위에서 울린 목소리에 깜짝 놀라 고개를 들었다.

"아, 해월."

혼자만의 세계에 잠겨 있느라 정말 심장이 철렁할 정도로 놀랐던 홍우가 자신의 가슴을 감싸 쥐며 안도한 표정을 지었다.

"어찌 그러고 계십니까. 그리 앉아 계시면 보는 이의 눈에도 흉할 뿐 아니라 마님의 다리도 저리십니다. 일어나시지요."

해월이 손을 내밀며 말했다. 말의 내용은 세심하고 성심을 담고 있었지만, 홍우를 바라보는 눈빛은 기이하기 짝이 없었다.

"……."

어쩐지 선득하게 느껴질 정도로 감정이 드러나지 않는 해월의 얼굴에 그 손을 잡으려던 홍우가 잠시 머뭇거렸다.

"마님?"

"아. 네."

하지만 해월이 안 일어나고 뭘 하냐는 듯 자신을 부르는 통에 결국 붙들 수밖에 없었다. 조금 차게 느껴지는 해월의 손을 잡고 몸을 일으키며 홍우가 그녀의 얼굴을 유심히 살폈다.

"해월. 무슨 걱정거리가 있나요? 요새 표정이 조금 안 좋은 것 같은데요."

"아니요. 아무 일도 없답니다."

진심 어린 걱정을 담아 말해 봤지만 딱 잘라 내듯 딱딱한 답이 돌아왔다.

"그, 그런가요?"

어찌나 무 자르듯 냉정하게 대꾸하는지 순간 무안한 기분이 들어 홍우가 뺨을 긁적였다.

"그러는 마님은 어찌 새벽마다 이곳에 나와 계십니까? 혹여 산책을…… 나가실 생각이셨던 겁니까?"

해월이 시선을 반쯤 내리깐 채 곁눈질로 홍우의 얼굴을 살피며 물었다. 조심스럽게 떠보는 듯한 음색이었지만 다시 하늘을 올려다보고 있던 홍우로서는 그것을 눈치챌 수 없었다.

"아니요."

"거의 매일 이른 시각에 후원에 나와 배회하시던데요."

나가기를 바라는 것도 같고 바라지 않는 것도 같은 묘한 어투였다. 어쩌면 해월의 진심일지도 모를 물음이었다.

'그래. 차라리 다행이라면 다행일 테지만.'

홍우를 위해서라면 차라리 잘된 일인지도 몰랐다. 해월의 표정은 어두웠지만 그렇게 애써 스스로를 위로했다.

"아, 알았어요?"

해월이 자신의 행동을 알고 있었다는 것을 깨닫고 홍우가 부끄러운 표정을 지었다. 그러고 보니 아까도 언뜻 그런 말을 하기는 한 것 같은데 신경이 반쯤 다른 곳에 팔려 흘려들었던 것이다.

"예."

'이미 궁인들의 입에도 오르내릴 정도랍니다.'

새삼 느껴지는 군부인 마님의 둔함에 평소라면 혀를 내두르며 헛웃음을 지었을 테지만, 해월은 전혀 웃을 기분이 아니었다.

"그냥 요새 자꾸 잠을 설치는 기분이네요. 가슴도 이상하게 답답한 것 같고. 아, 저하께는 비밀이랍니다. 괜히 걱정 끼쳐 드리고 싶지 않아서요."

"예. 저하께는 말씀드리지 않겠습니다."

홍우는 해월이 무뚝뚝한 음성으로 답하는 것을 들은 뒤, 다시 하늘을 흘끔 올려다보고는 작은 한숨을 내쉬었다.

"아아. 날이 밝았네요. 깬 김에 오늘 오실 분들을 위해 직접 음식 장만을 하고 싶으니, 채비를 좀 도와주세요. 해월."

결국 오늘도 망설이다가 시간이 다 갔다. 환하게 동이 터 오는 것을 보던 홍우가 어깨를 펴고 목을 움직여 뭉친 근육을 풀어 냈다. 어쩌지도 못하고 시간을 다 흘려보냈으니 생각난 김에 음식 준비라도 해 두는 것이 좋겠다는 생각이 들었던 것이다.

"정말 직접 음식을 하려고 그러시는 겁니까?"

그녀의 말에 잠시 움찔했던 해월은 무척이나 걱정이 되었는지 말리고 싶은 듯 간절한 표정으로 말했다.

"몇 가지만요. 나물만⋯⋯. 할 줄 아는 것만 할 거니까 그리 걱정하는 표정을 지을 필요는 없어요, 해월."

굳이 말하지 않아도 해월의 걱정을 눈치챌 수밖에 없는 홍우가 가벼운 쓴웃음과 함께 그대를 다독이듯 말했다.

이른 아침부터 부지런을 떨었던 홍우가 앞치마를 벗으며 부엌 밖으로 빠져나왔다. 솜씨가 가장 뛰어나 총감독을 맡은 해월이 그만 나가라고 밀어냈기 때문이기도 했고, 마침 밖에서 다른 궁인이 자신을 부른 탓도 있었다.

게다가 가정과 혜운이 오반도 함께할 겸 정오에 맞춰 오겠다고 했기 때문이었다.

지금 차림으로는 손님을 맞을 수 없던 홍우는 나선 김에 간단히 씻고 얼굴 단장과 옷도 갈아입을 겸 해서 밖으로 나왔던 것이다.

"내게 온 서찰이라고?"

"예, 군부인 마님. 버드나무 골에 사시는 신녀님께서 보내신 것이라고 하였습니다. 서찰을 전해 온 하인이 말하기를 긴한 내용이 담긴 것이니 꼭 읽어 보시고 오늘 중으로 답을 주시길 바란다고 하셨답니다."

"고모님께서?"

홍우는 의아한 기색이 가득 담긴 얼굴로 궁인이 건네는 서찰을 받아 들었다. 버드나무 골에 사는 신녀라고 하면 이장효밖에 없었다. 긴하다는 내용처럼 붉은 비단으로 곱게 씨맨 서찰을 앞뒤로 뒤집어 보며 생각에 잠겨 있을 때였다.

"무슨 일이 있습니까, 마님?"

"아니…… 장효 고모님이 서찰을 보내 오셨다고 해서요."

부엌 문간을 지키듯 서 있는 홍우가 신경 쓰였는지 해월이 밖을 내다보며 말을 건넸다. 홍우가 궁금한 얼굴로 서찰을 펼쳐 들며 대꾸했다. 안 그래도 답답증 때문에 이장효에게 가서 의논을 한번 해 볼까 하는 생각을 하고 있었던 홍우였다.

그러던 중에 장효가 먼저 서찰을 보내 왔다고 하니 신통하다는 생각이 드는 한편, 통 연락 한 번 없던 분이 무슨 내용을 써 보냈는지 호기심이 일었다.

'서찰?'

해월이 묘한 표정으로 홍우가 들고 있는 서찰을 응시했다. 장효는 홍우의 먼 인척으로 충분히 서찰을 보낼 수 있을 법한 사람인데, 어쩐지 기분이 좋지 않았다.

'요즘 주인어른께서 나온다던 산책을 왜 안 나오는 것이냐며 심하게 짜증을 부리고 있다는 소리를 밀정에게 전해 들었는데……'

그녀가 갖고 있는 불안함의 원인은 그것이었다.

그리 잘 한다던 홍우의 산책이 어째서 자신이 보고자 한 날로부터 뚝 끊겼느냐며 홍민이 급한 성정을 드러내며 화를 내고 있다고 했다. 해월이 일을 잘 못해 그런다며 식솔들이 죽어 나가는 꼴을 봐야 정신을 차릴 테냐고 막말과 협박도 서슴지 않았다고 했다.

해월의 표정이 어둡게 가라앉았다.

'핏덩이 어린아이까지 거론하며 험한 말로 늙은이를 협박하시다니……. 이 일을 대체 어찌한담. 중궁마마께서는 걱정 말라고, 마마께서 보호해 주겠다고 하셨지만.'

이제 태어난 지 백일도 안된 갓난아이를 두고 죽이겠다고 하니 해월의 입장에서는 가슴이 두근두근하고 심장의 피가 거꾸로 치솟는 느낌이 아닐 수 없었다.

이러지도 못하고 저러지도 못하는 기분에 중궁마마께 하소연을 가득 담아 서간을 보냈고 '보호'를 약조받기는 하였지만…… 제 손자의 목숨이 바람 앞의 등불 같아 조마조마할 수밖에 없는 해월이었다.

'그렇다고 요사이 이상한 모습을 보이며 안 나가는 이를 밀어

낼 수도 없는 노릇이라 마음만 졸이고 있던 때에 서찰이라……'

해월의 눈에 의심과 걱정이 가득 어렸다. 소문에 듣기로 장효는 어느 누구의 일에도 쉽게 간섭하는 일이 없고, 소통하며 지내는 일은 더더욱 없는 외골수의 인물이라고 들었기에 의심이 더욱 짙어졌다.

"흠."

선 채로 서찰을 읽어 내리던 홍우가 생각에 잠긴 것처럼 짧게 침음했다.

"무슨 내용인데 그러십니까?"

최대한 궁금한 기색을 누르고 해월이 무뚝뚝하게 물었다. 홍우가 눈을 들어 힐끔 그녀를 바라보더니 추호의 의심도 없는 눈길로 방긋 웃었다.

"꼭 해야 할 이야기가 있으니 버드나무 골로 와 달라고 하시네요. 그런데 조금 이상하군요."

"뭐가요?"

끝에 덧붙이는 말에 하마터면 언성을 높일 뻔했다. 해월은 서찰을 낚아채고 싶은 충동을 겨우겨우 억누른 채 눈을 내리깔았다. 지금 시선을 마주하면 추궁하는 눈빛을 그대로 보일 것 같아 그럴 수밖에 없었다.

"고모님은 귀찮아서 서찰을 잘 안 쓰신다고 했거든요. 할 이야기가 있으면 직접 만나서 하면 되는데 왜 서찰을 주고받느냐고……. 그래서 제가 입궁할 때도 중궁마마를 바로 찾으시려다가 청지기가 대경하여 만류하는 바람에 딱 한 줄 '뵙고 싶다'고 써 보냈다고 들었어요. 그런데 이 서찰은⋯⋯."

홍우가 눈을 내려 서찰을 응시했다. 서찰에는 어찌 지내느냐 등의 다정한 안부를 묻는 말과 함께, 신점을 보았는데 홍우에 대한 것이 나왔다며 글로 이야기를 할 것은 아니고 꼭 만나서 해야 할 이야기이니 자신을 찾아오라고 적혀 있었다. 아예 사족으로 자신이 별궁으로 찾아오기는 껄끄러우니 부득이 부르는 것이라고 사족까지 아주 상냥하게 덧붙여 둔 점이 의외인지라, 문득 장효답지 않게 참 세심하게 서찰을 썼구나 하고 생각한 홍우였다.

"가실 겁니까? 설마 오늘?"

홍우의 말에 해월의 눈에 어려 있던 의심이 더욱 짙어졌다. 홍우가 너무 걱정되어 순간 따져 묻듯이 말하고 만 해월이었지만 그를 신경 쓸 겨를도 없었다.

"아니요. 고모님은 오늘 별궁으로 가정 왕자님과 혜운 공주님이 오기로 하신 것을 잘 알고 계신 모양이에요. 내일 오후 무렵에 나 보자고 서찰에 써 두셨네요. 이따가 짬을 내어 저하께 여쭤 보고 다녀와야겠습니다."

서찰을 품에 갈무리해 넣으며 홍우가 자세하게 답해 줬다. 해월이 눈을 찌푸린 채 이미 눈에 보이지 않게 된 서찰을 좇았다.

"가시긴 하실 요량이군요. 그냥⋯⋯ 장효 님더러 이곳으로 오시라고 하는 게 낫지 않을까요?"

"그건 안 될 것 같아요. 외출도 별로 즐겨하는 분이 아니고⋯⋯. 또 저도 고모님을 한 번 뵈러 갈까 생각하던 중이었으니⋯⋯. 내일 시간을 내서 나갔다가 오는 편이 좋겠어요."

하지만 해월의 심사가 복잡하건 말건 홍우는 이미 다녀오기로 마음을 정한 것 같았다.

'서찰에 쓰여 있는 긴한 이야기라는 것이…… 내가 이유 없이 초조해하는 것과 관련이 있을지도 몰라. 아니라고 해도 고모님께 여쭤 보면, 내가 요새 대체 왜 이러는지 알려 주실 수도 있고.'

더 이상 불안이 길게 이어지는 것은 못 견딜 것 같은 기분이었다.

예전에는 자신이 이상한 것 같아도 딱히 의논할 곳 없고, 들어 줄 사람이 없으니 마냥 참아야만 한다고 여겼었다. 하지만 여기엔 장효가 있었다. 신녀로 이름난 장효라면 자신에게 도움이 되는 충고를 해 줄 것 같았고, 아니라고 해도 그녀에게 털어놓고 나면 기분이라도 좋아질 것 같았다.

홍우가 단장을 다 마치고 몸을 일으켰을 때 가휜의 서재가 있는 바깥채에서 기별이 왔다. 두 시동생이 이미 도착하여 차를 한 잔 함께 마시고 안으로 올 예정이니 후원의 정자에서 오반을 들자는 내용이었다.

"이런."

난감한 얼굴로 홍우가 비스듬히 열어 두었던 창가를 바라봤다. 창가의 낮은 서랍장 위에는 오전에 받은 서찰이 놓여 있었는데, 그들이 아직 당도하지 않았으면 서재로 건너가 내일 잠시 다녀오겠다고 이야기를 할 생각이었기 때문이었다.

"어찌……? 서찰 때문에 그러십니까?"

그녀를 이상하다는 듯 바라보던 해월이 그녀를 따라 창가를 바라보고는 물었다. 홍우가 고개를 끄덕였다.

"오늘 바삐 지내다 보면 짬이 안 날 수도 있을 것 같아 미리 이야기를 드릴 생각이었는데, 두 동생분들께서 일찍 도착하셨나 보네요. 차를 드신다고는 하여도 간결하게 이야기를 나누시고 곧 건너오실 것 같으니 식사를 준비해야겠습니다."

아쉽다는 표정을 짓긴 했지만 곧 하는 수 없다는 얼굴로 주의를 다른 곳에 돌리는 홍우였다. 지금이 아니라고 해도 저녁에 말하면 되는 일이니 지금은 오셨다는 손님들의 식사에 더 집중하는 편이 좋으리라.

"날이 좋기는 해도 바람이 서늘한데 정자에서 드시겠다고 하니 뜨끈한 국물 요리를 하나 더 준비하는 게 좋겠어요. 정자 옆에 작은 화로를 하나 두고 끓이면 좋을 것 같은데…… 마땅한 게 있을까요?"

사박사박 치마를 끌며 밖으로 향하면서 홍우가 해월에게 물었다.

"마침 끓여 두었던 사골 국물이 있으니 채소를 많이 넣고 끓이는 뜨끈한 전골 요리가 괜찮겠군요. 얼큰한 것으로는 해물찜이 있으니 상차림에도 어울릴 겁니다."

"그럼 그렇게 준비해 주세요. 저는 궁인들에게 명하여 정자에 두터운 방석과 햇빛 가리개를 좀 준비해야겠습니다."

되었다는 얼굴로 궁인 몇을 데리고 후원으로 향하는 홍우였다. 해월이 그녀의 뒷모습에 걱정스러운 눈빛을 던졌지만 곧 그녀도 고개를 가볍게 흔든 채 부엌을 향할 수밖에 없었다.

'날을 잡아도 하필 이런 날 서찰을 보내셔서는……'

안 그래도 바쁜 날 서찰이 더해져 진지하게 생각하거나 이야기를 해 볼 겨를도 없으니 공연히 장효에 대한 원망이 일 뿐이었다.

"말이 별궁이지 급하게 짓기만 한 채 거의 버려 둔 곳이라고 하여 걱정이 많았는데, 그래도 아기자기 한 멋이 있는 게 괜찮군요."

준비를 거의 마쳐 갈 즈음, 후원 저편에서 목소리가 들렸다. 궁인들을 감독하여 앉기 좋도록 정자 위와 주변을 꾸미던 홍우가 시선을 돌려 입구를 바라봤다. 아직 모습은 보이지 않지만 목소리가 가까운 것이 지척인 것 같았다.

"아기자기는 뭐가 아기자기냐. 오라버님. 적지 않은 보수가 필요할 것이라고 듣기만 하였었는데 정말 그래야 할 듯합니다. 아니, 아예 새로 짓는 것이 어떠합니까? 오라버님은 크게 신경 쓰지 않는 분이니 괜찮으실 수 있어도 새언니께서는 많이 불편하실 것 같습니다. 겨우 구색만 맞춘 건물들이라 엉성하고 세월의 흐름에 낙후까지 되어 있으니까요."

가정의 말을 받아 혜운이 약간 흥분한 듯 목소리를 높이는 소리가 들려왔다. 홍우가 손을 털고 그쪽을 향해 다가설 때 언뜻 모습이 시야에 들어오는가 싶더니 이내 두 사람과 함께 걷고 있는 가훤이 눈에 들어왔다.

"오셨사옵니까? 두 분 저하. 그리고 공주마마."

살짝 빠른 걸음으로 다가서며 홍우가 슬며시 웃는 얼굴로 인사를 건넸다. 가휜을 붙들고 집에 대해 이러쿵저러쿵하던 두 사람이 얼른 멈춰 서더니 마주 인사를 해 왔다.

"저희 왔습니다. 형수님."

"궁에서 본 지 얼마 되지 않았는데 불쑥 찾아왔습니다. 그날 짧게 이야기를 나누고 보니 더욱 아쉬운 기분에 견딜 수 없어 이리 찾아오게 되었으니, 눈치 없는 동생들이라며 너무 탓하지는 말아 주세요, 새언니."

짧게 인사를 건네는 가정과 달리 혜운은 방긋 웃으며 홍우를 신경 쓰듯 말했다. 괜히 날짜만 길게 흐르면 오라버니가 더 달가워하지 않을 것 같은 기분에 서둘러 온다고 하기는 했는데…… 문득 같은 여자로서 생각해 보니 홍우의 입장에서는 불편할 수도 있겠다는 생각이 들었다.

"아닙니다, 공주마마. 탓하다니요. 전혀 그렇지 않습니다. 오히려 준비한다고 하기는 했는데 두 분 보시기에 미흡하기만 할까 봐 그것만이 걱정이랍니다."

홍우가 가만히 웃는 얼굴로 둘을 정자까지 안내하며 말했다. 궁에서는 기가 죽어 있느라 무슨 정신으로 말을 주고받았는지도 모르겠는데 혜운의 배려에 조금은 마음이 편해지는 기분이었다.

"부인과 동생들이 아주 사이가 좋은 듯하여 내 기분이 좋구려. 부인도 이리 앉으시오. 너희들도 각자 자리에 앉아라. 한데 부인, 언제까지 동생들에게 말을 높이려는 것이오. 앞으로도 종종 보게 될 것이니 말을 편히 하는 것이 좋겠소."

"예, 새언니. 동생들이니 편히 대해 주심이 좋겠습니다."

가흰이 자리에 앉으며 홍우의 손을 잡아 곁에 앉혔다. 그리고 불쑥 내뱉는 말에 혜운이 맞장구를 쳤다.

"아, 그, 그것은 천천히……. 천천히 하면 안 될까요? 아직 그것까지는 힘들 듯합니다."

"쿡쿡. 예. 시일이 걸리셔도 괜찮습니다. 편하신 대로 하시지요. 형님, 누님. 아직은 너무 빠릅니다. 이제 두 번째 얼굴을 마주하고 있을 뿐인데 형수님께서 편하시겠습니까?"

홍우가 당황하여 얼굴을 붉히며 하는 말에 가정이 킥킥대며 농처럼 말했다.

"아니요. 불편하여 그런 게 아니라……. 제가 좀 늦된 편이라 배우고 익히는 데 빠르지 못해 그러합니다."

그의 웃음에 홍우의 얼굴이 더 붉게 달아올랐지만 가정과 혜운은 괜찮다는 얼굴로 웃기만 할 뿐이었다.

"그래. 괜찮소. 하기야 이제 겨우 두 번째인데 너무 서두른 감도 있구려. 어쨌든 그 이야기는 그만하고 식사들 합시다. 너희들도 들어라. 부인이 직접 만든 음식들도 있다 하였으니, 무엇이든 다 맛있다고 해야 하느니라. 맛없다고 해서는 절대 아니 된다. 알아들었느냐?"

"어머. 새언니께서 직접 음식도 하셨습니까?"

"그게……. 나물만 제가 하였습니다. 제가 워낙 솜씨가 없는 편이라 할 줄 아는 게 없어서요."

당황스러운 말들만 계속 되니 도리어 시무룩해질 수밖에 없는

홍우였다. 기어 들어가는 목소리로 겨우 하는 말에 불쑥 가횐의
손이 그녀의 손을 잡더니 개의치 말라는 듯 다독였다.

"나물이 어때서? 너희들도 알다시피 요새는 한참 나물들이 맛
있을 때다. 다른 거 먹지 말고 나물을 많이 먹도록 해라. 알았느
냐?"

"알기는 알았습니다."

"응?"

가정이 피식 웃으며 말을 받았다. 하지만 뭘 알겠다는 건지 의
미를 알 수 없어 가횐이 고개를 갸웃했다.

"형님이 팔불출이 다 되셨다는 걸 알았다는 말입니다."

"뭐? 하하. 내 그리된 게냐?"

가횐이 큰 웃음을 터트렸다. 이렇게 부인과 함께, 또 동생들과
함께 앉아 있으니 유쾌한 기분이 쉽게 가시지 않는지 내내 웃는
얼굴이었다. 홍우가 부끄러움이 아직 가시지 않은 얼굴로 그런 가
횐을 흘끔 보며 고개를 떨어뜨렸는데도 가횐은 쉽게 웃음을 그치
지 못했다.

"어이구. 욕을 해도 좋다고 웃으시는 걸 보니 좋기는 정말 좋
으신가 봅니다. 어디 짝 없는 사람은 서러워서 살겠습니까. 안 그
렇습니까, 새언니?"

"……"

혜운이 눈을 새치름히 뜨며 홍우에게 말을 건넸지만 그녀는 뭐
라 맞장구를 칠 수가 없었다. 마냥 얼굴을 붉힌 채 수줍은 얼굴로
가횐이 잡고 있는 제 손을 바라볼 뿐이었다.

그렇게 내내 조용하기만 하던 별궁에 시끄러운 웃음소리가 퍼지며 들뜬 분위기를 이어 나가고 있었다.

※　　※　　※

스란 단을 덧댄 진홍빛 치마에 연노랑색 저고리를 갖춰 입고 나갈 채비를 다 갖춘 홍우가 흘끔흘끔 열린 창 너머를 응시했다.

창 너머는 이른 아침이라는 것을 알려 주듯 쨍한 햇살과 함께 서늘한 공기가 흐르고 있었다. 홍우는 뭔가 기다리고 있는 것처럼 초조하고 불안한 기색으로 그런 창을 넘겨다보곤 하는 것이었다.

"저하께서 오실 기미는 보이시 않는가요?"

하지만 결국 견딜 수 없었는지 출타 준비를 돕고 있던 해월에게 그리 묻고 말았다. 해월이 흘끔 열린 문 밖의 궁인을 바라보고는 고개를 흔들었다.

"예. 어제 가정 왕자님과 함께 술을 거나하게 드시지 않았습니까. 우내관의 말로는 늦게 일어나실 것 같다고 하였습니다."

아까도 전했던 말을 토씨 하나 안 틀리고 다시 전하며 해월이 홍우의 매무새를 바로잡아 주었다.

"정녕 꼭 다녀오셔야 하겠습니까?"

그리고 확인하듯 묻는 어조에는 오늘은 참으라는 의미가 담겨 있었지만 홍우는 손가락을 꼼질꼼질 움직이다가 한숨을 내쉬었다.

"하아. 오늘 오라 하였단 말입니다. 일찌감치 다녀오면 저하께

서도 괘념치 않으실 겁니다. ……그래도 말씀은 드리고 다녀오고
싶었는데."

이것이 홍우가 불안한 낯빛을 하고 있는 원인이었다. 장효가
오늘 다녀가라고 했으니 나갔다가 오기는 해야 할 텐데, 하필이면
어제 조금도 짬이 나질 않아 서찰에 대해 가훤에게 일언반구도
하질 못했던 것이다.

어제 오반을 들고 갈 것이라고 했던 두 시동생 중, 혜운은 공주
의 신분인지라 홍우와 차 한 잔을 더 나누고 일찌감치 돌아갔으
나 가정이 남아 있었던 것이 문제였다. 가정은 일찍 입궁하기 싫
다는 기색을 비추며 미적댔고, 가훤이 그런 남동생을 보며 마침
할 이야기가 있었는데 잘 되었다며 붙들고 저녁까지 들고 가라고
한 것이 시작이었다.

저녁을 들며 한잔한다던 두 사람은 곧 거나한 술자리를 벌였고
밤늦도록 의기투합하여 술을 마시고 웃고 떠드느라 가정은 아예
가훤과 함께 서재에서 하룻밤 잠까지 자게 되었던 것이다.

그리고 그게 지금까지 이어졌다. 혜운을 돌려보내고 나서는 거
처에서 가훤이 건너오기를 기다리고 있었는데 어제 늦은 오후부
터 지금까지 동생과 함께 각별한 시간을 보낸 후 늦잠을 자느라
기별이 없는 것이었다.

기다리다 못해 서재에 사람을 보냈지만 우내관이 저런 말을 전
해 왔을 정도라면…… 두 사람은 결국 아침도 거르고 한참이나
더 잘 모양이었다.

"하는 수 없지요. 다녀올게요."

"하나, 마님!"

"버드나무 골은 그리 먼 거리가 아니니 넉넉잡고 두 시진이면 충분히 다녀올 수 있습니다. 만약 저하께서 일어나셔서 저를 찾으시거든 해월이 잘 말씀드리고, 두 분 왕자님의 오반을 챙겨 드리도록 하세요. 꿀물을 드리는 것도 잊지 말고요. 어제 늦게까지 과음을 하셨으니 정오를 넘겨 일어나실 수도 있을 겁니다."

결심한 얼굴로 홍우가 해월에게 당부했다. 오후에 가휜이 일어나는 것을 보고 말을 전한 다음 다녀와도 될 일이었지만, 홍우는 조급했다. 두근거림과 답답함이 점점 더 심해지는 기분이라 일부러 서둘러 아침 일찍 다녀오고 한결 좋은 기분으로 가휜을 마주하고 가정을 대접해 보내는 편이 낫겠다고 생각한 것이다.

"서둘러 다녀올 것이니 혹여 가정 왕자님께서 일찍 가시겠다고 해도 만류해 주시고요. 저하와 함께 배웅하고 싶습니다."

"아니요. 마님께서 정히 지금 나가야 하신다면 저도 따를 것입니다!"

생각에 잠긴 얼굴로 홍우의 말을 듣고 있던 해월이 단호히 말했다.

"해월……."

홍우가 난감한 표정을 떠올렸다. 빨리 다녀오기 위해 가마꾼 외엔 궁녀 하나만 데리고 다녀올 생각이었다. 게다가 믿을 만한 해월이 있어야 가휜을 믿고 맡길 수 있겠다는 생각인데, 그런 그녀가 강경한 얼굴로 자신을 바라보고 있는 것이다.

"마님께서 말씀하신 것들은 다른 궁인에게 잘 전해 두면 될 일입니다. 마님을 따르는 일에 제가 빠질 수는 없지요. 그러니, 저와 함께 다녀오시지요. 말씀대로 버드나무 골은 먼 거리가 아니니 서두르면 큰 문제없이 다녀올 수 있을 겁니다."

"……알았어요. 그럼 어서 출발해요."

결국 홍우가 크게 고개를 끄덕이며 나섰다. 바쁜 걸음으로 가마로 향하는 그녀를 해월이 단단히 작정을 한 얼굴로 따라갔다.

'만약에 무슨 일이 생긴다면 중궁마마와 저하를 뵐 면목이 없어. 반드시 무사히 모시고 다녀와야 해.'

사실 안 가는 것이 가장 좋을 것 같았지만 홍우가 저리 답지 않게 고집을 피우니 별수 없었다. 해월은 긴장한 얼굴로 주먹을 꼭 쥔 채 홍우의 가마를 뒤따랐다.

六

느지막이 일어나 별원으로 향했던 가횐은 홍우가 없다는 말에
황당한 표정을 지었다.

"지금 그게 대체 무슨 말이냐. 알아듣게 말해 보아라."

신경질적인 음성에 그를 맞았던 늙은 궁녀가 어찌할 바를 모르
는 얼굴로 허리를 깊이 숙였다.

"그게…… 마님께서는 잠시 다녀올 곳이 있다고 하시고는 이
른 아침에 나가셨습니다. 해월 부인이 마님을 모시겠다고 따랐고
요. 제게 두 분 왕자 저하의 오반을 챙겨 드리라고, 되도록 서둘
러 오실 것이니 금방 돌아오실 것이라고 말씀하시며 나가셨는
데……."

"허 참, 계속 들어도 이해가 되질 않는군. 우내관, 너는 이해가
되느냐? 너는 뭔가 전해 들은 말이 없더냐?"

점점 기어 들어가 흐려지는 궁녀의 목소리에 짜증이 난 가횐이 홱 등을 돌려 우내관을 향해 물었다.

어젯밤, 가정과 그는 형제간의 우애를 다지며 꽤 많은 양의 술을 마셨다. 그 때문인지 정오에 가까운 시각에 일어날 수 있었던 가횐은 우내관이 별원의 지시라며 가져온 꿀물 한 잔을 시원하게 들이켠 후 기분 좋은 얼굴로 홍우를 찾아왔던 것이다. 그런데 그 본인이 말 한 마디 없이 어딘가를 갔다는 말에 어이없고 기가 차할 말을 지경이었다.

"그러고 보니 어제 마님께 서찰 하나가 전해졌다고 하더군요. 궁인 하나가 그리 말하며 전하러 가겠다고 하여 그러라고 했는데, 혹 그 서찰과 연관된 일이 아닐까요?"

"서찰이라니?!"

"형님, 왜요? 형수님께 무슨 일이 있습니까?"

얼굴을 찌푸린 가횐이 홍우의 거처로 들어가려 댓돌 위에 올라설 때였다. 불쑥 가정의 목소리가 끼어들며 그가 가까이 다가오고 있는 것이 느껴졌다. 가횐과 함께 일어났던 그는 궁인의 시중을 받아 씻고 의관을 정돈한 뒤 뒤따라오느라 조금 늦었던 것이었다.

"따라 들어오너라."

"예? 아……."

가횐이 성큼성큼 안으로 들어가며 내뱉은 말에 가정은 당황하여 뒤따랐다. 그러느라 그는 가횐이 다리를 절지 않고 있다는 것도 몰랐다.

"방을 한 번 살펴보아라. 뭔가 서찰 같은 것이 있느냐?"

"아. 하나 있습니다. 붉은 보자기에 여민 것이……. 읽어 볼까요?"

심각한 목소리로 묻는 말에 가정이 잠시 망설였다. 형수가 없는 규방에 아무렇지 않게 들어온 것도 마음에 걸렸지만, 딱 보기에도 형수에게 온 서찰인데 함부로 열어 보아도 될까 싶어서였다.

하지만 가휜은 무표정한 얼굴로 고개를 끄덕일 뿐이었다.

"읽어 보아라."

"음……. 이건 신녀 이장효가 보낸 서찰이로군요. 오늘 긴히 할 이야기가 있으니 자신을 찾아오라는 내용입니다. 형수님께서는 이장효를 만나러 간 것이 아닐까요? 두 사람은 인척간이기도 하고, 그녀가 이 혼례에 관여하기도 했으니 가능한 일이 아닙니……. 형님?!"

부스럭거리며 서찰을 펼치고 한눈에 훑어 내용을 말해 주는 가정이었다. 그런데 어느새 다가온 손이 서찰을 홱 낚아채는 것에 시선을 돌리다가 가휜의 모습에 놀라 경악성을 내지르고 만 것이었다.

"이리 내어라."

뭔가 단단히 화가 나기라도 한 것처럼 무표정한 얼굴로 서찰을 낚아챈 가휜이 직접 자신의 눈으로 내용을 확인하고 있었다. 대체 언제 풀어 버린 것인지 붕대는 일찌감치 방바닥에 내던져진 채였다.

"누, 눈이 보이시는 겁니까?"

얼마나 놀랐는지 가정은 말까지 더듬고 말았다. 더불어 불경하게 손을 들어 형님에게 삿대질까지 하고 있었다. 하지만 그런 가정의 반응은 전혀 신경 쓰지 않고 서찰을 읽어 내린 가훤은 무언가 거슬리는 것처럼 눈살을 가득 찌푸렸다.

"초웅."

"예. 여기에 있습니다. 하명하시지요, 저하."

"당장 네 밑에 있는 무관 하나를 이장효의 집에 보내 보아라. 홍우가 그곳에 있으면 그만일 일이나, 없다면 이장효를 데려와라. 오지 않겠다고 하면 꽁꽁 묶어서라도 내 앞에 끌고 와라. 알았느냐?"

"예. 당장 행하겠습니다."

턱을 쓸며 자신의 생각을 정리한 가훤이 초웅에게 차갑게 명령했다. 초웅이 가볍게 허리를 숙여 보이고 날듯이 밖을 향했다. 가훤의 명령을 한시라도 빨리 수행하기 위해서였다.

"형님! 대체 이게 무슨······! 대체 일이 어찌 돌아가는 것입니까, 설명을 좀 해 주십시오!"

"하아."

어안이 벙벙하여 기가 막힌 얼굴로 그들을 돌아보고 있던 가정이 내지른 말에 가훤이 묵직한 한숨을 내쉬었다.

"형수님의 신변에 무슨 일이 생긴 겁니까?"

먼저 묻고 싶은 것은 그것이 아니었지만 가훤의 걱정 어린 얼굴에 그리 물을 수밖에 없었다.

"이건 이장효의 서찰이 아니다."

손에 쥔 서찰을 구겨 쥐면서 가훤이 툭 내뱉었다.

"예? 어찌 그걸 그리 단언하십니까?"

"신녀의 직인이 없질 않느냐."

"아."

가정이 멍한 얼굴로 외마디 소리를 냈다. 자신도 서찰을 보았는데 왜 그 생각을 못 했는지 알 수 없는 일이었다.

"나라 안 가문들은 대부분 고유의 인장을 지니고 있다. 왕가를 비롯한 삼 대 가문은 물론이오, 한미한 가문일지라도 제 가문을 표시하는 인장을 지니고 있지. 한데 여기에는 신녀의 직인은 물론이고 현무가의 일원임을 뜻하는 가문의 인장도 전혀 찍혀 있지 않질 않느냐."

"그렇군요. 이장효라고만 적혀 있어서…… 그것만 보느라 직인은 전혀 생각지도 못하였습니다. 신녀들도 각자의 직인을 지니고 있으니 현무가의 신녀 이장효라면 당연히 두 가지 인장 중 하나라도 찍혀 있어야 하겠지요."

"설마 그 작자가 움직인 건가?"

"그 작자라니요? 그리고, 형님……. 눈은, 아니 또 다리는 어찌되신 겁니까? 원래 괜찮으셨는데 부러 시늉을 하고 계셨던 겁니까?! 대체 왜요? 그리고 '그 작자'라는 건 또 뭡니까. 설마 누군가가 가짜 서찰로 형수님을 꾀어냈다는 말씀이십니까? 그는 또 무엇 때문에 그랬다는 말씀입니까?"

뒤늦게 궁금했던 것들을 모두 토해 내며 간절히 묻는 말에 가훤이 물끄러미 가정을 응시했다.

"내 어젯밤에 네게 그런 이야기를 했었지. 이제 슬슬 세자 책봉 이야기도 나오고 하니 네가 그 자리에 올라 혼례도 치르고 부모님을 봉양하며 잘 모시기를 바란다고."

"아니, 지금 이 상황에 그 말은 왜 또 꺼내십니까? 저는 싫다고 하지 않았습니까. 저는 그 자리에 어울리는 인물이 아니니 싫다고요. 형님께서 그리되셨으니 어찌할 수 없는 노릇이나, 정 그리해야 한다면 시일이라도 최대한 미뤄 달라고 말하였다 하지 않았습니까. 아바마마께 그리 고했다니까요?"

"그러나 네가 세자 위에 오르기를 바라는 이들도 있다."

"그야 뭐, 저 좋으라고 그러겠습니까? 제 배 불리기에 급급한 위인들이……. 앗, 설마?"

"……."

가훤의 말에 또박또박 대구하며 짜증 어린 표정을 짓던 가정이 불현듯 뭔가를 깨달은 얼굴로 그를 바라봤다. 가훤은 묵묵히 침묵할 뿐이었다.

"외숙입니까? 외숙이 형님을 해하려 했던 겁니까? 그리고 지금도 그를 위해 형수님을……."

"확증은 없지만 그렇지 않을까 하고 있다."

"그래서 다친 시늉을 하며 별궁으로 빠져나오시고 그렇게 안 해도 될 흉내까지 내며 사시려 했던 겁니까?"

"아니, 다쳤던 것은 맞다. 너도 내가 궁에 실려 왔을 때의 모습을 기억할 것 아니냐?"

"그야……."

멍한 눈동자로 가정이 고개를 끄덕였다. 물론 아주 생생하게 기억하고 있었다. 항상 모든 것에 있어서 뛰어나 동경의 대상이었고 우상이었던 자신의 형이 꿈에 보기에도 무서울 처참한 모습으로 들것에 실려 왔었기에 잊으려야 잊을 수 없었다.

"나은 것을 숨기긴 하셨군요. 별궁에 오기 전입니까, 이후입니까?"

"……이전이지."

"대체 왜요?!"

"어마마마께서 내가 나은 것을 알면 좋지 않게 여기실 거라고 생각했으니까."

"그 무슨 말도 안 되는 말씀이십니까? 어마마마께서 얼마나 형님을 생각하고 걱정하시는지 잘 아시면서 말입니다."

"안다. 잘 안다. 그래도 정아, 알았다고 해도 쉽사리 내 맘대로 할 수는 없었다. 어마마마께 해가 미칠 수 있기에 그럴 수는 없었던 게다."

"외숙……!"

가휜이 잔잔히 내뱉는 말뜻을 깨달은 가정이 이를 빠득 갈며 중얼거렸다.

"당장 가야겠습니다. 당장 외숙에게 가서……."

"아니……. 너는 궁으로 가야 한다."

"예? 하지만 형수님이 외숙에게 잡혀 있는지도 모를 노릇이 아닙니까?"

의아한 표정을 지은 가정이 가휜을 응시했다. 가휜은 흐릿한 웃음을 머금은 채 그의 어깨를 토닥였다.

"그러니 궁으로 가도록 해라. 어마마마께 이 일을 알리고, 그 곁에 있어 드리도록 해. 네 형수는 내가 구할 것이니. 홍민 그자가 무슨 생각으로 그녀를 데려갔는지는 모를 일이나, 일이 이 지경까지 이른 이상, 그를 무사히 둘 수는 없는 일이다. 그리고……그를 잡는다면 당연히 어마마마께도 피해가 미칠 수밖에 없어."

그제야 가휘의 뜻을 납득한 가정이 고개를 끄덕였다.

"예. 백호가는 이 일로 없어지게 될지도 모르니 말입니다. 아니라고는 해도 어마마마께서 무사하시긴 어렵겠지요."

"곁에 있어 드려라."

겨우 차분한 표정이 된 가정이 고개를 끄덕이고 그대로 밖을 향했다. 시간을 끌어 좋을 것은 없었다. 한시라도 바삐 돌아가 모후에게 미칠 피해를 최소화해야 한다는 생각뿐이었다.

"그런데 사혜 역시……."

"응?"

"아니, 아무것도 아닙니다."

문득 걸음을 멈추고 할 말이 있는 것처럼 가휘을 돌아보던 가정이었다. 아끼던 외사촌 여동생의 얼굴이 떠올라 그리했음이었지만 그는 곧 고개를 내저었다.

"아무것도 아닙니다."

그리고 홱 등을 돌려 돌아가는 모습에 가휘은 쥐고 있던 서찰을 시린 눈빛으로 내려다보며 생각에 잠겼다.

'그때 그 작자의 살기가 심상치 않아, 방비를 해야겠다는 생각은 하고 있었지만. 설마 시집온 지 얼마 되지 않아 나와 관계도 그리 깊지 않아 보이는 홍우를 꾀어낼 줄이야……. 아니, 그녀를 제 사람으로 끌어들여 이용할 생각으로 서찰을 보낸 것일지도 모르겠지만. 그랬다면 당연히 이리 의심받지 않도록 시각에 맞춰 돌려보냈어야 할 일인데. ……대체 무슨 생각으로 이리 허술하게 일을 벌인 게지?'

시각은 이미 정오를 한참 넘겨 늦은 오후를 향해 가고 있었다. 홍우를 떠보거나 끌어들일 생각으로 불러낸 것 치고는 너무 시각이 지체된 것이다.

가흰이 초조한 눈빛으로 창밖을 바라봤다.

시각이 지체되면 지체될수록 홍우는 목숨이 위험할 터였다.

"하아."

깊은 한숨 소리가 너른 방 안을 울렸다. 아란이 깊게 가라앉은 눈을 들어 제 앞에 앉은 상궁을 응시했다.

"그래. 그 허술한 위인이 결국 사달을 냈다던가?"

"처음엔 군부인 마님과 이야기를 나눌 셈으로 이장효의 이름을 사칭하여 서찰을 보내신 것 같습니다. ……전해져 온 말로는 중간에 군부인 마님이 이를 알아채시는 바람에 일이 단단히 어그러진 것 같다고 합니다."

"해월은?"

아란이 고운 아미를 찌푸리며 다시 묻자 상궁이 고개를 숙인 채 입을 열었다.

"……위중하다고 합니다. 백호가주께서 죽여 없애라 하신 것을 겨우 구했다고 들었습니다."

"며느리의 행방은 알 수 없고?"

"예. 백호가에서 쫓고 있다고 하였는데 이미 잡히신 것인지, 아니면 아직도 도망 중이신 것인지도 잘 모르겠습니다. 일이 어그러지며 시각이 꽤 지체된 탓에 가휜왕자께서 이 일을 알아차리고도 남았을 일인지라……. 백호가주께서 대단히 진노하여 모든 이들을 동원하라고 하셨답니다. 그러시는 한편으로 식솔들을 빼돌려 어딘가로 향하시게 하셨다는데……. 이제 수습할 방도가 없다고 여기신 거겠지요. 단지……."

"단지?"

"처음엔 도망치던 군부인 마님을 죽이라고 하셨답니다. 그런데 갑자기 보고를 위해 달려온 밀정을 향해 무슨 수를 써서라도 사로잡아 자신의 앞에 끌고 오라고 하셨다더군요. 뭔가 단단히 작정을 하신 듯합니다."

"쯧쯧. 작정을 하긴……. 그 볼썽사나운 위인이 처음엔 일이 어그러진 게 화가 나 죽이라고 했다가, 지금은 지푸라기라도 잡는 심정으로 그 아이를 인질로 잡으려는 게지."

"……."

한심하다는 어조로 아란이 하는 말에 상궁은 더 드릴 말이 없다는 표정으로 침묵할 뿐이었다.

'불러낸 자리에 순순히 갔다면 그저 이야기를 하는 것으로 끝날 수 있었겠지. 아우의 성격상 더 험악해졌을 테지만……. 그나저나 그 아이가 특유의 직관력으로 장효가 보낸 서찰이 아니라는 것을 깨닫고 도망친 모양인데. 무사해야 하련만, 지키고 있던 이들이 너무 늦게 대응하여 해월도 다 죽어 가는 상태로 겨우 구해 냈다고 하니…….'

생각에 잠긴 아란의 눈동자가 한없이 어두웠다.

"하아. 어쩔 수 없지. 이런 일이 벌어질까 봐 부러 아우를 불러 경고까지 했건만. 타초경사에 불과한 일이었나."

혼잣말처럼 중얼중얼하던 아란이 스르륵 몸을 일으켰다. 그리고 치마와 저고리를 툭툭 쳐 구겨지지도 않은 옷자락을 정리하며 밖으로 나갈 준비를 했다.

"마마? 어딜……."

"어디는 어디이겠느냐. 대전이지. 따르거라."

평소처럼 무표정한 얼굴이긴 했지만 암울하게 내리깔린 눈빛은 무언가를 단단히 각오한 모습이었다. 상궁이 그런 그녀가 안타까운 것처럼 울컥 구겨진 얼굴로 주인을 올려다보다가 조심스럽게 뒤따랐다.

"어마마마! 어마마마 어딜……."

"쯧쯧. 장성하여 혼례를 치렀으면 아이도 족히 한둘은 낳았을 나이건만. 어딜 팔랑대며 뛰어다니는 게냐. 장성한 왕자가 말이다."

댓돌에서 내려서며 대전을 향하는 길에 가정을 만났다. 가정은 뭐가 그리 급했는지 궁 안 대로를 미친 듯이 뛰어 자신에게 다가오고 있었다.

"어마마마. 너무하십니다. 저는 어마마마가 걱정이 되어 서둘러 오느라 그리한 것인데……. 그런데 어디를 가십니까."

겨우 그녀의 앞까지 다다라 허리를 접고 숨을 고르던 가정이 섭섭했는지 중언부언했다. 그러다가 그녀가 어딘가를 향하고 있음을 알아차리고 놀란 눈빛으로 그녀를 살피는 것이었다.

"거처로 돌아가 있어라. 이 어미는 전하께 드릴 말씀이 있어서 대전으로 향하는 길이니 말이다."

가볍게 손사래를 친 아란이 멈췄던 걸음을 떼어 놓았다.

"저도 가겠습니다."

"네가 끼어들 자리가 아니다."

가정이 뒤따르며 하는 말에 아란이 엄한 눈빛으로 야단치듯 말했다.

"아니오. 가야 합니다."

"어허."

"어마마마, 지금 외숙의 일을 듣고 대전으로 가시려는 거지요. 꼭 저도 따라야 하겠습니다. 어찌 제가 끼어들 자리가 아니라고 하십니까."

어쩐지 느낌이 그럴 것 같았다. 왠지 모후의 분위기가 이전과 달리 더 날카로우면서도 허허롭게 느껴졌기 때문이었다. 더 나무라려던 아란은 가정이 강하게 말하며 뒤따르는 모습에 결국 입을 다물고 말았다.

"네 형은……?"

"형님은 형수님을 데려오실 거라고 하셨습니다. 아주 강경한 눈빛으로 그리 말씀하셨습니다."

아란을 보고 그리 말하던 가정이 힐끔 주위를 살피며 단어 하나를 말했다. 그 말뜻을 알아들은 아란이 조용히 미소를 지어 보이며 고개를 끄덕였다.

"그래. 알았다."

그뿐이었다. 아란은 가정이 뒤따르는 것을 막지 않고 천천히 대전을 향하기 시작했다.

❀　　❀　　❀

까아악. 짹짹.

시끄러운 새소리가 크게 허공을 울렸다. 뿐만 아니라 뭔가 큰일이라도 일어난 것처럼 날짐승들이 한 번에 날아올라 숲이 들썩였다. 온갖 짐승들이 한데 뛰어나와 천재지변이라도 일어날 것 같은 좋지 못한 징조를 보였다.

헉헉.

그런 숲 속을 거친 숨소리가 빠른 속도로 내달리고 있었다.

언제 신이 벗겨졌는지 하얗던 버선은 흙투성이가 되어 버린 지 오래였다. 그만큼 미친 듯이 내달리느라 나뭇가지가 얼굴과 손등을 긁었지만 신경 쓸 겨를은 눈곱만큼도 없었다.

'해월······.'

뭔가 생각을 할 겨를도 없이 도망치고 있던 홍우의 눈동자에 언뜻 눈물이 어렸다. 헤어질 때 보았던 해월은 검을 맞고 피를 흩뿌리며 쓰러지고 있었으니 걱정이 아니 될 리 없었다.

「도망치십시오! 절대, 잡히셔서는 아니 됩니다, 마님. ……으아 악!」

자신을 향해 외치던 목소리가 흡사 비명과도 같아서 홍우는 차마 뒤를 돌아볼 용기도 내지 못했다.

'어째서……. 대체 어째서 이리 된 거지?'

열심히 도망칠 곳만을 찾아 뛰던 홍우가 결국 눈물방울을 흘리고 말았다.

대체 여기가 어디인지 모르겠다. 장효를 만날 것이라고 아무 생각 없이 길을 나섰던 자신이 왜 복면을 뒤집어쓰고 흉악한 검을 치켜 든 이들에게 쫓기게 된 것인지는 더더욱 알 수 없었다.

"악."

날카로운 돌을 밟아 발을 삐끗하며 넘어진 홍우가 짧은 비명을 내질렀다. 워낙 길이 험한 데다 풍성하고 길게 만들어진 치맛자락이 성가셔서 견딜 수가 없었다.

"……도망쳐야 해."

겨우 몸을 일으킨 홍우가 자꾸 흘러내리며 뜀박질에 방해만 되던 치맛자락을 잇새로 끊어 부욱 찢어 냈다. 찢어 낸 조각으로 치맛자락이 흐트러지지 않도록 허리에 동여매고 흘끔 뒤를 돌아봤다.

정신없이 뛰는 와중에도 날짐승들의 소리를 들으며 뛰었기에, 운 좋게 따돌리는 것에 성공한 건지 검은 무리는 더 이상 보이지 않았다.

끼아악!

하지만 하늘 위에서 새의 울부짖음이 날카롭게 울리고 있었다.

"그래. 아직 안도하기는 일러."

새소리에 답하듯 중얼거리면서 홍우가 이를 앙다물었다. 동여맨 치맛자락을 더욱 꼭 움켜쥐고는 온 힘을 다해 뛰기 시작했다.

어느새 해가 떨어지고 있었기에 더욱 조급하기만 했다. 오랜 시간 험한 산길을 뛰느라 지쳐 있었지만 쉴 틈은 없었다. 계속해서 허공을 날며 시끄럽게 울리는 새소리와, 점점 더 시간이 지날수록 미칠 듯이 두근두근 뛰고 있는 심장의 느낌이 그리 말해 주는 듯했다.

'살아야 해. 저하를 위해서라도……. 살아야 해.'

두 눈을 빛내며 피를 토할 것 같은 심정으로 뛰었다. 아까 넘어지며 다리를 접질렀는지 한쪽 발목에선 통증이 일었고 때문에 속도가 점점 떨어졌지만 뛰는 것을 멈추지는 않았다.

"저기 있다. 쫓아라!"

그때 저 멀리 밑에서 소리치는 남자의 목소리가 들렸다. 가파른 산길을 오르고 있던 홍우의 눈동자가 흘끔 그쪽을 향했다. 역시 도움이 있다고는 해도 저보다 월등히 건장한 사내들을 여인의 몸으로 떨쳐 내는 것은 무리였던 모양이었다.

"윽. ……아아악!"

순간 뒤쫓고 있는 남자들을 향해 시선이 팔렸던 홍우의 몸이 기우뚱 한쪽으로 기울었다. 굴러 떨어지는 느낌에 처절한 소리를 흘리며 뭔가를 붙들려고 했지만 낙엽과 나뭇가지가 스치는 쓰라린 아픔만이 느껴질 뿐…… 하필이면 경사진 낭떠러지를 끼고 균형을 잃은 탓이었다.

한참을 데굴데굴 구르던 홍우의 머리가 뭔가에 퍽 하고 부딪히는 소리가 났다. 멍한 눈동자에 해질녘의 붉은 해가 가득 담기고 있었다.

'안 돼. 안 되는데……. 내가 그 사내에게 잡히면 안 되는데. 저하!'

의식을 잃어 가며 홍우가 중얼거렸다. 붉은 노을 위로 언뜻 가휜의 얼굴이 보인 것만 같았다.

한편, 성도를 빠져나가기 위한 외진 길목의 폐가에서는 한 남자가 고래고래 소리를 내지르며 분통을 터뜨리고 있었다.

"수십의 사내가 계집 하나를 잡아 오지 못하고 있다니, 대체 뭣들 하는 게냐?! 어찌해 무예도 익히지 못하고 체력도 고갈된 채 버선발로 뛰고 있는 계집을 붙들지 못하고 있다는 게야? 그 말을 지금 날 보고 믿으라고 하는 말이냐!"

목청이 터져라 고함을 질렀지만 수하는 그저 면목 없다는 얼굴로 고개를 숙일 뿐 딱히 답을 하지 못했다.

"하아."

목이 아플 정도로 언성을 높이고 있던 홍민이 그 자리에 털썩 주저앉았다. 앉은 곳이 평소라면 더럽다며 쳐다보지도 않을 폐가의 먼지 가득한 마루 위였지만 지금은 그것을 신경 쓸 겨를이 없었다.

"이, 이 일을 어찌 한다……."

처음 일이 어그러졌을 땐 그냥 기가 찼지만 지금은 지치고, 당황스러우며, 울분이 터져 나올 뿐이었다.

기가 차다는 얼굴로 홍민이 멀리 보이는 산을 응시했다.

"대체 그 계집은 어찌하여 내 얼굴을 보자마자 그런 반응을 보였단 말이냐. 말 한 마디 건네 본 적이 없거늘……. 무슨 귀신이라도 본 것처럼 덜덜 떨다가 먼저 도망을 치다니 이 무슨 황당한……!"

어이없는 얼굴로 산을 바라보며 홍민이 중얼거렸다. 아무리 생각해도 도무지 이해가 되질 않았다.

처음 홍민은, 이 산 아래에 있는 작은 초가집에서 홍우를 만날 생각이었다. 버드나무 골과 정반대 방향에 자리하고 있는 그곳은 자신의 사유지와 가까워 지리에 익숙했고, 산 자체가 워낙 험한 탓에 평소 인적 자체가 드물어 남의 시선을 피하기에도 가장 적당하다고 여겼다.

게다가 장효의 이름으로 서찰을 보내 그녀를 끌어내려 했던 것은 지금 생각해도 꽤 잘 낸 계책이라고 여겨졌다. 홍우를 그곳으로 이끌어 내 이야기를 나눠 보고 만약에 말이 잘 안 통하면 죽여 없애 후환을 줄이거나, 가횐까지 그곳으로 끌어들여 일을 단단히 도모해야겠다고 마음먹은 채, 사병 수십을 주변에 포진시키고 그녀를 기다렸던 것이다.

그런데 저 아래 산틱을 휘돌아 초가집 쪽으로 가까이 다가오고 있던 가마가 돌연 길 중간에서 멈추는 것이 아닌가. 홍민이 이상함을 느꼈고, 순간 뭔가 불길하다고 느꼈던 것도 그때였다.

「해월. 잠시 가마를 내려 주세요.」

「예? 왜…… 그러십니까?」

이미 홍민과 시선이 마주쳐 파리한 낯빛을 한 해월이 갑자기 가마에서 들려온 홍우의 말에 일순 의아한 표정을 지었다. 내리라는 눈짓에 가마꾼이 가마를 내려놓았고 스스로 가마 안쪽에서 문을 연 홍우를 해월이 부축하여 꺼내 주었다.

「버드나무 골이 아니라 이상한 곳으로 온 것 같아서요.」

몸을 세우기 직전 바닥을 보며 그리 말하던 홍우가 이내 해월을 보고는 묘한 표정으로 얼굴을 딱딱하게 굳혔다. 아니, 그녀의 뒤에서 단검을 빼어 들고 가마를 이곳으로 협박하듯 이끌었던 홍민의 수하를 보고 그랬을지도 모르겠다.

「죄, 죄송합니다. 마님.」

협박에 말 한마디 꺼내지도 못하고, 가마에 특별한 기별도 못한 채 이곳을 향해야 했던 해월이 시커멓게 죽은 얼굴빛으로 그리 말했다.

「괜, 괜찮아요.」

먼저 남자를 보고 당황한 뒤, 저 뒤에 흐릿하게 보이는 인영 하나를 더 보고는 파리하게 질린 얼굴을 한 홍우가 겨우 그렇게 답했다.

「겁먹으실 것 없습니다, 군부인 마님. 단지, 제 주인어른께서 긴히 하고 싶은 말씀이 있어 군부인을 이곳으로 청하신 것이니 부디 마다하지 마시고 가 주시지 않겠습니까?」

단검을 들고 해월을 겨누고 있던 사내가 정중한 음성으로 그리 말했다. 하지만 말만 정중할 뿐 사나운 눈빛으로 뒤를 향해 눈짓하고 있는 모양새가 협박 그 자체나 다름없어, 마지못해 고개를 끄덕였다.

「저를 청하신 분이 무슨 할 이야기가 있어 이리 거친 방법으로 청하시는지는 모르겠으나 하는 수 없군요. 가시지요.」

「앞서 주시지요. 마님.」

애써 차분하게 답하려고 노력하면서 고개를 돌려 주위를 살폈다. 도망칠 곳을 찾기 위해서였지만, 남자는 그런 홍우의 심경을 눈치채었는지 그녀의 시선을 몸으로 차단한 채 앞서도록 했다. 혹여 뒤로 도망칠까 봐 퇴로를 막기 위해 그리한 짓이었다.

홍우가 그런 그를 아득한 눈빛으로 보다가 하는 수 없이 몸을 돌려 천천히 걸음을 옮기기 시작했다. 점점 사내의 인영이 가까워지고, 얼굴이 선명해질수록 홍우의 낯빛이 더욱 파리해지며 어깨까지 덜덜 떨었다. 얼굴을 보아도 누구인지 알 수 없었지만, 그녀의 감각이 위험을 경고한 까닭이었다.

'안 돼. 저 남자는 안 되는데.'

아는 얼굴은 아니었다. 하지만 분명 해가 될 것 같았다. 그는 홍우를 안심시키기 위해서였는지 초가집 마당 앞에 홀로 당당히 서 있었지만, 남자와 가까워질수록 그녀의 머릿속에는 단 한 가지 생각만이 맴돌았다.

「마님?」

「도, 도망쳐야…….」

홍우를 안심시키기 위해 가까운 곳에서 걷고 있던 해월이 이상한 기색을 제일 먼저 알아챘다. 조심스럽게 그녀를 부른 해월은 그녀의 희미한 중얼거림에 짙은 갈등이 어린 눈빛으로 홍민을 바라봤다.

정말 이야기만을 나누기 위해 온 것처럼 홍민은 혼자였다. 협박에 못 이겨 이곳으로 향했다고는 하나, 홀로 서 있는 모습에 작게 안도하여 홍우 가까이서 그녀를 인도하던 중이었다. 그런데 그 작은 중얼거림에 그녀의 불안이 폭발했다.

'하긴 저 주인어른이 정말 혼자 왔을 리는 없을 테고. 만약 일이 틀어지기라도 한다면⋯⋯.'

그 생각이 드는 순간 해월은 그대로 걸음을 멈추었다.

「해월? 앗⋯⋯.」

그리고 있는 힘껏 홍우를 길 밖으로 밀쳐냈다. 균형을 잃고 옆으로 밀려난 홍우가 겨우 균형을 잡고 의아한 얼굴로 해월을 바라봤다.

「큭.」

홍우를 붙들기 위해 몸을 움직이는 홍민의 수하를 꽉 끌어안아 막던 해월이 나직한 신음을 흘렸다. 핏발 선 눈으로 홍우를 바라보며 해월이 겨우 입을 열었다.

「마님. 도망치세요. 가까이 가셔서는⋯⋯.」

「윽. 이 늙은이가?!」

「해월! 무엇을 하는 게냐?」

그녀에게 붙들린 수하가 사나운 표정을 지으며 그녀를 밀치려 애썼고, 저 앞에서 점잖은 표정을 짓고 있던 남자 역시 동시에 악귀 같은 표정을 지으며 고함을 내질렀다.

「해월!」

「어서, 도망을……! 어서!」

잠시 망설이던 홍우를 해월이 엄한 눈빛으로 다그쳤다. 찰나, 크게 고개를 끄덕인 홍우가 몇 걸음만 더 다가서면 들어설 마당을 두고 옆으로 돌아 달리기 시작했다.

「뭣들 하는 게냐? 어서 잡아라! 저 계집을 잡아!」

「도망치십시오! 절대, 잡히셔서는 아니 됩니다, 마님. ……으아악!!」

남자가 소리를 지르자 초가집 뒤에 숨어 있던 또 다른 사내들이 우르르 튀어나왔고, 해월을 잡고 있던 수하는 신경질이 났는지 단검을 내던지고 허리춤에서 장검을 꺼내 들었다. 바닥에 밀쳐져 자신을 향해 내리치는 검을 피할 생각도 못 한 채 해월이 홍우를 향해 그리 소리쳤다.

금방이라도 울음을 터트릴 것 같은 얼굴로 홍우가 고개를 끄덕였다. 그리고 그 순간 망설일 것 없다는 태도로 등을 돌려 앞만 보고 달리기 시작했다. 그러느라 꽃신이 벗겨져 흙바닥 위를 나뒹굴었지만, 홍우는 전혀 개의치 않았다. 그러고는 치마를 한껏 추어올려 움켜쥔 채 바로 보이는 산을 향해 일직선으로 달려 나갔다.

그런 그녀를 향해 일시에 날아오른 새들이 지저귀며 말했다.

어서 도망치라고, 어째서 이곳에 온 거냐고. 이곳엔 그녀를 해

하려는 좋지 못한 기운이 넘친다고, 그렇게 한데 뒤섞여 정신없이
울어 댔다.

"그 계집이 모든 일을 망쳤어!"

아까의 일을 생각하고 있던 홍민이 다시 분노한 얼굴로 이를
갈았다. 홍우가 그렇게 도망치고, 해월을 죽여 분풀이라도 할 생
각이었는데 하필이면 알 수 없는 다른 이들이 산 아래에서 달려
와 일을 망쳤다.

'누구지? 누가 내 일을 훼방 놓는 거냐? 그놈의 수하로는 보이
지 않았는데!'

검을 치켜 든 서넛의 사내는 아무 말도 없이 말을 달려와 제일
먼저 해월의 안전을 확보했고, 그 뒤엔 홍민을 향해 '잡아라.' 라
고 소리치며 달려들었다. 누구인지 물을 새도 없이 상황이 심상치
않게 흘러가는 것을 깨달은 홍민은 당황하여 다른 길로 도망칠
수밖에 없었다.

가횐의 무리로는 보이지 않았고, 전혀 정체를 알 수 없는 세력
의 등장으로 머리가 하얗게 빈 터라 도망치는 것이 최선이었다.

달음질로 집에 돌아와 일을 그르쳤다는 생각에 한바탕 난동을
부렸던 홍민은 겨우 정신을 차리고 식솔들에게 짐을 챙겨 근처의
나루터로 향하라고 했다. 그리고 자신은 홍우를 붙들어 또 다른
기회를 엿보기 위해 성도를 빠져나가는 길목으로 피신한 것이었
다.

'시간을 끌어 좋을 것은 없다. 오늘 밤이 지나도록 그 계집을

잡아 오지 못한다면, 일단은 후일을 도모하기 위해 도성을 빠져나가야 해. 누님께서 도와주실 수 있으면 좋겠지만, 만약 그럴 수 없어 일이 점점 더 안 좋은 방향으로 나간다면 타국으로 나가는 것까지 계산해 봐야겠지.'

홍민이 얼굴을 와락 일그러뜨린 채 공연히 도망쳐 일을 어그러뜨린 홍우에게 원망을 돌렸다. 덕분에 자신은 일이 너무 커져 자칫 잘못하면 타국으로까지 도망가야 하는 신세가 되지 않았는가.

"하아, 이 일이 궁에 알려졌다면……. 아니 벌써 알려졌겠지. 그렇다면 누님이 감싸 주려고 해도 왕은 나를 잡아들이려고 할 것인데."

홍민은 암담한 표정으로 눈앞의 산을 노려봤다. 별일도 아니라고 여겼건만, 왜 일이 이렇게까지 커졌는지 정말 알 수 없었다.

탕.

신경질적인 표정으로 방문을 거칠게 닫고 밖으로 나온 가휜은 마루 위에 선 채 허리에 손을 짚고 후회 섞인 표정을 짓고 있었다.

'내가 직접 장효에게 가는 게 좋았을까?'

홍우가 없다는 사실만으로, 또 서찰이 수상쩍어서 직인이 있는지 두 눈으로 직접 확인하기 위해 붕대를 풀어냈다. 그것에 후회는 없었지만, 그대로 달려 나가기엔 다소 성급하지 않을까 생각했다.

만약의 경우 별궁 안의 밀정은 제거하고 제 사람들의 입을 단단히 단속해 두면 그만일 일이었지만…… 밖에 나가 세인들의 눈에 띄어 버리면 그땐 정말 수습하기 어려워질 것 같았기 때문이었다. 그래서 차선책으로 수하를 보내 홍우의 안위를 확인하려 했음인데 애꿎은 시간만 흐르고 있자 답답해 가만히 있기 어려웠다.

"쯧. 아직도 안 온 게냐?"

"예. 그래도 이제 당도할 때가 되어 갑니다. 제 수하에게 가장 빠른 말을 내어 주었으니까요."

월동문을 응시하며 툭 내뱉은 말에 초웅이 고개를 숙인 채 얌전히 대꾸했다. 그럼에도 가횐은 마음에 들지 않는다는 표정을 지우지 못했다.

벌써 해가 뉘엿뉘엿 지고 있기 때문이었다. 하릴없이 시간만 보내는 느낌에 가횐이 당장에라도 뛰쳐나갈 것처럼 댓돌 아래 신을 신을 때였다.

"저하. 저하! 신녀님을 모시고 왔습니다!"

밖에서 그가 가장 기다리고 있던 목소리가 들려왔다. 그와 동시에 여인 하나를 끌듯이 붙들고 안으로 뛰어 들어오고 있는 젊은 사내의 모습이 보였다.

"왔습니다!"

초웅이 보낸 수하였다. 무표정한 얼굴로 속으로만 초조해하고 있던 초웅이 얼른 반색을 하며 외쳤다.

가횐이 날카로운 눈빛으로 가까이 다가서는 그들을 쏘아봤다.

"당신이 신녀, 장효인가?"

인사도 생략하고 대뜸 묻는 말이었다. 그녀의 이름을 사칭한

311

서찰 한 통 때문에 이 사달이 벌어졌다고 생각되자 자연 가는 말이 곱지 못했다. 그녀는 십중팔구 아무 상관이 없을 테지만, 그래도 먼 인척이라는 핑계로 존재하는 장효 때문에 홍우가 아무 의심 없이 밖으로 나섰을 거라고 생각하자 괜히 부아가 치밀었다.

"예. 저하."

다소 창백한 것을 제외하고는 평범하기 짝이 없는 사십 대 초반의 여인이 가휜을 향해 예를 표했다. 주눅 들지 않으면서도 당당하고 간결한 인사였다.

"홍우가 당신을 찾아간다며 나갔다가 사라졌소. 이 서찰을 받고 말이오."

가휜이 대뜸 본론을 꺼냈다. 한참을 손에 쥐고 있어 잔뜩 구겨진 서찰을 그녀의 발치에 던져 놓으며 그리 말했지만, 장효는 그것을 힐끔 응시할 뿐 집어 들 생각은 전혀 없는 듯했다.

"저는 군부인 마님께 서찰을 보낸 일이 없습니다. 성미에 안 맞는 일이라서 말입니다."

"그렇다면 당연히 당신 집에도 오지 않았겠지?"

"예."

이미 짐작하고 있던 일이었지만 말로 확실하게 듣고 싶었다. 그녀가 있는지 확인하라고 보낸 수하가 홍우 대신 장효를 데려왔으니, 그의 생각대로 서찰은 가짜였고 다른 이가 불러냈다는 것을 알게 되었으면서도 말이다.

"그렇군. 초웅."

장효에게 뭔가 더 캐묻는다고 한들 얻어 낼 것은 없어 보였다.

가훤이 몸을 비스듬히 돌려 제 수하를 부르자 그가 고개를 숙이며 한 걸음 앞으로 나섰다.

"모든 준비는 다 끝내 놨습니다."

"동원할 수 있는 인원은 모두 동원한 게냐?"

"예, 저하. 모두 50명 정도가 됩니다. 한 공자가 스무 명가량을 이끌고 이곳으로 오고 있다고 하니, 도합 70명가량이지요."

"알았다. 우내관."

홍우를 찾으러 가야 했다. 초옹에게 함께 나갈 인원의 숫자를 확인한 가훤이 우내관을 부르며 손을 내밀자 우내관이 공손히 검을 받쳐 들고 다가섰다.

"여기 있습니다, 저하."

그것은 가훤의 검이었다. 궁을 나오며 따로 챙길 겨를이 없던 것을 우내관이 가훤의 손때 묻은 물건들을 챙기면서 함께 지니고 나왔던 것이다.

"군부인 마님을 찾으러 가시려는 겁니까?"

가만히 서서 하는 양을 지켜보고 있던 장효가 불쑥 말했다. 검을 검대에 걸어 허리에 패용하던 가훤이 힐끔 곁눈질로 그녀를 응시했다.

"그렇소만."

"제가 아주 조금은 도움이 되어 드릴 수 있을 것 같군요."

"어찌하여? 그녀를 꾀어 낸 인물을 아는가?"

"전혀요. 관심이 없어 모릅니다. 그러나……."

떠보듯 하는 말에 장효가 무표정한 얼굴로 머리를 흔들었다.

그러다가 하늘을 올려다보며 어딘가를 물끄러미 바라보는 시선이 마치 먼 곳에서 벌어지고 있는 일을 보고 있기라도 한 것처럼 깊었다.

"그러나?"

눈을 가늘게 뜨고 그녀를 살피는 가휜이었다. 우선 홍민의 집으로 가 볼 생각이었지만 그곳에 있을 가능성은 거의 없을 듯했다. 그러니 장효가 제게 조그만 실마리라도 준다면 좋은 일이었다. 그래도 그녀는 꽤 용하기로 이름난 신녀가 아니던가.

"오는 길에 보아하니 동묘산이 무척이나 어수선한 것 같더이다. 온갖 짐승들이 날뛰는 것처럼 느껴지더군요. 군부인 마님이 그곳에 계실지 확언은 못 할 일이나……."

"동묘산?"

"예. 어디에 계실지 전혀 갈피를 잡지 못하고 계신다면 그리로 한번 가 보시는 것도 좋겠군요."

뜬구름 잡듯 하는 말 같은데 이상하게 흘려들을 수가 없었다. 잠시 생각에 잠겨 있던 가휜이 그녀에게 가볍게 목례를 해 보였다.

"고맙소. 내 수하가 무례하게 신녀를 데려왔다면 미안하오. 사과하리다."

한참이나 뒤늦은 사과를 내뱉고 가휜이 그대로 문을 향했다.

"저하."

"왜 그러오?"

그런 것은 전혀 개의치 않는지 묵묵한 얼굴로 그의 뒷모습을 지켜보던 장효가 다시 그를 불렀다. 마음은 이미 저 앞인데 붙들려 일순 짜증이 치민 가횐이 신경질적인 시선을 돌렸지만 그녀는 그의 반응 따위는 두렵지 않은지 눈 한번 깜짝하지 않았다.

"만약 동묘산에 가시거든…… 짐승들에게 함부로 검과 활을 겨누셔서는 아니 될 것입니다."

"……."

서늘하면서도 선득한 경고에 가횐이 멈칫한 채 한참이나 침묵했다. 어쩐지 꼭 그녀의 말을 들어야 할 것 같은 기분이었다.

'이름난 신녀는 신녀인가…….'

말 하나, 행동 하나의 무게가 결코 가볍다 할 수 없다. 가횐이 다시 고개를 숙여 보였다.

"알았소. 명심하리다."

장효는 휙 몸을 틀어 나가는 가횐을 다시 붙들지 않았다. 대신 눈을 찌푸린 채 하늘을 올려다보는 모습이 저 끝에 자리 잡고 있을 동묘산을 바라보는 것 같았다.

"산속의 해는 더 빨리 지는 법인지라, 이미 해가 떨어지고 있어서 쉽지 않겠군. 그래도…… 붙들린 것이 아니라면 도움만은 충분할 만큼 받고 계실 터."

알 수 없는 말을 중얼거리며 장효가 나직한 한숨을 내쉬었다.

"그러면 나도 이제 돌아가야지. 내관 어른, 말을 한 필 내어 주시지 않겠습니까?"

"예? 가마가 아니라요?"

"예. 말이 더 빠릅니다."

우내관이 놀라 묻는 말에 장효는 당연한 걸 왜 묻느냐는 얼굴로 말했다. 그녀는 가마는 거의 타지 않았다. 바깥 외출을 싫어하는 성미에, 오고 가는 데 시간이 걸리는 것을 좋아하지 않기 때문이었다.

"아아, 네. 찾아 보겠습니다."

우내관은 가훤이 우르르 끌고 나가 있을지 없을지 말을 찾기 위해 얼른 돌아서며 바깥에 있을 마굿간을 향했다.

"없으면 나귀라도 괜찮습니다."

그런 그의 뒤통수에 장효는 한가하고 여상한 어투로 그렇게 덧붙이고 있었다.

※　　※　　※

"……누구냐?"

모든 이들을 이끌고 한 방향으로 말을 달리던 가훤은 별궁에서 얼마 떨어지지 않은 곳에서 몇 명의 사내를 만나 말을 멈춰야 했다.

"너희들이 누구냐고 물었다."

마주 달려오던 사내들도 가훤을 보고 먼저 말을 멈춘 채였는데, 마치 저를 가로막듯 서 있는 모습이 마음에 들지 않아 날카로운 눈빛으로 다시 물었다.

"저희는 중궁마마의 명을 받고 있는 선위대의 일원입니다. 저하."

"선위대? 어마마마께서 너희들을 보내셨다는 말이냐?"

"예. 사실 저희는 오래전부터 멀리서 별궁을 살피며, 만약 중궁마마께서 살피라고 하신 인물이 밖으로 나와 어디로 간다면 몰래 따르며 호위하라는 명을 받고 별궁 근처에서 2교대로 근무해 왔습니다."

"허."

"한데 오늘 그 인물 중 두 명이 별궁을 나와, 뒤따르며 호위를 하였습니다만 이변이 있었기에 궁으로 돌아가 중궁마마께 보고를 드린 뒤 다시 저하께 아뢰기 위해 별궁을 향하던 중입니다."

가장 앞선 사내가 차근한 어조로 설명했다. 그의 말을 들으며 내심 안도한 표정을 짓던 가훤이 '이변'이라는 말에 다시 표정을 바꿨다. 모후께서 손을 써 두셨던 탓에 그나마 홍우가 안전하지 않을까 생각했는데 아닌 모양이었기 때문이었다.

"이변?"

"예. 군부인 마님의 시중을 들던 노부인을 구하는 데는 성공하였습니다만······. 저희가 갔을 때 군부인 마님은 이미 모습을 감추신 탓에 찾지를 못하였습니다. 저희가 해월부인을 구하려 주의를 기울이던 사이 홍민이 도망을 쳤고, 군부인 마님은 아마도 쫓기며 산으로 도망치신 것 같습니다."

"그 산이 어디인가?"

가만히 듣고 있던 가훤의 눈동자가 차게 빛났다. 그 말을 들은 선위대는 손을 들어 멀지 않은 곳에 우뚝 솟아 있는 봉우리를 가리켰다.

"동묘산입니다. 저하."

"허⋯⋯. 반신반의하였는데, 신통하긴 하군. 가지. 전부 동묘산으로 간다. 초웅은 사람을 보내 뒤따르고 있을 제윤에게도 그리로 따르라고 일러라."

낮게 헛웃음을 흘리며 가횐은 감탄 아닌 감탄을 할 수밖에 없었다.

'기다리시오, 부인. 내가 당신에게 갈 것이니.'

초웅에게 명령을 내린 가횐이 결의가 어린 눈빛으로 동묘산을 쏘아보고는 가장 **빠른** 샛길을 택해 내달리기 시작했다.

하지만 다다른 산은 어둡고 음침한 분위기에 휩싸여 있었다. 가장 먼저 해가 떨어진 탓도 있었지만, 동묘산이 성도를 둘러싼 산들 중 가장 높고 산세가 험악했기 때문에 더욱 그랬다.

"횃불을 들 수 있도록, 이 아래에 불을 지펴라."

초웅이 먼저 산 밑의 공터를 살피며 부하에게 지시했다. 오는 동안 날이 완전히 깜깜해져 산을 수색하려면 필히 횃불이 필요했다.

"여기가 해월을 구한 곳이냐?"

"예. 저하. 서 계신 곳 가까이에 그녀가 흘린 핏자국이 있을 겁니다."

선위대가 가횐을 안내한 곳은 산 밑의 초가집 앞이었다. 그들이 홍민을 놓친 곳이기도 하였고, 해월만을 겨우 구해 낸 곳이도 했다.

"그녀는 괜찮은가?"

"목숨이 위중하기는 합니다만, 운이 좋으면 살 수 있을 것이라고 하였습니다."

"흠."

수하들이 큰 화로를 가져와 햇불을 만드는 모습을 보면서 가훤이 문득 떠오른 것처럼 물었다. 하지만 별로 걱정은 하지 않았다. 어마마마께서 보내신 사람이라고는 해도 홍민의 협박에 굴할 수밖에 없는 해월은 문제의 소지가 다분했기에 그녀 자체를 못마땅하게 여겨 왔기 때문이다.

바스락. 바스락.

그때 올려다보고 있던 산속에서 작은 기척이 들린 것 같았다. 일사불란하게 움직이던 이들이 모두 행동을 멈추고 소리가 난 방향을 향해 검을 꺼내들거나 혹은 활을 겨눴다.

크아아악!!!

기척 쪽을 유심이 살피고 있던 가훤도 갑자기 들린 짐승 소리에 이어 들린 사람의 비명소리에 눈살을 찌푸렸다.

"으아악. 사, 살려 줘. 사람 살려!!"

갑자기 숲 아래쪽이 이상할 정도로 소란스러워지더니 대여섯 명의 사내가 사색이 된 채 뛰어 내려오고 있는 모습이 보였다.

"저……."

"가만."

다가온 초웅이 가훤에 뭔가 말을 하려 했지만 그는 조용히 하라는 뜻으로 손가락을 들어 보였다.

"헉. 헉. 사, 사람이……. 살려 주시오. 살려 주시오!!"

밝은 불빛에 그들이 반가운 표정을 지었다. 그것도 잠시, 어찌나 혼비백산을 해서 뛰어 내려오는지 그중 서넛은 넘어져 떼굴떼굴 구르며 경계까지 다가왔다. 하지만 가훤은 무표정한 얼굴로 초웅에게 명령할 뿐이었다.

"초웅. 저놈들을 다 잡아들여라. 꽁꽁 묶어 초가집에 가둬 놓고, 우리는 산 위로 올라간다."

한눈에 보아도 누구인지 짐작이 되었기에 가훤이 홱 등을 돌리며 말했다. 그들이 어째서 저런 몰골로 도망쳐 나오는지는 알 수 없지만, 홍우를 쫓던 놈들일 것만은 분명한 일이었다. 군이 묻지 않아도 알 수 있는 일이었기에 당장 목을 베어 내고 싶은 것이었지만, 힘주어 검을 움켜쥐며 산속을 노려보는 것으로 대신했다.

'지금 저놈들을 죽여 봤자 공연한 화풀이밖엔 되지 않아. 우선은 그녀를 찾는 것이 중요하다. 그리고 저놈들을 심문해 토설하게 만들어, 홍민까지 잡아들여야 다시는 이런 일이 생기지 않는 법.'

초웅이 고갯짓으로 명령을 내리며 완성된 횃불 중 하나를 붙든 채 다가왔다.

"저들에게 군부인 마님의 행방에 대해 묻지 않아도 되겠습니까?"

크와아아앙……!!!

산 저 깊은 곳에서 울리는 맹수의 울음소리가 초웅에게 대신 답했다. 묻고 있던 초웅조차 흠칫하며 질린 얼굴로 그쪽을 향할 정도로 사납고 우렁찬 울음소리였다.

"저하. 저 울음소리……."

"우선은 군부인을 찾는 게 먼저다."

가훤도 짐승의 울음소리에 강한 위협을 느꼈는지 딱딱하게 굳은 얼굴로 차갑게 말했다.

'짐승들이 소란스럽다더니, 공연히 하는 말이 아니었던 것인가? 게다가 저 울음소리는 필시 이 산의 주인이나 다름없을 백호의 것으로 여겨지는데……. 설마 그녀가 저 짐승들에게 쫓기고 있는 것은 아니겠지?'

불안하고 초조한 느낌에 초웅이 쥐고 있던 횃불을 앗아 쥐고 성큼성큼 숲을 향할 때였다.

바스락.

작은 기척이 또 한 번 들리더니 숲의 경계에서 뭔가가 불쑥 튀어나왔다.

"앗!"

"쉿. 중지."

놀란 병사들이 소리가 난 곳을 향해 무기를 겨눌 때였다. 가훤이 재빠르게 손을 들어 그들의 행동을 막았다. 튀어나온 그림자가 사람이라고 여기기엔 너무 작았기 때문이었다. 그리고 정말 그의 예상대로 몇 걸음 앞까지 한 달음에 달려와 자리 잡은 그것은 짐승이었다.

"……하얀 꼬리 여우?"

그랬다. 가훤의 앞에 불쑥 다가와 앉은 그것은 분명 여우였다. 그것도 보기 힘든 하얀 반점 같은 꼬리털을 지닌 붉은 털의 여우.

그것은 마치 가횐을 기다리고 있던 것처럼 거리를 두고 앉은 채 말간 눈동자로 그를 빤히 응시하고 있었다.

"그 신녀…… '짐승들에게 함부로 검과 활을 겨누셔서는 아니 될 것입니다.'라고 하더니……."

어이없는 눈빛으로 여우와 대치하던 가횐이 눈을 들어 산속을 향했다. 그를 보고 있던 여우가 자리에서 일어나더니 산 쪽으로 도로 달려갔다. 그러다가 잠깐 앉아 뒤를 돌아보는 모양이 '안 따라오고 뭘 하느냐?'라고 말하는 듯했다.

신기하면서도 처음 느껴 보는 기이한 느낌이었다.

"가자."

가횐이 여우에게서 눈을 떼지 않은 채 빠르게 뛰기 시작했다. 놀란 눈으로 여우의 하는 양을 보고 있던 병사들이 서로 눈짓을 주고받으며 자신의 뒤를 따르는 것이 느껴졌다.

워낙 산이 험한 탓에 오르는 길은 꽤 힘겨웠다. 여인의 몸으로 어찌 이런 산속으로 도망을 쳤을까 싶을 정도로 가파른 경사에 뒤따르는 병사들의 거친 숨소리가 고요한 숲 속에 울려 퍼졌다.

"흠."

앞장서서 안내하는 여우는 그런 산을 너무나 쉽게 오르내리고 있었지만 말이다. 가볍고 빠른 발로 달려가면 순간순간 놓치기가 일쑤라 가횐은 여우의 움직임에 집중할 수밖에 없었다. 여우가 한 번씩 멈춰 자신을 기다려 주는 것 같기는 했지만, 그래도 놓치면 끝일 것 같은 불안감에 그리하지 않고는 견딜 수 없었다.

"너무 깊이 들어가고 있습니다. 가녀린 여인의 몸으로 정말 이런 곳까지 도망치신 걸까요?"

미심쩍은 표정으로 물어 오는 초웅의 말에 가훤이 고개를 흔들었다.

"알 수 없는 일이지. 하나, 방도가 없지 않느냐. 게다가 부인이 쫓기기 시작한 것은 이미 한낮일 때의 일이다. 쫓기다 보면 길을 잃고 헤매면서도 사력이 다할 때까지 앞만 보고 뛰는 법이니. 그 때문에 이런 깊은 산중으로 들어오게 되었을 수도 있지."

"하지만 쫓던 이들의 기척은 물론이고, 군부인 마님의 기척도 전혀 느껴지지 않습니다."

"……저기. 쫓던 이들의 말로는 보이는군."

여우가 안내를 한다니 신기하기는 했지만 영 못 미더운 일이기도 했다. 초웅이 다시 뭐라 말을 건넬 때 가훤이 불쑥 손을 들어 앞쪽을 가리켰다. 놀란 초웅이 그쪽을 바라보자 두 구의 시체가 널브러져 있는 것이 눈에 들어왔다.

"하나는 맹수에 물려 죽은 게 분명해 보이는데, 하나는 잘 모르겠습니다."

"저어, 뱀에 물려 죽은 것 같습니다. 발목에 물린 자국이 있군요."

뒤따르던 병사들이 가훤의 안전을 위해 먼저 달려 나가 시체를 뒤집었다. 그리고 죽은 원인을 살펴보며 기묘한 얼굴로 하는 말에 가훤이 황당한 눈빛으로 여우가 있는 곳을 향했다. 순간 모습을 놓쳤던 여우는 다시 저 앞의 바위 위에 올라앉아 그를 기다리고 있었다. 앞발을 핥으며 여유로운 모습이 '그게, 뭐?' 라고 묻는 듯해 가횐은 소리 없이 헛웃음만 내비쳤다.

"이걸 대체 뭐라 해야 할지 모르겠군."

홍우를 잡기 위해 골몰했을 이들이 공연히 짐승을 건드려 죽임을 당했을 리는 없었다. 그렇다는 건 짐승들이 먼저 덮쳤다는 뜻인데…… 이것 참 고마워해야 할지, 두려워해야 할지 알 수 없는 느낌이었다.

그가 몸을 움직이자 여우도 다시 등을 돌려 앞으로 달려갔다. 깊고 우거진 숲 속, 이제는 시체도 보이지 않고 사람이 걷기 어려울 정도로 수풀이 우거진 뜸한 곳으로 자신들을 안내하고 있었다.

하지만 가횐은 추호의 의심도 없이 앞을 막는 수풀을 칼로 쳐내며 갈 길을 만들어 가면서 뒤따랐다. 여우가 향하는 곳에 홍우가 있다. 그런 이유 없는 확신이 가횐의 뇌리에 강하게 자리 잡고 있었다.

"헉!"

"아앗!"

더 이상 앞으로 나아갈 수 없는 암벽 앞, 그곳에 커다란 동굴 하나가 만들어져 있었는데 뒤쪽에서 그곳을 바라본 병사들이 일제히 경악성을 터트렸다.

"……"

수풀을 헤치느라 여념이 없던 가횐도 그 암벽 앞의 작은 공터를 바라보고는 딱딱하게 경직된 얼굴로 침묵할 수밖에 없었다.

"저하. 그만 가십시오. 저것을 죽여야……!"

"조용히. 무기를 꺼내지 마라. 어느 누구도 움직이지 말고 그대로 있어."

놀란 병사 중 하나가 정신을 차리고 외쳤지만 가횐은 그를 향해 엄한 눈동자를 돌렸을 뿐이었다. 그리고 긴장한 얼굴로 조심스레 몸을 돌려 정면을 향했다.

크르르르르릉.

경계하듯 낮은 울음소리가 그를 반겼다. 그것은 노랗고 커다란 눈동자를 번들거리며 단검만큼 날카로운 이빨을 뽐내듯 잇새로 드러내고 있었다.

백호, 집채만큼 커다란 백호 한 마리가 그곳에 주저앉아 그들을 또렷이 노려보고 있었던 것이다.

"저하. 위험합니다."

잔뜩 긴장한 얼굴을 한 초웅이 가횐을 막았다. 가횐은 백호와 마주한 시선을 거두지 않으면서 살며시 검을 아래로 내려놓고 있었다.

"백호가의 가주에게 보란 듯이 보여 주고 싶은 광경이군."

'네놈이 해하려던 이를, 저 영물이 저리 보호하고 있지 않느냐고 말이다.'

검을 내려놓고 바로 선 가횐의 입가에 흐릿한 쓴웃음이 맴돌았다. 혼잣말을 하면서도 믿기 어려울 정도로 기이한 광경에 기분이 묘해질 수밖에 없었다.

하지만 백호의 사나운 이빨밖에 보이지 않는 초웅은 질색한 기색을 좀처럼 떨치지 못했다.

"저하……! 차라리 제가 가겠습니다. 제가 가서……."

"괜찮다. 저기에 내 부인이 있질 않느냐."

가휜이 침착하게 말했다. 말리는 초웅의 손을 내친 그는 백호가 있음에도 망설임 없이 동굴 앞으로 다가설 기세였다. 백호의 바로 곁에 정신을 잃고 쓰러져 있는 인영은 자신의 부인 홍우가 분명했기 때문이었다.

크르릉.

그리고 다시 한 발짝을 옮겨 다가가는데 백호가 눈으로 그의 움직임을 좇으며 경고하듯 울었다. 하지만 정작 눈빛이 사납거나 흉포하지는 않은 것이 그와 그 뒤에 서 있는 병사들에게 경고할 뿐 딱히 덤벼들거나 할 것 같지는 않았다. 입 주변과 등허리에 피칠갑을 한 모습이 가휜 또한 두려움을 느낄 정도였지만 어째서인지 괜찮을 것 같다는 느낌이 들었다.

"내 부인을 살피려 함이다. 괜찮겠지?"

가휜이 두 손을 들어 아무것도 들고 있지 않음을 내보였다. 그리고 조심스럽게 홍우 쪽으로 다가가 몸을 낮추며 그녀를 만질 것처럼 손을 뻗었다.

크르르르릉.

휙 고개를 돌려 가휜을 직시한 백호가 어디에 손을 대냐는 것처럼 울었다.

"내 부인이야. 내 사람이다. 그러니 내가 살펴봐야 하지 않겠느냐."

다시 그렇게 말하며 가휜이 손을 뒤로 조금 물렸다. 호랑이와 대화를 시도하고 또 설득하려 하는 자신이 일순 우습게 느껴졌지만 그래도 멈출 수 없었다. 등을 내보인 채 호랑이 품에 고개를 묻고는 조금의 움직임도 보이지 않는 홍우가 너무도 걱정되었다.

크르릉.

문득 백호가 고개를 좀 더 돌려 홍우의 머리 쪽을 향했다. 경계하며 짧은 울음을 터트린 맹수는 입을 벌려 혀를 내더니 홍우의 이마 쪽을 할짝 핥으며 콧등으로 머리를 툭툭 밀었다.

"……."

입을 벌리는 모습에 긴장하여 저도 모르게 뒤에 감추고 있던 단검에 손을 가져갔던 가훤이 겨우 안도한 얼굴로 백호의 움직임을 지켜봤다.

정신을 잃은 홍우가 걱정되는지 따스한 눈빛으로 그녀를 보듬던 백호였다. 마치 친한 친구나 새끼에게나 할 법한 행동에 보고 있던 가훤이 헛웃음을 지었다.

'신수나 신력 따위, 옛이야기에나 나오는 말인 줄 알았더니. 아니었던가?'

지금 백호와 제 부인을 보고 있자니 안 믿을 수가 없었다. 자신이 나은 것도, 천운으로 목숨을 건진 것도 그냥 운이라고만 생각했는데…… 이런 광경을 보고 있자니 신기함과 경외감에 온몸에 소름이 일었다.

크릉.

백호는 자신이 건드려도 홍우가 깨어날 기미를 보이지 않자 힐끔 시선을 옮겨 가훤을 올려다봤다. 그러더니 의심 어린 눈빛으로 한참이나 가횐을 노려보다가 슬쩍 머리로 홍우의 몸을 조금 밀어 놓는 것이었다.

"고맙다."

백호의 행동에 가횐은 예를 표하고 말았다. 영물이니, 산군이 니 하여도 그냥 짐승으로만 생각하였는데 앞으로는 그리 대해서 는 안 되겠다는 생각이 머리를 스쳤다.

"부인."

가횐이 홍우의 뺨을 잡아 가볍게 두들겼다.

"으음."

다행히 생명에 지장은 없었던 것인지 홍우가 나직한 신음을 흘 리며 반응했다.

"부인! 홍우!!"

그제야 가횐이 겨우 안도한 얼굴로 그녀를 와락 품에 당겨 안 은 채 큰 목소리를 냈다. 눈을 돌려 몸 구석구석을 살피자 크게 다쳐 피를 흘리는 곳은 없었다. 다만 백호가 핥았던 이마 부근에 어딘가에 부딪힌 상처가 있었는데, 그 때문에 의식을 잃고 정신을 못 차리는 듯했다.

"저하……?"

어깨를 쥐고 흔들며 부르는 소리에 홍우가 힘겹게 눈을 뜨고 멍하니 중얼거렸다.

"그렇소. 홍우, 나요. 당신의 낭군!"

"저하. 저 굴러서 정신을……."

겨우 정신을 차린 홍우는 손을 들어 가횐의 뺨을 쓸어 보고 멍한 시선을 돌려 주위를 훑어보려 했다.

'넘어져서……'

정신없이 굴렀던 것, 그리고 머리에 큰 충격이 있었다는 것. 홍우의 기억은 딱 거기까지였다. 분명히 지척에 쫓고 있는 이들이 있었는데, 어찌 무사한 걸까…….

잘 돌아가지 않는 머리로 생각하려 애쓰던 홍우의 눈동자가 자신을 향해 있는 노란 눈빛을 마주하고는 그대로 멈췄다. 하얀 백호 한 마리가 달빛에 비쳐 바로 곁에 자리하고 있음을 그제야 깨달았던 것이다. 손만 뻗으면 닿을 정도의 거리에 있는 이 백호가 내내 자신을 지켜 주고 있었던 것 같았다.

"네가 나를 지켜 줬구나. ……상처를 입으면서까지. 고마워."

보자마자 알았다는 것처럼 홍우가 인사했다. 희미한 미소와 함께 손을 뻗어 아무 거리낌 없이 백호를 어루만졌다. 그러자 백호가 울음소리도 경계의 눈빛도 내비치지 않은 채 묵묵히 그녀의 손길을 받아들였다.

"저하. 백호, 상처를……."

"홍우!"

안겨 있는 가휜을 돌아보며 뭐라 말하려던 홍우의 눈이 다시 스르륵 감겼다. 백호를 만지고 있던 손길이 툭 떨어졌다.

"의식을 잃으신 것 같습니다. 머리의 상처가 원인일 수도 있겠지만 쫓기고 다치면서 기력을 잃어 그러실 수도 있으니 크게 걱정하실 일은 아닌 듯합니다. 다만 저하, 이제 이쪽으로 와 주시면 아니 되겠습니까?"

차마 가휜이 걱정이 되어 참을 수가 없었는지 초웅이 조금 떨어진 곳까지 다가와 있었다. 백호의 눈치를 슬금슬금 살피면서 서 있는 것이 한계였는지 멈춰 선 채 질린 얼굴로 더는 움직일 용기는 내지 못하는 듯하면서도 홍우를 눈으로 살펴보며 조언했다.

"아아. 아직은 아니다. 붕대와 금창약을 좀 찾아오너라."

홍우를 조심스럽게 바닥에 내려놓은 가휜이 백호를 빤히 응시하며 말했다.

"예? 그건 왜? 설마 저 백호를……."

"이 백호가 추격자들을 막았고, 홍우를 자신의 은신처로 물어와 곁을 지켜 주며 살폈다. 보은은 하고 가야 하지 않겠느냐."

백호의 등 쪽에는 화살 하나가 삐죽하게 박혀 있었다. 홍우를 지키려고 싸우다가 화살을 맞은 것 같은데, 꽤 깊이 박힌 탓인지 몸을 움직이지 않고 시선만으로 그들을 압박했던 것 같았다.

"하아."

초웅이 주섬주섬 품을 뒤져 붕대와 금창약을 꺼내 드는 것을 보며 가휜은 내려놓았던 횃불에 단검의 날을 달궜다.

"화살을 뽑기 위해 칼을 댈 것이다. 괜찮겠느냐."

가휜이 긴장한 표정으로 백호에게 다가섰다. 홍우를 보며 겨우 얌전해졌던 백호의 눈빛이 잠시 사납게 빛났지만, 곧 무슨 생각을 하였는지 휙 머리를 돌려 앞발에 괴는 모습이 무언의 허락 같았다.

"다행이군."

침을 삼키며 조심스레 손을 가져가고 있던 가휜이 중얼거렸다.

아무리 그라고 해도 자신보다 더 큰 맹수에게 손을 대야 하니 두려운 마음이 아주 안 들 수는 없었다.

크르르릉.

화살촉을 뽑는 것은 쉽지 않았다. 깊게 박혀 있는 그것을 빼내려면 단검으로 찢고 꺼내는 수밖엔 없기 때문이었다. 가횐은 재빠른 손놀림으로 단검을 찔러 넣어 화살촉을 찾아 꺼냈지만, 생살을 헤집는 아픔에 백호가 나직한 울음을 터트렸다.

"다 되었다. 약을 바르고 붕대를 감아 두면 되겠지. 회복력이 좋을 맹수이니 더 걱정할 일은 없을 게다."

고개를 괸 채 울음을 터트리는 백호의 아픔이 느껴지는 듯해 가횐은 마저 처치를 서두르고 다독이듯 말했다. 백호의 눈동자가 시큰하게 그를 올려다보는 것이 느껴졌다. 가횐이 피식 웃으며 피묻은 손으로 백호의 머리를 툭 두들겼다.

"……앞으로 사냥은 다 했군. 꽤 좋아하는 취미였는데."

스르륵 몸을 돌리며 그리 혼잣말을 내뱉는 가횐이었다. 이번 일로 짐승들에게 친근감을 느끼고 보니 앞으로는 사냥을 나가기가 어려울 것 같았다.

"부인을 지켜 주어 고맙구나. 잘 지내도록 해라. ……기회가 닿으면 부인과 가을 단풍구경을 나올 테니 그때 인연이 되어 또 볼 수 있으면 좋겠구나."

홍우를 안아 들면서 그렇게 친한 사이처럼 인사도 건넸다. 백호는 기도 안 차는지 눈동자만을 돌려 그의 움직임을 살피다가 픽 머리를 바닥에 대며 길게 드러누워 버렸다.

"하하."

가휜은 품에 안긴 여인을 더욱 꼭 끌어안으며 가는 중에도 그런 백호를 웃으며 돌아봤다. 안고 있는 여인의 무게만큼 고마운 기분이 묵직하게 자리 잡아 오늘 이 일이 두고두고 쉽사리 잊힐 것 같지 않았다.

산 밑에 내려왔을 때는 이미 한밤중이었다. 홍우를 업고 내려오느라 지쳤으면서도, 그녀를 내려놓지 않으려는 가휜에게 산 밑에서 기다리던 십여 명의 인물이 다가왔다.

"저하. 저는 왕명을 받고 나와 있던 금위대의 3대장입니다. 전하께서 군부인 마님의 수색을 도우라며 저희들을 보내셨는데, 다행히 무사히 찾으신 것 같군요."

"그랬는가? 언제부터 기다리고 있었던 겐가?"

가휜은 내키지 않는 얼굴로 홍우를 수하에게 맡긴 뒤 침착하게 응대했다. 홍우를 찾았으니 되었다. 홍민을 잡아들이고 그의 죄를 처벌하는 것은 제 일이 아니라고 여겼기에 서두를 것 없다는 얼굴로 물을 한 모금 마시며 잠시 숨을 돌렸다.

"조금 전에 왔습니다. 그리고 전하께서 저하께 내리신 명이 있습니다."

"내게? 무엇을 명하시던가?"

"군부인 마님을 찾게 되시면 별궁이 아닌 궁으로 돌아오시라는 명이셨습니다. 전하께서도 저하께서 기적처럼 다 나으신 것을 이미 들어 알고 계십니다. 하여, 이제 더 이상 별궁에 머무를 이유가 없으니 궁으로 돌아오시라는 말씀이셨습니다."

"흠."

침음하며 어두운 눈빛으로 달을 보던 가휜이 시선을 돌려 홍우를 흘끔 응시했다.

"어마마마께서는 어쩌고 계시는가?"

"……중궁마마께옵서는 이 일에는 백호가의 죄가 무겁고, 자신도 핏줄인 이상 무관하다고 할 수 없으니 그대로 중궁에 거하시기 힘들다며 스스로 냉궁으로 가셨습니다. 전하께…… 폐비하여 주시기를 원한다고 간청을 올리셨다고 합니다."

"냉궁에? 아바마마께서는 그를 막지 않으셨단 말인가?"

가만히 있을 성미의 모후가 아니기는 했지만 과하다는 생각에 가휜이 언짢은 목소리로 대꾸했다.

"물론 전하께서는 그리할 것까지는 없다고 하셨답니다. 하지만 중궁마마께서 고집을 부리시며 냉궁으로 가셨다고 들었습니다."

"하아. 알았다. 궁으로 가지. 가서 우선은 군부인을 의원에게 내보이고, 내일 날이 밝은 뒤에 아바마마를 뵐 것이다."

깊은 한숨과 함께 가휜이 중얼거렸다. 자신도 많이 지쳐 있었고, 홍우도 괜찮아 보이긴 하지만, 의원에게 보여야 안심이 될 것 같았다. 그러니 상황상 부왕이 명한 대로 입궁하는 편이 나을 듯했다.

❀　　❀　　❀

또 한 번 나라 안이 발칵 뒤집혔다.

군부인이 백호가에 의해 납치를 당했는데 그게 사실은 가횐 왕자를 시해하려는 음모임이 밝혀졌다. 게다가 어느 순간 나을 수 없을 거라던 상처가 다 나은 가횐 왕자께서 직접 검을 치켜들고 군부인을 구하러 갔다니! 결국 백호가주와 식솔들은 자신들의 죄를 시인하듯 짐을 싸 도망치다가 왕명을 받은 군사들에 의해 줄줄이 잡혀 왔고, 그 일에 책임을 느끼신 중궁마마는 스스로 냉궁으로 가 자신을 폐서인 시켜 주기를 청하고 계신다고 했다.

거기에 이전 가횐 왕자가 다쳤던 일도 사실은 백호가에서 꾸몄던 음모라는 소문까지 함께 나돌았다. 그야말로 아닌 밤에 날벼락처럼 놀랄 소식들만 전해 듣게 된 백성들은 어안이 벙벙하여 무슨 말을 해야 할지도 모른 채 궁의 움직임에 촉각을 곤두세울 수밖에 없었다.

"하암."

몸이 너무 곤하다 보니 저도 모르게 하품이 흘러나왔다. 하품을 하며 일어나 앉아 주위를 살피던 홍우가 낯선 풍경에 의아한 표정을 지을 때였다.

"일어났소?"

닫혀 있던 문이 덜컥 열리며 가횐이 안으로 들어왔다.

"저하?"

"그래. 나요."

"여기는 어디입니까? 저는 어제 분명 낯선 이들에게 쫓기다가…… 해월! 저 때문에 해월이 크게 다쳤습니다. 저하, 해월은 어디에 있습니까?"

몽롱한 여운에 정신을 못 차리던 홍우는 이내 어제의 일을 떠올리며 다급하게 말했다. 어찌된 상황인지 알 도리는 없었지만 해월의 일이 가장 크게 궁금하고 걱정되었다.

"해월은 어마마마께서 잘 조처하여 궁 밖의 사가에서 치료받고 있소. 어젯밤 한 고비는 넘겼다고 하니 체력만 더 떨어지지 않도록 잘 관리하면 곧 만날 수 있을 거요."

"아. 다행입니다."

눈물 어린 얼굴로 홍우가 안도의 숨을 내쉬었다.

"한데 여기는 어디입니까? 별궁이 아닌 것 같습니다."

"궁 안이오. 정확하게는 내가 궁에 있을 적 자라난 옛 거처이지. 어젯밤 당신을 찾아 바로 입궁할 수밖에 없었소."

"어째서……. 아, 붕대를 풀고 계시네요? 다리도……."

"그렇소. 나를 해하려던 인물이 가짜 서찰로 부인을 꾀어냈소. 장효의 서찰을 받고 나갔던 일을 기억하오?"

다가온 가횐이 곁에 자리잡고 앉아 그녀의 손을 두들기며 차분히 설명했다.

"그게 가짜였습니까? 몰랐습니다. 이상하다고 생각은 하였습니다만, 장효 고모님께 의논하고 싶은 것이 있어서……. 제가 마음이 급해 너무 쉽게 믿었나 봅니다."

"정말이지 이만하길 다행인 일이 아닐 수 없소. 어쩌자고 직인도 없는 서찰을 그리 쉽게 믿고, 또 내게 일언반구도 없이 밖으로 나간 거요? 이 일은 본래 크게 야단맞아야 마땅할 일이나…… 그래도 몸 성히 돌아왔으니 넘어가 주리다. 지금은 다행히 위해를 가하려던 흉수도 잡아들이고 있고……. 내 모습을 알아챈 아바마마께서 앞으로는 궁에서 지내라고 하셨다오."

"예에……. 그러면 문안인사를 올리러 가야 하지 않을까요?"

가만히 고개를 끄덕이던 홍우가 얼른 몸을 일으키며 말했다. 자신의 이마에는 아직 붕대가 감겨 있고 어리둥절한 상황 속이었지만 그래도 해야 할 일을 먼저 해야 할 것 같았다.

'해월이 있었다면 그런 것을 가장 중히 여기고 잔소리를 해 주었을 테니까.'

다급한 얼굴로 자신의 모습을 내려다보는데 가횐이 어두운 얼굴로 가만히 고개를 내저었다.

"아니오, 부인. 부인의 상처도 있고 당분간은 문안인사를 신경 쓸 필요 없소. 어마마마께서도 중궁에 머무르고 계시지 않으니 말이오."

"예? 중궁마마…… 아니, 어마마마께서 왜 중궁에 계시지 않습니까? 무슨 일이 있기라도 하였습니까?"

놀라는 홍우에게 가횐이 앉으라고 손짓했다. 이마의 상처는 가벼운 것이라고 했지만, 그래도 붕대를 감고 다리는 삐어 절뚝거리면서 선 채로 그러는 모습이 신경 쓰였다. 가횐의 손짓에 그제야 홍우가 천천히 다가와 그를 마주하고 앉았다.

"사실 나를 위해하려 했던 흉수는 백호가주였소. 어마마마의 남동생이 되는 사람이지. 그는 나를 죽이고, 가정을 세자로 책봉하고 싶은 야욕에 앞뒤 없이 일을 저질렀던 거요. 어제 부인의 일로 그들이 꾸몄던 계략들이 밝혀질 수밖에 없었고, 그는 짐을 싸 도망을 쳤소. 어마마마께서는 그 일에 책임을 느끼시며 냉궁으로 가 계신 중이오."

"아, 그 남자……. 가짜 서찰로 저를 불렀던 그는 안 좋은 마음을 지닌 것 같았습니다. 절대 그에게 잡혀서는 안 되겠다는 생각이 들었습니다."

홍우가 홍민을 떠올리며 무거운 얼굴로 중얼거렸다.

"잘 하였소. 어마마마께서 당신이 특별한 직관력을 지니고 있다고 하더니 어젯밤 일은 정말 잘 한 일이오. 사람을 숨겨 두고 부인을 기다렸던 홍민은 만약 제 마음대로 일이 풀리지 않았다면 당장 부인을 해하려 들었을 테니 말이오."

"그냥 제가 그에게 잡히면 저하께 해가 될 것 같은 느낌이 들었습니다. 그리고 해월도…… 온몸으로 자신을 위협하던 사내를 막아 도망치라고 일러 주었습니다……. 한데 저하, 어마마마께서는 어찌 되시는 겁니까? 어마마마를 뵈러 갈 수 없는 것입니까?"

걱정이 되었는지, 홍우가 흐려진 얼굴로 가훤에게 물었다.

"하아. 당장은 어려울 것 같소. 나도 이른 아침, 문안을 핑계로 아바마마를 뵈러 갔으나 삼엄한 대전 분위기와 함께 '뵐 수 없다'는 답만 듣고 돌아오는 길이니 말이오."

"모든 분들이 심려가 크시겠습니다."

"우선은 홍민이라도 잡혀야 할 것인데……. 다른 식솔들은 도망치려 했던 나루터에서 모두 잡아 수옥에 가둬 뒀으나 홍민과 홍민이 데리고 있던 수하들은 어디에 숨은 것인지 아직 잡질 못했소."

가휜이 한숨과 함께 답하는 것을 홍우는 걱정이 가득한 얼굴로
바라만 보고 있었다.

하릴없이 며칠이 흘렀다.

홍민은 여전히 잡히지 않는 모양이었고, 중궁은 냉궁에 있었으
며, 왕은 여전히 심각한 생각에 잠긴 듯 가휜과 홍우의 문안인사
를 받지 않았다.

답답함을 못 이겨 후원으로 산책을 나왔던 홍우는 시름 섞인
얼굴로 꽃들을 감흥 없이 바라보고 있었다.

궁 안 분위기가 심상치 않아, 궁인들도 크게 숨 한 번을 못 쉬
고 숨죽여 다니는 통에 그녀도 덩달아 기분이 가라앉았다. 냉궁에
계신 중궁마마도 걱정이 되었고, 어미가 유폐 아닌 유폐를 당한
탓에 거처에서 꼼짝도 않고 있다는 왕자와 공주도 어찌 지내실지
마음이 쓰였다. 찾아가 보고픈 마음도 없지 않아 있었지만 당장
곁의 가휜부터 심각한 얼굴로 고개를 내저었기에 별수 없이 시간
만을 흘려보내고 있었다.

'하지만 답답해.'

홍우가 피어 있는 동백을 손끝으로 툭 건드려 보며 내심 중얼
거렸다. 그전처럼 견딜 수 없어 초조한 감각에 불안해지는 그런
답답함은 아니었다.

그녀를 못 견디게 했던 그 초조와 불안은 며칠 전 일을 경고하
기 위해서였는지 궁에서 깨어나고 난 이후에는 말끔히 사라져 있

었다. 그저 지독한 피로감과 근육통만이 남아 있어, 그런 일이 있었다는 것을 깨닫지 못할 정도로 잊혀 버리고 말았다.

홍우가 지금 느끼는 답답함은 좁은 궁 안에 갇혀, 다니는 곳이라고는 가휜의 거처와 후원 딱 이 두 장소라는 데서 느끼는 지루함과 갑갑함이었다. 그나마 별궁은 사람이 적고 별원 안에서 지낼 때 타인의 시선을 거리끼지 않아도 되었는데, 여기는 발에 채이는 것이 궁인이고 문만 열면 마주치는 것이 시선이다 보니 홍우로서는 힘든 점이 없지 않아 있었다.

"누구인가 했더니, 새아기였구나."

그때 불쑥 들린 목소리에 홍우가 흠칫하며 고개를 돌렸다. 그리고 깜짝 놀란 얼굴로 얼른 허리를 숙여 예를 표했다.

"전하."

언제 온 것인지 왕이 그곳에 뒷짐을 진 채 서 있었다. 전에 보았을 때도 마른 편이긴 했지만 며칠간의 심적인 고민 때문인지 왕은 전보다 초췌해진 얼굴로 그녀를 물끄러미 바라보고 있었다.

"산책을 하고 있었느냐? 상처를 입었다고 들었는데 다 낫기는 한 모양이로구나. 다행인 일이다."

"예. 워낙 가벼운 상처였기에 금세 나았습니다. 저어……."

한참이나 그녀를 살피듯 응시하다가 하는 말에 홍우가 답했다. 그리고 눈을 들어 왕을 살폈다. 뭔가 말을 해야 할 것 같은데 막상 입을 열려니 무슨 말을 해야 할지 알 수 없었다. 홍우는 결국 입을 다문 채 묵묵히 왕을 바라봤다.

"짐과 차나 한잔하겠느냐. 답답하여 바깥공기를 쐬러 나왔는데 막상 항시 같이 다니던 이가 없으니 곁이 허전하던 참이다. 네가 잠시 그 자리를 대신해 주면 좋겠구나."

가흰과 꽤나 닮아 있는 부드러운 웃음을 드리운 채 건네 오는 말이 살갑고 다정했다. 가흰의 따뜻한 성품은 그 아비에게서 물려받은 것인 모양이었다.

"예? 예, 전하."

문득 그런 딴생각을 하느라 잠시 그의 말뜻을 못 알아듣고 서 있던 홍우는 그가 걸음을 옮기는 것을 보며 얼른 뒤를 따랐다.

"가흰은 뭘 하고 있는 게냐?"

"며칠간은 서재에서 시간을 보내셨는데, 오늘 아침을 드신 후엔 다녀오실 곳이 있다며 나가셨습니다. 어디로 향하신 것인지는 저도 잘 모르겠습니다, 전하."

후원 한쪽에 마련된 자리에 앉으며 왕이 묻는 말에 민망한 표정을 짓는 홍우였다.

"그래? 그 녀석. 심심해하고 있는 제 안사람 좀 신경 써 줄 노릇이지. 또 어디를 그리 돌아다니는지. 그리 내키는 대로 돌아다니다가 홍수의 습격을 받고 평생 몸 성히 못 살 뻔하였으면서……."

아들에 대한 걱정이 깊이 묻어나는 목소리로 왕이 혀를 찼다. 그리고 다시 홍우를 유심히 살피는 눈으로 바라보았다.

"그래서 너는 며칠이긴 하나 궁 안 생활에 적응을 좀 하였느냐?"

"그것이……. 예, 전하."

"표정을 보니 아닌 모양이로군. 답답한 게지?"

"……."

잠시 머뭇거리다가 겨우 대답을 하였는데 홍우의 얼굴만 보고도 속내를 읽어 낸 왕이었다. 피식 웃으며 이해한다는 표정으로 하는 말에 홍우는 살며시 얼굴을 붉힌 채 침묵했다.

"아바마마. 대전에 갔더니 계시지 않다는 말을 들었사온데, 이곳에 나와 계셨던 겁니까?"

그때 그들에게 빠른 걸음으로 다가오는 이가 있었다. 가휜이었다.

"저하."

"아, 부인이 어찌 아바마마와 함께 있소?"

홍우가 먼저 그를 부르자 그제야 그녀를 본 모양이었다.

"산책을 하다가 마주친 김에 내가 차나 한잔하자고 청하였다. 네 모후가 고집을 피우며 밖으로 나오질 않으니 곁이 허전하여 말이다. 왔으면 너도 앉으려무나. 오전에 어딜 갔다고 들었는데, 어딜 다녀오는 게냐? 궁에 들어왔으면 얌전히 가정과 함께 경연에 참석하며 자중하고 있을 일이지."

왕이 대신 답하며 빈자리를 향해 손짓했다.

"그냥 다녀올 곳이 조금 있었습니다. 한데 아바마마…… 오던 길에 홍민……. 백호가주가 잡혔다는 이야기를 들었습니다."

"그래?"

가휜은 단정한 자세로 의자에 걸터앉으며 할 말이 있는 얼굴로 부왕을 응시했다. 하지만 홍우가 곁에 있는 것이 신경 쓰여, 잠시 홍민을 거론하며 아비의 표정을 살펴보았다.

내내 그에 관해 이야기를 하려고 대전을 찾았음에도 허탕만 쳤고 자식들을 피하는 모양새를 보였던 아비였다. 어마마마에게 정이 깊은 만큼 홍민에 대해 싫은 소리 한 마디 하는 법 없이 좋게만 대해 왔던 부왕인지라, 그에 대해 이야기하기가 싫으셔서 피하시는 건가 하는 생각이 들 정도였다.

'나도 어마마마를 생각하여 강력한 처벌을 권하려고 아바마마를 찾은 것은 아니었지만……'

편들지 않을 거라면 왜 그리 자신을 피하는지 모를 노릇이었다. 가휜이 섭섭한 눈빛으로 부왕을 바라보는데도 왕은 그와 시선을 마주하지 않은 채 화사하게 피어나고 있는 꽃만 바라보고 있었다.

"어디서 잡혔다고 하더냐?"

"서쪽 국경의 성문에서 발견되어 잡혔다고 합니다. 하여 파발을 보내온 것을 청룡가에서 신이 나 떠들고 다니는 것 같더군요."

"그간 홍민에게 이권을 빼앗겨 적잖은 설움을 느꼈던 집안이니 그럴 법도 하지."

"그들이 이번 일로 실각될 터이니 자연 자신들이 득세할 것이라고 믿고 있는 게 아니겠습니까?"

쓴웃음을 떠올리며 가휜이 말했다. 자신은 심히 마음에 들지 않았지만, 어찌해도 상황은 그리 돌아갈 터였다. 왕은 보위에 오를 때부터 정치에 그다지 관심이 없어서, 신하들이 제 이윤만을 앞세워 종횡할 때에도 왕권에 대한 도전만 아니라면 크게 신경 쓰지 않았다. 가횐으로서는 그런 아버지가 못마땅했지만, 자신이 뭐라 할 수 있는 일이 아니었기에 끼어들 수가 없었다.

　세자 책봉에 대해서만은 왕이 단호한 태도로 말도 꺼내지 못하게 막아 왔기 때문이었다. 아이들이 어렸을 때는 장성하여 정할 것이라고 했고, 장성한 이후에는 적당한 시기를 보아 정할 것이라고 했다. 차일피일 미루며 이렇다 할 태도를 보이지 않은 왕 탓에, 적잖은 이들이 가횐이 세자 위에 오를 것이라고 여겼다. 그러면서도 내심 또 다른 기회를 엿보며 호시탐탐 자신에게 이득을 가져다줄 이가 누구인지 재 보는 것을 멈추지 않았다.

　가횐은 그런 이들을 야단치고 싶었지만 만일 그리하면 자신이 세자 위를 욕심내고 있다고 생각할 것 같아 외면한 채 몸을 숙일 수밖에 없었다.

　"가횐아."

　"예?"

　"네 안사람이 궁 생활에 잘 적응을 하지 못하고 있는 것 같으니 걱정이 되는구나."

　뜬금없는 말에 가횐이 멈칫하며 홍우를 응시했다. 홍우가 왕의 갑작스러운 말에 고개를 떨어트렸다.

　"아니, ……저는 잘 지냅니다. 편안히 잘 지내고 있습니다."

　"정말 그러한 것이냐? 아까는 영 불편해 보이던데? 내내 궁에 살라 하면 울기라도 할 것 같은 얼굴이었다."

　"아닙니다. 저는 그런 적이 없습니다, 전하."

　홍우를 놀리고 싶었던 것인지 왕이 짓궂은 얼굴로 농을 했다.

홍우가 눈을 들어 가횐에게 도움을 청했다.

"아바마마. 어찌 이 사람을 놀리십니까?"

"어찌 그러긴. 이제 평생 이 궁에서 살아가야 할 이가 답답해하고 있으니 걱정이 되어 그렇지."

"그야…… 예?"

제 부인을 걱정해 편을 들고 있던 가횐은 왕이 웃음을 지운 얼굴로 내뱉은 말에 멍해 있다가 되물었다. 왕이 웃음기를 깨끗하게 지운 진지한 얼굴로 그런 아들을 빤히 응시하고 있었다.

"가횐아."

"예. 아바마마."

묵직한 부름에 가횐이 신중한 얼굴로 대답했다.

"얼마 후에 세자 책봉례가 있을 것이다. 내일 아침, 신하들에게도 그리 이를 것이다."

"지금은 그게 중요한 일이 아니지 않습니까."

"아니, 중요한 일이다. 세자 위를 너무 오래 비워 두었어. 네가 성인이 되기 전엔 너를 보호하기 위해 그랬고, 성인이 된 이후에는 가정에게도 마음이 쓰여 그리됐지. 하지만 가정이 어젯밤 나를 찾아와 그러더구나. 네 어미가 궁을 나가게 될 것이면, 자신 또한 함께 나가 살고 싶다고. 장성한 왕자이니 그래도 크게 문제가 되진 않겠지. 그러니 책봉례를 서둘러 나라의 기틀을 단단히 해야겠다."

"……."

"너와 네 안사람이 세자와 세자빈이 되는 게야. 짐의 말뜻을 잘 알고 있겠지?"

"저는……."

"싫다고는 하지 마라. 거부할 수 있는 자리가 아님은 너도 알고 있을 터."

"그렇지만 아바마마, 이번 일은 어찌하실 생각이십니까. 사람들은 제가 세자의 자리에 오르는 것보다 이번 일의 처결에 더 관심을 가지고 있다는 것을 잘 알지 않으십니까."

또렷한 눈빛으로 왕이 말하기 싫어하는 것을 기어이 묻고야 마는 가훤이었다. 정말 자신이 세자 자리에 오르는 것은 중요한 일이 아니라고 생각했다. 하지만 왕의 말처럼 마다하고 말고 할 수 있는 자리가 아니었기 때문에 그리 명하신다면 따라야 할 수밖에 없었다.

"후. 우선 홍민은…… 죽이지는 않을 것이다. 백호가에 내려졌던 모든 관직과 재산은 몰수하고 사내들의 대부분은 유배형을 받겠지만 멸문을 할 수는 없다. 그 이유는, 너도 알겠지?"

"두 번이나 왕족의 시해하려 했다고는 해도 제가 세자도 아닌 일개 왕자이니까요. 왕자의 시해하려 했다는 이유로 한 가문을, 그것도 오랜 시간 요직에 봉직해 온 가문을 멸문시킨다면 너무 과한 처사라고 반발을 하지 않겠습니까. 게다가 제가 크게 다쳐 몸을 못 쓸 처지도 아니고, 어찌되었든 지금은 멀쩡히 다 나아 건강하기까지 하지 않습니까."

가훤은 이미 짐작하고 있었던 것처럼 답변을 술술 내놓았다. 또 말하지는 않았지만 모후의 문제도 걸려 있는 만큼, 아비가 할 수 있는 것은 거기까지가 최대한이지 않을까 생각했다. 짧은 며칠간 서재에서 홀로 시간을 보내며 골몰한 결과였다.

"그렇지. 그게 내 한계다."

아들의 눈을 보며 왕이 빙긋 웃었다.

"그러나 한 가지는 더 약속해 줄 터이니 섭섭해하지 말거라."

"저는 전혀 섭섭하지 않습니다. 제 안사람과 저의 안위만 보장된다면……."

가횐이 덧붙이는 말을 왕이 손을 들어 막았다. 그는 마시고 있던 찻잔을 내려놓으며 홍우를 힐끔 보고는 다시 가횐을 단단히 결심한 눈빛으로 바라봤다.

"책봉례를 치르고 최대한 빠른 시일 내, 선위(禪位)가 있을 게다. 그러니 그때 가서는 네 마음대로 해도 될 터, 하고픈 일 무엇을 한들 뭐라 할 이는 없겠지."

"아바마마!"

뜻밖의 말에 가횐이 경악한 얼굴로 그를 불렀지만 왕은 침착하기만 했다.

"너에게 마다하고 싶다고 마다할 수 있는 자리가 아니라고 말했듯, 짐도 딱히 원해서 오른 자리는 아니다. 우리 왕가는 대대로 핏줄이 귀한 탓에 어쩔 수 없는 일이었지. 너도 이렇게 네 가정을 꾸렸고, 가정도 나가서 편히 살며 자신이 원하는 일을 하고 싶다고 하니……."

"……."

"이제 짐과 네 어미도 편안히 살고 싶구나. 저 멀리 바다 가까이에 지은 별궁으로 가 평온한 삶을 살고 싶다. 그리되면 저 냉궁에서 사서 고생을 하고 있는 네 어미도 고집을 꺾고 나와 조금은 더 마음 편히 지낼 수 있게 되지 않겠느냐?"

왕이 조곤조곤한 어투로 말했다. 그가 오랜 시간 숙고하여 내린 최선의 해결법이었고 통보라기보다는 간절한 부탁에 가까웠기에 가휜은 차마 거부할 수가 없었다. 그저 어두운 얼굴로 침묵하며 아비가 내린 결정을 받아들일 뿐이었다. 갑작스러운 선위 선언에 가슴이 묵직하게 내려앉는 느낌이었지만 아무리 생각해 보아도 그리하는 것이 최선인 듯했다. 만일 그리하지 않으면 제 어미는 냉궁에서 내내 유폐된 채 살든가 폐비가 되어 밖으로 나갈 처지인지라 더는 말릴 수도 없었다.

❁　　❁　　❁

「홍우의 힘이 저와 같은 것이냐고요?」

아침, 장효를 찾아가 궁금한 것들을 물었을 때 그녀가 어이없다는 표정으로 되물었다.

「그렇소.」

「그것을 왜 궁금하게 여기십니까? 맞다고 하면 유용한 부적이 되어 기쁠 것 같아 그러십니까?」

자신을 물끄러미 바라보던 장효는 의미심장한 웃음과 함께 그리 말했다. 그녀의 말이 기분 나빠 가휜은 눈을 찡그렸지만 곧 순순히 대꾸했다.

「아니, 그런 힘이 있다면 오히려 궁 안 생활에 방해가 될 것 같아 걱정이 되어 묻는 것일 뿐이오. 부적이라니……. 홍우는 내게 한낱 그 정도 가치를 지닌 이가 아니오.」

한때 정말 그렇게 생각한 적도 있지만…… 다시 듣고 보니 그 말이 이렇게나 기분 나쁘게 여겨질 줄은 미처 몰랐다. 부적 정도가 아니었다. 소중해서 그런 것과 비교도 하기 싫은 사람이 바로 홍우였다.

「……제 대답은 '아니오' 입니다.」

그의 대답이 만족스러웠는지 장효는 묘한 얼굴로 가훤을 바라보다가 대답을 내어놓았다.

「아니라고? 하지만 그녀는……. 앞일을 맞추고 동물과 교감하며, 자연과 친히 지내던데?」

「정확하게는 말씀드리자면 그 아이가 지녔던 힘은 저보다 더 강합니다. 하지만 막혔지요.」

「막혔다니 그 무슨 말인가?」

「그 아이가 앓아 쓰러졌던 것은 저하께서 다치셔서 사경을 헤맸을 때……라고 하면 아실까요? 그 아이는 깨닫지 못하고 있지만 저하를 구하기 위해 제 힘을 대가로 치렀던 거겠지요. 그 후 그대로 막혀 버렸답니다. 전에는 꽤 선명히 앞일을 보고, 지금보다 더한 직관력을 지녔을 것이 틀림없으나, 지금은 언제 그랬는지도 모르게 희미한 옛일일 뿐이겠지요.」

「…….」

「워낙 강한 힘이었기에 그 여력이 남아 있긴 하지만, 글쎄요……. 막힌 힘이 돌아올지 안 돌아올지는 알 수 없는 일이지요. 그러니 그 정도가 홍우에게도 저하께도 다행인 일일 겁니다.」

「다행이라니 그 말은 또 무슨 뜻이오?」

「아니었다면 정말 홍우에게 궁 안의 생활은 무리였을 테니까요. 그 아이가 종종 새벽에 밖으로 뛰어나갔다는 것은 알고 계시겠지요? 그 아이는 숲이 내어 준 생명이랍니다. 하니 못 견디고 종종 그렇게 숲으로 가 쌓였던 것들을 풀어내고 해소할 수밖에요. 후일…… 기회가 닿으면 그 아이가 태어난 홍매계곡에 한 번 가보시는 것도 좋겠습니다. 그리하면 제 말뜻이 이해되실 것이니까요.」

의문을 풀러 갔다가 장효의 말에 더욱 의문만이 짙어져 돌아온 가횐이었지만 한 가지만은 분명해졌다. 홍우와 자신이 강한 인연으로 묶여 있으며, 어찌 되었든 떨어질 수 없는 사이라는 것만은 분명한 사실인 것이다.

"잠이 오질 않으십니까?"

연못가를 거닐고 있던 가횐에게 익숙한 목소리가 말을 건넸다. 달을 올려다보고 있던 가횐이 고개를 돌려 홍우의 얼굴을 확인하고는 웃는 얼굴로 손을 내밀었다.

"부인도 나온 것을 보니 마찬가지로 잠이 오질 않는 모양이오."

"아니오. 앉은 채로 깜빡 졸았습니다. 한참을 기다려도 저하께서 오시질 않으시기에 나와 보았지요."

그 말처럼 홍우의 얼굴에는 어쩐지 잠기운이 어린 것 같았다.

"그랬소? 부인이 기다리고 있는 것을 미처 생각지 못했구려. 미안하오."

"낮의……. 전하께서 말씀하셨던 이야기 때문에 잠을 못 이루시는 겁니까?"

홍우가 살피듯 묻는 말에 가훤은 말없이 그냥 웃기만 했다. 대신 근처 돌 위에 놓아두었던 고기밥 그릇을 홍우의 손에 쥐여 줬다. 뿌려 보라는 의미인 것 같았다. 그리고 비어 있는 돌 위에 털썩 몸을 걸쳐 앉는 가훤이었다.

"부인은 어떻소? 내가 명에 따르게 될 것이면…… 아니 결국엔 따를 수밖에 없겠지만. 아무튼 따르게 된다면 부인도 이곳에서 살아야 하지 않겠소. 세자빈으로서, 후일에는 중궁으로서……. 어떻소? 좋소?"

"아니요."

듣는 것만으로도 어렵고 싫은 느낌에 홍우의 얼굴이 희게 질렸다. 짧고 굵은 부정의 말에 가훤은 헛웃음을 터트리고 말았다.

"하하. 모두가 선망하는 자리인데도?"

"그래도 자신이 없습니다. 저는 제가 그 자리에 잘 어울리지 않다는 것을 잘 알고 있으니까요. 하지만……."

"하지만?"

흐린 얼굴로 홍우가 쥐고 있는 고기밥 그릇을 내려다봤다. 뿌려 보라고 건네받은 것이긴 했지만 그녀는 잠을 자고 있을 잉어들을 깨우고 싶지 않았는지 그것을 가만히 가훤에게 도로 건네주었다.

"저하께서 계시는 곳이 제가 있을 곳이 아닙니까. 어떻게든 노력은 해 볼 것입니다."

"……고맙소."

가휜을 향한 홍우의 시선은 어디까지나 맑았고 또 깊은 진심을 담고 있었다. 잠시 침묵하던 가휜이 웃는 얼굴로 답했다.

"심려가 많으신 듯한 얼굴이십니다."

어떻게든 도움이 되고 싶은데 그를 돕지 못하는 것 같아 홍우는 미안했다. 이런 자신이 정말 세자빈의 자리에, 중궁의 자리에 올라도 괜찮은 걸까 불안할 정도였다.

"아니, 부인도 하겠다는 노력을 내가 어찌 못 할까. 그냥 잘 할 수 있을까 걱정이 될 뿐이라오. 맡겨질 막중한 책임감 때문에 그런 것도 있지만, 부인을 이곳에서 행복하게 해 줄 수 있을까 그런 책임감도 강하게 느끼다 보니 생각이 많아져 잠이 오질 않더구려."

"저는 저하께서 제 곁에 계시면 됩니다. 그러면 행복할 수 있을 것 같습니다."

"앞으로 담을 넘는 산책은 못 하게 될 것인데도?"

"그, 그것은……."

빙긋 웃으며 농처럼 건네진 말에 홍우는 진심으로 당황했다.

'정말 할 수 있을까?'

순간 스스로에 대한 의구심이 들어 심히 걱정이 되었는데 가휜이 좀 더 짙은 미소를 지으며 다시 말했다.

"내 함흥원의 담을 트고 나무를 많이 심어 숲처럼 꾸며 주리다. 봄과 가을에는 멀리 가지 못해도 단풍구경과 꽃놀이를 빙자하여 숲으로 갑시다. 그러고 보니 며칠 전에 당신을 구해 준 백호에게도 약속을 했었더랬지. 기회가 닿으면 한 번 올 것이라고…….
함홍원의 연못도 조금 더 넓게 공사하여 부인이 뛰어들어 놀아도 괜찮을 정도로 만들어 두는 것도 괜찮을 것 같군."

"……."

홍우가 어안이 벙벙한 얼굴로 그를 바라봤다. 그의 말이 농인지 진심인지 구분이 되질 않았고, 정말 그리해도 되는 걸까? 왜 그리하겠다는 걸까 하는 생각들이 넘쳐났다.

"어떻소. 그만하면 나와 함께 이곳에서 평생을 오순도순 지내 줄 만하겠소? 답답해하지 않고, 울적해하는 일도 없이……. 괜찮겠소?"

생각이 넘쳐나던 홍우가 눈을 커다랗게 떴다. 자신을 향한 가환의 눈빛에 진심 어린 걱정을 읽었다. 진정 어린 마음이 절실하게 느껴졌다.

"예. 저하. 그 모든 것을 안 해 주셔도, 못 해 주신다고 하여도 그 마음 하나로 충분합니다. ……두렵지 않습니다."

소곤거리는 음성으로 말하는 홍우를 가환이 가만히 끌어당겨 품 안에 안았다. 그녀의 뺨을 쓸어 어루만지며 입술을 겹쳤다.

"그대가 시집을 올 때엔 이리될 줄 몰랐소. 평생을 그리 어둠 속에서 혼자 외로워하며 살 줄 알았다오. 하지만 그대가 내게 온 덕에 나도 용기를 낼 수 있었소. 현실을 직면할 용기가, 그리고 당신과 함께 이곳에서 살아갈 용기가……. 고맙소, 홍우."

그것은 진심이었다. 홍우를 향해 바라는 것은 아무것도 없었다. 자신을 향해 한결같은 마음을 내주는 홍우가 있다는 것만으로도 그는 가슴이 따스해지는 기분에 모든 것을 이룰 수 있을 것만 같았다.

❅　　❅　　❅

가훤과 홍우는 미리 입을 맞추기라도 한 것처럼 이른 새벽, 아란이 지내고 있는 냉궁으로 향했다. 냉궁은 왕궁의 가장 바깥쪽에 자리 잡은 곳으로, 주로 죄를 지은 후궁과 왕자 공주들이 어린 시절 지내다가 더는 있을 수 없게 되어 바깥으로 내쳐지기 전까지 머무는 장소였다. 혹여 총애를 투기하여 죄를 짓는 후궁들이 생길까 봐 생겨난 곳이기는 하였지만, 그 쓰임새는 거의 없었다.

딱 한 번, 왕이 한 여인만을 사모하여 자신을 봐 주지 않는 데 앙심을 품었던 백호가의 여식이 그 여인을 살해하여 냉궁에 갇히게 되었던 선례만이 존재했을 뿐이다. 욕심과 투기 때문에 제 여인을 잃었던 왕은 크게 분노하여 백호가의 여식을 냉궁에 가둬두고 죽을 때까지 용서하지 않았다고 했다. 결국 궁인 하나만이 식사를 들고 드나들 뿐 홀로 고된 시간을 보내야 하는 그곳에서 여인이 자진을 택했는데, 그런 곳에 아란이 들어가 있는 것을 다른 이들이 마음 편히 지켜볼 수 있을 리 없었다.

"세자의 명을 거역하는 게냐?"

"하나 중궁마마께오서……."

"네가 지금 냉궁에 들어가 있는 사람의 명을 따르겠다는 게냐. 아니면 세자의 명을 따르겠다는 게냐? 잘 생각해 보고 대답하여야 할 것이야."

가횐이 냉궁을 지키고 있는 위사와 짧은 실랑이를 했다. 아직 오르지도 않은 세자 위를 운운하며 낮게 깔린 목소리로 위협하는 말은 언성을 높이지 않았음에도 고요한 새벽을 약간 크게 울릴 정도였다.

"안에 계신 마마께 들리겠습니다."

홍우가 주위를 둘러보며 가횐에게 속삭였다. 동도 트지 않은 이른 시각인 터라 뒤에 따른 궁인들 이외에는 다니는 이들이 없어 걱정할 일은 없었지만 그래도 혹여 소란으로 아란을 깨우지 않을까 걱정됐다.

"알았소. ⋯⋯어서 냉큼 문을 열지 못하겠느냐!"

"예, 저하."

가횐은 홍우에게만 가볍게 고개를 끄덕이고 다시 사나운 표정으로 위사를 압박했다. 그에 못 이긴 위사가 슬며시 꼬리를 내리고 문을 열었다. 중궁마마가 안으로 들어가시며 누가 오시더라도 문을 열지 말라고 한 지가 벌써 두 달이 넘어 석 달을 향해 가는 시점이었다.

왕도 여러 번 걸음 하였지만 그녀의 의사를 존중했기에 차마 강제로 열고 안으로 들어가진 않았는데, 아무리 세자가 될 분이라지만 아직 책봉례도 올리지 않은 분들께서 어찌 새벽부터 이리 어깃장을 놓으시는지⋯⋯ 모르겠다고 생각했다.

"되었군. 들어갑시다. 이곳은 아무나 들어갈 수 없으니 너희들은 그곳에서 기다리고 있어라."

가횐이 열린 문을 보며 겨우 흡족한 표정을 지었다. 위사들이 좋은 날을 두고 이런 곳을 찾아 자신을 자신들을 놀라게 한 가횐 부부를 보며 고개를 절레절레 흔드는 것이 느껴졌지만 막상 둘은 전혀 개의치 않는 듯했다.

높고 두터운 담 안에는 아주 작은 방 두 칸짜리 집이 놓여 있을 뿐이었다. 그곳까지 향하는 길도 관리가 안 돼 수풀이 우거지고 험해 어쩐지 스산한 폐가처럼도 보였다.

"어마마마. 저희가 왔습니다. 이른 새벽잠을 깨워 죄송하오나 들어도 되겠습니까?"

눈을 찌푸린 채 그곳까지 다다른 가횐과 홍우가 말했지만 이미 안에서는 바깥의 소란을 접하고 일어난 듯 초를 밝히는 모습이 지창에 비치고 있었다.

"들어올 것 없다. 내가 나갈 것이니."

그 말과 함께 방문이 삐그덕 열리며 소복을 입은 여인이 단정한 몸짓으로 초를 들고 마루 위로 나왔다.

"너희들이 지금 이 시각에 여기서 뭘 하고 있는 게냐?"

땋은 머리를 한쪽 어깨로 넘긴 채 밖으로 나온 아란은 삐져나온 잔머리를 한 손으로 쓸어 넘기며 기도 안 찬다는 얼굴로 그들을 보고 있었다. 그 모습이 여전히 당당하고 서늘한 아름다움을 자랑하고 있어서 가횐과 홍우는 내심 다행이란 생각을 했다.

"뭘 하느냐니요. 문안인사를 드리러 왔습니다."

355

"뭐?"

기껏 그 소란을 피우고 안으로 들어와 한다는 말이 어이없었다. 아란이 멍한 표정을 짓는데 웃는 얼굴로 농처럼 말했던 가횐이 순간 웃음기를 싹 지우고 진지한 눈빛으로 그녀를 보았다.

"어마마마. 오늘 소자 그리고 어마마마의 며느리가 책봉례를 치릅니다."

"……들었다."

안에 갇혀 있었지만 아란은 바깥의 소식을 꽤 잘 알고 있었다. 가정과 혜운이 하루에 한 번씩 찾아와 문밖에서 들으란 듯이 소란을 피우다가 가기 때문이기도 했지만, 밤늦은 시각 대전을 나와 산책에 나서는 왕께서 꼭 이 앞을 지나다가 문 앞에 한참이나 멈춰 서서 한참을 홀로 떠들다가 돌아가는 탓이었다.

"홍민, 백호가주는 달포 전 유배지로 떠났지요. 백호가의 거의 모든 재산은 몰수되었고, 사내들은 대부분 험한 변경지역으로 유배를 떠났으며 백호가의 안주인과 홍사혜만이 내쫓기듯 저택을 나와 성도 외곽으로 숨어들었다고 하더군요."

"하아. ……그 또한 들었다. 어찌하겠느냐. 자업자득인 것을……. 거기다가 이 나라의 보위마저 탐하겠다고 할 법한 욕심을 부린 것이니……. 나는 그리 여기고 있다."

설명하듯 하는 가횐의 말에 아란은 가벼운 한숨만을 내비치며 수긍의 뜻을 내비쳤다. 가횐이 그런 그녀를 향해 다시 말했다.

"그리고 저와 홍우는 오늘 세자와 세자빈이 될 것입니다. 모든 신하들이 그를 받아들였고 뒤에서는 어찌 생각할지 모르나……

기쁘다고 말해 주더군요."

"그 말은 아까도 하질……."

"어마마마. 그간 저를 귀히 여기고 키워 주시어 감사합니다. 이리 어여쁜 며느리를 얻어 주신 것 또한 감사드립니다. 그 인사를 드리고 싶어 찾아뵀습니다."

그 말과 함께 가휜과 홍우가 그 자리에 엎드려 절을 올렸다. 무심한 눈빛으로 아들을 야단치려던 아란이 말문이 막힌 얼굴로 침묵했다.

"어마마마. 어마마마께서 제 사가까지 걱정하여 사람을 보내어 주신 덕분에, 제 부모님께서는 위험이 있으신지도 모른 채 무사하실 수 있었다고 합니다. 얼마 전 아버님께서 그런 내용의 서찰을 보내 주셨습니다. ……하지 않아도 될 이런 고생은 아주 조금만 더 하셔 주세요. 아주 조금만 더 참아 주시면 더 이상은 마음 불편한 일 없이 편히 사실 수 있도록 해 드릴 것입니다."

가휜과 함께 고개를 숙이고 있던 홍우가 아란을 올려다보며 그리 말했다. 짧은 기간에 불과했지만, 궁 안의 생활이 생각보다 불편하지는 않았는지 꽤 마음 편한 얼굴의 홍우가 의미심장한 어조로 그리 말했다. 모든 일이 잘 될 거라고, 그리 믿고 있다는 얼굴이었다.

"잘도 떠드는구나. 아직 예식도 올리지 않은 것들이……. 지니지도 않은 지위로 사람을 강압하여 이 안으로 들어온 것치고는 너무 당당하고 떳떳하구나."

"어이쿠. 들으셨던 겁니까? 하지만 오늘만입니다. 걱정 마십시오. 앞으로는 절대 이런 일이 없을 겁니다."

묘한 얼굴로 그들을 내려다보고 있던 아란이 피식 흐릿한 웃음을 머금었다. 그리고 야단치듯 말하는 것에 가훤이 씩 웃으며 말대꾸를 했다.

"그래. 고맙구나."

스르륵 몸을 일으키는 그들을 보며 아란이 중얼거리듯 말했다. 단순히 이 상황에 대해, 가훤이 한 말에 대해 하는 대꾸는 아닌 듯했다. 많은 의미가 담긴 그 말 한 마디에 가훤과 홍우가 그녀를 웃는 얼굴로 올려다보고 있었다.

오늘은 지난 두 달간 길일을 잡고, 많은 준비를 들여 기다려 온 날이었다.

오랜 시간 가훤이 세자가 되기만을 기다려 왔던 국민들은 들뜨고 설렌 기분에 일주일 전부터 곳곳에서 잔치를 벌이며 진심으로 그들을 축복했다고 한다.

맑고 화창한 날씨도 두 사람을 축복하는 듯했던, 어느 초여름 날의 일이었다.

〈終〉

외전
붉은 꽃비 흩날리던 날

운소산을 비롯한 높고 험악한 능선에 가운데에 자리하고 있는 운소현은 사람의 통행이 빈번하지 않은 한적한 마을이었다. 성도에서 멀리 떨어져 있고, 오고 가는 길이 험한 편이라 그럴 수밖에 없었는데, 그런 운소현이 오늘 시끄럽게 들썩이고 있었다.

그도 그럴 것이 세자 저하께서 세자빈 마마의 고향을 함께 찾으신 터였다. 정확하게는 세자 위에 올랐으니 세상을 둘러보고 싶다며 궁 밖으로 나오신 저하께서 불현듯 운소현으로 길을 잡아 처가를 방문한 것이었다.

"어찌 이리 누추한 곳을 찾아 주셨습니까. 먼 길 오시느라 힘드셨을 터, 안으로 드시지요."

문밖까지 나와 세자 일행을 맞고 있던 심주원이 손짓으로 안을 가리키며 말했다.

"아닙니다, 장인어른. 오는 길 곳곳 경치구경을 하면서 천천히 왔기에 하나도 힘들지 않았습니다."

얼른 말에서 내려와 심주원의 두 손을 맞잡은 가횐이 그리 말하며 가마를 힐끔 바라봤다. 다소 무뚝뚝한 얼굴이긴 했지만 놀람과 긴장이 어린 눈길로 가횐을 보고 있던 심주원의 시선도 자연스럽게 그쪽을 향했다.

"아버님."

마침 가마의 문이 열리고, 붉고 고운 치맛자락이 언뜻 비치나 했더니 홍우가 해월의 시중을 받아 밖으로 빠져나오고 있었다. 오랜만에 보게 된 아비와 마주하여 반갑고 부끄러운 기분이 들었는지 발그레 뺨을 붉히고 선 모습이 예뻤다.

"홍우, 아니 세자빈 마마. 먼 길 오느라 고생하셨습니다. 자, 어서 안으로 드시지요."

아비 심주원 역시 반가움과 같은 감정이 몰아쳤는지 불쑥 부르던 대로 딸의 이름을 내뱉다가 아차 한 얼굴로 고쳐 말했다. 조심스럽게 그의 곁으로 다가서고 있던 홍우는 일순 뒤바뀐 그의 높임말에 살며시 시무룩한 표정으로 뒤따를 수밖에 없었다.

집을 떠날 때도, 서간을 받았을 때도 무뚝뚝하면서도 깊은 정을 그대로 내비친 아버지였는데, 막상 얼굴을 마주하고 나자 생경한 어투를 보이는 것이 섭섭했다.

"우선은 장인어른의 말씀대로 들어가십시다. 들어가서 문안인사를 여쭈어야지 않겠소. 나도 혼례 이후, 처음 뵙는 장인어른이고 부인도 오랜 시간 보지 못해 그리움이 사무쳤을 터이니 말이오."

홍우의 마음을 누구보다 잘 알고 있는 가휜이 그녀의 어깨를 다독여 주었다. 심주원은 그런 딸을 외면하듯 시선을 돌렸지만, 금세 슬쩍 남산만 한 그녀의 배를 바라보며 걱정 어린 눈빛을 짓는 것이 그 역시 꽤 딸이 보고 싶었던 것 같다. 게다가 가출을 하다시피 집 나간 딸이 혼례를 치른 것도 당황스러운데, 또 세자빈이 되었다며 남의 입을 통해 소식을 전해 들어야 했으니, 그 속이 편치 않을 수밖에 없었을 테다.

물론 중간에 사위 되는 왕자가 자신들을 모시러 사람을 한 번 보낸 것을 거절했고, 게다가 모르는 사이 백호가에서 자신들을 해하려 한 것을 중궁마마께서 먼저 손을 써 보호해 주셨다는 말을 듣기도 했다. 하지만 정작 딸 쪽에서는 전혀 아무런 소식도 전해 받지 못했다. 말하지 않아도 왜 그랬는지, 어떤 상황 속에 있었을지 짐작이 되었기에 서운한 것은 아니었지만…… 그래서 더 마음이 쓰일 수밖에 없었다.

"작년 봄, 불온한 무리가 장인어른 댁에도 큰 흉수를 뻗으려 하였다고 들었습니다. 제가 먼저 생각하여 미리 방비를 했어야 할 일인데 그리지 못해 죄송스러운 마음을 금할 수 없습니다. 송구합니다, 장인어른."

안으로 들어오던 가휜이 정말 미안한 표정으로 그리 말했다. 연신 홍우 쪽을, 아니 정확하게는 볼록 솟은 배 쪽을 흘끔거리고 있던 심주원이 얼른 크게 머리를 내저었다.

"아닙니다, 저하. 중궁마마께서 손을 써 주신 탓에 저희는 그런 이들이 운소현으로 온 줄도 몰랐다고 이미 서찰을 보내 드리지 않았습니까. 병사가 지키고 있는 줄도 몰랐는데…… 수상쩍은 이들이 운소현으로 넘어와 저희 집을 기웃거리는 것을 미리 알아차리고 바로 현감으로 잡아들여 성도로 압송한 터라, 나중에야 현감을 통해 이야기를 전해 듣고 조금 놀랐을 뿐이지요."

"그래도 심려가 많으셨을 것이 아닙니까. 게다가 세자빈도 정신이 없어 소식을 잘 전하지 못하였을 테니까요."

홍우가 집에 서찰을 보내기 시작한 것은 몇 달 되지 않았다고 했다. 처음엔 정신도 없었고, 또 어찌 보내야 할지 알 수도 없어 망설이고 있었다. 몸이 모두 나은 해월이 그녀의 곁으로 돌아온 이후에야, 마음의 안정을 찾은 홍우는 서찰을 보내기 시작했다.

익숙하지 못한 궁내 생활에 그나마 정을 붙이고 살갑게 지낸 해월이 1, 2년만이라도 함께해 주었으면 좋겠다고 홍우가 직접 부탁을 했고 해월 역시 마땅치는 않지만 성심껏 그녀를 모시기는 했기에 가휜이 허락했던 일이었다.

"아닙니다. 그리 마음 쓰실 것 없습니다. 어차피 시집보낸 딸, 잘 지내고 있다는 소식만 드문드문 전해 들어도 감읍할 일이지요. 저는 그리 여기고 있었습니다."

"회임을 하여 다섯 달이 되었습니다. 하여 먼 길을 함께 떠나자 하니 신하들의 반대도 이만저만이 아니고 세자빈 본인도 우려가 섞인 표정으로 망설였으나 제가 강권하였습니다. 지금이 아니면 이곳에 언제 와 보게 될지 모를 것 같아서요."

말은 그리해도 그리운 마음은 어쩔 수 없었던 모양이었다. 체통도 잊은 채 홍우를 흘끔거리는 심주원을 보다 못해 가휜이 그리 말했다.

"아!"

멍한 표정으로 가흰을 돌아보는 심주원의 눈에 기쁨이 일렁거렸다. 세자빈이 회임을 하여 왕과 중궁 모두를 기쁘게 했다는 소식은 운소현에도 이미 두어 달 전에 전해졌던 일이었다. 하지만 그렇다고 해서 궁금하지 않은 것은 아니었다. 몇 달이나 되었을지, 불편한 것은 없을지, 입덧은 했을지 안 했을지…… 듣고 또 들어도 모자랄 이야기들이 가득했다.

"우선은 안으로 들어가 절을 받으시지요, 장인어른. 세자빈은 배가 불러오는 터라 절을 올릴 수 없으니, 대신 저라도 꼭 절을 올려야 하겠습니다. 하하."

"예, 저하. 안으로 드시지요."

그제야 좀 정신을 차린 얼굴로 심주원이 고개를 끄덕였다. 딸과 직접 말을 주고받고 싶었지만…… 아직 시간이 많으니 괜찮았다. 한 며칠 머무르다 갈 것이라는 연통을 미리 받았고, 때문에 안사람이 음식을 장만하느라 바삐 움직인 지가 벌써 닷새를 넘은 것이다.

딸과 사위와 짧아도 단란한 시간을 보낼 수 있을 것이 분명했기에 심주원은 들썩이는 가슴을 한 손으로 억누른 채 겨우 진정한 얼굴로 안으로 들어설 수 있었다.

❀　　　❀　　　❀

밤이 늦은 시각, 홍우는 복도로 나와 다소 차갑게 느껴지는 마루 위를 거닐고 있었다. 마당 너머 얇은 대나무로 만든 담장에 바람이 불어 스르르 시원한 소리를 내고 있었다.

"왜 여기 나와 계십니까."

어린 시절 이곳을 흙발로 뛰어다니다가 아버지에게 혼이 나곤 했던 것도 이제는 그리운 옛일이었다. 어쩐지 슬퍼지는 느낌이라 홀로 가라앉은 눈빛을 한 채 생각에 잠겨 있는데 언제 나온 것인지 심주원이 그녀를 불렀다.

"아버님."

"귀중한 아이를 배태한 몸으로 찬바람을 쐬길 즐겨하면 아니 됩니다. 그러다가 고뿔이라도 들면 어쩌려고 그러십니까."

"예. 아버님. 그래서 덧치마를 쓰고 있지 않습니까. 조금만 봐주셔요."

그녀와 이야기를 나누고 싶어 떠들썩한 술자리를 빠져나온 것인지 불콰한 얼굴에는 그녀에 대한 걱정만이 가득 담겨 있다.

"쯧쯧. 아까 한참 전에 자리에서 일어나시기에 안채로 갔으려니 하고 나와 봤더니, 여기서 이러고 계셔서 하는 말입니다."

"아까 어머님과는 짧으나마 이야기를 나누었답니다. 몸이 약하신 분이 아닙니까. 제가 온다고 하여 음식 장만을 하다 무리를 하셨는지 지치신 것 같아 잠자리를 보아 드리고 나온 길이랍니다. 이곳은 아직 술자리가 이어지고 있나 하여 도로 와 본 것이지요."

홍우가 웃는 얼굴로 조신하게 대꾸했다. 하지만 반만 맞는 말이었다. 어머니와 정을 나누기는 했지만, 그러다 보니 묵묵히 웃는 얼굴로 지켜보기만 했던 아버지와의 대화가 못내 아쉽게 느껴져 다시 돌아왔던 것이었다. 어쩐지 아비도 자신처럼 여겨져 **빠져** 나올 것 같은 기분이었는데, 정말 제 심정을 들여다보기라도 한 듯 나와 줘서 무척이나 기뻤다.

"마마가 떠나고 난 이후…… 불쑥 혼례를 치렀다는 이야기가 전해지자 어미가 무척 많이 울었더랍니다. 그리될 줄 알았다면 좀 더 열심히, 잘 가르쳐 두었어야 할 일인데……. 아무것도 할 줄 모르는 아이를 왕가에, 그것도 더 나아가 세자빈이 될 줄 알았다 면 회초리를 들어서라도 열과 성을 다해 가르쳤어야 하는데 하고 말입니다."

"하, 하하. 어머님도 그 말씀을 하셨지요. 그래도 좋은 스승이 옆에 붙어 있어 뒤늦게라도 열심히 배우고 있으니 너무 걱정은 마셔요, 아버님. 어머님께도 그리 말씀을 드렸답니다."

보고 있어도 마음이 허허롭고 애틋한 기분이 쉬이 가지질 않았 다. 심주원이 그런 기분에 부러 더 농을 하자 홍우가 찔끔한 얼굴 로 헛웃음을 터트렸다.

"그래야지요. 이제 어미가 되실 게 아닙니까."

언제 이리 딸이 다 자라 부인이 되고 또 어미가 된다는 것인 지…… 기특하면서도 마음이 아렸다. 어릴 적부터 천방지축이었 던 딸은 외동이라서가 아니라 그 자체가 선물 같고 특별하기만 한 아이라서 항시 마음이 쓰였기에 더한 모양이었다.

항상 흐트러진 머리채로 긁히거나 넘어진 상처를 매달고 흙투 성이가 되어 돌아다녀 혀를 차게 만들었던 것이 엊그제 같은데 말이다. 딸의 머리는 단정하고 우아하게 틀어 올려 한 올의 흐트러짐도 없었고, 몸가짐도 음전하기만 하여 더할 나위 없는데 어쩐지 그게 아쉬운 기분까지 들다니, 이런 날이 올 줄은 몰랐다.

'세월이 그만큼 흘렀다는 겐가.'

딸을 보고 있던 시선을 옮겨 심주원은 밝은 달을 응시했다.

「성도에 가야 합니다. 갈 겁니다! 그러니 단자를 내어 주셔요, 아버지!」

어느 날 급작스럽게 쓰러져 의식이 엄엄했던 딸이었다. 주변 의원이란 의원은 다 찾아 왜 이러는지 물었으나 그들은 하나같이 어두운 얼굴로 모르겠다는 표정만을 지어 아비의 애간장을 태웠었다. 그런 딸이 쓰러졌던 날처럼 느닷없이 정신을 차리고 일어나 앉아 겨우 인도의 한숨을 내쉬었더니 얼마나 지났다고 불쑥 날벼락 같은 말을 내뱉는 것이 아니던가.

「너 정말……」

기가 차 말도 나오지 않았었다. 어찌나 화가 났던지 그날 심주원은 하마터면 딸에게 난생처음 손찌검까지 할 뻔했다. 하지만 딸의 고집 어린 심각한 얼굴에 땅이 꺼져라 한숨만을 내쉬고 단자를 내어 주었으나, 이런 결말이 있을 줄은 몰랐다. 고집부리고 성도까지 가서 결국 방도가 없으면 돌아오겠거니 하고 보냈던 딸이 끝내 세자빈이 되어 돌아온 것이다.

'나만 몰랐을 뿐, 인연이었던 건가? 세자가 되신 가휜 왕자님과 그리될 운명인 것을 나 혼자 안달하여 막아 보겠다고 전전긍긍했던 것인가.'

그냥 그런 생각이 들었다. 철모르고 하는 소리라며 헛소리로 치부했는데 그리 혼인하겠다며 외치고 다니던 가휜과 짝이 되어 단란한 모습으로 아비를 찾은 것을 보니 감개무량하기만 했다.

"아버님. 내일은 홍매 계곡에 가 보려 합니다."

입가에 흐릿한 웃음을 머금고 딸과 함께 달을 보며 생각에 잠겼는데 불쑥 그의 기분 좋은 사색을 깨트리는 소리가 흘러나왔다.

"예?! 그 무슨 얼토당토않은 소리십니까?"

홍우의 뜬금없는 말에 심주원이 기막힌 얼굴로 그녀를 쏘아봤다. 언뜻 어려서 그녀를 야단칠 때처럼 절대 안 된다는 엄한 표정이 떠올라 있었다.

"왜요? 저하께서 가 보고 싶다고 하셨습니다. 저도 지금이 아니면 다시 가 보지 못할 것 같으니 꼭 가 보려고 마음먹고 온 것인데요?"

아비의 엄한 표정에 반대가 어려 있음을 알아차리고 홍우는 의아한 표정으로 말했다.

"아이고."

심주원이 손을 들어 자신의 이마를 짚었다.

"그 몸으로 어디를 가신다는 말입니까. 홍매 계곡은 아시다시피 깊은 산중이 아닙니까. 아니 됩니다, 절대 아니 돼요!"

고개를 절레절레 흔들었지만 홍우는 가볍게 웃음 지을 뿐이었다.

"만삭인 어머님도 가셨을 정도로 길이 험하지는 않은 곳입니다. 그냥 숲을 좀 헤치고 많이 걸어야 할 뿐이지요. 아버님도 잘 아시지 않습니까."

생각보다 강경한 표정에 홍우는 순간 괜히 이야기하였나 싶어 찔끔한 표정을 지었다. 내심 아비랑 어미도 함께 가면 좋겠다고 생각해 말을 해 본 것인데 반응으로 보아 어불성설인 일이었다.

"그 어미가 만삭의 몸으로 홍매 계곡에 갔던 결과가 어땠는지는 누구보다 잘 아실 게 아닙니까. 절대 아니 됩니다."

"아."

결국 아비가 화를 내듯 말했다. 홍우가 멍한 표정을 짓다가 이내 그 뒤의 이야기를 떠올리며 고개를 끄덕였다.

"이른 진통에 저를 낳으셨지요."

"예! 산속에서, 그것도 홍매 계곡에서 비가 오던 날! 오도 가도 못 하게 되어 갖은 고생을 하나 겨우 마마를 낳으신 겁니다. 이제 안 되는 이유를 알겠습니까? 복중 귀한 아기씨를 품은 몸으로 어디를 가겠다는 겁니까, 어디를…… 쯧쯧."

그날, 홍우가 태어나던 날에 어찌나 몸과 마음으로 고생을 했던지 심주원은 그 이야기라면 진저리를 쳤다. 물 흐르는 계곡에서 뜨거운 물을 끓이느라 동분서주하고, 진통에 시달리던 아내에게 머리채를 내어 주었던 그날 일은 그에게 있어 그리 행복한 기억은 아니었기 때문이었다. 게다가 그날 위험한 상황 속에서 위태위태하게 태어났던 딸은 다른 아이들과는 조금 다른 모습을 보여 부모 속을 끓이는 경우가 많았기에 더 그럴 수밖에 없었다.

그런데 그런 장소에 딸이 가겠단다.

"……."

심주원이 말없이 웃고만 있는 딸을 흘끔 미심쩍은 눈빛으로 봤다. 자신이 야단치자 입을 다물고 수긍한 모습을 보이는 딸이었지만, 그게 더 의심스러운 심주원이었다.

'새벽에 일찍 일어나 그 개구멍을 지켜야겠구먼.'

흘러나올 것 같은 한숨을 눌러 참고 심주원이 소리 없이 결심했다. 소중히 키워 온 딸이었기에 그녀를 잘 알아 결심한 심주원이었지만, 그는 다른 것은 생각지 못하는 것 같았다. 그런 딸을 정작 그 자신은 단 한 번도 붙들어 본 적이 없다는 사실을 말이다.

"이것 참, 색다른 즐거움이군. 왜 당신이 새벽마다 그리 몰래 담을 넘었는지 알 듯한 기분이구려. 그런데 다니던 개구멍이 있다고 하지 않았소?"

살그머니 문을 빠져나가는 홍우의 뒤를 따르던 가휜이 웃는 얼굴로 중얼거렸다. 그의 손을 붙들고 주변을 살피며 대문을 향하던 홍우가 '쉿' 하는 모양새로 그를 돌아봤다.

"그곳은 아니 될 것 같습니다. 새벽잠을 설치신 아버지가 두 눈을 부릅뜨고 나와 계실 거거든요."

마치 지키고 선 제 아비를 훤히 지켜보고 있는 것 같은 말에 가휜은 빙긋 웃음만 지었다. 그런 느낌은 귀신같이 알면서 어찌 자신들의 뒤를 몰래 따르고 있을 호위 무관들이나 해월은 조금도 눈치채지 못하는지 신기할 정도였다.

"힘들지는 않소?"

집을 벗어나 산길로 접어들고 나서도 홍우는 그의 손가락을 꼭 쥔 채 앞에서 끌듯이 걷고 있었다. 설레는 기분이 그대로 드러나는 얼굴로 앞장서서 걷는 홍우를 가횐이 따스한 눈빛으로 뒤따랐다.

"전혀요."

사실은 한 치 앞을 보기 어려운 길을 수풀까지 헤치고 걸어야 하기에 자신이 앞서고 싶은 마음이었지만, 홍우가 너무 들뜬 얼굴로 빨리 걷고 있어 그럴 수가 없었다. 흡사 옛 정인을 만나러 가기라도 하는 것처럼 환하게 빛나는 얼굴에 슬며시 질투가 일 정도였다.

하지만 홍우는 앞만을 보고 걷느라 골몰해서 가횐을 살필 겨를도 없어 보였다. 하는 수 없이 가횐은 시선을 들어 눈앞의 숲을 유심히 살피며 뒤따랐다.

어둠에 잠겨 괴괴하기만 했던 숲은 서서히 동이 트기 시작하며 조금씩 깨어나고 있었다. 이른 아침 모이를 잡으러 나온 새들이 푸드득 날아오르며 지저귀고 있었고, 산토끼나 사슴 따위도 물을 먹고 풀을 뜯으러 나온 것인지 어슴푸레한 저 너머에 모습을 드러냈다가 인기척에 얼른 도망을 가 버리곤 했다.

"거의 다 와 갑니다, 저하. 지치지는 않으셨지요?"

잠시 걸음을 멈춘 홍우가 숨을 고르며 뒤를 돌아봤다. 지친 모습이 역력한 것이 누가 누구를 걱정하는지 모를 일이었다. 땀 한 방울 흘리지 않으며 그녀의 뒤를 따랐던 가횐이 어이가 없어 헛웃음을 내비쳤다.

"전혀 지치지 않았소. 하지만 우리 아기는 지쳤던 모양이로군."

불쑥 손을 들어 홍우의 배를 쓰다듬으며 말했다. 오랜만에 산을 오르느라 힘이 들어 헉헉 숨을 내쉬고 있던 홍우가 그의 말에 자신의 배를 내려다봤다.

"아니요. 아이는 오히려 신이 난 것 같은데요. 아까부터 신이 나 뛰놀더니 줄곧 제 배를 걷어차고 있습니다."

"그렇소? 우리 아이가 건강하고 튼튼한 것 같아서 참 다행이오."

말은 하지 않았어도 내심 길이 길어지자, 임산부인 홍우가 걱정되었던 가훤이 반색했다. 홍우가 다시 앞을 바라보며 어딘가를 가리켰다.

"저쪽에 경사진 길을 잠깐 내려가면 이제 홍매 계곡이 나온답니다. 물소리가 들리시지요?"

"그렇군. 정말 가까워진 것 같소."

물소리는 아까부터 들리고 있었다. 하지만 그녀의 흥을 깨지 않기 위해 짐짓 지금 들은 것처럼 맞장구를 치는 가훤이었다. 홍우가 신이 난 얼굴로 그의 손을 다시 잡았다.

"어서 가세요, 저하. 이제 날도 밝을 것이니, 동 트는 광경과 함께 피어나기 시작했을 홍매화를 보고 싶습니다."

이곳은 계곡 가득 홍매가 피어 홍매 계곡이라는 이름이 붙었다 했다. 이른 봄, 싹이 움트기 직전 붉은 매화가 가득 깨어나 깨지기 시작한 계곡물의 얼음물과 어우러지기 시작하면 그야 말로 선경(仙境)이라. 홀려서 다시 못 돌아올 것처럼 너무 아름다워서 운소현 사람들도 신이 사는 곳처럼 여기며 경외시하여 잘 가지 않는 곳이라고 했다.

하지만 그런 곳에서 태어난 홍우는 그곳을 또 하나의 집처럼 여기며 자랐다고 했다.

'꽤나 보고 싶었던 모양이로군.'

오랜 시간 못 갔을 터였고, 멀리 쉽지 않은 길을 돌아 고향으로 왔으니 저리 들떠 어쩔 줄 몰라 하는 것도 이해가 갔다.

"그럼 가 볼까?"

어느새 잡았던 손도 놓고 홀로 걷고 있는 홍우의 뒤를 가휜이 흐릿한 웃음과 함께 뒤따르고 있었다.

점점 푸르스름한 빛이 숲 안쪽까지 침범하며 길을 밝히는가 싶더니 갑자기 눈앞이 탁 트였다.

"아아."

청량한 물소리와 함께 이제 가득 꽃봉오리를 터트리기 시작한 짙은 매화 향기가 그를 반겼다. 시야 한가득 들어오는 광경에 묵묵히 걷고 있던 가휜이 걸음을 잠시 멈춘 채 감탄사를 흘렸다.

쏴아아—

한줄기 시원한 바람이 열심히 올라온 그들의 땀을 식혀 주듯 휘감고 지나갔다. 그 바람이 흐드러진 꽃잎을 휘감고 꽃비처럼 그 것을 흩뜨려 떨어뜨렸다.

시원한 물줄기가 작은 폭포에서 떨어져 곧 계곡의 바위틈으로 격랑을 만들며 지나쳤다. 마을 사람들이 사람을 홀려 헤어 나오지 못하게 하는 선경(仙境)이라고 하더니 정말 그 말이 맞았다.

"저하. 저하. 이리 내려와 보세요. 이른 봄이라 이제 막 피기 시작했을 줄 알았는데, 벌써 꽃들이 가득 폈습니다. 저하를 반겨 주는 것 같네요."

벌써 저 아래 계곡 바로 앞의 바위까지 내려간 홍우가 손을 흔들며 그에게 외쳤다.

"나를 반기기는⋯⋯. 그대를 반기는 것이겠지."

"예?"

"아무것도 아니오."

가흰이 피식 웃으며 혼잣말을 하자 그녀가 눈을 동그랗게 뜨고 되물었다. 고개를 흔든 가흰이 뒷짐을 진 채 천천히 그녀가 있는 계곡으로 내려가기 시작했다.

"꽃비가 내립니다."

홍우와 나란히 서서 하늘을 올려다보자 이미 환해진 하늘 아래 아름드리 매화 나무들이 꽃잎을 자랑하며 가득 서 있었다. 한 번도 그렇다고 말한 적은 없었지만 내심 많이 그립고 보고 싶었던 광경에 홍우가 홀린 듯이 시선을 고정시키고 중얼거렸다. 그녀처럼 고개를 하늘로 향한 가흰이 불쑥 말했다.

"그렇군. ⋯⋯그래서 홍우였던 게요?"

"아, 아니요. 물론 그것도 있겠지만, 제가 이곳에서 태어나던 날 큰 비가 내렸답니다. 부모님 두 분이서 꽃구경을 나오셨던 날 하필이면 비가 내리기 시작한 데다 어머님은 때아닌 진통까지 오셨다지요. 당황하여 오도 가도 못 할 때 진통은 더욱 짧아지고⋯⋯. 저곳 보이시지요? 한 사람이 비를 피할 법한 작은 동굴처럼 되어 있지 않습니까? 하는 수 없이 저곳에서 저를 낳으셨답니다."

홍우가 말을 멈추고 손가락을 들어 한 곳을 가리켰다.

"비가 와서 물은 불어나고, 마땅히 피할 곳도 없어 하인들을 시켜 겨우 옷가지와 필요한 물건들을 가져오게 한 뒤, 물을 끓여 아버지께서 저를 직접 받으셨다고 합니다. 좋지 못한 상황에 제가 잘못될까 봐, 그리고 불어난 물에 태어나자마자 온 가족이 쓸려 갈까 봐 꽤나 두려운 경험이셨던 것 같아요. 그 이후로는 이곳에 한 번도 걸음하지 않으셨다니 말입니다."

"그랬군. 장인어른의 심정이 십분 이해 가오. 나도 이 아이가 이곳에서 태어난다고 하면 걱정되고 어찌할 바를 모를 것 같으니 말이오."

웃음기 어린 홍우의 설명에 가횐이 그녀의 배를 쓸며 소리 없는 웃음을 지었다.

'숲이 내어 준 생명이라고 하더니…….'

언뜻 들었던 장효의 말이 이해가 가는 순간이었다. 나란히 선 채 한 손으로 그의 등을 잡고 서 있던 홍우가 고개를 내렸다.

"여기 잠시 앉을까요?"

궁 안에서만 편안히 생활하다가 산길을 걸었더니 뒤늦은 피곤이 찾아든 것 같았다. 부른 배 때문에 잊었던 허리 통증도 다시이는 것 같았지만, 내색하지 않는 얼굴로 가횐에게 말했다.

"아니, 잠깐만. 조금 있으면 올 게요. 조금 기다리시오."

"예? 뭐가 옵니까? 설마 아버지가……!"

홍우가 화들짝 놀라 뒤를 돌아봤다. 아비가 그리 질색을 하는

데 몰래 나온 것이 마음 한구석에 미안함과 함께 걸려 있던 모양이었다. 홍우의 말에 가횐이 피식 웃으며 이제 모습을 드러내기 시작한 수행인들을 가리켰다.

"아니라오. 저기 오는군."

"아, 해월!"

보따리 하나를 움켜쥔 해월이 헉헉거리며 한 손으로 다리를 짚은 채 멈춰 서 있었다.

'노인네 생각도 좀 해 주셔야지. 저하께서는 어찌 이런 산길을, 바리바리 챙겨 뒤따르라고 이르셨던고.'

땅을 보며 숨을 고르고 있자 문득 울컥하고 감정이 치밀어 오르는 해월이었다.

홍우를 감시하기 위해 보내지긴 했지만, 그래도 그녀를 지키려다가 칼까지 맞고 사경을 헤맨 해월이었다. 가횐은 그조차도 좋게 보지 않으며 주인을 막지도 않고 함께 길을 나섰다며 노여움을 내비쳤지만 중궁의 얼굴을 보아 처벌하지는 않았다.

그리고 다 나아 경하 인사를 올리기 위해 찾아뵀을 때 홍우가 그녀를 붙들고 늘어진 탓에 그러면 곁에 있도록 해 주겠노라고, 잘 모시라며 인심 쓰듯 말했던 것이다.

'이제 그만 쉬어도 될 나이인데.'

한때 손자를 본 김에 그만 쉬고 싶다며 뒤로 물러나 앉기까지 했던 해월이었다. 하지만 홍우는 간절한 얼굴로 외로운 궁 생활에 그녀가 곁을 지켜 줬으면 좋겠다고 했고, 차마 거절할 수 없어 '그러면 중궁마마께서 세손을 보게 되실 때까지만…….' 하고 미련 섞긴 심정으로 승낙했다.

"헉, 헉. 마마. 이것을 깔고 앉으시지요."

하지만 그렇다고 해도 이런 안 해도 될 고생까지 시키자 설움이 치밀어 올랐다. 그런 심정을 드러내지 않으며 그들에게 다가와 보따리를 풀고 두텁고 긴 방석을 깔아 주는데 홍우가 그녀의 팔꿈치를 잡아 일으켰다.

"고마워요, 해월. 여기까지 오느라 고생했을 텐데……. 그는 그쯤 두고 구경이나 하도록 해요."

"예? 아……."

자신 때문에 가휜이 해월과 다른 이들에게 준비를 시켰음을 알아차린 홍우가 감사의 인사를 했다. 그리고 얼른 자랑하듯 눈앞의 광경을 손짓하는 모습에 시큰한 얼굴로 눈을 돌리던 해월이 멍하니 경탄을 떠올렸다.

지금까지 힘들고 원망스러웠던 기분이 일시에 해소될 만큼 감탄스러운 광경이었다. 그녀가 멍해 있는 사이 다른 궁인들이 우르르 달려와 준비를 시작했다.

"저하, 무얼 이리 잔뜩 챙겨 오라고 하신 겁니까?"

"아침을 들어야 하지 않겠소? 한참 시간을 보내다 갈 것이니 가볍게 먹을 만한 것과 차와 다과도 준비하라 일렀지. 물론 홍우가 앉을 두툼한 방석도……. 자, 앉읍시다. 알아서들 준비를 할 것이니 우리는 한가롭게 앉아 꽃구경이나 합시다. 며칠 있으면 또 궁으로 가는 먼 길을 떠나야 하고 궁에 들어가면 바빠 이렇게 바깥으로 나오기 힘들 것 같으니 말이오."

홍우를 자리에 앉히며 가흰이 조금 가라앉은 눈빛으로 말했다.

사실 그들의 이번 일정은 가흰으로서는 상당히 무리한 행차였다. 아비는 그가 세자 위에 오르자마자 선위를 준비하라며 닦달했다. 하지만 아직 배울 것이 많고, 급한 일이 산적했단 핑계로 미루고 있던 중이었다. 그런데도 가흰이 고집을 부려 홍우의 친정행을 추진했으니 많은 말들이 있었다.

자연히 신하들의 반대도 만만치 않았고, 홍우까지 회임을 한 터라 시기가 적당하지 않다는 생각도 들었지만 그야말로 왕위에 오르면 더 기회가 없어지니 그 하나만 보고 강행했던 것이다.

"그러네요. 정말, 궁으로 돌아가면……. 이번에는 전하와 어마마마께서 길을 나서시겠다고 하실 테니 말입니다."

홍우가 고개를 끄덕이며 물끄러미 흐르는 물을 응시했다.

"정아도 어느 순간 여행을 가겠다며 불쑥 제 집을 나갔다고 하고, 혜운은 이제 겨우 혼례 날을 받아 둔 참이 아니오. 많이 바빠지겠지……."

"예. 그러다 보면 이 아이도 나올 것이고요."

"그렇지! 우리 딸도 나오겠지."

자신의 배를 쓸며 홍우가 중얼거리자 가흰이 얼른 반색하며 배를 찬찬히 어루만졌다. 홍우가 자신의 아이를 배태했다고 했을 때 뛸 듯이 기뻐했던 그는 줄곧 배 속의 아이는 '공주'라며 기대에 찬 눈빛으로 아이가 나올 날만을 손꼽고 있었다.

"저하……. 몇 번이나 말씀드렸지만. 아들이라니까요?"

홍우의 느낌에는 아들이었기 때문에 벌써 몇 번이나 말했건만,

가횐이 그럴 리 없다며 철석같이 '공주'라고 믿고 있어 이제는 심히 걱정이 될 지경이었다.

'이러다가 아들이 나오면 실망하여 싫어하실 텐데. 어쩌려고 그러시는지.'

가횐은 맑은 눈동자로 그를 보며 걱정 어린 표정을 짓는 홍우에게 고개를 내저어 보였다.

"아니오. 공주요. 어여쁜 공주일 것이 틀림없소."

고집 어린 표정으로 우기는 말에 홍우는 결국 못 말리겠다는 얼굴로 웃음을 머금었다.

"저하, 그리고 마마. 식사가 준비되었습니다."

뒤늦게 정신을 차리고 음식을 장만했던 해월이 그들 앞으로 상을 가져오고 있었다. 위사들과 궁인들 여럿이 오르며 솥과 간편한 살림들을 들고 왔기에 상차림엔 부족함이 없었다.

"호, 홍우……. 아니, 세자빈 마마!!!"

그때 계곡의 입구에서 불쑥 홍우를 부르는 외침이 들렸다. 가횐과 홍우가 멈칫하며 뒤를 돌아보다가 아연한 표정을 떠올리고 말았다.

"몰래 빠져나오곤 할 적에 이리 득달같이 이곳으로 잡으러 오신 적이 있소?"

"아니요. 전혀요. 저를 낳고 난 이후 한 번도 온 적이 없다고 말씀드리지 않았습니까? 항시, 하인을 보낼 뿐 여기까지 온 적이 없으신데……."

숨이 턱밑까지 들어찬 심주원이 그곳에 서 있었다. 걷기에는 꽤 여유로워도 쉬운 길은 아니었는데 뛰어오기라도 한 모양인지 땀을 뻘뻘 흘리며 거친 숨을 내쉬는 것이, 이러다 그대로 그 자리에 주저앉을 것 같은 모습이었다.

"모셔 오너라."

가훤의 눈짓에 위사 하나가 그를 부축하여 데려왔다.

"오, 오지 말라 하였더니. 기어이 그 몸으로…… 대체 어찌하실 작정으로!"

띄엄띄엄 말을 잇던 심주원이 결국 그들의 앞에 주저앉고 말았다. 가훤이 죄송스러우면서도 황당한 표정을 지우지 못한 채 그를 직접 부축하여 가까운 자리에 제대로 앉도록 도와줬다.

"그러지 마시고 우선은 냉수부터 좀 드시지요, 장인어른. 숨을 고르고 말씀하십시오. 그리고……. 준비를 잘 하여 차근차근 올라왔습니다. 세자빈도 전혀 무리하지 않았으니 걱정하지 마십시오."

"허어. 헉. 헉. 그래도 혹시 몰라 의원을 깨워 쫓아왔습니다. 저하, 혹여 무리를 하여 큰일이라도 생기면 어쩌려고 그러셨습니까?"

겨우겨우 숨을 고른 심주원이 한숨과 함께 겨우 말 같은 말을 내뱉었다. 의원까지 깨워 왔다는 말에 홍우의 눈이 동그래졌다.

"아버님. 의원을 깨워 이 길을 올라오셨다는 말입니까?"

"그래요. 복중 아기씨까지 있는데 무슨 일이라도 생기면 어쩝니까. 지금쯤 마마의 어미도 의원과 함께 오고 있을 겁니다. 저만 마음이 급해 뛰어오느라 먼저 당도한 게지요."

자신이 겪었던 일이 있으니 딸이 더 걱정되었다. 그러는 것이 당연하다는 표정을 짓고 있는 심주원의 당당한 얼굴에 홍우의 눈동자에 잠시 눈물이 어렸다가 사라졌다.

"어머님까지 오고 계신다니, 식사를 더 준비해야겠네요."

감격한 기분을 애써 가라앉히며 홍우가 해월을 향했다. 가휜이 그에게 수저를 권하며 다가서는 해월을 돌아봤다.

"고기를 준비해 온 것이 있는가?"

"예. 저하. 혹여 몰라 다섯 근 정도 가져온 돼지고기가 있습니다."

"그러면 오반까지 이곳에서 들고 가지. 오반은 간단하게 불을 피워 고기를 굽게. 오늘은 날씨도 따뜻하고, 게다가 이런 선경을 어렵게 마주했는데 쉽사리 돌아가긴 아쉬운 일이니 말이야."

심주원을 돌아보며 눈으로 괜찮겠느냐 물었다.

"예. 올라온 김에 그런 풍류를 즐기는 것도 괜찮겠지요."

못마땅한 얼굴로 홍우와 홍매 계곡을 돌아보던 심주원이 얼른 대꾸했다. 자신은 딱히 좋은 기억이 없어 좋아하지 않는 장소였지만 그래도 아름다운 장소였다.

'의원도 오고 있으니……. 뭐, 워낙 건강한 아이였던지라 괜찮은 것 같기도 하군.'

여기까지 온 가휜, 홍우와 함께 시간을 보내다가 내려가는 것도 생각해 보니 그리 나쁜 일만은 아닌 듯했다. 홍우를 빤히 살피며 불편해하지 않는다는 것을 확인하고 나서야 겨우 안도한 심주원이 흡족한 표정을 짓고 있었다.

그들이 앉은 마른자리에 따뜻한 봄볕이 가득 내리쬐고 있었다.

가끔씩 불어오는 바람도 이른 봄치고는 따뜻하기만 하여서 숲 자체가 그들을 반기는 것 같았다.

덕분에 오붓이 모인 그들은 참으로 따사롭고 한가로운 한나절을 보냈다. 그것은 홍우의 가슴에 길이길이 남을 큰 추억이었다.

훗날, 궁으로 돌아온 가휜은 얼마 지나지 않아 왕위를 이어받았다.

건강상의 이유를 들어 선위를 선언한 왕이 그에게 보위를 물려주고 줄곧 냉궁에 머무르던 중궁과 함께 멀리 있는 별궁으로 요양을 갔던 것이다.

백성들은 새로이 왕과 왕비가 된 이들을 환호로 반겼고, 왕비가 된 홍우는 곧 아들을 순산하여 나라 안에는 기쁜 소식만이 가득 들어찼다.

서로를 아끼고 단란하게 지내는 왕과 왕비 부부는 특히 왕이 왕비를 너무 사랑하여 찾은 출행을 나가는 것이 자그마한 흠이기는 하였으나 평탄하고 순리대로 나라를 다스리며 세인들의 칭송을 받았다고 한다.

작가 후기

안녕하세요. 서연후입니다.

오랜만에 글로 뵙는 것 같네요. 잠깐 쉬어야지 하고 생각했는데…… 그사이 결혼도 하고 아이도 생기고……. 몇 년이 훌쩍 지나 버렸네요.

음.

'결혼해도 뭐 크게 바뀌는 게 있으려고…….' 라고 쉽게만 생각했었는데 한참 착각이었더라고요. 생활이 결혼 전과 결혼 후, 완전히 뒤바뀌다 보니 적응하는 게 힘들어 컴퓨터 자체를 멀리한 몇 년이었습니다.

그러다가 홍우, 어둠 속의 신부를 불쑥 시작하게 되었답니다.

추운 겨울 따뜻한 이야기가 그리워 그냥 무턱대고 쓰기 시작했네요. 예쁜 남녀의 알콩달콩한 이야기가 무척 쓰고 싶었고요. 사실, 들여다보고 있던 건 몇 년째 저를 애먹이고 있는 '비원애사'였지만, 행복한 이야기를 먼저 마무리 짓고 나면 저도 행복한 기분에 다시 힘낼 수 있을 것 같았거든요.

하지만 체력이 떨어져서 밤샘 작업 불가.

아이 때문에 하루 종일 작업 불가.

찔끔, 찔끔, 집중할 수 있는 한두 시간이 고맙고 귀해서 더 열심히 작업할 수 있었던 것 같아요. 거의 매일 조금씩 쌓여 가는 분량이 좋아서 끝까지 기분 좋게 마무리 지을 수 있었습니다.

그래도 뭐 하루, 이틀 정도 밤샘 작업을 안 할 수는 없었고, 간만의 마감에 '헉헉' 대며 출판사 분들을 오래 기다리시도록 해 드렸습니다만……

제가 즐거웠던 작업이었던 만큼 읽어 주시는 독자님들도 즐거우셨으면 하는 바람입니다.

서연후 드림.

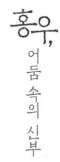

홍우,
어둠 속의 신부

초판 1쇄 찍음 2016년 5월 16일
초판 1쇄 펴냄 2016년 5월 20일

지은이 | 서연후
펴낸이 | 정 필
펴낸곳 | **(주)뿔미디어**

기획 · 편집 | 안리라, 조미연

출판등록 | 2002년 9월 11일 (제1081-1-132호)
주소 | 경기도 부천시 원미구 소향로 17, 303(두성프라자)
전화 | 032)651-6513 / 팩스 | 032)651-6094
E-mail | dahyangs@naver.com
블로그 | http://blog.naver.com/dahyangs
홈페이지 | http://bbulmedia.com

값 9,000원

ISBN 979-11-315-7107-1 03810

www.bbulmedia.com

www.bbulmedia.com